Liza Cody

Gimme more

metro

Liza Cody

Gimme more

Aus dem Englischen von
Pieke Biermann

Unionsverlag

metro – Spannungsliteratur im Unionsverlag,
herausgegeben von Thomas Wörtche.

Die Originalausgabe erschien 2000
unter dem Titel *Gimme More* bei Bloomsbury, London.
Deutsche Erstausgabe

Im Internet
Aktuelle Informationen,
Dokumente, Materialien
www.unionsverlag.com

Rieterstrasse 18, CH-8027 Zürich
Telefon 0041-1-281 14 00, Fax 0041-1-281 14 40
mail@unionsverlag.ch

Umschlaggestaltung: Heinz Unternährer, Zürich
Umschlagfoto: Steve Vaccariello/Stone
Druck und Bindung: GGP Media, Pößneck
ISBN 3-293-00309-5

Zickentricks

She's a kindhearted woman, she studies evil all the time.
Hat ein großes Herz, die Kleine, das Böse ist ihr täglich Brot.

Robert Johnson

Die Zicke, die die leeren Nebensitze immer mit ihren Taschen voll packt, bin ich. Wer sich neben mich setzen will, muss erst mal fragen. Auch in der Holzklasse. Erst recht in der Holzklasse.

Es war voll und heiß im Zug. In den Gepäcknetzen Mäntel wie Dämmmaterial zusammengerollt. Kreischende Kinder, ausgefranst und außer sich. Die anderen Fahrgäste müde, bemüht, die Kinder auszublenden. Ich hatte den Holzklassenblues.

Warten. Die Türen würden erst in ein paar Minuten schließen. Allmählich, nach dem ersten Gewühl, legte Lethargie sich über das Abteil.

»Äh, 'tschuldigung.«

Ich sah hoch in ein bleiches, zuckendes Gesicht.

»Ich hab 'n Problem, könnten Sie mir helfen?«

Ich schob den Kopfhörer von den Ohren. »Kommt drauf an.«

»Nämlich, meine Frau und ich, also wir ham echt 'n Problem«, fing er an. »Wir müssen nach London, aber ich hab kein Geld, weil, also, der Scheck vom Sozialamt, der is noch nich da, und jetzt sind wir im Zug und ham keine Karte.«

Er redete hastig, sah dauernd hinter sich und schwitzte.

»Und wenn der Schaffner kommt, fliegen wir doch raus, und das kost' Strafe, aber wir müssen doch unbedingt nach London zu unsrer Kleinen, die is doch im Krankenhaus. Im Kinderkrankenhaus. Die is doch ganz krank.«

Ich wollte durch das Abteil gucken, ob der Schaffner unterwegs war, aber der Mann stand mir im Blick. Auch seine Frau konnte ich nicht sehen.

»Wärn bloß zehn Pfund«, fuhr er fort. »Pro Nase. Also, zwanzig Pfund. Ich hätt Sie wirklich nich gefragt, wenn ich nich so verzweifelt wär. Sie kriegens auch gleich wieder. Mein Sozialbetreuer holt uns nämlich ab in Paddington. Wär nur für 'ne Viertelstunde – geht das? Is mir wirklich peinlich, so was zu fragen, aber der Schaffner is unterwegs, und wir sind echt verzweifelt.«

Er ließ mir keine Zeit zum Überlegen. Ich verzog langsam meinen Mund zu einem Lächeln.

»Bitte«, er schwitzte und zuckte, »könnten Sie helfen?«

»Okay.«

»Ach, lieber Gott, danke!« Er streckte die Hand aus. »Nur zwanzig Pfund.«

»Beruhigen Sie sich erst mal. Setzen Sie sich her, Sie und Ihre Frau.«

»Das Geld.« Er hielt noch immer zitternd die Hand ausgestreckt.

»Ich regle das mit dem Schaffner, wenn er kommt. Das geht mit Kreditkarte.«

»Ehrlich?«, sagte er. »Ach toll – ich hol meine Frau.«

Und weg war er. So schnell, dass er mein ach so hilfsbereites, wohlwollendes Lächeln verpasste. Schade eigentlich.

Ich reckte den Hals und sah ihn hinter mir auf die nächste Frau zusteuern. Auch auf sie redete er hastig ein. Er schwitzte noch immer und hatte dieses nervöse Zucken. Auch das war also nicht seine Frau.

Es geht mich ja nichts an, wie andere Leute an ihren Lebensunterhalt kommen. Aber diese Frau hatte zwei kleine Kinder im Zaum zu halten, und das ist kein Kinderspiel. Ich finde aber, Leistung sollte belohnt werden, nicht bestraft. Gut, vielleicht auch die Leistung dieses Mannes. Aber doch bitte nicht von einer Frau, die trotz zweier Kleinkinder noch menschenfreundlich genug ist, einem Fremden etwas abzugeben.

Ich stand auf, ging hin und tippte mit meinem ach so hilfsbereiten, wohlwollenden Lächeln dem Mann auf die Schulter. »Na, wie gehts?«

»Scheiße!«, sagte er. »Verpiss dich bloß. Kümmer dich um dein' eignen Mist.«

Ich sagte nichts. Ich lächelte ihn nur an.

»Kacke!« Er raste weg und sprang aus dem Zug auf den Bahnsteig.

Der Zug ruckte an und fuhr langsam los.

»Was warn das eben?«, fragte die Mutter.

Wir fuhren an dem Mann mit den Zuckungen vorbei. Er war auf dem Bahnsteig stehen geblieben, sah, dass wir ihn anguckten, und zeigte uns den Mittelfinger. Dreimal. Derb.

»Wollte der mich betuppen?«

»Ja.«

»Woher wissen Sie 'n das?«

»Ich hatte ihm angeboten, seine Fahrkarte mit Plastik zu bezahlen«, erklärte ich ihr. »Aber der will keine Karte. Der will Bargeld.«

Sie wurde rot. »Ach.«

Ich ging zurück zu meinem Platz und dachte nach. Rot werden. Ihr, der Mutter, war es peinlich, dass dieser Mann sie rausgepickt hatte, ihre Schwäche gerochen und ausgenutzt hatte. Bestimmt wird sie dauernd ausgenutzt, von jedem, der sie kennt – ihrem Mann, ihren Kindern, Freunden wie Fremden.

Was den zuckenden Mann angeht – der begnadete Abzocker ist der nicht. Gut, ein paar Sachen konnte man nehmen – die Schnelligkeit oder dass man seinem Opfer keine Chance zum Überlegen gibt oder dass man es sozial in Verlegenheit bringt. So was ist taktisch gut. Aber das mit dem kranken Kindchen war zu plump. Da muss er sich noch Mühe geben, da darf er keine so glaubhafte Geschichte erzählen. Weniger glaubhafte Geschichten werden eher geglaubt. Wer erfolgreich abzocken will, der muss sich was einfallen lassen und etwas darstellen können. Oder bildhübsch und von einnehmendem Wesen sein. Irgendetwas muss man seinem Opfer als Entschädigung zu bieten haben.

Mit Speck fängt man Bauern, und erfolgreich Klauen beruht auf einer Vertrauensbeziehung, auch wenn die bloß dreißig Sekunden dauert. Der Beklaute muss einem etwas geben wollen. Und als guter Klauer will man ihm gefälligst auch etwas zurückgeben.

Ich selbst hatte früher lange Beine, lange Haare, lange Wimpern und den Schmelz der Jugend. All das hab ich bereitwillig mit Fremden geteilt, und wenn nur für den mageren Gegenwert einer Zugfahrkarte. Ich sah fantastisch aus und musste nie irgendwo irgendwas selbst bezahlen. Und warum nicht? Weil Leute gern mit mir gesehen werden wollten, auch für bloß dreißig Sekunden. Ich sah einfach aus wie das, was Rockstars als Belohnung zusteht. Wer mit seiner letzten Platte auf Platz 1 in den Charts ist, der darf mit einer, die so aussieht wie ich, durch die Discos ziehen. Das kann man erwarten. Ich bin im Paket mit drin.

Ich meine, ich *war* im Paket mit drin. Ich bin das jetzt nicht mehr. Ich kann nicht mehr dienen mit jugendlichem Schmelz. Und hat man je gesehen, dass ein Superstar meiner Generation mit einer gleichaltrigen Frau im Arm durch die angesagten Discos zieht?

Der Zug rollte in Paddington Station ein. Die Mutter kramte Mäntel, Taschen, Kinder und Karre zusammen und wuchtete alles nach draußen. Kein Mensch blieb stehen und half ihr. Ich auch nicht. Ich hatte ihr zwanzig Pfund gespart – das war meine gute Tat für den Tag.

Aber als ich an ihr vorbeigehen wollte, sagte sie: »Ich hätte mich doch bedanken müssen, aber ich war so durcheinander.«

»Schon gut.« Ich wollte vorbei und weiter.

»Doch, das hätt ich. Ich hab die zwanzig Pfund gezückt wie so 'n Schaf. Dabei kann ich mir das gar nicht leisten.«

»Schon klar.« Ich habe mich gequält abgewandt.

»Also, vielen Dank.«

Ihr krabbelkleiner Sohn hat mir ein blendend süßes Lächeln geschenkt und wortlos seine Chips-Tüte hingehalten.

Ich hab einen Kartoffelchip genommen. Wenn ein Mann einem

etwas schenken will, dann soll man das annehmen. Selbst wenn er erst drei und das Geschenk nur ein Kartoffelchip ist. Das ist eben das, was er zu bieten hat.

Gehört auch zum Zocker-Einmaleins. So was weiß man im allerersten Moment: Was verschafft einem Beklauten das Gefühl, dass er gut weggekommen ist? Der richtige Preis ist die halbe Miete.

Mr. Zuck hatte meinen Preis auf zwanzig Pfund angesetzt, genauso hoch wie den für die überforderte Mutter. Deshalb fühlte ich mich plötzlich gequält. Zwar tröstete mich der Gedanke ein bisschen, dass Mr. Zuck für einen guten Abzocker viel zu plump und für die Feinheiten der Preisgestaltung vermutlich komplett unbegabt war. Aber ein Schlag in mein Selbstwert-Kontor wars trotzdem.

Zwanzig Pfund? Mr. Zuck – das ist vielleicht ein Preis für Sie, aber doch nicht für mich. Doch nicht für so eine Braut. Nicht mal heutzutage. Ich hab nichts zu tun mit festen Einkommen. Ich verbringe meine Tage auch nicht ausschließlich in Gesellschaft von zwei kribbeligen Krabbelkindern. Obwohl ich mich manchmal, wenn mir eins von denen mit diesem blendend süßen Lächeln begegnet, frage, ob mir etwas entgeht.

Die reine Sentimentalität. Ein blendend süßes Lächeln kann jeder haben. So was hatte ich früher auch, und ich habs auch gnadenlos eingesetzt.

Lächeln ist eine Maske. Mr. Zuck hat eine andere aufgehabt. Seine Maske bestand aus Angst und Augenbrauengezucke. Aber er war zu nervös. Er hat sein Geschwitze nicht im Griff gehabt, und zwar weil er nicht dran geglaubt hat. Man muss an seine Maske glauben, wenn man sie im Griff haben will – ich zum Beispiel glaube an das Lächeln und an Tränen und an die Macht eines Songs.

Ich bin, als ich noch sehr jung war, selber mal reingefallen auf einen Song, ein Lächeln und eine Träne. Ein legendärer Bluesmann namens Dude Dexxy hat mir erzählt, *Honey Crawl* sei ihm eines Sommerabends eingefallen, genau in dem Moment, in dem ich ins Crawdaddies gekommen war. Ich hatte mich am Türsteher vorbeigeschummelt – ich war noch minderjährig –, stand gerade rum und suchte nach einer Ecke zum Abtauchen, da sagt plötzlich die tiefe dunkle Stimme auf der Bühne: »He, Kleine. Du. Ja, du. Komma her. Is extra für dich jetz.« Für mich. Der hat mich bemerkt. Ich gehe zur Bühne, ich setze mich buchstäblich ihm zu Füßen, da fängt der an mit *Honey Crawl* und der Saal fängt an zu kochen. Ich war ja noch so grün, ich hatte ja keine Ahnung, dass der Song zehn Jahre alt war und er mit dem alle dämlichen Hühnchen anwärmt. Ich sitze einfach da und Bass und Schlagzeug wummern mir durch den ganzen Körper und Dexxys Stimme kriecht mir in die Ohren und weiter bis ins Herz, bis ich das Gefühl hab, gleich zerspring ich.

Ich wusste auch nicht, dass er in Louisiana im Knast gesessen hatte, weil er öfter Minderjährige gebumst und beklaut hatte. Sehr oft. Mir hatte auch kein Mensch gesagt, dass seine Europatournee in erster Linie Flucht vor dem FBI war und dann erst Londons Hunger nach Blueslegenden stillen sollte.

Dass er im Knast war, hat er mir sogar selbst erzählt, in derselben Nacht später, aber in seiner Darstellung klang das für mich nach irgendwas mit Rassenverfolgung. Was auch nicht völlig falsch ist – jedes Zockergenie manipuliert die Wahrheit mit ein paar zarten Nuancen. Und genauso hat Dexxy mich manipuliert.

Komischerweise bin ich heute noch stolz darauf, dass Dexxy mich als Opfer rausgepickt, dass er meine Schwäche gerochen hatte. Ich hab noch, als er längst weg war – mitsamt meinem Herzen und einem satten Stapel Kohle von meinem Daddy –, als ich endlich kapiert hatte, dass ich auf einen miesen Trick reingefallen war, als ich mitgekriegt hatte, wie alt *Honey Crawl* ist, genau denselben Schauder weiter verspürt. Weil der Song einfach gut ist und weil eine Blueslegende den einmal gesungen hat, um mich rumzukriegen. Und Dexxy hat mich auf meine ganz eigenen Gleise gesetzt. Als er wieder weg war, war ich nämlich selbst Teil der Legende geworden: das minderjährige wilde Kind mit den langen Beinen, das einmal ein Gott berührt und versengt hatte. Es gab ja so viele Musiker, die selber ein Gott werden wollten, die die Kleine auch mal berühren wollten, die ein goldechter legendärer Bluesmann mal versengt hatte.

Dexxy hat mich wirklich versengt, aber er hat mir auch mein Metier gezeigt. Ich hatte zweifellos zu Füßen des Meisters gesessen. Ich war seine Beute gewesen, und das hatte mich ziemlich gebeutelt. Er hat mir damit nämlich vorgeführt, dass man alle möglichen Leute dazu bringen kann, alles Mögliche zu glauben, und dass auch ich glauben *will.* Kein Mensch ist immun dagegen – nicht mal du, Püppi.

Und irgendwo in meinem unerfahrenen kleinen Hirn hat es klick gemacht und dann war die Frage da: Willst du dein Leben lang Beute bleiben? Oder willst du dich lieber selbst maskieren und die andern abzocken? Jugend plus Schönheit ist eine Fertigmaske. Alle wollen ein Stück von einem abhaben, wenn man jung und schön ist. Warum sollen die nicht dafür zahlen? Warum soll man was verschenken, was die Zeit irgendwann auslöscht? Man hats ja nur kurz, also soll mans nutzen.

Aber das war früher. Und jetzt ist heute. Wie maskiere ich mich heute, wo ich Jugend und Schönheit nicht mehr einsetzen kann?

Ich führs mal vor. Gut aufpassen, ich machs nämlich nur einmal und ich machs kurz.

Genau gegenüber von Paddington Station steht das Great Western Hotel. Man geht ein paar Stufen hoch, dann durch Glastüren und quer durch die Lobby rein in die Damentoilette. Man kontrolliert die Kabinen. Keine besetzt. Also Mantel aus. In den Spiegel sehen. Ich habe ein schlichtes dunkelblaues Kleid mit langen Ärmeln an, dazu Schuhe mit flachen Absätzen und dunkle Strümpfe. Ich bin dezent geschminkt. Ich sehe nach gediegener berufstätiger Frau aus.

Ich stopfe Mantel und Tasche unters Waschbecken. Ich verlasse die Toilette mit einer Illustrierten in der Hand und gehe zielstrebig durch die Lobby. Ich lege die Illustrierte auf eins der Kaffeetischchen, biege rechts ab und gehe ins Restaurant.

Es ist sehr voll, Mittagszeit. Ich halte Ausschau nach jemandem, der schon da ist. Ich tue das auffällig. Niemand vom Personal hält mich auf.

Ich mustere den ganzen Saal, gucke nach rechts und links. Irgendwo muss eine wartende Frau sitzen. Ich weiß nicht, wo, aber ich muss sie schnell finden, denn ich habe nicht viel Zeit.

Da sitzt sie – Typ mittleres Management, schickes Business-Kostüm. Sie ist mit zwei jüngeren Frauen da. Sie klopft mit der Kreditkarte auf den Tisch, um den Kellner aufmerksam zu machen, und unterhält sich gleichzeitig mit den beiden anderen, die gerade ihren Kaffee austrinken.

Nach ihr halte ich Ausschau, auf sie gehe ich zu. Auf dem Weg zu ihrem Tisch lächle ich den Kellner an. Der sieht, ich will jemanden treffen. Sieht, ich habe ein Ziel. Hält mich also nicht auf.

Ich bin jetzt am Tisch. Stelle mich links von ihr hin, genau da, wo sie mit mir rechnet. Sage: »Darfs noch etwas sein, Madam?«

»Ja, die Rechnung.« Sie sieht kaum hoch.

»Haben Sies eilig? Soll ich die Karte schon mitnehmen?«

Sie hält mir die Kreditkarte hin. Ich nehme sie geschmeidig aus ihren Fingern. Ich gehe – aus dem Restaurant, durch die Lobby und zurück in die Toilette. Ich ziehe meinen Mantel wieder über und ein buntes Liberty-Tuch aus der Tasche. Das schlinge ich mir locker um den Hals und hänge mir die Tasche über die Schulter. Ich gehe aus dem Hotel. Ich winke ein Taxi heran.

Der ganze Vorgang braucht mehr Zeit für die Beschreibung als für die Durchführung.

Und wie war ich maskiert? Es waren in Wirklichkeit drei Masken. In der Hotellobby mit der Illustrierten in der Hand war ich ein Hotelgast. Im Restaurant war ich ein Restaurantgast auf der Suche nach einem anderen Restaurantgast. Beim Gespräch mit der Frau war ich die Kellnerin. Der Trick ist – Kellnerinnen tragen keine Handtaschen, weibliche Hotelgäste sehr wohl. Und die hat die Illustrierte ersetzt. In welcher Funktion man irgendwo ist, erkennt das Unterbewusstsein an dem, was man anhat, wie man sich gebärdet und was man bei sich hat oder eben nicht. Eine Maske ist folglich alles, was das Opfer gerade erwartet. Ob glänzende Haare über einem hübschen Gesicht oder höflich-geschäftliches Auftreten – die Regeln sind dieselben.

Die Schuhe habe ich im Taxi gewechselt. Das Tuch, die Frisur und mein höfliches Auftreten auch. Lauter Kleinigkeiten – die aber alle dazu beigetragen haben, dass mein schlichtes dunkelblaues Kleid nach Understatement aussah, nach »war bestimmt extrem teuer«. Von so was isst eine Mutter samt zwei kleinen Kinder jahrelang Chicken Nuggets. Das heißt, hat gegessen. Denn das Kleid ist schon seit etlichen Jahren in meinem Besitz.

Jetzt brauche ich einen neuen heißen Fummel, für meinen nächsten Termin. Und ich halte nun mal nicht viel vom Selberkaufen – zumindest nicht, wenn das eine Bank oder eine Kreditkartenfirma genauso gut erledigen kann. Anders gesagt, ich halte nicht viel davon, meine eigene Kreditkarte für so etwas zu verschwenden. Klamottenkaufen für mein eigenes Geld, das ist für mich gleichbedeutend mit Niederlage. Außerdem müsste ich heutzutage einen Haufen Geld anlegen, um wie eine Frau auszusehen, die viel Geld wert ist.

Mein nächster Termin war ein Mann namens Barry, der einen ziemlichen Haufen Geld hat. Ich hatte ihn seit Jahren nicht mehr gesehen, aber davor war er so scharf auf mich gewesen, dass er schon mal gesabbert hatte.

Mir fehlte seinerzeit allerdings die reflektorische Reife für solche Situationen. Inzwischen habe ich Reife eimerweise, und meine Reflexionen haben ergeben, dass ich seine Verknalltheit nie hätte persönlich nehmen dürfen. Barry, mein nächstes Opfer, ist nämlich Engländer und als solcher seinerzeit auf meinen Lover entschieden schärfer gewesen als auf mich. Mich hat er bloß begehrt, weil er den Mann, der mich besaß, beinah besessen bewunderte. Barry war ein reicher Adabei. Ein Typ, der nach Talent und Glamour regelrecht gelechzt hat. Er war unser Trabant, ständig an uns dran und hinter uns herkrabbelnd wie eine Eidechse, die es auf den warmen Stein zieht. Barry brauchte Hitze, konnte selbst aber keine erzeugen.

Tja, mein Opfer ist ein Reptil, und ich bin die Hitze. Er will noch dasselbe wie immer – im Mittelpunkt eines magischen Kreises sein. Obwohl der Zauber längst verflogen ist, die Magie sich gegen sich selbst gerichtet hat und ein Drittel der Zauberkünstler nicht mehr da ist. Auch mein Lover nicht, mein Spielkamerad, der Goldjunge Jack.

Aber an Jack erinnert sich alle Welt. Und Jack definiert auch mich. Verleiht mir Identität, heute noch. O ja – Jack verdanke ich alles. Ich hab ihn überlebt – ich bin seine Rockwitwe.

Also brauche ich ein Rockwitwenkostüm: irgendwas Dunkles, Geheimnisvolles, Tragödisches. Und Schuhe, die meine Beine zur Geltung bringen. Beine sind haltbarer als Gesichter, die müssten die Aufmerksamkeit, die sie verdient haben, noch erregen können. Durch ein Paar unerhörte »Fuck off!«-Schuhe mit einem Schuss S/M. Von Kopf bis Saum Mysterium, von Saum bis Stöckel Dekadenz, so soll meine Kleidung rüberkommen. Denn jede gute Maske – und jeder, der erfolgreich anschafft – streift die Wahrheit sachte im Vorbeigehen. Und wer erfolgreich anschafft, setzt geklaute Kreditkarten sofort ein und wirft sie dann fort. Zücken, zahlen und zack – weg.

Nach der Einkaufstour bin ich im Savoy abgestiegen. Der Mann an der Rezeption hatte eine handgeschriebene Notiz für mich: »Liebe Birdie, ich hoffe sehr, dass Du Dich hier wohl fühlst. Erinnert an alte Zeiten, was? Bitte *ruf mich an, sobald Du da bist.* Ich kanns kaum erwarten, Dich zu sehen – Barry.«

Ich habe den Mann an der Rezeption gebeten: »Wenn ein Mr. Barry Stears anruft, würden Sie ihm ausrichten, ich bin um acht hier unten? Bis dahin möchte ich nicht gestört werden.«

»Schon notiert.«

Dann bin ich hochgefahren. Und hab mir ein Bad eingelassen. Ich kenne Barry und seine Panik. »Ruf mich an, sobald du da bist.« Unterstrichen. Von wegen. Ich weiß leider, dass Barry spätestens um halb acht abends essen muss, sonst grollt sein Magengeschwür. Ich musste lächeln. Bis hierher waren wir beide ganz die Alten.

Ich hab also erst mal gebadet. Mich ins Bett gelegt. Geruht. Um sieben habe ich beim Zimmerservice Krabbensalat bestellt. Und mich allmählich angezogen. Der Salat ist gekommen. Ich hab ihn gegessen. Ich wollte ja weder Hunger haben noch so aussehen.

Um acht hat das Telefon geklingelt. Ich bin nicht drangegangen. Es hat immer wieder geklingelt, um Viertel nach acht und um halb neun und um Viertel vor neun.

Um neun bin ich nach unten gefahren. Gereckte Hälse und Stielaugen. Wundert das irgendwen? Wieso eigentlich? So einfach, dass auf ein Leben als Promi-Luder nur noch die Unsichtbarkeit folgt, ist die Sache ja nun nicht. Unsichtbarkeit ist auch nur eine Art von Maske. Und wenn die nichts bringt, kommt sie ab. Dann ist man eben eine Erscheinung. Man geht nicht einfach irgendwo rein – man rauscht rein.

Ich rausche. Also gibts Stielaugen und gereckte Hälse.

Barry steht da. Ein Klops im Maßanzug von der Savile Row. Hip dank Designerbrille, denkt er. »Birdie!«, sagt er. »Mein Gott ...« Er erwartet eine Entschuldigung, weil ich ihn hab warten lassen. Ich sehs ihm an. Die Erwartung hat sein Gesicht verändert. Er ist jetzt schon aus dem Gleichgewicht.

»Hallo, Barry«, sage ich, als hätten wir uns erst gestern gesehen. »Und – wohin führst du mich aus?«

»Ich dachte eigentlich, wir könnten auch hier essen.« Damit hat er offenbar den Maître die ganze letzte Stunde bei Laune gehalten.

»Ach, weißt du etwa nicht mehr, welche Läden gerade angesagt sind?«

Er nimmt das Duell an. Wir fahren ins Café d'Arte.

So weit, so gut. Ich kriege ihn also noch dazu, dass er mir gefallen will.

Man muss schon als zickiges Luder vorgehen, wenn man einen Mann dazu kriegen will, dass er Eindruck bei einem schinden will.

Nettsein verschafft einem weder ein Zimmer im Savoy noch die Souveränität für einen lässigen Auftritt im Café d'Arte. Hat es nie und wird es nie.

Egal, mit was Barry gerechnet haben mag, eine nette Püppi kanns nicht gewesen sein. Eine nette Püppi zieht einem nicht vor der eigenen Nase den Stecker raus. Eine nette Püppi tritt einem auch nicht in die Eier, wenn man dank des Vorabdialogs zur eigenen Ermutigung so viel Spucke im Mund hat, dass man ihr die Korsage voll sabbert. Die petzt nicht ihrem Rockstar-Lover: »Du, Jack – Stears, die Schwuchtel, hat mich grad angebaggert.«

»Tritt ihm in die Eier.«

»Hab ich schon.«

»Mach, worauf du Bock hast.«

Damals hat Jack erst mal gelacht. Aber am nächsten Tag hat er ein Flugzeug gechartert, und wir sind nach Antigua abgehauen. »Scheißreiche Groupietypen. Die halten einen für ihr Eigentum.«

Jack mochte so was nicht. Jack dachte aber auch immer, dass ich auf reiche Männer stehe. Ich hab ihn gelassen. Hat ihn auf Trab und seinen Hunger nach mir wach gehalten.

Als ich ins Café reinrausche, rauscht David Bowie eben raus. Er bleibt so abrupt stehen, dass seine Trabanten hinter ihm aufeinander rasseln. »Birdie Walker!«, kräht er. »Gott – ich hab gedacht, du bist längst tot!«

»Bin ich auch, für die Welt. Nicht zu sehen, nicht zu kriegen, nicht zu fassen. Kennst du doch selber.«

»Und wie. Ruf mal an.«

Ich rausche vorbei. Das war Schwein! Barry geht fast einer ab – er ist mit einer Frau da, die David Bowie kennt! Barry, wie er leibt und tickt.

Wir nehmen Platz. Bestellen. Barry hätte jetzt am liebsten ein Glas Milch für sein Magengeschwür. Ich sehe zu, wie Vernunft und Narzissmus in ihm kämpfen. Sieger bleibt der Narzissmus, wie immer: Barry bestellt Wein. Ein verräterisches Indiz.

Ich bin total lässig. Lasse meinen Blick durch den Raum schweifen. Barry versucht, meine Aufmerksamkeit zu heischen. Zeigt mir irgendwelche angesagten Jungschriftsteller, irgendeinen Bildhauer, einen Sänger, ein paar Szenelöwen und Politicos und Banker.

»Du hast dich lange nicht mehr blicken lassen«, sagt er.

»Wenn ich hier so sitze, weiß ich, warum.«

»Hat sich alles so verändert.«

»Mindestens dreimal.«

»Ja«, sagt er. »Kommt aber auch alles wieder. Du glaubst ja nicht, wie scharf die neue Generation auf die Musik von früher ist. Auf *unsere* Musik.«

Ich sehe ihn direkt an. Immerhin hat er so viel Anstand, dass er rot anläuft. Aber er plappert weiter. »Hatt ich dir ja geschrieben. Ich hab 'n Buch dadrüber gemacht und 'n paar Serien für die *BBC* und *Channel 4*.«

Er setzt eine Beifall heischende Pause. Ich ziehe eine Augenbraue hoch. Alte Groupies sterben nicht. Die werden Berufsexperten. Musik-Nerds.

»Hatte alles Resonanz«, fährt er hastig fort. »Tolle Kritiken und so. Die Leute kriegen heute den Hals nicht voll.«

Unser Essen kommt. Eine Suppe für ihn, eine Artischocke mit Dekoration für mich. Er schlürft sofort los. Gut so. An einer Artischocke lässt sich ewig zuzeln. Ich kann ihn verfressen aussehen lassen.

»Jack und 'n paar Leute, die ihr damals – äh – kanntet, sind natürlich Hauptfiguren in meinen Filmen. Du bist auch drin – mit den Aufnahmen von den Live-Konzerten in den Docks und in der Hall und andern Gigs. Und mit den David-Bailey-Fotos – die Szene-Birds. Birdie, du warst ja der Rock-Bird an sich, der Inbegriff der Musikerbraut.«

»Nee, echt?« Glaubt er im Ernst, es schmeichelt meiner Eitelkeit, als Rocktussi qualifiziert zu werden? Ja, tut er. Er hat seine ganze eigene Karriere aus der Zeit gebastelt, in der er die Randerscheinung von ein paar Musikern war. Er ist sicher, dass wir aus demselben Holz sind.

Er hat seine Suppe alle. Ich zuzele zierlich an einem Artischockenblatt.

Er plappert weiter: »Ich bin ja jetzt auch 'n bisschen so 'n Promi. So 'n Meinungemacher oder so.« Er guckt zu, wie ich esse. »Wieso hast du dich eigentlich nie gemeldet, Birdie? Du weißt doch seit zwei Jahren, dass ich auf der Suche nach dir bin. Ich hatte auch mit deiner Schwester geredet, aber die hat mich total abgeblockt.«

Ist die falsche Frage, Barry, wie immer. Du musst nicht fragen, wieso ich mich zwei Jahre lang *nicht* gemeldet habe, sondern wieso ich mich *jetzt* melde.

»Wo warst du eigentlich, Birdie?«

»Angeln.«

»Angeln?« Barry ist verblüfft.

Ich nicke und wähle sorgfältig mein nächstes Artischockenblatt.

»Ich dachte, du bist längst mit einem Millionär verheiratet.«

»Wieso das denn?«

»Wieso?« Wieder ist er verblüfft. Er hat sein Urteil über mich nie revidiert. »Weil du immer so gern Geld ausgegeben hast.«

Völlig richtig, Barry. Nur, wenn das alles ist, wieso hab ich dann wohl mit Jack gefickt statt mit dir? Du hast doch, zumindest am Anfang, so viel Geld gehabt, du hättest Jack mitsamt der Band zwanzigmal kaufen können.

»Da hast du Recht«, sage ich. »Und das tue ich immer noch liebend gern. Da bin ich richtig gut drin.«

»Ja und? Hast du heute genug?« Das ist der Kern von Barrys Vorstoß. Barry möchte mich, falls das noch nicht klar war, für etwas einnehmen. Andernfalls würde der Mann, dem ich mal in die Eier getreten habe, kein Zimmer im Savoy für mich springen lassen. Der hätte mich ins finsterste Loch gesteckt, das er finden kann.

»Wenn ich richtig in Erinnerung habe«, plappert er weiter, »ist genug Geld bei dir 'n ziemlicher Haufen.«

»Absolut richtig, Barry.« Ich lasse mir Zeit mit dem nächsten Artischockenblatt. Ein schmerzhafter Anblick für Barry. Ihm knurrt der Magen, er möchte dringend an seinen nächsten Gang. Es macht ihn ganz kirre mit anzusehen, wie ich überdrüssig an kapriziösem Grünzeug herumknibbele. Gut so. Dann muss er schneller auf den Punkt kommen. Er glaubt nämlich, dass er damit die Situation in den Griff kriegt. Hunger und Ungeduld sind seine Feinde und meine Freunde.

»Also Birdie – wie gehts dir wirklich zurzeit?«

»Guck mich doch mal an«, sage ich, geschützt durch ein obszön teures Kleid und ein Paar »Fuck Off!«-Trittchen. Genau die Klamotten, die er nicht erwartet hatte an einer Frau, die so lange aus der Szene raus ist. »Außen Silber, innen Gold.«

»Was?«

Ich lasse das achselzuckend so stehen. Das stammt aus einem Song, aus *Take This Hammer.* Hat Taj Mahal gesungen. Ich hatte eines Abends mal zu Jack gesagt: »Du, dein Hammer ist auch außen Silber, aber innen hart wie Gold.« Jack fand das geil. Er hat dann so lange an den Akkorden rumgefummelt, bis er mir das Stück vorspielen konnte. Für solche Momente hab ich gelebt. Gott, war er gut. Echt Gold und Silber, jedenfalls wenn er gerade mal nicht abgedreht war. Und wir ausnahmsweise mal allein für uns und still. Einfach alte Platten hören, von Blueslegenden, die Akkorde einprägen, die Riffs, die Zwischenstücke, und dann nachspielen, mit einem neuen Dreh, als was Eigenes. So geht ein Klassesong aus den alten Händen über in junge. So geht Musik aus alten Ohren über in junge. Und alte Liebe über in neue. So was fängt nie bei Null an. Aber du, Barry, du kannst hier hocken und mir beim Artischockenessen zugucken, bis du die Engel im Himmel singen hörst. Du hörst von mir trotzdem nichts von Bedeutung. Weil du nichts von Bedeutung kapierst. In deinen Händen ist kein Klassesong sicher.

»Du bist ein teures Mädchen«, fängt er wieder an. »Du hast Jack ein Vermögen gekostet.«

»Ganz recht. Und jeden Cent wert.«

»Tja, Jack hats wohl so gesehen.«

O ja, Barry, das hat er. Und du wirst nie kapieren, warum.

»Worauf ich raus will, Birdie – eventuell hast du ja heutzutage nicht mehr das, was du gewohnt warst.«

»Das stimmt.« Ich lutsche das nächste Artischockenblatt aus. »Egal, wie viel da ist, es ist nie genug.«

»Ich bin in der Lage, dir zu helfen«, erklärt Barry vollmundig. »Ich könnte dein Comeback arrangieren, Birdie.«

»Der Traum meiner schlaflosen Nächte. Meine nächste Viertelstunde Weltruhm.«

»Erzähl mir nicht, dass du das nicht toll fandst«, sagt Barry. »Du hast doch den ganzen Wirbel um dich geschlürft. Du hast doch die ganze Zeit keine Zeitung und keine Illustrierte aufgeschlagen, ohne dein Gesicht zu sehen. Erzähl mir nicht, du hättest das nicht gern wieder.«

»Mitsamt dem Ekelkram? Außerdem – das Gesicht damals war ein anderes. Wer will wohl mein jetziges sehen?«

»Du würdest dich wundern. Die sind heute alle fixiert auf den alten Rock-Adel, das sag ich dir. Die ganzen Wurzeln, Tradition – die kriegen den Hals nicht voll.«

Er schweigt. Er will mich zu etwas kriegen und weiß nicht, womit ich zu fassen bin. Ich warte. Knabbere an winzigen Portionen Essen. Ihm knurrt der Magen.

»Die Folge über die Ära Jack war der Hit. Ich hatte Teddy und Goff da drin – die hatten heiße Storys drauf. Mir wär allerdings viel lieber gewesen, dass du dich gerührt hättest, als ich dich gesucht habe, weil so nämlich was gefehlt hat. Du und Jack, ihr wart doch in den Zeiten – in den echt großen Zeiten – quasi an der Hüfte zusammengewachsen. Gut, du warst auch drin, mit den Konzertsachen und den Fotos. Aber eben nicht live, nicht persönlich, so ›was macht eigentlich‹-mäßig. Klar waren die Jungs schon klasse, aber ...«

»Rockmusik ist 'ne ziemlich kerlige Branche. Da reichen auch 'n paar Jungs.«

»Hättest du keine Lust, da mal Balance reinzubringen?«

»Da gibts keine Balance.«

Er glotzt mich an. Er glotzt die Artischocke an. Sie ist nicht mal halb gegessen.

»Birdie, da ist Geld drin. Viel Geld für alte Sachen. Ich mach grad 'n Special zum Jahrestag. Eine Exklusivwürdigung für Jack. Hat 'ne Super-Finanzierung. Ich könnt 'n Super-Honorar für dich rausholen.«

»Kein Bedarf.«

»Wird 'ne Gedenksendung. Hast du auch keinen Bedarf, die Erinnerung an Jack wach zu halten?«

»Die ist doch sehr wach. Da muss ich mich nicht zum Schaustück machen, bloß damit du profitierst.«

»Du sollst dich gar nicht zum Schaustück machen«, protestiert Barry, »und profitieren würde Jack.«

»Tote brauchen keine Profite.«

Er glotzt wieder die Artischocke an. Sie ist inzwischen sein persönlicher Feind, genau wie ich. Der Kellner kommt und fragt, ob wir jetzt den nächsten Gang wollen.

»Ja«, sagt Barry.

»Nein«, sage ich. Denn jedes Nein von mir erhöht meinen Preis. Da fängt Barry jedes Mal an zu zucken. Zwei Mr. Zucks an einem Tag – darf ein zickiges Luder so viel Schwein haben?

»Okay, Birdie, letztes Angebot: Wenn dir das Honorar fürs Drehen nicht reicht – ich könnte noch etwas bei den Produktionskosten abzweigen.«

»Nee echt?«, sage ich. »Und was müsst ich dafür machen?«

»Gar nichts. Im Grunde. Du stehst mit im Abspann. Das heißt mehr Geld. Ohne Arbeit, ohne Stress. Du tauchst einfach auf, hast 'n bisschen Material dabei, das bringt 'ne Stange extra, wir machen das Interview …«

»Ach, Material.«

Barry zwingt seinen Blick von meinem Teller weg direkt mir in die

Augen. Meine gucken garantiert sehr sanft und blau. Seine nicht. Ich schenke ihm mein allerliebstes Lächeln. Ihm zuckt der Kiefer.

»Ich hab mit Teddy und Goff geredet, hab ich dir doch erzählt. Und die sagen, den Antigua-Film gibts wirklich.«

»Und die wissen das?«

»Alle Welt behauptet ja, der Antigua-Film ist der größte Mythos der Rock-Geschichte. Aber Teddy und Goff sagen, das ist kein Mythos, den gibts wirklich. Jack hat damals eine Filmcrew dabeigehabt, mit 16-mm-Kameras. Und die haben die ganze Session mitgeschnitten, Bild und Ton. Teddy denkt, du hast den Film eventuell.«

Natürlich schlafe ich deshalb heute im Savoy. Deshalb macht mir ein Mann, der mich hasst, den Hof. Deshalb hat er mich vor Jahren voll gesabbert. Er meint nicht mich, er will Jack. Noch enger drankrabbeln an Jack. Seine Bandmitglieder bezirzen. Kann ja sein, dass sie dir Jack in deine eisigen Pfoten legen, Barry. Kauf ihn. Mach ihn zu deinem Eigentum. Wärm dir die kalten Knochen an ihm. Und wenn das nicht hinhaut, Barry, umschwärm seine Tussi, sein Luder, seine Witwe.

»Hm«, sage ich. »Keine Ahnung. Jack hat mir so viel hinterlassen ...«

»Sind die bitter?« Eine Sekunde lang war die kalte Verachtung in ihm aufgeblitzt, aber dann guckt er schnell auf meinen Teller. Ich schiebe ihn weg. Ich brauch ihn nicht mehr. Die Karten liegen auf dem Tisch. Es bedurfte einer einzigen Artischocke, bis Barry so weit war, dass er seine Karten aufdeckt.

Er ist erleichtert. Er winkt den Kellner heran, und der räumt den Artischockenrest ab und bringt endlich den zweiten Gang. Mit einem vollen Teller vor der Nase kriegt Barry wieder Oberwasser. Sanft wie Sahne, zart wie Butter.

»Weißt du, Birdie«, sagt er, »du musst mir das überhaupt mal erzählen. Ihr seid einfach plötzlich auf und davon, nach Antigua, ohne erkennbaren Grund. Und 'n paar Monate später sind Goff, Teddy und 'n paar andere hinterher, ihr habt irgend so 'ne Karibik-Blechhütte gemietet, als Studio, und da habt ihr an allen Ideen und Songs gearbeitet, die später in *Hard Candy* und *Hard Time* eingegangen sind. Korrekt?«

»Korrekt. Aber du weißt doch alles, du musst mich doch gar nicht behelligen. Es gibt *Hard Candy,* es gibt *Hard Time,* die nimmt dir doch kein Mensch weg.«

»Die waren das Endprodukt. Klassiker, grandios und zukunftsweisend. Das war quasi Jack auf den Begriff gebracht. Sein größtes Werk. Aber das klingt wie aus dem Nichts gekommen.«

»So geht Rock-'n'-Roll-Magie.«

»Nein, die Alben sind nicht die ganze Geschichte.«

Klar, Barry, für dich muss da mehr sein, denn du bist ein Groupie, du bist der Obermotz der Musik-Nerds – scharf auf alles Weggelassene, auf die Gespräche zwischen den Takes, die Streitereien, auf Klatsch und Tratsch. Du warst so geil drauf rauszukriegen, was das eigentlich heißt: Jack sein, dass du unbedingt seine Tussi ficken wolltest, bloß um einmal ein paar Krampfsekunden lang da zu sein, wo Jack gewesen war.

»Jack hatte die Bänder damals der Plattenfirma gegeben, war hauptsächlich *unplugged* – so 'ne Art akustisches Notizbuch, hab ich rausgekriegt. Als die Platten fertig waren, wussten die damit nichts mehr anzufangen. Ich war da, ich hab tagelang in deren Archiven gewühlt. Die sagen, das ist verloren gegangen, weggeschmissen, was weiß ich. War eben damals so. Da hat doch kein Mensch 'n Schimmer gehabt, was die da für Werte weggeschmissen haben.«

»Das Material war wertlos«, sage ich. »Wie du gesagt hast, eine Art Notizbuch. Jedenfalls nichts von wegen Jack auf den Begriff gebracht.«

»Wie kannst du so was sagen, Birdie?«

»Ich bin eben nicht wie du, Barry. Ich bin zufrieden mit dem, was ein Künstler mir freiwillig schenkt. Ich brauch nicht noch alles, was er machen musste, damit so ein Geschenk überhaupt zustande kommt. Jack wollte nicht, dass irgendwer diese Rohbänder hört.«

»Du hast gut reden. Du warst ja die ganze Zeit dabei. Du kennst die. Du hast die gehört. Aber ich erhoffe mir von dem Filmmaterial von den Antigua-Sessions, dass es eine Lücke schließt. Ein kulturhistorisches Dokument ist es sowieso.«

»Wieso denn?«, frage ich treuherzig. »Wichtig ist doch die Musik. So 'n Film von zufälligen Sessions, das ist doch *work in progress,* völlig wertlos.«

Er versucht, sich an gabelweise Steak und Kartoffeln aufzurichten. »Entschuldige, Birdie, aber kannst du wirklich beurteilen, was Wert hat und was nicht? Ich hab jahrelang geforscht an Jacks Werk, hab drüber geschrieben, habs, wenn du so willst, quasi im Alleingang am Leben gehalten, während drumrum die Moden gewechselt haben.«

»Das hast du wirklich gut gemacht.«

Er sucht meine Augen nach Sarkasmus ab, stößt aber nur auf blaue Sanftheit. »In der Tat«, sagt er dann und belohnt sich erst mal mit Essen. »Okay, Birdie, direkte Frage: Sind die Sessions gefilmt worden? Ja oder nein.«

»Ja. Das weißt du doch. Das haben dir doch Goff oder Teddy schon erzählt.«

»Und danach? Wo ist das Zeug? Hat da je einer 'n richtigen Film draus gemacht?«

»Irgendwie schon. Obwohl – eigentlich nicht.«

»Was soll das heißen?«

»Ach Barry, das war doch bloß 'n Rudel Filmstudenten aus Berkeley, die hatten wir am Strand kennen gelernt. Und 'n paar von denen hatten Eclairs dabei und einer 'ne Nagra. Wir haben einfach zusammen rumgemacht und uns amüsiert.«

»Aber die waren verdammt nochmal bei den Sessions dabei und hatten Filme in den Kameras. Was ist damit passiert?«

»Die haben sie mit zurück in die Staaten genommen und entwickelt und zusammengeschnitten.«

»Wer ist ›die‹, Birdie?«

»Die Namen weiß ich nicht mehr. Das ist Jahre her. Wir waren sowieso die meiste Zeit zugedröhnt – und da sind alle möglichen Leute aus- und eingeschwirrt. Wissen Goff und Teddy die nicht mehr?«

»Die wussten nicht mal Berkeley. Aber vielleicht hilft das endlich mal weiter.«

»Wobei?«

»Bei der Suche nach den Spuren.«

»Von was?«

»Mein Gott, hörst du eigentlich zu? Von dem Film, Film, Film.«

Ich lege eine Sekunde Schweigen ein, bevor ich zu meinem chirurgischen Bombenangriff ansetze. »Barry, es *gibt* keinen Film. Die Typen haben einen Haufen Kohle abgestaubt und Jack um jede Menge Zeit und Material beschissen, und was die dadraus gemacht haben, war Schrott. Jack hatte inzwischen auch kein Interesse mehr. Weil ihn alle bloß dauernd ausplündern wollten.«

Ich lehne mich zurück und beobachte, wie es in Barrys Hirn einschlägt.

»Draus gemacht?« Auf seinem Gesicht hängen Schweißtropfen wie Spuckebläschen auf einem Babymund. »Heißt das, die haben wirklich etwas produziert? Hast du das gesehen? Hat Jack das gesehen?«

»Ja sicher. Er hatte schließlich dafür gelöhnt, nicht?«

»Und *was* hast du gesehen? Was hat Jack für sein Geld gekriegt?«

»Drei Stunden Mischmasch in drei großen Filmbüchsen.«

»Drei Stunden?« Barry sabbert wieder. Und ich werde fast nostalgisch.

»Und das ganze Rohmaterial, das die nicht verwendet hatten. Das halbe Zimmer voll Büchsen und Kisten. Hätte nie gedacht, dass so was so viel Platz wegnimmt. Wir sind 'n paar Tagen drumrum geklettert, dann hat Jack den ganzen Krempel genommen und im Garten verbrannt.«

Jetzt entgleisen Barry sämtliche Gesichtszüge. »Jack hat die alle verbrannt?«, flüstert er.

»Ja sicher. Er hat ja nicht für nichts und wieder nichts gelöhnt – er wollte das Zeug haben, um es vernichten zu können. Damals hat doch schon jeder Idiot irgendwas mitgehen lassen, Souvenirs und so, bloß um erzählen zu können, ich hab was von Jack.«

Barrys entgleiste Gesichtszüge sind rot gesprenkelt. Was er wohl eingepfiffen hat? Ich plaudere weiter: »Er ist fast durchgedreht deswegen. Hatte Träume, wie ihm jemand kleine Stücke rausschneidet und er verblutet. Wollte ja auch zum Psychiater, aber er konnte niemandem mehr trauen. Also hat er sozusagen Beweise vernichtet. So ungefähr – wenn er nichts mehr hat, kann ihm keiner was klauen.«

»Deswegen hat *er* den Film vernichtet?«

Ich sags ja. Es hat keinen Sinn, Barry irgendwas zu erklären – er kapierts nicht. Ich seufze und zünde meine nächste Bombe. »Ja, das ganze Zeug, das die nicht verwendet hatten.«

In Barrys Augen flackert Hoffnung auf wie ein Notlämpchen. »Und die drei Stunden Film?«, keucht er.

»Ach die, die waren unter seinem Bett«, sage ich wegwerfend. »Komplett paranoid ist er ja erst 'n paar Monate später geworden.«

Ich mache zu gern Chaos in Barrys Kopf. Er wird dann so machtlos, dass ihm die nächste Frage nicht einfällt. Er vergisst sogar das Kauen.

»Mensch, Barry«, sage ich, »ich weiß echt nicht, was du von mir hören willst. Nach Jacks Tod sind die Geier über alles hergefallen. Das meiste, was nicht verbrannt war, ist geklaut worden, sogar die Copyrights für die Musik. Ich hab gerettet, was zu retten war, aber viel war das nicht mehr.«

»Den Film auch?«, keucht er wieder.

»Möglich.«

»Möglich?«

»Ich hab nie nachgeguckt. Gibt Ecken, da guck ich schon seit Jahren nicht mehr rein. Das Leben geht weiter.«

Deins ja, würde Barry gern sagen. Du bist doch mit dem nächstbesten strahlenden Star abgezischt, als hätte es Jack nie gegeben. Seiner Meinung nach bin ich einer von den Geiern. Das würde er gern sagen. Ach, wie gern würde er das sagen. Der arme kleine Köter. Ich lächele ihn an. Mein allerliebstes Lächeln ist ihm inzwischen widerlich.

Aber er reißt sich zusammen. »Du könntest den Film also irgendwo haben?«

»Keine Ahnung. Wär denkbar.«

»Und wo?«

»Och – ich hab überall noch Zeug.«

»Soll ich mal suchen?«

»Um Himmels willen. Ist wahrscheinlich sowieso nicht in England.«

»Nicht in ...?«

»Nein. Hör zu, Barry, ich bin müde, ich war den ganzen Tag unterwegs. Ich bin auch nur die eine Nacht in London, und ich würde gern morgen früh aufstehen und noch 'n paar Leute treffen, bevor ich wieder fahre.«

»Du kannst noch nicht fahren. Wir haben noch gar nichts abgemacht.«

»Dein Problem. Du hast mich breitgeschlagen, herzukommen und mit dir zu reden. Hab ich beides gemacht. Und jetzt will ich wieder nach Hause.«

»Ich weiß ja nicht mal, wo du wohnst. Wie kann ich dich denn erreichen?« Er wimmert fast. »Du hast gar nicht aufgegessen. Du kennst doch mein Angebot noch gar nicht.«

»Doch – du hast was von Produktionskosten als ›letztes Angebot‹ erzählt. Und mein Essen ist kalt.« Ich greife nach der Tasche. Der Griff einer Frau nach ihrer Tasche hat symbolisches Gewicht. Barry macht er Heidenangst.

»Warte doch mal«, sagt er, »ich hab nicht gemeint, dass das mein allerletztes Angebot ist. Birdie, setz dich wieder hin, ja? Bitte.«

Ich lasse mich wieder zurücksinken, aber nur schräg auf die Stuhlkante und so, dass er meine Beine samt »Fuck Off!«-Schuhen voll im

Blick hat. Lange Beine plus S/M-Trittchen – und die sind auf dem Sprung, entweder raus hier oder auf dich drauf, Barry. Liegt ganz bei dir.

»Mit ›letztes Angebot‹ hatt ich bloß die Senderechte im Kopf, Birdie. Die Fernsehproduktion hat ein begrenztes Budget, Birdie, aber ich doch nicht. Wenn dieser Antigua-Film wirklich existiert, hab ich höchstens den Himmel als Grenze.«

»Junge, Junge, Junge!«, sage ich. »Ich wusste gar nicht …«

»Du könntest Klamotten kaufen ohne Ende, Luxuskreuzfahrten machen von dem, was ich dir bieten kann – wenn der Film existiert.«

»Klingt verlockend. Bloß, das Ding zu finden, verschlingt allein schon Kreuzfahrten. Das kann sonst wo sein. Mick Jagger, zum Beispiel, hat mir nach Jacks Tod mal seine Insel geliehen – da hab ich noch Sachen. Dann war ich in Los Angeles – da hab ich auch noch Sachen. Und bei, wie hieß der denn noch? Vergessen. Hatte 'ne Riesenvilla auf Paxos. Oder hieß das Naxos? Ich war doch sonst wo. Das weißt du doch.«

Und wie er das weiß. Alle Welt hat das gewusst. Mir waren die Paparazzi überall auf den Fersen – à la mit Birdie um die ganze Welt –, und die haben jedermann jeden Quatsch erzählt.

»Und so 'n Trip mach ich nicht nochmal, bloß weil dir das in den Kram passt, Barry.«

»Der hat dir 'ne Insel geliehen?« Superstars machen Barry immer rat- und fassungslos.

»Glaubst dus nicht? Ach, Schätzchen, du kennst die alten Kämpen doch alle – ruf einfach Mick an, frag ihn, ob er mal nach deinem Film gucken kann. Vielleicht hat der den Nerv dafür und die Zeit. Ich nicht.«

Das war meine Botschaft, laut und deutlich. Und sie ist angekommen. Barry sitzt da und glotzt mich an. Verlegenheit, Gier und das Gefühl, immer noch sozial den Kürzeren zu ziehen, tropfen ihm von Stirn und Oberlippe. Er grübelt, wie ich nach all den Jahren immer noch so teuer sein kann. Ich müsste doch auf Knien vor ihm liegen:

Ich bin doch bloß noch ’ne alte Zicke. Weiß doch jeder, dass so eine nichts mehr wert ist. Er hat doch mit Pralinen gewedelt, mit ein bisschen Medienrummel – eigentlich müsste ich ihm aus der Hand fressen und Männchen machen. Das Alter muss mich doch aufgeweicht haben, gefügig gemacht.

Stattdessen schreite ich shimmymäßig schlendernd aus dem Café d’Arte und hinein in die Nacht. Ich heiße Walker. Ich kann alleine gehen. Mich muss man nicht fahren.

Das heißt, fahren lassen hab ich mich doch ganz gern. Mir taten die Füße weh. Stolz und Adrenalin halten auch nicht mehr so lange wie früher. Ich war müde. Ich hab ein Taxi zurück ins Hotel genommen, mir die Schuhe abgeschüttelt, die Klamotten aufgeknöpft und mich langgelegt. Mit Memphis Slim im Walkman. Dann hab ich mir einen Joint gedreht und bin – leer getrickst und geschafft – ins Bett gefallen. Alle Risiken eingegangen, alle Vorstöße platziert. Jetzt hieß es abwarten, wie viel Selbstachtung Barry aufbrachte. Eine Menge? Ein bisschen? Gar keine?

Teil eins

Intros

When the music starts to play,
She slides out on the floor,
Dancing without a partner ...

Wenn dann die Musik losgeht,
schlüpft sie auf die Tanzfläche
und tanzt für sich allein ...

Keb' Mo'

1
Erste Eindrücke

Bei ihrer ersten Begegnung hatte George das Gefühl, Linnet Walker sei durchs Fenster gesegelt gekommen wie ein exotischer Vogel aus heiterem blauem Himmel. In Wirklichkeit war der Tag grau gewesen und sie durch die Tür gekommen, wie alle anderen auch. Ihr Vorname hieß einfach so viel wie Hänfling, und sie hatte sich auch weder singend noch schillerndes Gefieder spreizend auf der Schreibtischkante niedergelassen. Trotzdem verlor George das Bild nicht mehr aus dem Kopf.

Eigentlich war George nicht leicht zu beeindrucken. Aber seine Partnerin Tina Cole war noch sturer.

»Hat sie 'n Lebenslauf dagelassen?«, fragte sie.

»Nicht mal 'ne richtige Bewerbung.« George war immer noch gebannt. Er kniff ein paarmal die Augen zusammen, so als ob er von »Taghell« auf »Dämmerlicht« zurückschalten wollte. »Ich glaub, die hat uns erst mal getestet.«

»Die sucht 'n Job und hält uns nicht für gut genug? Die hat ja Nerven.«

»Wie eine frisch von der Schule, die mit Bewerbungen um sich schmeißt, sieht sie nicht gerade aus«, wollte George erklären, »mehr wie ...«

»Mehr *wie?*«

George gab keine Antwort, sondern putzte seine Brille. Dann fragte er zurück: »Mit wie vielen Leuten haben wir bis jetzt geredet? Und wie viele davon können einen einfachen Brief schreiben? Auch nur halbwegs korrekt buchstabieren? Kontoauszüge lesen? Kundenkarteikarten anlegen? Sich in dem Labyrinth von Computer zurechtfinden? War da ein Wesen dabei, das du auch nur ans Telefon setzen würdest?«

»Das ist hier kein Durchschnittsjob. Wahrscheinlich brauchen die alle etwas Haustraining.«

»Aus welchem Managerhandbuch hast du 'n den Euphemismus?«

George musterte seine Geschäftspartnerin mit einer Mischung aus Ärger und Zuneigung. »Sei so lieb und erklär mir mal, ob zum Haustraining auch gehört, dass wir irgendwelchen Girlies erst mal beibringen müssen, wie man sein Kaugummi los wird und die Zigaretten verschwinden lässt, bevor man der Kundschaft nahe legt, ihren ›Arsch‹ da und da zu ›parken‹.«

Tina schnaubte vor Lachen. »Ach, George – da waren wirklich 'n paar echte Trutschen dabei!«

»Aber nicht eine, die wir in den Empfang setzen würden – geschweige an vertrauliche Unterlagen lassen. Wir arbeiten in der Sicherheitsbranche, verdammt nochmal. Da darf man erwarten, dass wir selber sicher sind. Und vertrauenswürdig. Und taktvoll. Jedenfalls nicht den Spruch ›Abwarten und Tee trinken‹. Wir gehen jetzt seit fünf Wochen so auf dem Zahnfleisch, ohne Bürokraft.«

Es war kurz vor acht Uhr abends und der Verkehr draußen ruhig und träge. Alle Läden in der Straße außer dem China-Imbiss und der Kneipe, deren Geschäft jetzt allmählich losging, waren zu. Alles hatte auf Nachtbetrieb und Feierabend geschaltet. Nur eine Firma namens »Cole-Adler Security« hatte jede Menge Arbeit nachzuholen.

Tina stöhnte auf. »Fahr nach Hause, Schatz. Du siehst ja total kaputt aus. Sonst fährt Fay noch mit mir Schlitten. Morgen kriegen wir das gebacken, ganz bestimmt.«

Tina hatte ausnahmsweise die Elternrolle übernommen. Eigentlich war George sonst der mit der breiten Brust, der immer alles gebacken kriegte. Aber heute war der ruhige, systematische George müde und seine gemütliche Leibesfülle fast jenseits seiner Tragkraft.

»Fahr nach Hause«, wiederholte Tina.

»Du aber auch«, antwortete George. »Wir sind heute beide nicht mehr einkommensstark.«

Das stimmte. Sie hatten auch beide die Nase voll davon, dauernd auf der Stelle zu treten und nichts erledigt zu kriegen, weil die meiste Zeit für Anrufebeantworten und Hinter-Geld-Herrennen und Briefmarkenkaufen draufging. »Cole-Adler Security« brauchte Hilfe. Cole-Adler brauchten ein kompetentes Büromanagement.

Auf dem Nachhauseweg im ruckeligen blinden Wurm, den alle seine Kenner nur *Misery Line* nennen, dachte George Adler über Linnet Walker nach. Sie war nicht gerade der Typ Frau, von der man gesehen werden will, wenn man gerade sein Saure-Gurken-Käse-Sandwich in den Laserprinter fallen lässt. Er wusste genau, wie ein Mann in seinem Alter und von seinem Umfang von hinten aussah. Er wusste auch, dass so ein Anblick nicht schöner wurde, indem man sich vornüberbeugte, reifen Cheddar aus dem empfindlichen elektronischen Equipment zu fingern versuchte und dazu ständig leise Flüche ausstieß. Genau das aber, dachte er traurig, hatte Linnet beim Hereinkommen sehen müssen.

George hatte alles Mögliche erwartet – einen Jobbewerber, eine Frau, die eine Alarmanlage gegen Einbruch brauchte, sogar den Buchprüfer wegen der Jahresbilanz. Er hatte sich tatsächlich mal wieder drei Termine gleichzeitig gemacht und die nicht mehr weggekriegt. Und dann hatte er alles noch schlimmer gemacht, weil er unbedingt die Seiten mit den Einnahmen und Ausgaben ausdrucken wollte, weil der Buchprüfer die bestimmt brauchte.

Computer waren nicht Georges Welt. Elektronischer Schnickschnack war ihm ein Rätsel, und als Kind ging er auch schon seit ewig nicht mehr durch. Seine Technologie hieß Tinte und Feder. Wenn so jemand für den digitalen Terminkalender zuständig ist, dann blickt er nicht mehr durch, dann macht er sich drei Termine auf einmal und dann verfüttert er sein Mittagessen an den Laserdrucker.

Er hatte Linnet hereinkommen gehört und, ohne sich umzudrehen oder auch nur hochzusehen, gesagt: »Moment bitte. Entschuldigung. Scheiße. Sind Sie der Job, die Alarmanlage oder die Finanzen?«

Eine sanfte Stimme hatte belustigt geantwortet: »Als was hätten Sie mich denn gern?«

»Als Hirnchirurg. Ich glaub, das ist hier 'ne Frontallobotomie am lebenden Drucker, und ich hab keine Ahnung, wo frontal bei dem Ding ist.«

»Frontal ist meine Spezialität. Lassen Sie mich mal ran. Ich hab auch kleinere Hände.«

Genau da war George die Lesebrille von der Nase geschliddert und hatte sich zum Saure-Gurken-Käse-Sandwich gesellt. Er hatte sich verzweifelt aufgerichtet und diesem Engel erlaubt, ihn zu erlösen.

Als er Fay später zu Hause den Vorfall zu beschreiben versuchte, fiel ihm nur ein: »O Gott, hoffentlich nimmt die den Job. Das wär wie ein erhörtes Gebet.«

»O ja, hoffentlich.« Fay machte sich bettfertig und klopfte sich Feuchtigkeitscreme ins Gesicht. »Du bist fix und fertig. Du darfst so nicht arbeiten. Nicht mehr. Wie ist sie denn sonst so?«

Aber der zu Recht für seine polizeitrainierte Gründlichkeit und Präzision berühmte George hatte das offenbar vergessen. »Gut mit Technikzeug«, sagte er nur. »Die hat den Drucker wieder sauber gekriegt und kapiert den Scheißcomputer.«

»Das ist ja 'n Wochenlohn wert. So wie du das Ding beschreibst, hält das jeder für 'ne Landmine. Und wie geht sie mit Leuten um?«

»Noch besser.« Jetzt fiel es ihm wieder ein. Als der Buchprüfer aufgetaucht war, hatte er immer noch keinen Durchblick, aber Angst gehabt, die Klientin zu verpassen.

»Ich warte auf sie«, hatte Linnet gesagt. »Keine Sorge.«

Zehn Minuten später hatte sich der Buchprüfer an die Arbeit gemacht und George war wieder aus seinem Büro gekommen, um festzustellen, dass nicht nur die Klientin glücklich in Broschüren blätterte, sondern dass auch alle für den Buchprüfer wichtigen Informationen ausgedruckt waren und mitnahmebereit dalagen. Und da hatte ihn plötzlich das Gefühl überkommen, die Gemütsruhe, mit der er normalerweise durchs Leben ging, könnte eines Tages wieder einkehren.

»Die kommt bestimmt nie wieder«, murmelte George und legte sich betrübt ins Bett. »Die hat sich bestimmt das Chaos angeguckt, das ich mit dem Drucker veranstaltet hab, und beschlossen, doch lieber Klos zu schrubben.«

Aber Linnet kam zwei Tage später zum Termin bei Tina.

»Meine Fresse«, befand Tina anschließend, »ich konnt mich gerade noch bremsen. Am liebsten hätte ich sie am Tisch festgekettet, damit sie nicht abhaut. Hat die den schwarzen Gürtel in Charme oder was?«

»Siehste?« George war selig, dass die sture Tina genauso empfänglich für den Charme dieser Frau war wie er.

»Lebenslauf hat sie keinen. Und bloß zwei Referenzen. Andererseits, was erwartet man von einer, die sich die letzten zehn Jahre um ihre Mutter gekümmert hat?«

»Die prüf ich nach«, versprach George.

»Du nicht«, widersprach Tina. »Das mach ich selbst. Ich trau keinem Mann, der so verzweifelt ist wie du.«

Bei der ersten der beiden Adressen hatte Tina einen französischen Restaurantbesitzer am Telefon.

»Linnet?« fragte er. »Ah, Sie mein' Chouette. Ich sage immer Chouette zu sie. Ist mein Schatz von alle Schätze.«

»Äh – ja«, fragte Tina weiter. »Aber sagen Sie mir auch, als was sie genau eingestellt und wie zuverlässig sie war?«

»Sie 'at meine Leben gerettet«, schwärmte die extravagante Stimme. »Ohne Chouette ich würde immer noch Kartoffel schälen. Ich würde sein bankrott. Meine Freunde würde weinen an meine Grab ...«

Als Tina aufgelegt und Tatsachen und Übertreibungen auseinander sortiert hatte, schloss sie, dass Linnet Geschäftsführerin gewesen sein musste. Sie war offenbar in dieses Restaurant hineinspaziert, das außer einem begabten, aufgekratzten und hoffnungslos chaotischen Meisterkoch nichts aufzuweisen hatte, und hatte derart System in den Laden gebracht, dass er brummte. Es gab sogar einen Pudding, der ihr zu Ehren *Bombe Chouette* hieß.

»Ich hab ihn gefragt, warum sie da weggegangen ist«, erzählte sie George, der von einem Ohr zum anderen grinste. »Und der sagt, ich zitiere: ›Ah, was sie 'ätte noch machen können? Der Siestem ist narrensiecher. Sie 'at gemüsst weiterflattern.«

Georges Lächeln gab schließlich den Ausschlag für Tinas Entscheidung. Sie hatte es seit Monaten nicht mehr gesehen, fiel ihr auf, und sie fühlte sich verantwortlich.

»Tina, um Himmels willen«, sagte George, »Linnet soll bloß hierherkommen und so 'n narrensiecheres Siestem auch für uns auf die Beine stellen. Ich hab die Schnauze so voll von dieser ewigen Panik.«

»Und wir hoffen solange, dass sie niecht weiterflattert mietsamt die Kleinegöld?«, fragte Tina. »Ich ruf lieber erst noch die andere Nummer an, wenn du nichts dagegen hast.«

Diesmal hatte sie einen freischaffenden Fotografen dran, der ebenso voll des Lobes für Linnet war.

»Sie hat ihn ins Geschäft gebracht«, berichtete sie hinterher. »Klang, als ob sie extrem gut Aufträge beschaffen konnte. Ach, und wusstest du schon? Sie ist ›ausgesprochen fotogen‹.«

»Und sonst? Ist sie mit dem Kleingeld weggeflattert?«

»Nein«, gab Tina zu. »Okay, okay, sie ist eine Heilige und ein Genie. Ich wüsste bloß partout nicht, warum eine Heilige oder ein Genie bei uns arbeiten wollen sollte.«

»Du wüsstest aber auch partout nicht, warum wir sie nicht darum bitten sollten, oder?«

»Ich bezahle nur ungern jemanden, der fotogener ist als ich«, schlug Tina vor. »Also gut, George, schlepp sie her. Ich weiß ja, du bist scharf drauf.«

Und so kam Linnet Walker zu einem Job bei Cole-Adler Security und George endlich wieder zu guter Laune. Bald war er wieder George, der nette, systematische Gemütsmensch, auf den Tina sich verlassen konnte. Er wirkte sogar jünger. Allein wegen dieser Veränderung hätte Tina mit Freuden Linnets Lohn gezahlt. Aber dass George sich so änderte, lag an den Veränderungen im Büro.

Als Erstes hatte Linnet den Computer bezirzt, sich gegenüber seinen Besitzern verständlicher und menschlicher aufzuführen. Obendrein notierte sie alle Anrufe und Termine von Hand in einen Kalender, der auf ihrem Tisch lag. Er war vor allem für George gedacht, aber Tina fand auch bald Geschmack daran.

Zweitens organisierte sie die Tagesabläufe so, dass beide zwischendurch noch Zeit zum Reden hatten. In Zeitplänen war sie geschickt, und sie hatte einen Instinkt dafür, wer von beiden am besten zu welchen Klienten passte und umgekehrt. Und die Kundschaft reagierte auf wundersame Weise – zahlte noch vor der ersten Mahnung und schien regelrecht dankbar ob des Privilegs.

Umgekehrt schienen Lieferanten plötzlich unerhört kulant in Sachen offene Rechnungen zu sein. Die Firma Cole-Adler musste Büromaterial jetzt weder vorab überweisen noch bei Lieferung bar bezahlen. Die Rechnungen kamen auch sozusagen im gemütlichen

Schlendergang, und schließlich kam der Krieg zwischen Einnahmen und Ausgaben immerhin zum Stillstand.

»Ich begreif das nicht«, sagte Tina, »letzten Monat haben die Säcke uns fast bombardiert mit Zahlungsaufforderungen. Jetzt überschütten sie uns mit Gratismustern und umgurren uns.«

»Dann lass es doch«, sagte George, »genieß es einfach und schweig.«

»Sie hat so was Vertrauen Erweckendes. Hast du mal gehört, wie sie telefoniert? Du glaubst, sie charmiert irgendeinen Konzernboss – und du weißt genau, das ist bloß irgendein Lagerdisponent, aber wir haben die zwölf Dutzend Fenstersicherungen tatsächlich morgen und nicht erst nächste Woche. Sie kann offenbar mit jedem, von Prinz bis Prolo. Als wär sie zu Hause in jedem Schlamassel. Wie alt ist die eigentlich?«

»Steht das nicht im Lebenslauf?«

»Sie hatte doch keinen, vergessen? O Mann, vielleicht frag ich sie mal.«

Tina fragte nie, und Linnets Alter blieb schließlich ein Geheimnis. Sie war eindeutig eine reife Frau, bewegte sich aber schnell und anmutig wie ein junges Mädchen. An ihr sah noch das billigste, schlichteste Kleid exotisch aus. Sie redete schnodderig und sehr heutig, aber ihre Briefe waren ein Muster an diskreter, gebildeter Wortwahl.

Alles sehr widersprüchlich, fand Tina, aber sie war zu beschäftigt, um lange zu grübeln. Nach Linnets erster Woche wurde Tina ruhiger und beschloss, dass Linnet mit allem und jedem zurechtkam. Man brauchte weder ein Auge auf sie zu haben noch hinter ihr herzukontrollieren, also nahm Tina den Rat von George an: Sie schwieg und genoss es.

2
Die Schwester

Meine Schwester war oben unterm Dach und machte irgendetwas aus bunten Seidenvierecken. Robin macht immer irgendwas. Sie lässt auch immer die Hintertür offen. Sie traut den Menschen, die Verrückte. Sie ist oft genug übern Tisch gezogen worden, aber sie glaubt an die Vervollkommnung der Menschheit und an die Grundgüte ihrer Nächsten. So muss es sein, oder ihr Gedächtnis ist ein Kondom mit Lochmuster. Sie traut sogar mir.

»Hallo, Robin«, hab ich gesagt. »Die Tür nicht abschließen ist das eine, aber die Handtasche auf dem Küchentisch stehen lassen, das ist praktisch eine Einladung.«

»Lin!« Sie ist herumgefahren, mit der Schere in einer und einem Stück Stoff in der anderen Hand. Das hat sie fallen lassen, ist um den Arbeitstisch herumgekommen und hat mich stürmisch umarmt. »Du hast gar nicht gesagt, dass du kommst. Du siehst toll aus. Bleibst du länger? Wie gehts dir?«

Ich hab die Arme um sie geschlungen und ihre weichen Schultern und die seidigen Haare, die immer grauer werden, an meiner Wange gespürt. Das Leben muss wirklich entschieden leichter sein, wenn einem nicht mehr so wichtig ist, wie man aussieht.

Die herzliche Begrüßung endete in der Küche, wo sie uns Kaffee kochte und mir selbst gebackene Schokokekse hinstellte. Als ihre Kinder noch klein waren, hat Robin für Jimmy immer Schokokerlchenkekse und für Grace Schokotäubchenkekse gebacken. Die Art Mutter war sie.

Das Haus stammt aus viktorianischen Zeiten und ist als Einziges in der ganzen Straße nicht in kleine und winzige Wohnungen zerteilt. Für Robin ist es eigentlich viel zu groß, seit ihr dämlicher Mann sie verlassen hat und die Kinder auf dem College sind. Aber sie würde nie ausziehen. Dieses Haus hatte Jack unserer Mutter gekauft, nachdem unser Vater gestorben war, und Robin würde nichts verkaufen, was auch nur die geringste Beziehung zu Jack hat.

Robin hat Jack immer angebetet. Ich meine – wahrhaftig. Ich musste immer lachen, sie war nämlich sonst eigentlich extrem gegen meine Freunde und meine Art zu leben. Wenn sie sonst einen von meinen Männern kennen lernte, sah man ihr direkt an, dass sie dachte: Ja, ja – schon wieder so 'n talentierter Komet, so 'n Narziss, viel Schein, null Substanz. Robin hielt auf Substanz. Sie hielt auch immer Ausschau nach einem Mann, mit dem ich Wurzeln schlagen kann. Sie wollte nie wahrhaben, dass Wurzelnschlagen ihr Ding ist und nicht meins.

Deshalb hab ich mich, als sie Jack, den talentiertesten Kometen aller Kometen, kennen lernte und ihm sofort erlag, fast krankgelacht. Am liebsten hätte sie sich zusammengekringelt und vollkommen selig als Mäuschen in seiner Tasche gewohnt. Sie hätte ihm auch nie übel genommen, wenn er sie übersah oder total vergaß, dass sie auch da war. Was auch besser so war, denn Jack übersah sie eigentlich immer, und das sah ihm auch ähnlich.

Es gibt den Maria-Typ und den Martha-Typ. Manche Männer stehen auf den einen, manche auf den anderen. Jack war ein hundertprozentiger Maria-Mann. Die Marthas übersah er grundsätzlich.

Und übrigens, die männlichen Gegenstücke zu Maria und Martha sind wahrscheinlich Ikarus und Sisyphus. Robin suchte immer nach Sisyphus. Sie schätzte Konstanz und Konsistenz. Substanz eben. Aber sie erlag dem Zauber von Ikarus – der auf nicht sehr verlässlichen Flügeln hoch hinausfliegt und verbrennt.

Einen Sisyphus hatte sie geheiratet, und der hatte sie nach zehn Jahren wegen einer jüngeren Martha sitzen lassen. Mit zwei kleinen Kindern und einer durchgedrehten Mutter. So viel zur Substanz. Aber das kommt davon, wenn man sich selbst aufgibt für die Liebe und die Familie.

Ich gebe mich nie für irgendwas auf. Aber es ist ziemlich nützlich, eine Schwester zu haben, die das tut.

Ich hab ihre Schokokekse nicht gegessen. Wenn man mit Robins

Selbstgebackenem einmal anfängt, hört man nicht mehr auf – und ich möchte nicht aussehen wie sie. Nicht dass sie fett wäre, aber sie ist muttihaft mollig. Nach ihr würde im Café d'Arte kein Mensch den Hals recken und grübeln, wer das ist.

»Was machst du denn in der Stadt?«, fragt sie jetzt.

»Ach, so dies und das«, antworte ich. »Kannst du dich an den Drecksack Barry erinnern?«

»Du gehst doch nicht etwa zu dem? Mensch, Lin, das ist 'n Dieb.«

»Na ja, irgendwie schon. Er ist immer noch hinter Reliquien her. Und ich brauch Geld, Robin.«

»Nein! Dem darfst du überhaupt nichts geben.«

»Tu ich auch nicht, wenn ichs irgendwie vermeiden kann. Aber eine Idee wärs.«

»Was?«, sagt Robin. »Du musst doch Jack schützen.«

»Jack braucht keinen Schutz mehr.«

»Doch! Und wie. Der Saftsack will Elvis aus ihm machen.«

Arme Robin. Hängt so fürsorglich an jemandem, der schon so lange nicht mehr da ist.

»Was soll ich denn sonst machen?«, frage ich. »Die Welt ist nun mal schlecht. Soll ich mein ganzes Leben lang die Fackel halten? Fackeln kann man nicht essen.«

»Lin, Lin – schsch. Komm, trink erst mal Kaffee. Was ist los? Erzähls mir.«

Sie ist so weich. Sie hält nicht lange durch.

»Nichts«, sage ich. »Jedenfalls nichts Neues. Bloß Leute, die einen belästigen. Eigentlich müsste ich schreiben, aber die legen mir den Kopf lahm.«

Ich gestatte ihr, mich zu trösten, denn das ist ihre Art, selbst Trost zu finden. Dann sage ich: »Ich hätte gern irgendwas Festes: einen Job, wo man hinmuss, jemanden, der einem sagt, was man zu tun hat.« So was hört sie gern, denn so was denkt sie selbst.

»Bleib erst mal hier, Lin. Ich halte dir die Leute vom Hals, und du kriegst dich erst mal wieder ein.«

»Aber die wissen doch, dass du meine Schwester bist. Die rufen dann hier an.«

»Tun die doch immer. Im Flurschrank liegt auch noch 'n Stapel Post für dich«, sagt sie. »Ich sage einfach, was ich denen immer sage: Ich hab lange nichts von dir gehört und weiß nicht, wo du bist.«

»Ach, Robin«, sage ich, »du bist zu lieb, das kann ich doch nicht von dir verlangen. Ich hab richtig Ärger am Hals – 'ne gesperrte Kreditkarte, 'n paar Schulden. Ich brauch dringend 'n Job – kann sein, dass es dauert, bis ich mich einkriege.«

»Bleib hier, solange du willst.« Sie guckt panisch. Bei Schulden kriegt sie immer das Zittern. Da hängt zu viel Vergangenheit dran. Trotzdem sagt sie tapfer: »Du kriegst dich schon wieder ein. Hast du doch immer, wirst du auch diesmal. Ich helf dir.« Arme, treuherzige Robin. »Was sind das für Schulden?«

Jetzt sind wir am Punkt. Wieder gehts darum, den richtigen Preis zu setzen. Aber diesmal muss die Höhe jenseits ihrer Reichweite sein, sonst gerät sie in Versuchung, mir wirklich auszuhelfen. Der Betrag muss so hoch sein, dass sie mich nie dafür kaufen könnte, aber so niedrig, dass ich ihn glaubwürdig abstottern kann – mit Fleiß und harter Arbeit.

»Scheiße mit Reis«, sagt sie, als ich ihn nenne. Dann versinkt sie in Schweigen und kaut auf dem Knöchel des Ringfingers herum – ein sicheres Zeichen für Panik bei ihr.

Ich bin ein Biest, ich muss das sofort abmildern. »Ich hab aber selber auch Außenstände«, sage ich. »Deshalb hab ich ja die Probleme. Ich krieg noch Honorar von Dog Records, ich hab mit 'ner Band gearbeitet, die sie unter Vertrag genommen haben. Ich soll mir auch nächste Woche irgendein unreifes Talent in Oxford für die angucken. Die zahlen langsam, aber irgendwann zahlen sie. Das Blöde ist, das geht 'n bisschen von der Hand in den Mund zurzeit. Ich muss mir was zum Überbrücken einfallen lassen.«

»Du kannst doch hier wohnen«, sagt sie, »dann hast du doch kaum Kosten. Du müsstest bloß irgendeinen Job finden ...« Sie ist logischerweise so verunsichert, dass ihr die Stimme wegbricht. Ich bin schließlich nicht bloß berühmt für mein Luxusleben, sondern auch für meine Verachtung für alles Anstrengende und Ausdauernde. Ich langweile mich schnell, und dann mache ich die Biege. Kurz, ich bin flatterhaft.

»Mensch, Lin«, fängt sie wieder an, »du machst doch alles zum Erfolg, wenn du bloß ...«

»Wenn ich bloß einsteige? Dabeibleibe?« Ich muss lächeln. Komisch, wie Schwestern sich nie anhand von objektiven Maßstäben definieren, sondern immer dadurch, dass sie sich miteinander vergleichen. Dabeibleiben ist Robins Ding, Biegemachen Lins. Hin und wieder hat natürlich auch Robin schon mal die Biege gemacht und ist Lin bei etwas dabeigeblieben, aber laut Familienchronik ist das die Ausnahme. Eigentlich ist Robin das glimmende Kaminscheit und Lin der Knallfrosch – so ist unser Klischee. Und auch das ist ziemlich nützlich.

Wir beschließen also, ich wohne bei Robin, auch wenn ich sie ungern ausbeute, und sie filtert alle Anrufe und funktioniert als mein Frühwarnsystem. Damit ich die harte Aufgabe übernehmen kann, mich »wieder einzukriegen«.

Das war mal das. Hat gut geklappt.

Obwohl es kaum solcher Mühe wert gewesen wäre. Ich hätte genauso gut einfach mit meinem Koffer in der Tür stehen können – Robin hätte mich aufgenommen. Ich wollte aber, dass sie mich einlädt. Sie soll das Gefühl haben, sie tut etwas, um ihre kleine Schwester zu beschützen.

Ich hätte ihr auch genauso gut erzählen können, dass ich längst einen Job ergattert habe. Aber sie soll das Gefühl haben, es liegt auch an ihr, wenn ich auf den rechten Weg komme. Wenn jemand richtig gut für einen arbeiten soll, muss man für Zufriedenheit am Arbeitsplatz sorgen. Ihn zum Mitaktionär machen.

Und so saß meine Mitaktionärin Kekse knabbernd am Küchentisch und starrte ins Leere. Sie sah aus wie blöd. Sie ist keineswegs blöd, sie träumt sich nur durch Probleme. Sie macht keine Analysen –

sie probiert Szenarien durch wie Kleider, so lange, bis sie eins anhat, das bequem ist und passt. Gerade eben träumte sie sich durch das Problem, das sie für meins hielt. Sie würde auch eine Lösung für mich finden, wenn ihre Vorstellung von meinem Problem richtig war. Aber ich hatte sie leider in die Irre geführt.

»Robin, Liebes, komm, ich mach dir 'ne Haarkur.«

»Haarkur? Wieso das denn?«

»Weil graue Haare alt machen. Du siehst zehn Jahre älter aus, als du bist.«

Sie lachte, ließ sich von meinem Problem ablenken und verschwendete auch auf das neue Thema keinen weiteren Gedanken.

»Weißt du noch? Auntie May?«, fragte sie stattdessen.

Ich musste auch lachen. Auntie May war die Schwester unserer Mutter. Sie hatte in Weston-super-Mare gewohnt und da in einem Hotel gearbeitet, als Kellnerin-*cum*-Zimmermädchen. Sie hatte grotesk rote Haare gehabt und uns als Kindern immer erzählt, die seien von Natur aus rot. Sie behauptete auch immer, dass Rotköpfe nie grau werden. Rotköpfe, redete sie uns ein, besitzen das Geheimnis der ewigen Jugend. Wir waren damals viel zu jung, um ewige Jugend bedeutend zu finden. Wir wunderten uns bloß, dass sie haarmäßig so eitel war, wo sie gesichtsmäßig doch so alt aussah.

»Komisch«, sagte Robin, »Auntie May war da jünger als wir heute. Wir waren richtige Rotznasen, was? Haben Panik für Eitelkeit gehalten.«

»Weston-super-*merde!*«, sagte ich.

»Du Snob«, sagte Robin.

In dem Sommer, als Robin zwölf und ich zehn war, war irgendetwas zu Hause los gewesen. Wir haben nie rausgekriegt, was. Wir hatten einfach eines Morgens im August die Koffer gepackt gekriegt und waren am Ende einer Busfahrt von Auntie May abgeholt worden. Ohne eine Erklärung. Alles, was Auntie May je dazu sagte, war: »Euer Vater ist weg. Der hat was gemacht.«

»Was denn?«, hatte Robin ringfingerknöchelkauend gefragt.

»Das lass nicht deine Sorge sein«, hatte Auntie May geantwortet. Aber es war Robins Sorge, und wenn sie nicht Knöchel kaute, kaute sie Haarspitzen. Ich fand es aufregend: Mein Vater hatte »was gemacht«, das zu Geheimniskrämerei und einer leisen Stimme aus einem gespitzten Mund führte. Soweit mir bekannt war, »machten« weder meine Mutter noch mein Vater je »was«. Und plötzlich war sein »was« so enorm, dass Robin und ich zum ersten Mal in unserem Leben allein woandershin geschickt wurden und unsere Kleinmädchensehnsüchte und -ängste zusammenprallten mit den Enttäuschungen und Demütigungen einer erwachsenen Frau.

May hatte nie geheiratet. Sie hatte auch keine Kinder. In anderen Epochen wäre sie die alte Jungfer gewesen, die dazu verdammt ist, bei einer verehelichten Anverwandten nach der anderen zu wohnen. Vielleicht wäre sie damit glücklicher geworden. Denn auch wenn schon damals die alte Jungfer als Vorstellung überholt war, als Frau allein zu leben, war noch lange nicht so normal wie heute. Allein stehende Frauen galten weder als Wirtschaftsfaktor noch als politisch relevant. Sie galten immer noch als unerfüllte Geschöpfe. Sie besaßen eine gewisse ärmliche Unabhängigkeit, aber weder Würde noch Respekt.

Ja, die arme Auntie May. Sie hatte tatsächlich eine Reihe von, wie sie es nannte, Herrenbekanntschaften. Robin und ich fanden diese Herrenbekanntschaften aber ausgesprochen beunruhigend. Sie waren allesamt zu alt und keimig und unattraktiv, als dass sie Boyfriends hätten sein dürfen. Und Auntie May war ihrerseits zu alt für Boyfriends. Aber deretwegen brach Auntie May in Tränen aus, wenn die bloß eine halbe Stunde zu spät zum Strandspaziergang erschienen.

Auntie May beim Zurechtmachen für so ein Rendezvous zuzusehen, war eine Offenbarung. Schwupp, weg das schlichte kleine Schwarze mit dem adretten weißen Rundkragen. Weg das weiße Nylonunterkleid, die Marks-&-Spencer-Unterwäsche, die dicken Strümpfe, die flachen Treter. Und schwupp, her mit dem Mumm-Roller, dem Hauch *Diorissima.* Dazu ihr Endlosvortrag: »Parfüm gehört dahin, wo Blut pulst. Hier, guckt mal, die Venen in meiner Armbeuge. Da ist die Haut hauchfein. Ich bin berühmt für meine feine Haut. Sag niemals Riech, Liebes, das heißt Parfüm. Meine Haut ist so zart, da dringt immer ein bisschen Parfüm durch ins Blut. Das geht sogar weiter bis in die Haare.«

Und schwupp, her mit dem Spitzendessous. »Weiß steht für Reinheit, Schwarz für die Sünde. Rot ist so schlimm, dafür gibts gar kein Wort, Kinder. Wenn ihr auf mich hört – haltet euch immer schön an Hellbraun oder Altrosa. Nein, Lin, das ist nicht Pinkrosa, das ist Altrosa. Das auch nicht, das nennt man zyklamenfarben. Bringt meinen Teint zur Geltung – lässt ihn schimmern wie Perlen. Rotköpfe haben ja einen perlenschimmernden Teint.«

Und ich stand da mit meinem zehn Jahre alten Teint, sah Auntie May entsetzt zu und fragte mich, ob so ein wirklich wahnwitziges Spitzenungetüm wie das, das Auntie May anhatte, unausweichlich dazugehörte zum Frauwerden. Ich hatte keinen Schimmer, was mir einen Körper verschaffen könnte, der so aufwändig zubereitet werden muss, mit so viel Gestütze und Geforme, Gerüsche und Geraffe. Ich konnte mir nur vorstellen, dass es ganz plötzlich passieren würde, wie im Horrorfilm. Ich sah mich schon bei irgendeinem verrückten Professor in eine Verwandlungskapsel klettern – und der legt irgendeinen Hebel um, Laserlicht blitzt, und ich winde mich in Schmerzen, und vor meinen Augen quillt und wabbelt Fleisch und sprießen Haarstratzeln und schießen Brüste wie Würste aus der Wurstmaschine. Und dann klettere ich langsam wieder aus der Kapsel und mir tun die Füße weh mit ihren gequetschten Zehen und Ballen. Ich bin Frau geworden, und das ging in zwei Minuten.

Heute weiß ich natürlich, der verrückte Professor ist die Zeit persönlich. Aber damals kam mir Alter und Frausein vor wie ein mieser Trick, bei dem aus einer armen Unschuld eine frustrierte dumme Kuh wird. Und Wahnwitzdessous waren anscheinend so was wie eine Erkennungsmarke, mit der eine Frau sich vom Rest der Welt absondert.

Tja, die Erfahrung war prägend, und wie. Keine fünf Jahre später saß ich in zerrissenen Jeans und dünnem Sweater einem legendären Bluesmusiker zu Füßen, und plötzlich – ich weiß es noch genau – überfielen mich bohrende Zweifel bezüglich meines Baumwollschlüpfers und weil ich keinen BH trug. Ich hätte gar nicht unter Erwachsenen sein dürfen – nicht wegen irgendwelcher Jugendschutzgesetze, weil ich zu jung war, sondern weil ich die falsche Unterwäsche anhatte. Genauer gesagt, fast gar keine. Singt Dexxy für mich *Honey Crawl,* wenn er *das* weiß? Antwort: Aber und wie! Blutjung und unerfahren – das sind Attraktivitätsfaktoren. Wenn nicht die Attraktivität an sich. Ich dachte, es geht um mich. Ging es aber nicht. Es ging nur um Frischfleisch. Man ist nie zu alt und nie zu jung, um enttäuscht zu werden.

»Bis zum Strand dürft ihr mit«, hatte Auntie May dann verfügt, »aber ich möchte nicht, dass mein Bekannter euch sieht. Für ihn bin ich zu jung, um ein Tantchen zu sein.«

Und Robin und ich waren damals zu jung, um zu begreifen, was sie eigentlich meinte. Wir zerbrachen uns den Kopf, wieso sie für eine Tante zu jung sein wollte, sie war schließlich drei Jahre älter als unsere Mutter.

»Euer Tantchen hat ja ein goldenes Herz«, sagte unser Vater, als wir wieder nach Hause durften, »aber ist sie furchtbar dumm.« Und wir nahmen das Urteil an. Wir hielten eben, wie Robin gesagt hat, blinde Panik für Eitelkeit.

3
Die Band

InnerVersions ist eine Klugscheißerband aus Oxford. Sapper, der Leadsänger und Rhythmusgitarrist, war ein Jahr am Exeter College, bevor er ausgestiegen ist. Aber er pflegt das Image, es gerade mal knapp zur Fachhochschule geschafft zu haben. Er möchte nicht als elitäres Arschloch rüberkommen. Dram, der Leadgitarrist und Backgroundsänger, hat auf der St. Martin's School of Arts Kunst studiert. Er gibt schon eher mal an mit Bildung und Begabung. Corky, der Bassist, war tatsächlich auf der Fachhochschule und ist Diplompsychologe, redet aber nie darüber. Flambo, der Schlagzeuger, hat zwei Jahre am St. Katherine's College englische Literatur studiert. InnerVersions ist seine Kopfgeburt. Er kann zwar weder singen noch Songs schreiben, aber er weiß, und zwar total genau, wie sich die Band anhören muss. Karen spielt Keyboard und singt auch Backgroundvocals. Sie kommt von der Guildhall School of Music und weiß zwar nicht, wie die Band sich anhören muss, bumst aber mit Flambo, weshalb sie das auch so sieht.

Jedes der Bandmitglieder hat schon mal irgendwas über das Musikhandwerk mitgekriegt. Niemand ist ganz untalentiert. Und alle sind enorm ehrgeizig. Aber zugeben würde es keiner. Zusammen liegen sie im Dauerkrieg. Einzeln sind sie nichts. Sie sind intelligent genug, das zu wissen, und sie sind blöd genug, diese Intelligenz zu verbergen.

Sie würden gern aussehen wie eine echte Großstadt-Garagenband, aber klingen wie Cream, wenn Cream heute Musik machen würde. Sie wären gern berühmter als die Beatles und reicher als die Stones. Nun hatten zwar Cream, die Beatles und die Stones längst einen Namen, als die InnerVersions-Mitglieder noch nicht mal geboren waren. Aber es gibt die Legenden, und die kennen Sapper, Dram, Corky, Flambo und Karen. Die nähren sie und halten sie gleichzeitig hungrig.

Jetzt, nach ein paar Jahren Tingeln durch Pubs und Clubs und

Colleges mit einem gemischten Repertoire aus eigenen und gecoverten Stücken, hat InnerVersions einen halbseidenen Vertrag von einer Plattenfirma namens Dog Records gekriegt. Nicht gerade ein Traum, aber scheiß drauf, irgendwo muss man ja mal anfangen.

Das Problem ist, sie wissen genau, ganz genau, total genau, sie sind viel besser und sehen viel besser aus als so Bands, die viel besser dastehen.

Sie brauchen einfach einen kleinen Schuss Glück – einen kleinen Schuss Magie. Mehr nicht.

Und wenn so was vorbeikommt, dann brauchen sie ein bisschen Grips, um es auch zu erkennen.

Karen hat ihn fast auf Anhieb. Die anderen sind erst mal skeptisch, Flambo ist echt dagegen. »Du willst uns doch inne Pfanne hauen, gibs zu«, sagt er. »Die Abmachung war, wir unterschreiben, ihr zahlt, wir kriegen Studiozeit. Das war die Abmachung. Nicht 'ne alte Tussi, die keine Sau mehr kennt, spielt hier ›Machen Sie das Beste aus Ihrem Typ‹ mit uns. Das war nicht die Abmachung.«

»Tja ...«, sagt der Artist-&-Repertoire-Scout von Dog Records.

»Echt nicht«, bekräftigt Flambo.

»Ich bring sie heut Abend mal mit in den Cellar Club«, beharrt der A&R-Mann. Er sieht irgendwie aus wie ein schwammiger Rhabarberstrunk, verfügt aber über eine gewisse Unerbittlichkeit. »Und hinterher redet ihr mit ihr.«

»Fick dich«, sagt Flambo, »wir bleiben, wie wir sind. Wenn euch das nicht passt, wieso gebt ihr uns 'n Vertrag?«

»Haben wir noch nicht«, sagt der A&R-Mann.

»Lass doch erst mal hören«, schlägt Sapper vor.

»Mit wem hat 'n die sonst gearbeitet?«, fragt Karen.

»In letzter Zeit? Mit Dream Therapy. Mal von *On Your Toes* gehört? War sechs Wochen in den Charts. Das hat sie mitgeschrieben, unter anderem.«

»Sechs Wochen in den Charts.« Aus Sappers Mund klingt es wie ein Mantra.

»Wusst ich gar nicht«, sagt Karen.

»Betriebsgeheimnis«, sagt der A&R-Mann. »Bands machen ja ihre Sachen am liebsten selber, aber manchmal brauchen sie 'n bisschen Hilfe beim Schreiben und Arrangieren. Normalerweise sinds die Producer, die nirgends erwähnt werden, aber den Spindoctor machen. Aber es gibt auch 'n paar, dies für Geld machen.«

»Fick dich«, empfiehlt Flambo noch einmal.

»Sechs Wochen in den Charts«, mantriert Sapper wieder.

»Träum weiter«, rät Corky.

»Erst mal gucken, dann mal sehen«, findet Dram.

»Birdie Walker«, seufzt Karen. Sie kennt ein paar Bücher, sie hat auch Fotos von Birdie gesehen, in diesem Prachtband *Chelsea Chicks – Faces in Film and Fashion (1965–85)* zum Beispiel.

»Ich denke, das is bloß so 'ne Rock-'n'-Roll-Matratze«, sagt Corky.

»Du gewöhn dir erst mal Scheißmanieren an«, blafft der A&R-Mann. Der hat doch bisher immer geklungen wie ein Etonzögling? Die ganze Band glotzt ihn jetzt verblüfft an: In dem schwammigen Rhabarberstrunk steckt ja mehr als bloß 'n Schuss Rottweiler.

Ein Gig von InnerVersions geht typischerweise so: Es gibt einen öden Veranstaltungsort, zum Beispiel den Cellar Club. Es gibt zwei Bands. Die erste ist im Probestadium: noch ganz neu, eine Collegeband vielleicht. Die spielt, während die Leute noch reinkommen, sich was zu trinken kaufen, sich rempelnd begrüßen. Tanzen tut noch niemand. Dann kommt der erste Set von InnerVersions. Mit dem besseren Equipment und dem besseren Sound. Die Leute kennen die Band, die tingelt seit zwei Jahren in der Gegend. InnerVersions hat ein paar Stücke, zu denen man gut tanzen kann. Also tanzen sie, sobald sie genug Bier und Pillen drin haben. So Leute heißen bei InnerVersions »Gefolgschaft«.

InnerVersions weiß, was das heißt Vorband sein. Weiß, wie deprimierend es ist, vor lauter Leuten zu spielen, die nicht ihretwegen da sind, die weder zuhören noch reagieren. Weiß, wie unendlich wichtig es ist, wenn man ein Häufchen Leute hat, und wenn nur ein winziges, das extra wegen InnerVersions gekommen ist. Also ist Gefolgschaft sehr gut.

Zwischen den Sets geht die Band an die Theke. Mischt sich unter die Gefolgschaft. Kauft auch was zu trinken, wirft auch Pillen ein. Warum auch nicht? Band und Gefolgschaft sind ja Zeitgenossen. Da ist keine Distanz. Die ganze Szenerie ist demokratisch und freundlich, aber InnerVersions würde die eigene Seele verkaufen, um da rauszukommen. Bei der erstbesten Gelegenheit wären sie sofort hinter den Absperrgittern, säßen selbst in Limousinen und Luxushotels und L.A.-Studios herum. Freundliche, demokratische Szenerien sind das Erste, was man hinter sich lässt, wenn das dicke Geschäft kommt. Dahin geht man zurück, wenn man gescheitert ist. Falls man sich nicht schon vorher selbst zerstört hat und nirgendwohin zurückgeht. Auch heroisch scheitern ist eine romantische Option. Es sind schon Leute durch Burn-out zum Mythos geworden.

Über so einen Mythos gewordenen Burn-out denkt Karen an diesem Abend nach. Sie weiß, irgendwo im Publikum sitzt Birdie Walker und sieht und hört zu, und also denkt Karen an Jack und wie das mit Hitze wirklich ist. Zum Beispiel die Hitze der animalischen Anziehungskraft. Die hatte Jack eimerweise. Talent ist auch etwas Heißes. Auch das hatte Jack reichlich. Und Glück? Timing? Ja. Ja. Wenn man die alle zusammenschüttelt, passiert eine Kettenreaktion. Talent und Anziehungskraft aneinander gerieben entzünden einen Funken, eine Serie von kleinen Explosionen, den Generator für Publicity, die ihrerseits durch unsichtbare Lunten kriecht und schließlich das große Feuer namens Ruhm & Glamour entfacht.

Der Glamour um Jack war am Ende so heiß, dass er selbst ihn nicht mehr im Griff hatte. So ist er verbrannt – durch Glut und Glamour.

Für Karen hat das Symbolkraft. Leben und Tod haben gemeinsame Sache gemacht, und heraus kam etwas Gefährliches und Metaphorisches. Fast wie in der Kunst, denkt Karen, denn in Kunstdingen ist sie Romantikerin.

Ihr selbst droht keine Gefahr. Sie klemmt hinter ihren Keyboards, und die stehen weit hinter den drei Gitarristen. Eigentlich hat sie auch ein kleines Spotlight, aber das ist kaputt, also zieht sie ihr Ding so durch, unterstützt die Jungs und bleibt fast unsichtbar. Auch okay, denkt sie. Irgendwo ist ein fieses Feedback, sie muss zwischen den Stücken an ihren Verstärkern fummeln. Wäre InnerVersions eine große Band, gäbs für so was Techniker und Roadies. Aber wäre InnerVersions eine große Band, hätte Karen gar keine ausgelutschten Verstärker. Dann hätte sie brandneues Equipment und Leute, die es warten und ihr hinterhertragen.

Sie sieht zu Flambo. Er hat als Einziger mitgekriegt, dass sie Schwierigkeiten hat. Die anderen hören nicht zu. Flambos Arme tanzen wie glänzende weiße Flecken. Er prügelt sich gerade durch eine vertrackte Schlagfolge, guckt aber zu ihr und zieht fragend die Brauen hoch. Sie zuckt als Antwort pessimistisch die Schultern. Das Stück, das sie gerade spielen, heißt *More and More* und ist acht Minuten und fünfundvierzig Sekunden lang. Karen wäre lieber, es hieße anders und wäre nur drei Minuten lang, denn dann wäre der erste Set schon zu Ende und sie könnte jemanden für den Verstärker holen. Aber *More and More* ist eins der Groove-Stücke von InnerVersions, die Gefolgschaft ist auf den Tanzbeinen. Karen wechselt vom Roland auf den Korg, weil der von einem anderen Verstärker Saft kriegt. Jetzt sitzt zwar der Ton nicht, der Sound ist auch dünner, aber wenigstens kann sie damit ohne Blitzkrieg im Ohr spielen.

Flambo schießt finstere Blicke in ihre Richtung. Sie versucht, ihn zu ignorieren. In einer Minute kommt sein Break, zweiunddreißig Takte lang Schlagzeug, da kommt er wieder in Stimmung und auf andere Gedanken. Normalerweise freut Karen sich nie auf Trommelbreaks, diesmal kann sie es kaum erwarten. Drams tiefe E-Saite ist auch nicht mehr straff, auch das nervt sie.

Einen Augenblick lang wäre sie am liebsten zu Hause, pralinenkauend vor dem Fernseher. Sie könnte Musiklehrerin sein bei ihrer Ausbildung, sie müsste sich wirklich nicht auf die Bühne hocken, vor

Publikum. Schokolade und Glotze. Schokolade für Zahnkaries, Glotze für Kopfkaries. Kein beißender, gleißender Ehrgeiz, kein Tanz auf Messers Schneide zwischen Erfolg und Blamage. In diesem Augenblick würde sie alles geben, nur um zu Hause im Dunkeln sitzen zu dürfen und nicht in aller Öffentlichkeit bestehen zu müssen. In diesem Augenblick kommt ihr *More and More* seicht und repetitiv vor. Sie mag das hier nicht spielen, wo alle zuhören und -gucken. Das ist nicht ihr Stück. Das ist bloß Gewichse, lang, laut und sinnlos.

Was die Sache noch verschärft – irgendwo da hinten, hinter den Lampen, hinter der Gefolgschaft, ist Birdie Walker. Birdie Walker ist für Karen eine, die Bescheid weiß. Bescheid mit was? Das kann Karen nicht formulieren, aber es hat irgendwas zu tun damit, wie Frausein geht – und das ist irgendwie fremd und gefährlich und hat zu tun mit Glamour, mit kollektiver Begierde, mit Gebanntsein. Birdie Walker ist da gewesen, wo Karen noch nie war und vielleicht auch nicht wirklich hin will. Birdie Walker ist die Frau gewesen, die jeder Mann haben und die jede Frau sein will. Sie hat die Männer gehabt, die jede Frau haben und die jeder Mann sein will. Sie ist ganz dicht an der Musik gewesen, die alle Welt machen können will. Sie ist dicht an Erfolg und Tragödie gewesen, und beide waren unglaublich.

Bei mir ist gar nichts unglaublich, denkt Karen düster in einem genauso nichtsigen Club in Maidenhead, wo sie gleich wieder einen von Flambos Zweiunddreißig-Takte-Trommelbreaks aushalten muss. Am liebsten würde sie den Korg abschalten und nach Hause gehen. Abschalten und abhauen.

Nach den ersten vier Takten drückt Karen aus Versehen auf einen Knopf. Im LCD-Display über dem Keyboard blinkt »harpsi« auf, und Karen fängt an, eine Tonfolge zu improvisieren, die der Schlagfolge der Trommeln zuwiderläuft. Leise, schnell, *staccato,* und die Harpsichord-Stimme klingt wie jemand, der grunzt – ah-ah-ahn-ähh.

Flambo ist so verblüfft, dass er fast aus dem Rhythmus kommt. Sein Blick zu Karen ist der reine Hass. Er knirscht mit den Zähnen, fängt sich wieder, trommelt weiter.

Die noch folgenden achtundzwanzig Takte sind kriegerische Scharmützel. Flambo verschanzt sich hinter den Trommeln. Karen macht guerillaartige Ausfälle und Rückzüge. Stürmt an gegen Flambos schweres Dauersperrfeuer mit einem leichten, schrillen, fast kubanischen Cross-Rhythm.

Schweiß spritzt aus Flambos Haaren. Karen sieht hoch, Corky grinst sie an. Corky liebt Reibereien. Karen schließt die Augen und konzentriert sich.

Hinterher fährt Flambo sie an. »Was glaubst du eigentlich, wo du hier bist? Mach so was nie wieder.«

Karen schweigt. Geht von der Bühne und fädelt sich durch die Gefolgschaft zur Theke durch. Sie ist gleichzeitig erschrocken und in Hochstimmung.

Sie hat eben einfach, so kommt es ihr vor, rausgehauen, was ihr in den Kopf gekommen ist – vielleicht war das doof oder obszön. Sie weiß das nicht. Sie weiß bloß eins – wenn sie mit Flambo nach Hause kommt, gibts tierischen Krach. Und sie hat womöglich kein Zuhause mehr, wenn der vorbei ist. Oder keine Band.

Sie sieht, dass der A&R-Mann wartet, biegt erst mal ab und verkriecht sich ins Klo. Die Hochstimmung schlafft ab. Sie schließt sich in einer leeren Kabine ein. Nasses Klopapier liegt auf dem Fußboden. An die Wand hat irgendeine traurige Frau »Er schlägt mich« gekritzelt. Eine noch traurigere hat darunter geschrieben: »Gefällts dir?«

Karen reißt eine Hand voll Klopapier ab und putzt sich die Nase. Jetzt bloß nicht heulen. Aber etwas Heißes sticht hinten in den Augen. Leben ist die meiste Zeit in stinkigen engen Orten seine Gefühle verbergen.

»Ist doch krank«, sagt Karen laut. Wartet, bis sie sicher ist, dass niemand da ist, kommt wieder raus und geht zu den Waschbecken.

Eine Frau lehnt an der Tür, lässig, goldblonde Haare, schwarze Levi's, Männerjackett.

»Du Scheiße«, sagt Karen, »Birdie.« Und weiß sofort todsicher, ja, der kubanische Cross-Rhythm war doof. Zu mehr als doof reichts bei ihr eben nicht. Heute Abend nicht. Und sonst auch nicht.

»Keine Sorge«, sagt Karen, »ich hör sowieso auf. Ich will das nicht. Ich kann das nicht.«

Birdie sagt: »Wasch dir das Gesicht. Zeig ihnen nicht, dass du geheult hast.«

Birdie sagt: »Wenn du aufhören willst, dann mach das, unbedingt. Aber machs nicht aus der Position der Schwäche.«

Birdie sagt: »Lauf nicht einfach weg. Stürm davon.«

Birdie sagt: »Und stürm nie ohne Lippenstift davon.« Und setzt nach: »Lippenstift ist ein Symbol.«

Und Karen fängt an zu lachen.

Sie lässt sich von Birdie einen Lippenstift geben. Birdie kämmt ihr die Haare nach hinten und zerzaust sie aggressiv. Karen starrt in den Spiegel und verfolgt, wie ihr tristes Spiegelbild zur Löwin wird. Morphing.

»Was denkst du gerade?«, fragt Birdie.

»›Er schlägt mich‹ – ›Gefällts dir?‹ Steht auf der Wand im Klo.«

»Hab ich auch gesehen.« Birdie fällt in Singsang. »Er *schlägt* mich. Ge*fällts* dir?« Call and Response.

Karen: »Lippenstift ist ein Sym*bol.*«

Birdie: »Es stand auf einer Wand im *Klo.*«

»Ist noch 'n weiter Weg«, sagt Birdie dann, »aber da hast du deinen ersten Klowand-Song.«

»Die Typen spielen kein Stück mit Lippenstift drin. Höchstens, wenn ›schmier dir Lippenstift auf die Titten‹ drin vorkommt.«

»Das ist normal«, sagt Birdie.

»Ja«, sagt Karen. Obwohl sie sich noch nie Lippenstift auf die Titten geschmiert hat. Sie ist zwar in einer Band, aber eigentlich noch ans Vorgartentor ihres Elternhauses gekettet. Die Verklemmtheit der Vororte.

»Alles klar?«, fragt Birdie. Sie kommen zusammen aus der Damentoilette und gehen an die Theke.

»Die hat dich doch angebaggert«, sagt Flambo später. »Die Sorte kenn ich: Teile und herrsche. Die hat dich total überrumpelt.«

»Soll mich mal anbaggern, jederzeit«, sagt Sapper. »Ist die lesbisch?«

»Ist normal«, sagt Karen.

»Keine Ahnung«, sagt Dram. »Die kann wahrscheinlich mit allem, was ihr übern Weg läuft. Die hat so was von *fleurs du mal.*«

Und Karen fährt nicht nach Hause mit Flambo. Karen nimmt endlich was in die Hand und ein Taxi, was sie sich eigentlich nicht leisten kann. Verschwindet ohne Erklärung.

»Pass mal schön auf, Flambo«, sagt Corky. »Sonst ist die weg. Und deine Hausmacht auch.«

Corky ist begeistert. Er wittert Veränderung wie ein Hund den Fuchs. Die Hausmacht, also dass Karen und Flambo immer gemeinsam abstimmen, verschafft Flambo mehr Einfluss, als er nach Corkys Ansicht haben dürfte. Wenn Karen da abspringt und ihre Stimme zu haben ist – Corky würde zugreifen.

Obwohl er eigentlich nicht auf Karen steht. Für ihn war sie immer bloß Flambos Verlängerung. Aber sie versteht mehr von Musik als alle anderen zusammen, und Corky braucht jemanden, der seinen Ideen Form geben kann. Zurzeit macht sie das mit Flambos Ideen.

Dass Karen eigene Ideen haben könnte, fällt Corky nicht ein. Rock 'n' Roll, das ist immer noch die Welt der geilen Typen – der *jungen* geilen Typen. Und Corky ist ein junger geiler Typ. Also hat er Ideen. Aber keine Vorstellungskraft.

»Eh, Jungs«, sagt er, »wie heißt 'n Schlagzeuger, der grad mit seiner Freundin Schluss gemacht hat?«

»Obdachlos«, schlägt Dram vor.

»Wichser«, fällt Sapper ein.

»Haha, wie witzig«, findet Flambo. »Und wie heißt 'n alter Ficker, der mit Muckern rumhängt?«

»Na, wie?«

»Bassist«, sagt Flambo. »Bis hierher vielen Dank.« Am liebsten würde er auch einfach abhauen wie Karen. Aber er muss den Bus fahren, mit dem ganzen Equipment und mit den anderen, die sich um ihn herum quetschen. Noch so was, wofür er Karen zusammenfalten wird – haut einfach ab, ohne beim Einladen anzufassen.

Aber natürlich ist kein Licht und kein Laut in der Wohnung, als er nach Hause kommt. Er setzt sich hin. Wartet. Sein Groll wächst wie eine Kaninchenfamilie. Karen hat alles versaut. Karen ist eine blöde Sau. Und sieht nicht mal gut aus. Was glaubt die eigentlich, was sie damit erreicht – hat sich aufgeführt wie 'ne menstruierende Ziege, Hilft doch sonst immer beim Ein- und Ausladen. Trag dir selbst die Taschen, Karen, halt dir selbst die Tür auf. Verlang keine Extrawurst, wenn du mit den Jungs spielen willst. So war das Arrangement. Überhaupt, Arrangement – was sollte eigentlich der Scheißharpsiriff! Wer hat ihr denn den erlaubt? Arrangements sind Sache von Flambo. Flambo weiß, wie sich InnerVersions anzuhören hat. Er ist der Mann, der die Entscheidungen trifft.

Er trinkt billigen Wein aus der Flasche. Fummelt sich einen Joint zusammen. Man muss schließlich runterkommen nach einem Gig. Normalerweise dreht ihm Karen die Joints, mit ihren geschickten kleinen Fingern. Mit der Hand ist sie gut, unsere Karen.

Flambo zappelt. Hat seine Postauftrittspanik und niemanden, der ihm zur Beruhigung Rührei mit Schinken brät. Aus seiner Unruhe wird erst gereizte Kratzbürstigkeit, dann wechselt sie das Tempo und wird fickrige Wut. Er starrt die Tür an und wartet. Sieht Karen mit Birdie in einer Badewanne, wie sie sich gegenseitig einseifen. Dann in seinem Bett, verschlungen in eine 69er-Nummer. He, das wird geil. Aber erst macht er mal den Reißverschluss auf und pisst auf die beiden. Das gefällt denen nämlich. Und wies denen gefällt.

Bloß dass Flambo keine geschickten kleinen Finger hat wie Karen. Ist auch nicht so gut mit der Hand. Und so fühlt er sich danach noch genauso roh und hohl wie davor. Und schläft im Sessel ein, das Gesicht zur Tür, der Kopf weggesackt.

Karen schläft bei ihren Eltern, in ihrem Mädchenzimmer, unter ihrer Daunendecke mit dem Wonder-Woman-Muster, und träumt wieder einen ihrer Träume mit der Angst zu versagen. Sie träumt, sie steht auf einer Bühne mit einem Superstar. Könnte Sting sein oder auch nicht. Sie spielt auf dem Korg, aber der balanciert oben auf einem Klavier. Sie kommt nicht ohne Verrenkungen an die Tasten. Der Korg läuft beim Spielen heiß und fängt an zu schmelzen. Er tropft und kleckert runter, über das Klavier, bis nichts mehr da ist, worauf man spielen kann. Der Superstar, der Sting sein könnte oder auch nicht, guckt voller Verachtung zu. »Jetzt nimm den Holzlöffel und rühr um«, sagt er, »oder bleib aus meiner Küche.« Sie guckt nach unten auf ihre Hände und sieht, dass sie auf einem Riesensuppentopf zu spielen versucht.

Manchmal spätabends, in den Anblick der linearen Schönheit einer Klaviertastatur versunken, denkt Karen darüber nach, wie klar und logisch die Halbtöne aufeinander folgen, Schritt für Schritt, vom tiefen A im Bass über sieben Oktaven bis zum hohen C. Eine kühle Vernunft und Symmetrie. Darin sind alle Tonleitern gleich, und trotzdem fühlt sich jede anders in den Fingern an. Die unweigerlich aufeinander bezogenen Akkorde, durch Nummerierung zu Gruppen verbunden. Allzu vollkommen. Es schließt sie aus. Sie kann sich nicht vorstellen, dass jemand so eine endgültige Musikmaschine erfunden hat. Wer? Ein mathematisches Genie? Ein Akustikexperte? Ein Nerd? Jedenfalls kein Musiker, bestimmt nicht.

Sie denkt an die Sorte Musiker, die sie kennt. Die eines Abends einen durchziehen und beschließen: »Jaja. Es müsste 'ne Maschine geben, die achtundachtzig Noten exakt tonal in Beziehung setzt, wenn man bloß mit dem Finger tippt. Jaja – aber das krieg ich heut nicht mehr in den Kopf, Mann.«

Jetzt sitzt Karen an einem Computer, der aussieht wie eine Klaviertastatur, aber klingen kann wie eine Trompete, eine Geige, ein Klavichord, ein Schlagzeug, wie Marimbas oder Regentropfen. Er kann ganze Sequenzen speichern. Splitten. Er kann fast alles außer auf einen Tisch steigen und tanzen. Er kann vor allem viel mehr, als Karen sich ausdenken und ihm befehlen könnte.

InnerVersions probt. In irgendeinem versifften kleinen Raum in Fulham. Sie probieren herum an einem Stück namens *Howl.* Jetzt guckt Birdie Walker von ihrem Zettel hoch und sagt: »Da müsste 'n Moll-Akkord rein.«

Flambo sagt sofort: »Fick dich, geht doch gar nicht ...«

Karen probiert den passenden Moll-Akkord, und es klingt gut. Der Text, der immer zu gedrängt war, hat jetzt mehr Luft. Und Karen stellt fest: »So offensichtlich. Wieso bin ich da nicht drauf gekommen?«

Sie ist es nicht. Birdie schon.

Birdie besorgt Karen ein Stimmtraining, was Sapper und Dram in helle Panik treibt.

Birdie besorgt Karen einen irre coolen Friseur in Mayfair, was Flambo in helle Panik treibt.

»Was macht die denn mit dir?«, blafft er. »Beziehungsweise – wieso? Will die dich hier auf 'n Scheißstar trimmen? Da bist du wohl scharf drauf, was? Aber ich sag dir gleich, das ist hier keine Weiberband. War nie eine und wird auch nie eine.«

»Na ja, 'n Farbtupfer können wir brauchen«, sagt Corky.

»Dann soll Sapper sich aufstrapsen wie 'ne Drag Queen, mir wurscht. Ist ja der Sänger.«

Sapper sagt nichts. Er hat bemerkt, dass Karen in den letzten Wochen viel öfter die Harmonien gesungen hat als Dram. Er hat bemerkt, dass Dram die Harmonien mal hinkriegt und mal nicht und die von Karen genau sitzen. Er kommt ins Grübeln, ob seine Leadstimme vielleicht auch genauer sitzen müsste. Und der Gedanke nervt ihn. Er hat Stimmtraining schon einmal abgelehnt und sich damit die Chance zum schnellen Aufholen selbst vergeigt.

Offenbar haben sich zwei Lager gebildet – Sapper und Dram sind auf Flambos Seite, Karen und Corky auf Birdies. Sapper überlegt allmählich, ob er sich auf die falsche Seite geschlagen hat.

Das sah doch erst so klar aus: Flambo ist ein Kumpel, und Flambo findet Sappers Stimme gut, Sappers Ideen auch. Flambo spielt Schlagzeug, ist also keine Konkurrenz. Konkurrenz droht nur von Dram.

Aber Flambo hat immer gesagt, Spannungen zwischen dem Sänger und dem Leadgitarristen sind künstlerisch kreativ – siehe Aerosmith, siehe Oasis. Gibt ja Millionen Beispiele. Und Sapper hat das genauso gesehen.

Aber jetzt ist Sapper ganz durcheinander. Ihm hat nämlich gestern etwas gedämmert, und wenn Sapper etwas dämmert, kommt er immer durcheinander.

Sie hatten gearbeitet. An einem Stück, von dem weder Flambo noch Dram, noch er fanden, dass es Bearbeitung braucht. Einfach aufnehmen und fertig. Aber Birdie hatte gesagt, es könnte einen Perspektivwechsel vertragen.

Wieso denn? Das Stück heißt *Won't Go Home With You,* und es geht um eine ruppige Kellnerin. So einer Frau war Sapper wirklich mal begegnet, in einem italienischen Restaurant. In dem Song erzählt er von ihrem verschmierten Lippenstift und einer Narbe auf ihrer Hand. Sie lässt ihn abblitzen, aber sie nimmt sein Geld.

»Ist ja gut«, hatte Birdie gesagt, »aber der Text ist zu lang, zu geschwätzig. Du musst schneller auf den Refrain kommen. Und den musst du anders singen.«

Sapper wollte nicht, aber Birdie war immer wieder darauf zurückgekommen. Dann hatte sie sich auf die Narbe auf der Hand fixiert.

»Das ist doch bloß 'n Detail«, hatte Sapper gemault. »Völlig wurscht.«

»Für die Frau nicht.«

Wessen Song is 'n das?, hatte Sapper fragen wollen. Meiner oder deiner? Gesagt hatte er: »Gehts hier um mich oder die Kellnerin?«

»Um beide – wenn der Song interessant sein soll«, hatte Birdie gekontert. »Wenn er öde werden soll, nur um dich.«

Und so hatte Sapper widerstrebend doch angefangen, mit Birdie zusammenzuarbeiten. Und so war der Refrain die Perspektive der Kellnerin geworden, und die erzählte jetzt dem Sänger von der Narbe auf ihrer Hand. *Thirty-nine stitches, those sons of bitches. God how it hurt. They made me eat dirt. Don't you ever tell Mama, don't cry.*

Birdie hatte Sapper überredet, das Ganze mit gespieltem Grollen zu singen. Sie hatte die Begleitstimme eine Quinte höher gelegt, damit es noch harscher klingt. Sie hatte sie auch selbst gesungen, weil Karen gerade nicht da war. Und herausgekommen war eine Frau, der man wehgetan hat, die die Schnauze voll hat, die sich nichts bieten lässt, von keinem hergelaufenen hübschen Bengel.

Sapper hätte so einen Song nie geschrieben. Aber später beim Abhören hatte er feststellen müssen, dass der Refrain jetzt den ganzen Song beherrscht und der Song etwas Dunkles hat, mehr Power auch.

Der A&R-Mann war gekommen, hatte kurz reingehört und gesagt: »Besser so. Geht viel mehr ab. Könnte 'ne Single werden.«

Sapper hatte Stolz empfunden.

»Ich glaub, ihr ahnt gar nicht, was ich für 'n Job mache«, hatte der A&R-Mann weitergeredet. »Mein Job ist alles, was aus Leuten 'ne Band macht. Notfalls 'n Songdoctor besorgen.«

Sapper hatte das als Demütigung empfunden.

Stolz. Gedemütigt. Durcheinander.

Dann hatte der A&R-Mann Birdie beiseite genommen, und Sapper hatte durch den Türspalt ihr Gespräch unter vier Augen beobachtet. Worüber sie redeten, hatte er nicht hören können, aber er war sicher gewesen, dass es um ihn und seinen Song ging. Hoffentlich petzte Birdie nicht, wie er sich erst gesträubt hatte, dass er den Song gelungen gefunden hatte und nichts mehr dran machen wollte. Und da plötzlich hatte ihm etwas gedämmert: Es gibt womöglich Leute, die haben mehr Ahnung als er. Na ja, oder andere Ahnung.

In Wahrheit hatte der A&R-Mann bloß Schiss um seinen Job gehabt. Dog Records hat einen neuen Boss, trennt sich von ein paar Bands, findet, dass andere zu lange in Vorbereitung stecken. Will Dog Records ihn auch weghaben? Birdie hat doch Freunde da ganz oben, vielleicht legt sie ein gutes Wort für ihn ein?

Durch den Türspalt hatte Sapper beobachtet, wie Birdie, als hätte sie kalte Hände, sich die Ärmel des Sweaters bis über die Finger gezogen hatte. Ihr Gesicht hatte er nicht sehen können, aber ihre Körperhaltung war irgendwie defensiv gewesen. Es hatte irgendwie ausgesehen wie in so alten französischen Filmen – im Flur flackert eine kaputte Leuchtröhre und lässt Haare in Stakkatorhythmen aufleuchten. Der A&R-Mann hatte geredet und geredet, und dann hatte er aufgehört und Birdie auf die Wangen geküsst, hatte sich umgedreht und war gegangen. Birdie, der Star in einem alten französischen Film, war dageblieben. Hatte ihm nicht nachgesehen. Sondern einfach dagestanden mit gesenktem Kopf und überlegt.

Als sie zurück in den Proberaum kam, empfand Sapper ihre Abwesenheit als unangenehmer als ihre Gegenwart. Während des Gesprächs war sie von ihm abgekoppelt gewesen, und ihm hatte die Wärme gefehlt.

4
Tanz für Papa

Bevor wir uns kennen lernten, war Jack von Sasson Freel gemanagt worden. Sasson und Jack waren auf dieselbe Schule gegangen, und Sasson hatte für eine Geburtstagsparty seiner Schwester den allerersten Gig von Jacks Band organisiert. Wie das manchmal so geht – ein Haufen fünfzehnjährige Teenager, die immer in Papas Garage oder im Schulmusikzimmer rumhotten, werden plötzlich heiße Ware, und wer von denen zuerst den Führerschein und einen fahrbaren Untersatz hat, ist plötzlich der mit der heißen Ware in der Hand.

Wenn auch nicht lange. Bekanntlich ist *rock 'n' roll here to pay*, und da, wo das große Geld anfängt, ist Amateurmanagement in etwa so brauchbar wie festes Schuhwerk für die kleine Seejungfrau.

Natürlich sagen alle, ich hab mich zwischen Jack und Sasson gedrängt. Sagen alle, ich sei das gierige Luder, das ihn abgefangen hat, als er gerade auf dem Weg zum Star war, ich hab mich an ihn rangeschmissen, hab ihn mit Sex geködert, hab ihn angetrieben zu Glamour und Highlife. Ich soll auch so dahinterher gewesen sein, Jack zu meinem Abo auf Fresstempel zu machen, dass ich ihn von seinen Freunden weggezogen habe, dass ich ihn versaut habe, dass ich ihn mit all den Berufshaifischen der Musikbranche verkuppelt habe.

Aber das ist einfach nicht wahr. Na schön, die Wörter »einfach« und »wahr« stehen nicht unbedingt nett nebeneinander. Aber mal abgesehen davon – so ist das alles nicht gelaufen.

Trotzdem, manches Zeugs wird so oft kolportiert, dass es irgendwann sogar die Betroffenen selbst glauben. Eigentlich unvorstellbar, dass Jack oder Sasson irgendwelche fremden Versionen ihrer Lebensgeschichte tolerieren, oder? Aber es hat allen beiden in den Kram gepasst, wenn weder von Jacks Ehrgeiz noch von Sassons Inkompetenz allzu viel geredet wurde. Und wenn sie derlei Heikles in Vergessenheit geraten lassen wollten, mussten Fiktionen her. Aber wieso soll man sich selber die Mühe machen, fiktiven Ersatz zu erfinden, wenn Fans und Kritiker das längst erledigen?

Und wen interessiert überhaupt, wie das alles wirklich gelaufen ist? Fest steht, ich hab seit Jahren kein Wort mehr mit Sasson gewechselt, und jetzt geh ich gleich mit ihm zum Mittagessen, in einem Hotel am Hyde Park Corner, das früher ein Krankenhaus gewesen ist. War nicht meine Idee.

Bei wichtigen Terminen zu spät kommen, das gehört zu meiner Politik, aber wie viel zu spät genau, das ist hohe Kunst. Bei Leuten wie Barry ist so was leicht, da gehts ja nur um die Demonstration von Desinteresse und Verächtlichkeit. Andere Leute sollen lernen, dass man das Warten wert ist. Und manchmal kommt man einfach zu spät, um zu zeigen, dass man viel zu tun, also Bedeutung hat.

Sasson wollte ich auch Desinteresse demonstrieren, allerdings nicht gegenüber ihm, sondern gegenüber Zeit. Ich wollte ihm meine »Wir Kreativen«-Seite vorführen. Obwohl er weiß, dass ich kreativ sein kann, er bezahlt mich schließlich dafür, wenn auch nur indirekt. Er ist nämlich neuerdings der Managing Director von Dog Records, und was immer er sonst von mir halten mag – jedenfalls hält er mich für geeignet, ein paar seiner Babybands und deren Babysongs ein bisschen Pep und Politur zu verpassen.

Ich will nicht ungerecht sein – nachdem Sasson aus Jacks Zauberkreis weggeätzt war, ist ihm seine eigene Unzulänglichkeit wahrscheinlich bewusst geworden. Denn nach ein paar Monaten Gepöbel von wegen Undankbarkeit und Verrat hat er einen Job bei Wild Managements angenommen und ist dann zu einem Firmengemisch gegangen, das ein eigenes Indie-Label aufgemacht hat. Kurz, er hat das Geschäft gelernt, er hatte kapiert, dass ein bisschen mehr dazugehört als der blinde Zufall, auf dieselbe Schule gegangen zu sein wie irgendein Riesentalent.

Er begriff immer besser, dass das Musikgeschäft Geschäft ist und nicht Musik. Gut, er hat ein paar Musikern zu ein paar Kröten verholfen, aber sich selbst zu einem Vermögen. Er hat sich zum ernst zu nehmenden Player in einem schmutzigen Spiel gemausert. Wie ernst zu nehmend und wie schmutzig – das kriege ich nach und nach raus, dank einer kleinen Securityfirma in Süd-London mit einem guten Computer und einem weit verzweigten Netz von Kontakten.

Seit ich hinter Sasson Freel herrecherchieren kann, finde ich ihn gleichermaßen bewunderungs- wie verachtungswürdig.

Und was ich über ihn rausgefunden habe, macht mir auch ein bisschen Angst.

Ein Job bei einer Securityfirma wäre reine Zeitverschwendung, wenn er mir nicht in mein eigenes Programm passen würde. Ich hab aber immer mein eigenes Programm, und ich würde nicht für Peanuts arbeiten, wenn der Arbeitgeber nicht etwas zu bieten hätte, was gewinnträchtig für mich ist. Cole-Adler Security hat Recherchemöglichkeiten zu bieten. Mein Gewinn ist Information.

Bloß, es gibt ein Problem dabei: Wenn man die gute Mitarbeiterin, die zuverlässige Bürochefin, die loyale Lohnsklavin überzeugend spielen möchte, muss man dementsprechend denken. Und fühlt sich nach kurzer Zeit auch dementsprechend. Sich als gute Mitarbeiterin fühlen allerdings bedeutet den Tod der Unternehmerseele. Ein Fuchs, der ein Kaninchen spielt, fühlt sich auch bald wie ein Kaninchen. Und es ist ausgesprochen gefährlich, mit einem anderen Fuchs zu Mittag zu essen, wenn man sich gerade fühlt wie ein Kaninchen.

Ich ertappte mich dabei, wie eine brave Büromaus, die mal frei gekriegt hat, die Sloane Street entlangzuschlendern und mir die Schaufenster von teuren Läden anzugucken. Ich war deutlich noch nicht bereit für Sasson.

Also ging ich erst mal ins Connaught-Hotel, um mich zu sammeln und meine Maske festzuzurren. Ich war sauer auf mich. Ich hatte Rollen früher mit Lichtgeschwindigkeit gewechselt. Aber wenn man älter wird, verliert wohl nicht nur die Haut ihre Geschmeidigkeit.

Ich folgte zwei gut betuchten Amerikanerinnen in die Damentoilette. Toiletten in großen Hotels haben so was Beschützendes: Sie sind so gestaltet, dass man das Gefühl hat, man ist Verwöhntwerden wert. Sogar die getönten, geneigten Spiegel suggerieren einem ein rosarotes Bild von sich und seinem Platz in der Welt. Man ist etwas Kostbares.

Ich suchte mein Spiegelbild nach Zeichen von Schwäche, schlaffer Haut und verklumpter Wimperntusche ab. Ich entdeckte einen Hauch von Zweifel in meinen Augen. Nicht gut, gar nicht gut. Ich bin schon wieder zu lange auf dieser kalten, verkrampften, vernieselten, versnobten Insel, überlegte ich. Ich sehe langsam aus wie jemand, der genau weiß, wo er hingehört.

Hinter mir strichen sich die beiden Amerikanerinnen ihre bügelfreien Kleider glatt und tupften überschüssigen Lippenstift ab. Ich hatte schnell raus, dass sie gleich den öffentlichen Flügel des Buckingham-Palastes besichtigen wollten, wo sie dann so schnell durch die königlichen Säle flanieren würden, dass genug Zeit für die Shoppingtour und ein Tässchen Tee bei Brown's blieb. Sie verströmten Energie und Selbstvertrauen wie ich den Duft von *L'Air du temps.*

Ich entdeckte etwas Ausweichendes in meinem Blick im Spiegel. Ich beneidete die Amerikanerinnen um ihre Selbstsicherheit. Mir war sehr klar, dass ich mit derart nachgiebigen Augen nicht Sasson Freel gegenübertreten darf.

Also drehe ich mir den Rücken zu. »Buckingham-Palast?«, frage ich. »Wie reizend. Kennen Sie jemanden dort, oder machen Sie nur die öffentliche Führung?«

Ich habe es auf die Größere der beiden abgesehen. Sie hat honigbeige Haare, passend zum Make-up. Und standfeste Tennisspielerbeine.

»Wie bitte?«

»Oh, entschuldigen Sie?«, sage ich, sehr englisch. »Wie unhöflich, mich einzumischen. Aber ich war vor ein paar Wochen selbst dort – vornehm natürlich. Ich dachte nur, ob … Wie unhöflich, es zu erwähnen …« Ich tue, als wär mir das wahnsinnig peinlich.

»Nein, erzählen Sie mal«, sagt mein beigefarbenes Opfer. »Ich wusste gar nicht, dass es noch was anderes gibt als die öffentliche Führung.«

»Nun ja, das bedarf einer besonderen Vereinbarung«, erläutere ich. »Es ist auch recht teuer.«

Die andere Frau mischt sich ein. »Ich weiß gar nicht, warum unser Reisebüro das nicht organisiert hat. Wir haben doch die Reise *de luxe* gebucht.« Sie trägt Seide in Salbeigrün, dazu jede Menge Gold, und guckt gierig. Sie ist der Typ, der um Himmels willen nichts verpassen möchte.

»Machen Sie sich nichts draus«, sage ich. »Vielleicht ein andermal. Nun ja, schade ist es – man macht ja doch zu gern gelegentlich etwas, das nicht jeder darf.«

»Bei wem erkundigt man sich denn da?«, fragt die Gold-und-Salbei-Frau. »Ich meine, wir fahren ja hin, vielleicht kann man noch irgendwo ein Upgrade kriegen.«

»Das wird nicht gehen«, sage ich bedauernd. »Die Führung macht ein königlicher Stallmeister.«

»Ein königlicher Stallmeister«, haucht Gold-und-Salbei, mein köderknabbernder Kraftfisch mit den leuchtenden Augen.

»Sie werden verstehen, dass man so etwas nicht an der Kasse nachlösen kann.« Ich wende mich wieder dem Spiegel zu und nehme eine kleine Puderdose aus der Tasche. Dann tupfe ich zierlich mit dem kleinen Kissen auf meinem Gesicht herum. Mimikry. Genau das hatten die beiden Amerikanerinnen fünf Minuten vorher getan. Ich bin wie sie, nur eben englisch und insofern unendlich exotisch.

»Genau genommen«, erkläre ich meinem beigefarbenen Opfer durch den Spiegel, »ist die Kasse dafür gar nicht zuständig.« Ich habe dem Wort »Kasse« einen kleinen Schubs verpasst, damit mein Köder tiefer ins Wasser gleitet. Ich überlege, warum ich es sofort auf die Beige abgesehen hatte. Es war instinktiv passiert. Sie ist zwar die Größere, Schlankere, aber körperliche Merkmale sind nicht immer identisch mit dem sozialen Status. Nun sind wir aber alle auch Tiere, und tierische Urteile erweisen sich oft als nützlich.

Ich lächle wieder, bekümmert, aber mit Humor. »Ach, das ist alles so schrecklich britisch. In diesem Land kommen Sie an gar nichts, wenn Sie nicht über Empfehlungen und Beziehungen verfügen.«

Sie lächelt zurück. Sie unterzieht mich gerade ihrerseits einer Musterung. Mein Akzent ist selbstverständlich makellos – er raunt »Kultur«, das schüchtert ein. Auch der Ort, die Toilette eines teuren Hotels, steht für Sicherheit. Meine Kleider kann sie nicht einordnen. Aber meine Haare haben genau den unbekümmerten Glanz, der nach ihrer Schätzung alle Welt gekostet haben muss. Trotzdem – kann man mir trauen? Würde ihr Club mich für standesgemäß befinden? Sie ist ja nicht dumm, sie ist nur im Ausland, aber das läuft oft auf dasselbe hinaus.

Jetzt hat sie sich entschlossen. Sie streckt mir die wunderschöne, gepflegte Hand entgegen und sagt: »Sylvie Glick.«

Hah! Ich hatte richtig gelegen. Sie *ist* der Leitwolf.

Ich erwidere: »Diana Beresford«, und bin überrascht, dass der *nom de guerre,* der mir spontan einfällt, mir einen Stich verpasst. Jack hat anonyme Reisen oder Reservierungen immer als Mr. John Beresford gemacht.

Die Dame in Gold und Salbei heißt Margaret und kommt sofort zur Sache. »Was kriegt man denn zu sehen, was andere Leute nicht sehen?«

»Eine Suite eher kleiner Räume«, antworte ich. »Sie dienten, glaube ich, hauptsächlich Edward VII. für seine intimen Stelldicheins. Die, äh – königliche Familie nutzt sie wohl heute noch für solche Zwecke. Die antiken Bilder und Möbel sind allerdings wirklich exquisit.«

»Wie kommen wir da rein? Was muss man da machen?«, fragt Margaret weiter. Sie ist leicht zu durchschauen: Für sie ist die öffentliche Führung durch den Palast jetzt schon gelaufen. Hinter dessen Tapisserien und Wächtern liegt offenbar noch eine Welt, zu der hat Otto Normalverbraucher keinen Zutritt, und natürlich ist die viel wunderbarer als das, was man ihr verkauft hat. Da haben wir die ganze Geschichte ihres Lebens – was sie schon hat, ist seinem Wesen nach nicht mehr etwas Besonderes. Denn das, was sie nicht hat, ruiniert alles, was sie hat.

»Na ja«, wehrt sie einen tadelnden Blick von Sylvie ab, »sie, ich meine Diana, ist doch auch reingekommen. Sie muss doch jemanden kennen.« Dann sieht sie mich enttäuscht an. »Morgen fliegen wir nach Schottland weiter. Die Männer wollen unbedingt Golf spielen, in St. Andrews. Und wir sollen uns mit 'n paar Tagen London zufrieden geben. Ich hätts mir denken können, wir zahlen harte Dollars, aber die speisen uns ab.«

»Jammerschade«, sage ich mitfühlend.

»Deshalb sollten die zwei Tage hier ja unvergesslich werden«, fährt Margaret fort. Gleichzeitig enttäuschtes Kind und Frau in mittleren Jahren.

»Tja, na ja ...«, sage ich, ziehe andeutungsvoll eine Braue hoch und sehe den Leitwolf an. Sie entscheidet. Sie ist verantwortlich.

»Das ist wahrscheinlich sehr indiskret«, sagt sie daraufhin, »aber wenn Sie eine Nummer hätten, wo wir anrufen könnten?«

»Die habe ich durchaus«, sage ich, »aber das ist ein persönlicher Kontakt. Wenn Sie möchten, kann ich mich mal erkundigen. Aber ich sage Ihnen gleich, es wird teuer.«

»Wie teuer?«, fragt Sylvie.

»Genau weiß ichs auch nicht. Ich kann mich aber gern auch danach erkundigen. Sicherlich nicht unter hundert Pfund pro Kopf. Wenn Ihnen das zu üppig ist, sagen Sies bitte gleich. Ich verschwende so ungern die Zeit von Freunden.«

»Wie viel ist das in Dollars?«, fragt Margaret.

»Das weiß ich nicht.« Ich bin weiter unaufgeregt. Jetzt nicht drängen. Die beiden hängen längst am Haken. Das reicht mir ja. Jetzt kann ich Sasson gegenübertreten und mich fühlen wie ein Fuchs. Das hier ist übrigens eine Fingerübung für Ego und Gelächter. Da gehts nicht um Geld.

Allerdings wirkt eine gelangweilte Attitüde manchmal, wie früher immer bei mir, direkt animierend. Und ich hab plötzlich zwei mit den Hufen scharrende Amerikanerinnen am Hals.

Wir gehen aus der Toilette und suchen, zwecks Beratung, ihre Gatten. Sylvies Gatte ist der Typ, der von jedem Zweifel unangekränkelt weiß, er ist das Alphamännchen. Wenn Sylvie die Königin der Damentoilette ist, ist er der König vom Rest der Welt.

Die Damen reiten ihre Attacke, ich sitze unbeteiligt und nonchalant auf einem imitierten Regency-Sofa. Sehe auf die Armbanduhr. Die Zeit vergeht wirklich. Es sind zehn Minuten zu Sasson. Wenn ich jetzt losgehe, komme ich fünf Minuten zu spät. Ich sehe mir Sylvies Gatten an. Plötzlich überfällt mich das Bild, wie ich mit ihm im Bett liege und auf eine Weise für ihn die Hure spiele, die Sylvie mit ihren Tennisspielerbeinen nie hinkriegen würde. Ich kann mir genau seine vernunftgebremste Leidenschaft, das Puritanisch-Pornografische ausmalen. Vor ein paar Jahren hätte ich innerlich gewettet, dass ich keine Woche brauche, damit er mir zum Abschied ein Apartment am Central Park in New York vermacht. Ich würge den Gedanken ab und sehe wieder auf die Uhr.

Sylvies Mann ist unübersehbar Banker. Er trifft Entscheidungen kraft seiner Wassersuppe. Und nur seiner. Ob Geld, ob Zeit – er gewährt, er entzieht. Nur er.

Plötzlich spüre ich Hass auf den Sack. Stehe auf. Sage: »Tut mir Leid, ich muss jetzt gehen.«

»Oh Diana«, fängt Sylvie an, »ich hatte Sie ganz ... Aber mein Mann sagt ...«

»Schon gut«, ich sehe wieder auf die Uhr, »ist ja nichts passiert. Hat mich gefreut, Ihre Bekanntschaft zu machen, aber jetzt muss ich mich wirklich sputen. Ich komme so ungern zu spät.« Dann durchbohre ich ihren Gatten mit einem Lächeln aus purem Charme und Bedauern.

»Halt«, sagt der Banker, »wie kann ich Sie überreden, noch ein paar Minuten dazubleiben? Sylvie erklärt mir gerade den Deal.«

»Es gibt keinen Deal«, antworte ich pikiert. »Das haben Sie falsch verstanden.«

»Das war das falsche Wort«, sagt der Banker beschwichtigend. Dann löst er sich von seiner Frau und nimmt mich beiseite. Eine einstudierte Machtgeste. »Die Mädels sind ganz heiß auf das Buckinghamtour-Dings, und Sie kennen wohl einen königlichen Stallmeister?«

»Ich wills mal erklären«, sage ich. »Wir haben nett miteinander geplaudert, und ich hatte angeboten, mich telefonisch zu erkundigen. Ihre Frau ist sehr charmant.«

»Gehören immer zwei dazu.« Er schenkt mir einen direkten warmen Blick. »Wollen Sie mein Mobiltelefon nehmen?«

»Nein, lieber meins«, wehre ich ab. Und füge, um ihn für den direkten warmen Blick zu bestrafen, der vielleicht bei seiner Sekretärin wirkt, mit dem er mich aber niemals zwei Schritte von seiner Frau entfernt hätte ansehen dürfen, hinzu: »Für den Fall, dass ich meinen Freund erreiche und er zustimmt – hätten Sie eventuell auch Interesse an der *privaten* Sammlung?« Strafe gehört als Belohnung verkleidet. Ich ergänze leise: »Nur die Männer?« Dazu lächele ich kess, komplizenhaft und amüsiert. Ich weiß, dass du mich anflirtest, sagt das Lächeln, aber wie weit willst du gehen?

Falls meine Worte noch nicht ganz bei ihm angekommen sind – mein Lächeln ist es. »Du lieber Gott!«, sagt er. »So was heben die in ihrem Palast auf?«

»Was – so was?« Mit einer Andeutung von Grübchen.

Er lacht. Ganz der ungezogene Junge.

»Sie ist wirklich umwerfend«, erzähle ich weiter, wimpernklimpernd. »Raffael, Leonardo, Rubens, Michelangelo. Von Michelangelo würde mans ja erwarten, aber von Fra Angelico?«

»Du liebe Güte.«

»Und kaum jemand hat die Bilder je gesehen. Nur Connaisseurs wissen überhaupt von der Existenz der Sammlung. Natürlich kostet die ein bisschen extra.«

»Rufen Sie an.«

Ich gehe ein paar Schritte weg. Zücke mein Telefonbuch. Suche eine Nummer. Drücke auf Tasten. Schlechter Empfang. Ich gehe zum Hotelausgang. Telefoniere zwei Minuten mit meiner Schwester. Der Banker trippelt von einem Fuß auf den anderen.

»Und?«, sagt er, als ich mein Handy wieder in die Tasche werfe.

»Sie sind ein Glückspilz«, sage ich. »Aber wir sollten erst mal das Finanzproblem lösen. Sie können einem königlichen Stallmeister schlecht Traveller's Cheques geben. Es darf überhaupt niemand sehen, dass sie ihn bezahlen. Das ist die Etikette oder das Protokoll oder so.«

Im Lösen von Finanzproblemen ist der Banker gut. Ich aber auch. Er weiß, wie man die Hand auf einem Haufen Bargeld hat, und ich weiß, wie man ihn um den erleichtert. Wir tun beide, worin wir richtig gut sind. Tanz für Papa, Kleine, und lass ihn dafür löhnen.

Mein Spiegelbild im Schaufenster von Harvey Nick's etwas später hatte gar nichts Ausweichendes mehr, also bin ich in den Laden gegangen und habe ein extravagantes Samtjackett gekauft. Sündteuer. Aus dunklem Samt. Dunkelgrün, künstlich auf antik verknittert. Der weiche Stoff sog das Licht an und leuchtete. Warf fließende Falten. Ein raffinierter Entwurf – es war nicht zu erkennen, ob es neu war oder ein kostbares Art-déco-Erbstück. Genau richtig für Sasson – und das Beste war: ein Geschenk vom Banker. Ich hatte es gesehen und wollte es haben. Der Banker machts möglich. Und ich konnte eine halbe Stunde zu spät zum Mittagessen kommen, was angesichts der Umstände auch genau richtig schien.

Das Hotel betreten war wie der Eintritt in eine Parallelzeit. Neben mir ging eine Baby-Birdie, aus einer Wunde an meiner Schulter blutend – ein Fan von Jack hat mal mit einer Friseurschere auf mich eingestochen. Eine andere Birdie wurde mit Baby hereingetragen, das heißt, mit dem Tragen war dann Ende – Jack hat mich mal zusammengeschlagen. Er war voll bis zum Kragen. O ja, St. Jack war nach Konzerten manchmal schwer zu bändigen. Seine Fans auch.

Das Hotel sah aus wie ein Hotel und roch und klang auch so, aber es war und blieb das St. George's Hospital für mich. Hier hatte ich auch Sasson schon früher mal getroffen, als Jack mal zu viel von einem Mix aus Koks, H und Southern Comfort eingepfiffen hatte. Glückliche Zeiten!

Der Sasson, den ich damals kannte, und der Sasson, den ich heute wiedertreffe, sind mindestens so unterschiedlich wie Hotel und Hospital. Der Sasson von gestern war der Jeans-und-Schlabberpulli-Typ. Der das I Ging warf, beim Grand National grundsätzlich auf die hoffnungslosen Gäule setzte, bei Formel-Eins-Rennen mit LSD-Plättchen unter der Zunge vor der Glotze hing und ständig verknallt war, in bildhübsche Mädchen und Jungen, die Probleme hatten, aber nie mit ihm ins Bett wollten. Der Sasson von gestern war eine dauerfrustrierte Betriebsnudel mit spanisch-schwarzen Haaren und zusammenwachsenden Augenbrauen. Er wäre lieber gestorben, als in Schlips und Kragen aufzutreten. Anzug war ein Tabuthema für den Sasson von gestern.

Der Sasson von heute ist Anzug pur. Maßangefertigt vom persönlichen Schneider. Die Augenbrauen gezupft, die spanisch-schwarzen Haare stahlgrau. Der arme wurschtelige, dunkle Sasson ist weg.

»Weißt du noch, wie wir Jack mal hier besucht haben?«

»Hier?«, fragt er. »Birdie, erst kommst du zu spät, dann redest du Unfug.« Sogar die Stimme ist voller geworden. Sie hat auch einen Pfeffersack-Akzent.

»Die EMI hatte damals um uns rumscharwenzelt und mit einem Vertrag gewedelt. Ich war total in Panik, ich hab dich angerufen, und du bist sofort gekommen. Wir haben die ganze Nacht Storys ausgebrütet, dass Jack angeblich eine Lebensmittelvergiftung hat. Und überlegt, wie wir ihn für den Gig in der Londoner Uni wieder auf die Beine kriegen, ohne dass einer was merkt. Die ganze Nacht lang haben wir im Zustand fortgeschrittener Paranoia an Jacks Bett verbracht, und plötzlich ist er wieder wach geworden, frisch wie 'n neugeborenes Küken. Und dann sind wir alle drei nach nebenan in den Pizza-Express und haben American Hots gegessen.«

»Ach, du großer Gott«, sagt Sasson. »Da hab ich seit Jahren nicht mehr dran gedacht. War das hier? Ich weiß nur noch, der EMI-Deal hat sich dann irgendwie verläppert – wahrscheinlich gut so, auf lange Sicht.«

»Tja-ja-ja«, seufze ich, »du merkst dir Papier, ich merk mir Pizza. Kein Wunder, dass du so boomst und ich so bankrott bin.«

Er nimmt mein Samtjackett unter die Lupe, lächelnd. »Wortgeklingel, Birdie – darin warst du immer gut.« Aber sein Lächeln ist selbstgefällig. Er ist oben. Ich bin unten. Was ihn betrifft, steht die Wippe so korrekt.

»Lass uns ins Restaurant gehen«, sagt er. »Die halten den Tisch schon viel zu lange für uns frei.« Er geht vor.

»Warum wolltest du unbedingt hierher?« Ich weiß es genau, aber ich will nicht, dass er das weiß.

»Ich wohne um die Ecke«, sagt er. Am Belgrave Square, genau gesagt. Eigentum an so einer Adresse ist das Größte, was ein Londoner Wurschtelbengel erhoffen kann.

»Aha.« Ich schaudere leicht, aber unverhohlen.

»Was?« Er bleibt kurz an der Restauranttür stehen. Der Oberkellner kommt angelaufen. Ich lege zwei Finger auf Sassons Arm. Mal sehen, wie viel Raum zum Manövrieren ich habe.

»Ja, die Erinnerungen«, sage ich dann, ziehe meine Finger ab von ihm, kreuze die Arme vor der Brust und befühle den seidigen Samt meines Jacketts. Eine zögerliche, widerstrebende Haltung. Beim erstbesten Besteckklirren zucke ich zierlich zusammen.

»Weißt du eigentlich …«, ich frage so leise, dass er sich zu mir beugen muss, um mich zu verstehen.

»Was?«

»Ich hab hier auch ein Baby verloren.«

»Nein.« Doch. Er hat es gewusst. Er hat mich damals wochenlang verlegen-fürsorglich behandelt. Jack hatte es ihm erzählt, obwohl er mir versprochen hatte, es keiner Menschenseele weiterzusagen. Aber so war Jack: Wenn er sich wegen irgendwas geschämt hat, hat er immer versucht, das Gewicht zu verteilen und die Schuld zu verlagern. Und Sasson hatte Schiss genug. Außerdem ist so was Frauensache. Und wir waren alle so jung. Kein Mensch hatte Ahnung von Fehlgeburten. Mensch, ich wusste ja nicht mal, dass ich schwanger bin, bevor mir der Arzt gesagt hat, dass ichs verloren hab. Und das mit dem Gewaltausbruch nach dem Gig – ach, das würde Sasson genauso sehen wie Jack. Er war einfach so im Rausch, außer Kontrolle. So war Jack eben, so zum Zerreißen gespannt. Kann man doch verstehen. Jungs identifizieren sich nun mal mit Jungs. Wenn irgendwas Folgen hat, ist das ein grässlicher Schock.

»Möchtest du lieber gehen?«, fragt Sasson. Er wirkt keineswegs verärgert, er ist nur genauso fürsorglich und peinlich berührt wie vor Jahren. Er weiß es also noch.

Ich drehe den Kopf weg und flüstere: »Es geht schon. Ich würd mich nur nebenan wohler fühlen.«

»Dann gehen wir da hin.« Er nimmt die Sache in die Hand.

Ich bleibe im Hintergrund und sehe zu, wie er dem Oberkellner die Lage erklärt und sich entschuldigt. Knapp, ruhig, höflich. Ohne Getue. Ich überlege, wie er wohl heute denkt über Gewalt gegen die eigene Freundin. Hatte er inzwischen etwas kapiert von der Realität, oder war das eine Pfeffersack-Pflichtübung?

Als wir aus dem Hotel kommen, spüre ich, wie der Wind mir den Samt an den Körper drückt. Meine Haare fließen mir durchs Gesicht wie Wasser.

»Wie damals auf dem Cover vom *Rolling Stone*«, sagt Sasson unvermittelt.

»Ha! Lass das Geschmeichel, das kann ich besser. Trotzdem – danke.«

»Du siehst blendend aus.« Er wird wieder förmlich.

Keiner von uns bestellt eine American Hot im Pizza-Express. Wir essen beide Salat. Er fragt zur Eröffnung nach Robin. Ich bin erstaunt, dass er ihren Namen noch weiß, aber womöglich hat auch er sich auf unser Gespräch vorbereitet.

Dann fragt er nach InnerVersions. »Was denkst du? Der Report vom A&R-Mann war etwas zweideutig.«

»Hm«, sage ich, »sie könnten es auf die mittleren Plätze schaffen, vorausgesetzt, der aktuelle Trend hält ein, zwei Jahre an. Muss aber nicht. Kommt drauf an, was Dog Records vorhat mit der Band.«

Da Sasson nicht anbeißt, rede ich weiter. »Der Frontmann ist ganz hübsch. Hat auch 'ne ganz brauchbare Stimme. Mit ein bisschen Polieren könnte die ganz gut kommen. Aber der muss noch viel lernen. Ein Mädchen ist dabei, die hat jede Menge musikalisches Talent zu bieten, aber praktisch nichts in der Kategorie ›hübsch‹. Der Rest ist so lala.«

»Heißt?«

»Heißt, im Augenblick sind die bei weitem nicht sexy genug, dass die musikalische Naivität nicht so auffällt. Dog Records müsste da ein bisschen in die Entwicklung stecken.«

»Hart, aber plausibel.«

»Die werden allerdings rasant besser und würden das wahrscheinlich erst recht, wenn die Firma bereit wäre, Zeit und Geld zu investieren. Könnte 'n kleines Geldmaschinchen werden – falls ihr euch überhaupt für Mittelklasse interessiert.«

»Wir setzen dich dran.«

»Zu mickrig, Sasson. Das weißt du auch. Dog Records setzt mich immer an Bands, die noch nicht so weit sind, sich voll reinzuhängen.«

»Wir geben viel auf dein Urteil, Birdie.«

Ich lächle lieblich.

»Verdammt nochmal, Birdie, das Lächeln kenn ich. Es sagt, ich rede deiner Meinung nach aus der Unterhose.«

»Es fragt sich nur, woher dein Interesse so plötzlich kommt? Von mir will sonst nie ein Managing Director einen Zwischenreport. Ich arbeite jetzt seit Jahren für Dog Records, an diversen Projekten, aber einen Termin mit einem der Bosse hab ich heute zum ersten Mal. Und wie lange haben wir beide uns eigentlich nicht gesehen?«

»Viel zu lange«, räumt er ein. »Ich wollte einfach mal hören, wies dir so geht.«

»Immer glücklich, immer froh, wie der Mops im Paletot.«

»Schön.«

Mein liebenswürdiger blauer und sein liebenswürdiger brauner Blick treffen sich über den Tisch hinweg. Wir lächeln beide.

»Stimmt also?«

»Was stimmt?«

»Dass du der neue Chefabwickler bei Dog Records bist.«

»Wird das so erzählt?«

»Erzählt wird, dass du die Machete ans tote Holz setzt und das ganze Label so umbaust, dass es attraktiv für einen fetten Buy-out wird. Weil sonst alles den Bach runtergeht.«

»Ist ja doll«, sagt Sasson. »Wo kommen so Storys her?«

»Aus der Paranoia der Plattenbranche – und die ist wirklich doll.«

»Bist du auch paranoid, Birdie?« Feiner kleiner Schritt vom Weg, Sasson. Ich muss lachen.

»Trink 'n Schluck Wein«, sagt Sasson, »und sei unbesorgt.« Er schenkt mein Glas voll. »Ich seh das so, hin und wieder muss man am Boden klar Schiff machen. Aber das ist nicht dramatischer, als umsichtiges Sauberhalten nun mal ist.«

Ach nein, Sasson? Na, wie schön zu wissen.

Ich nippe am Wein. Er ist ordentlich und schmeckt.

»Wirklich nicht, Birdie. Du kannst unbesorgt sein. Dein Riecher für Trends wird immer gebraucht, egal, was kommt.«

Die Gesamtheit meiner Erfahrung, Erfahrungen und Experimente, das Nettogewicht meiner Talente – gestaucht zu einem »Riecher für Trends«.

Ich setze das Glas ab und schließe die Augen. Mein Essen mit Sasson fühlt sich allmählich an wie ein vergeblicher Fischzug. Ich kann fast spüren, wie unter meinen Füßen das Boot schwankt und mir der Wind ins Gesicht peitscht. Die Sonne geht als dunkelroter Ball unter und sagt mir, dass es Zeit ist, mit heulendem Motor nach Hause zu rasen, und trotzdem schwinge ich das Handgelenk aus und lasse Angelschnur und -haken in die ruhige Wasserfläche zwischen die wuchernden Mangrovenwurzeln schnellen. Ein Versuch noch, nur einer. Da gibts noch die schlanken silbernen Hechte.

Das Faszinierende am Angeln ist die Ungewissheit. Wenn man genau wüsste, dass man den Fisch kriegt, hieße es wahrscheinlich Kriegen. Aber das weiß man nicht, deshalb heißt es Angeln.

»Birdie?«, hat Sasson plötzlich irgendwann gesagt. »Du hörst ja gar nicht zu.«

»Was hast du gesagt?«

»Ich hab dich gefragt, ob du auf einen Kaffee mit zu mir kommst. Ich hab 'ne tolle Espressomaschine, da schmeckt er viel besser als hier.«

Noch einen Versuch? »Warum nicht?«, hab ich gesagt und erst mal wieder nach dem Weinglas gegriffen. Der Pizza-Express war eine fröhliche, sichere Umgebung. Um uns herum schnatterte es und hallte Geschnatter von den Marmorwänden wider. Ich hatte es nicht eilig, woandershin zu kommen. Vielleicht war der Umzug hierher ja überhaupt mein einziger Sieg. Ein winzig kleiner – Sasson zum Ortswechsel für ein Essen zu bringen. Ansonsten war sein gepflegtes Äußeres völlig undurchdringlich geblieben. Er hatte mich nur aus belustigten braunen Augen angesehen und nichts rausgelassen.

Der Sasson von gestern war ein so leicht zu durchschauender, geschäftiger Fisch gewesen. Aber Macht und Geld standen ihm gut. Auch das bisschen mehr Gewicht sah eher nach Substanz aus als nach Fett. Der alte Schlabbersasson war immer zappelig gewesen, dieser so fremde wie vertraute Mann dagegen lag mit ruhigem Selbstvertrauen auf der Lauer.

Er schenkte mir den Rest Wein ein. »Was denkst du gerade, Birdie?«

»Gar nichts«, sagte ich sofort. »Ich hör einfach dem Hall hier drin hinterher.« Wenn ein Mann die Frage stellt, was man gerade denkt, stehen die Chancen, dass das eine Lüge ist, fünfzehn zu eins. Ich redete einfach weiter. »Weißt du noch – *Going Down in the Diner?* Der Hall aus dem einen Diner, den wir über die Coda gelegt haben?«

»Du lieber Gott, Birdie.« Er lehnte sich zurück und musterte mich aus zusammengekniffenen Augen. Er sah aus, als ob er die Zeitung von jemand anderem aus der Ferne zu lesen versucht. »Du hast ein Gedächtnis wie 'n Mikroskop. Ich wusste gar nicht, dass du so in der Vergangenheit lebst.«

»Ich hatte früher keine Vergangenheit zum Drinleben.«

»Ein paar Sachen weiß ich auch noch«, sagte er, »aber mehr so Fakten, Artikel damals, so was. Nicht so lebendig.«

»Nein, grau«, sagte ich. »Nur mal nebenbei, Sasson – hat ein Mikroskop nicht mehr was mit dem Visuellen zu tun? Ich hatte aber über Akustisches geredet. Wie wär denn dafür das Wort? Mikro-Fiche?«

»Unfug.«

»Das klingt aber nicht gut.«

Er schüttelte den Kopf. »Birdie, was ist los mit dir? Immer nur Wortgespiele. Du hast dich gar nicht verändert.«

»Warum auch?«

»Weil man älter wird. Das wirkliche Leben, Geldmangel – sind das nicht auch erniedrigende Erfahrungen?«

Peng, eine glatte Ohrfeige.

»Erniedrigend für wen?«, fragte ich liebreizend. »Fühlst du dich etwa erniedrigt von deinem Alter oder dem wirklichen Leben?«

»Ich bin nicht du. Ich hab nie mal alles gehabt und dann alles verloren. So eine Fallhöhe gabs bei mir nicht.«

»Du warst auch nie eine Frau. Bei dir zählen Jugend und Schönheit nicht. Für dich haben graue Haare und ein Wanst nichts ›Erniedrigendes‹. Du hast ja nie was anderes gemacht als Geld, deshalb gerät deine Arbeit nie aus der Fasson. Du hattest ja nie eine. Dich hat kein Mensch je danach beurteilt, wie du aussiehst oder ob du sexy genug bist oder einen ›Riecher für Trends‹ hast. Du verkaufst bloß das, was Leute produzieren, die Sex und die richtige Fasson haben.«

»Birdie, ich …« Jetzt wurde er wieder zappelig und nervös. Ich war erleichtert, das zu sehen, denn eine Beute aufgeben gehört nicht zu meiner Art. Das wäre für mich gleichbedeutend mit Selbstaufgabe.

»Wortgespiele!«, sagte ich angewidert. »Was hast du gegen Spiele? Du denkst da immer bloß an Sieg oder Niederlage. Wieso darf ein Spiel nicht einfach verspielt sein?«

»Weil deine Spiele, die Spiele von dir und Jack, immer bloß für die Strahlenden und Schönen waren. Ihr habt uns anderen doch nie eine Chance gelassen.«

Ah ja, dachte ich. Die Wunde ist alt. Die hat einen weiten Weg hinter sich vor diesem überraschenden Ausbruch.

»Und wer hängt jetzt an der Vergangenheit fest?«, fragte ich. »Ich mach ein dämliches Wortspiel, und Jüngling Sasson schreit: ›Foul.‹ Hat dich eventuell deine Jugend so ›erniedrigt‹, wie das Alter mich eigentlich ›erniedrigen‹ müsste?«

»Ja!«, sagte er aufgewühlt. »Ich hab das mit dem Spielen nicht so gemeint. Ich entschuldige mich dafür. Aber es war so, ich hab nie Schritt halten können.«

»Mit was?«

»Mit Jack. Und mit dir, als du aufgekreuzt bist. Du hast alles nur noch unendlich viel schlimmer gemacht. Bevor es dich gab, hab ich wenigstens zur Truppe gehört. War ich wenigstens nützlich. Du hast das ganze Spiel verändert. Die Truppe war bald nur noch du und Jack. Alle anderen waren draußen. Alle anderen wurden behandelt wie dumpfes Fußvolk.«

»Zweierbeziehungen sind so«, sagte ich. »Die schließen immer andere aus.«

»Ja, bloß …« Er sah aus, als ob er etwas sagen wollte, es aber lieber ließ. Ganz bestimmt wollte er sagen: »Bloß bei Jack ist das was anderes. Jack war was Besonderes. Und jedes Stück von Jack, das du beschlagnahmt hast, war eins, das ich nicht behalten durfte.«

Ein Bild kommt hoch. Ein junger Mann mit spanisch-schwarzen Haaren geht ans Telefon. Ein Agent bietet einen sehr-bald-sehr-berühmten Fotografen an, für das neue Plattencover des Talents, das der junge Mann managt. Kaum hat den Hörer aufgelegt, rast er zu seinem Freund und Talent und will es loswerden. Reißt eine Tür auf, ohne anzuklopfen, sieht den goldenen Körper seines Freundes und Talents nackt auf indigoblauer Satinwäsche liegen, schlafend. Auf seinem Bauch hat sich ein goldenes Mädchen zusammengerollt wie ein erschöpftes Katzenkind. Das Talent schlägt ein schläfriges, sinnliches Auge auf und sagt nur: »Verpiss dich, Sasson.«

Und noch ein Bild. Ein junger Mann mit zusammenwachsenden Augenbrauen klopft an eine Tür, die er früher ohne Anklopfen aufgemacht hätte. Er hört keine Antwort, nur Klavierspiel.

Also denkt er, es geht, macht die Tür auf und sieht seinen goldenen Freund und das goldene Mädchen zusammen auf dem Klavierhocker. Sein linker Arm um ihre Schultern, ihr rechter Arm um seine Taille geschlungen. Er spielt mit rechts Akkorde, sie spielt mit links die passende Basslinie. Er singt Nonsens-Lyrik, sie singt die Begleitstimme mit »Schu-Wah« dazu. Beide können sich das Kichern kaum verkneifen. Der junge Mann mit der durchgezogenen Augenbraue sagt: »Entschuldige, Jack, aber …« Die Musik reißt ab. Die giggelnden Stimmen verstummen. Zwei Köpfe fahren simultan herum. Zwei Paar Siamkatzenaugen funkeln. Jack sagt: »Verpiss dich, Sasson.«

Entschuldige, Sasson, aber – wir waren total verknallt. Du platzt doch auch Krethi und Plethi nicht in die Flitterwochen, oder? Also warum hast du die von Jack und Birdie so übel genommen? Warum waren überhaupt alle so stinksauer, weil sie nicht dazugehörten? Eine ehrliche Antwort bitte, Sasson, und dann überleg mal, was du daraus lernen kannst. Über die Liebe bestimmt nichts, was du nicht längst weißt. Aber vielleicht lernst du ein kleines bisschen über dein Verhältnis zu einem Star.

Es war eine trostlose Schlangengrube, die sich da im Pizza-Express auftat. Ich hatte das nicht gewollt. Sasson auch nicht. Aber ob er die Erinnerung zulässt oder nicht – er ist genauso ihr Opfer wie ich. Ich hatte die Erinnerung benutzen wollen, stattdessen hat sie mich benutzt. Er hatte mit der Erinnerung auch mich auf Distanz halten wollen. Stattdessen haben die Erinnerung und ich ihn wohl angefallen und gebissen.

Das Essen ist ein Fiasko.

Zeit, die Karten zusammenzuschieben und hinzulegen.

Ich stelle das Weinglas ab. »Herzlichen Dank fürs Essen«, sage ich wie ein artiges kleines Mädchen. »Und herzlichen Dank auch fürs Kaffeeangebot, aber ich muss leider weg.«

»Geh nicht, bitte.« Er sieht mir nicht in die Augen.

Das erwischt mich kalt. Ich hatte erwartet, dass er erleichtert ist. Kein Mensch hat gern Zeugen, wenn er die Kontrolle verliert. Und Kontrolle ist für ihn, wenn ich ihn richtig einschätze, ungemein kostbar.

Ich beobachte, wie er sich wieder fängt. Das heißt, ich sehe zu, wie er den Tisch aufräumt. Seine Serviette und das Besteck zusammenlegt und Salz- und Pfefferstreuer und die Blumenvase wieder zurechtstellt, als ob das hier sein Büroschreibtisch ist. Als er zufrieden ist, dreht er sich um und winkt einem Kellner. Der erscheint augenblicklich, und Sasson, durch so viel Gehorsam beruhigt, findet zurück zu seiner Pfeffersack-Attitüde. Er verlangt die Rechnung.

Erst danach sieht er mir in die Augen.

»War blöd«, sagt er. »Du hast sicher Recht mit der Erinnerung. Ich wollte hier nicht den Finger auf alte Wunden legen, und ich wollte dich ganz bestimmt nicht kränken. Ich weiß auch nicht, was los war. Ich hoffe, du kommst trotzdem mit auf einen Kaffee zu mir. Ich hab einem alten Freund versprochen, dass wir uns alle da treffen.«

Reuebekenntnis nach Art der Führungsposition: So entschuldigt sich jemand, der oder die nie etwas zugeben würde, wenn es nicht taktisch besser wäre.

Ich ziehe eine Augenbraue hoch und schenke ihm meinen blauen Siamkatzenaugenblick.

»Barry Stears«, sagt er ganz sanft. »Ich glaub, du hast vor ein paar Wochen zu Abend mit ihm gegessen.«

Das also war der Hintergedanke hinter diesem Mittagessen. Es geht nicht um ein Wiedersehen von zwei alten Freunden. Auch nicht um meine Babyband. Es geht um den beschissenen Barry. Ich stelle beide Ellbogen auf den Tisch und lege mein Kinn in die Handballen. Die Pose wirkt immer Wunder an der ganzen Kinnpartie. Auch angewiderte Mundwinkel lassen sich gut dahinter verbergen, ohne dass der Lippenstift verschmiert. Ja klar, bestell sie ein und lull sie ein, die zickige kleine Lady. Mit Essen und Smalltalk. Schenk ihr immer schön Wein nach und schwatz sie mit der Aussicht auf eine geile neue Espressomaschine zu dir nach Hause. Das haut sie um, was? Und dann ziehst du den fetten Barry aus dem Ärmel, und der große böse Wolf frisst sie auf mit Haut und Haar.

»Schau mal«, sagt Sasson, »ich weiß, du hältst Barry für albern, aber der ist inzwischen ein Medienzar und du wärst gut beraten, auf ihn zu hören.«

»Entschuldige die platte Frage, aber – was hast du damit zu tun?«

»Na ja, du reagierst nicht auf Briefe und E-Mails von ihm. Du rufst nicht zurück. Deine Schwester lässt ihn nicht ins Haus. Warum nicht? Der tut dir doch nichts.«

Der Kellner legt ihm die Rechnung vor die Nase. Er wirft seine Platinkarte dazu und scheucht ihn weg, ohne ihn anzusehen. Vorsicht, Sasson – das hätte auch ich sein können.

»Tut mir Leid, aber ich will Barry nicht sehen.«

»Warum denn nicht?«

»Er ist ein Grabräuber, ein Leichenschänder.«

»Ach komm, Birdie«, sagt Barrys Botschafter, »du musst das nicht so emotional sehen. Er ist kein so schlimmer Finger.«

»O doch, das ist er, und das weißt du genau«, sage ich. »Und ich frag dich nochmal: Was hast du damit zu tun? Seit wann bist du Barrys Botenjunge?«

Er sieht mich an. »Es gibt gemeinsame Interessen. Dog Records hat ja die Rechte an *Hard Candy* und *Hard Time.* Und was Barry vorschwebt – Jack, sein Leben und Werk, in einer definitiven Würdigung –, wird den Absatz hochtreiben. Mo'Zee hat ja alle Sachen von davor. Die sind auch begeistert. Die stecken sogar Geld in die Produktionsvorbereitungen. Und sie bringen das Ganze als Buch raus. Das wird ein schmuckes kleines Paket, Birdie. Und alles ist startklar.«

»Dann mal los.«

»Ohne dich wär es einfach nicht definitiv.«

»Dann wirds eben nicht definitiv.«

»In dem Fall würden BBC und VH1 aussteigen.«

»Gut!«, sage ich. »Ich hab Mythen und Legenden so satt.«

»Da bist du aber die Einzige«, seufzt Sasson. »Barry sagt, du hast den Antigua-Film. Und ich weiß noch, dass Jack Zeugs aller Art gesammelt hatte – Fotos, Tonbänder.«

»Wovon Barry vermutlich sowieso das meiste hat. Der hat uns schon zu Jacks Lebzeiten beklaut.«

»Ach, Birdie – das halt ich für übertrieben.«

»So?«, frage ich. »Haben doch alle geklaut. Ist ja nicht schlimm, hieß es immer, bloß so was wie Hotelhandtücher klauen oder Aschenbecher. Ist ja bloß 'n kleines Souvenir. Merkt Jack doch gar nicht, der hat noch genug davon. Der vermisst doch kein kleines Foto. Der steckt das doch weg, wenn persönliche Briefe verschwinden oder Gespräche heimlich mitgeschnitten werden.«

»Ja, ich weiß«, gibt Sasson zu, »ist ziemlich verlockend, so was. Aber Barry war doch ein Freund.«

»Barry war Groupie. Und das ist er immer noch.«

»Aber ein Groupie immerhin mit einem dicken fetten Scheckbuch, der dicke fette Honorare bezahlen kann. Übrigens …«, setzt er nach, als ob es ihm gerade einfällt, »ich kann das so arrangieren, dass du mit Barry direkt nichts zu tun hast.«

»Das kannst du?«, frage ich, mit einem niedlichen kleinen Hauch Erstaunen.

»Warum denn nicht? Liegt ja in Dog Records' Interesse. Ich weiß, für dich ist in letzter Zeit alles nicht so doll gelaufen. Aber das können wir ändern.«

Ich stoße einen Seufzer aus, schiere Sehnsucht und Nostalgie.

»Natürlich hast du Recht mit Barry«, sagt Sasson teilnahmsvoll. »Aber was er vorhat, klingt riesig. Andererseits, ob er sich wirklich verändert hat?«

Nein, Sasson, Barry nicht. Aber du. Du schlägst mir hier einen Deal vor, der Barry aus dem Spiel kicken könnte. Aber zu dir komm ich auch noch, Liebchen.

Ich lege mir das abgestaubte Samtjackett um, als ob mich fröstelt. »Ich bin so fertig, Sasson. Diese Kiste verfolgt mich, wo ich gehe und stehe, wie ein langer Schatten. Früher war ich ein bisschen dagegen geschützt ... Das fehlt mir so.«

»Lebst du allein jetzt?« Neugierig beugt er sich wieder vor. Er hat wahrhaftig null Ahnung über mich. Die Buchhaltung von Dog Records und ein paar freie Producer kennen mich besser als er. Dabei wissen die bloß die Adresse meiner Schwester und eine von meinen E-Mail-Adressen.

Ich zucke wehmütig die Schultern. »Nichts hält ewig.« Die arme Birdie – da hatte sie das Beste vom Besten, und jetzt tut sies nicht mehr dadrunter. Die Nostalgie hat sie ganz weich geklopft.

Sasson langt über den Tisch und nimmt meine Hand. »Wir haben eine gemeinsame Geschichte, oder? Gut, nicht gerade die leichteste. Aber ich war doch immer offen zu dir, oder?«

Doch, klar, Sasson. Du hast mich immer offen abgelehnt. Ganz recht, ich wusste immer, woran ich war beim jungen Sasson.

»Doch«, sage ich, »du warst ganz schön offen. Dog Records allerdings nicht.«

»Vertragsrecht, Birdie. Hat mit Abrechnungsfristen und Anwälten zu tun. War damals übrigens noch gar nicht Dog Records.«

»Copyright, Eigentumsrechte – die haben mich mit allen Tricks rausgehalten.« Ich ziehe meine Hand nicht zurück und Sasson auch nicht. Er hat einen warmen Händedruck. Verzeihend. Er verzeiht mir, dass ich so ein gieriges Biest bin, wenn ich von jetzt an brav mitspiele.

»Vielleicht muss man das alles demnächst nochmal durchgehen.« Er drückt mir mit dem Daumen die Fingerknöchel. Seine Hand ist freundlich, warm und weich. Doch, er hat eine gute Hand. Und in dieser Hand liegen alle Karten – in Bezug auf Verträge und Tantiemen und Abzüge. Auch die Anwälte hat er, in dieser Hand.

»Ich hab das Kämpfen so satt«, sage ich. »Ich will einfach nur sicher sein können, dass, wenn ich euch irgendwelches neues Material gebe, es mir gehört. Ich will als Eigentümerin an meinem eigenen Image endlich mal anerkannt werden. Ich will bezahlt werden für meine Arbeit.«

»Wenn es irgendwelches neues Material gibt, dann reden wir drüber.« Sasson übergeht den heiklen Punkt mit einem versichernden Händedruck. Hat er eigentlich eine Ahnung, wie oft mein altes Händchen schon versichernd gedrückt worden ist? Und wie schnell so ein versichernder Händedruck zum Würgegriff wird?

»Kommt ganz drauf an, was du hast, Birdie«, fährt er fort. »Was ist denn auf dem Film?«

»Musik und Erinnerungen. Strandszenen aller Art, soweit ich es noch im Kopf hab. Aber was Barry will, ist das Studiozeug. Ich weiß nicht – das ist so lange her.«

Sasson hat seine Regungen wieder fest im Griff. Er zeigt kein besonderes Interesse. »Das müssten sowieso erst die Anwälte angucken. Aber ich versprech dir, wenn du uns das Material gibst, wirst du angemessen entschädigt.«

Das ist der Augenblick, meine Hand zurückzuziehen.

»Es geht ja nicht nur um den Film. Es geht um Musikrechte und Veröffentlichungsrechte und Copyrights und Urheberschaft … Das volle Programm.«

»Das gehen wir alles nochmal durch. Zeig uns doch erst mal, was du hast.«

»Ach Sasson«, seufze ich, »jetzt drängel doch nicht so. Ich weiß nicht mal, wo ich die Miete für nächsten Monat hernehme. Wenn ihr meine Babyband abstoßt, bin ich wieder arbeitslos.«

»Deine Baby... was?«

»InnerVersions. Die Band, mit der ich gerade arbeite.«

»Vergiss die mal«, empfiehlt mir der Managing Director von Dog Records persönlich. »Wir müssen uns Gedanken über viel Wichtigeres machen. Hier steht jetzt nichts Geringeres als ein Multimedia-Event zur Debatte.«

»Ich weiß. Aber ich hab keine Lust, in Vergangenem rumzustochern. Was mich umtreibt, ist, wovon lebe ich hier und heute. Und das ist Musik machen, mit einer jungen Band arbeiten, die eure Unterstützung braucht.«

»Die sind doch nichts verglichen mit Jack.« Er klingt verblüfft. »Was hast du noch gesagt? Musikalisch nicht gut genug, um ... wie war das? Sexy zu sein?«

»Die brauchen noch Hilfe«, räume ich ein. »Ich wollte von dir hören, wie stark sich Dog Records bei seinen Bands zu engagieren gedenkt, aus denen mit ein bisschen Hilfe eine Menge werden kann. Das wolltest du mir aber nicht sagen. Ich hab nie gesagt, dass die ›nichts‹ sind. Ist auch nicht mein Ding, die zu kaufen oder zu kippen. Das ist dein Ding. Aber du hast die bestimmt noch nie gehört.«

»Ich kann ja mal kommen und sie mir anhören.« Er zeigt sich leicht irritiert. Er hatte mich doch schon fast, und plötzlich wechsle ich, aus irgendeiner Laune heraus, das Thema.

»Sie sind noch nicht so weit«, sage ich. »Wenn du denen wirklich was Gutes tun willst, gib ihnen noch ein paar Monate Zeit zum Entwickeln. So viel, dass sie einen guten Set zusammenstellen und dran feilen können. Dann lass sie den aufnehmen. Und dann schickst du sie rum, als Vorgruppe für einen von euern Top-Acts. Lass den Markt entscheiden. Das ist die faire Art. Da kriegen sie eine Chance, etwas in Ruhe zu entwickeln und vor Live-Publikum zu testen.«

»Klingt fair, ja«, sagt Sasson, als ob er darüber nachdenkt. »Aber ich weiß noch nicht, wie die Erbsenzähler das sehen.«

»Dann gib denen was, was sie verkaufen können. Zwei, drei Stücke für ’ne Single. Guck, wie viel sie bei Live-Gigs einspielen. Und – ganz wichtig – sag dem Producer, er soll den Frontmann zum Stimmtraining überreden. Der ist sonst brauchbar, ’ne nette, natürliche Stimme, aber noch ungenau. Und mit ’ner Riesenkluft zwischen Kopf- und Bruststimme, da täte ein Stimmtraining richtig gut.«

Sasson glotzt mich jetzt an. »Birdie, du warst doch sonst nie so analytisch.«

Ach nein, Sasson, Liebchen? Ich hatte ja früher bloß ein T-Shirt mit der Aufschrift »Red langsam, ich bin eine Blondine!« an. Außer mir hat keiner den Witz kapiert. Ich war ja früher auch bloß sehr jung, sehr hübsch und sehr umschwärmt. Mich hat alle Welt angegafft. Gott, haben die gegafft. Bloß zugehört hat mir keiner.

»Der Frontmann, also der Sänger da, ich meine, läuft da was, was ich wissen sollte?« Er grinst vertraulich, als ob er mich in etwas einbeziehen will, das er für einen Scherz hält.

Ich stehe abrupt auf und gehe.

Erhobenen Hauptes, in schwingendem Samtjackett, mit langen lässigen Schritten ausschreitend, lasse ich Sasson Freel einfach sitzen – jeder Zoll eine gekränkte Königin. Makellos, der Abgang. Eine Augenweide obendrein – etliche Köpfe fahren herum und gaffen hinter mir her.

Auf der Straße rausche ich, so schnell ich kann, ohne zu rennen, Richtung Ost und verschwinde in einer Unterführung. Nicht schlecht für ein altes Mädchen.

Garantiert organisiert Sasson sich einen würdevollen Rückzug aus dem Pizza-Express. Geht davon aus, dass ich irgendwo rumstehe, wenn er rauskommt. Denkt er, dass ich geschnappt und beschwichtigt und getätschelt und gestreichelt werden will? Warum sonst bin ich davongerauscht? Frauen wollen doch geschnappt werden. Frauen wollen küssen und wieder lieb sein und Beteuerungen hören. Frauen geben einem doch immer wieder eine Chance, nicht, Sasson?

Diese nicht. Außerdem war es Zeit zu gehen. Zeit, ihn ein bisschen allein grübeln und schmoren zu lassen. Er hat mir einfach einen guten Vorwand geliefert.

Ich gehe die Straße Richtung Piccadilly Circus lang und mische mich unter die Touristen. In der Tat, denke ich, es ist Zeit zu gehen. Ich hab das Jonglieren mit zwei Jobs, das Aufräumen von anderer Leute Lebenschaos satt. Ich bin jetzt schon wochenlang zuverlässig, und Zuverlässigsein ist öde und macht einen fertig.

Ich gehe in eine Telefonzelle und rufe im Büro an. Der liebenswerte alte Mann nimmt ab. Ich erzähle ihm, dass meine Nichte in Paris einen Autounfall gehabt hat.

»Ja sicher müssen Sie da hin«, sagt er. »Das ist ja ganz furchtbar.«

»Ich bin die Einzige in der Familie, die halbwegs Französisch kann.«

»Machen Sie sich bloß keine Gedanken über uns«, sagt Mr. Adler, »und sagen Sie Bescheid, wenn wir was tun können.«

»Sie sind so nett«, sage ich. Und das ist wahr. Die Lüge war extra für einen netten Mann ausgedacht.

»Ich glaub nicht, dass ich mehr als eine Woche weg bin«, füge ich voller Angst und Bedauern hinzu.

Ich hab mich im Taxi nach Maida Vale fahren lassen. Zu einer Adresse, die kein Mensch kennt. Danach bin ich mit einem satten Batzen »Fuck you!«-Kohle zurück zu Robin gefahren.

Am nächsten Morgen saß ich im Flieger in die Staaten. Ich hatte mir sogar ein Upgrade ergattert. Das Vögelchen flatterte davon. In der Club-Klasse.

Die Beine lang, die Füße übereinander, am Wein auf Airline-Kosten nippend – so hab ich allmählich wieder aufgeatmet. O ja! Es war Zeit, dass ich mich wieder in die Sonne lege, richtige Fische angle und abwarte, bis der Schlamm, den ich im kalten englischen Teich aufgerührt habe, sich gesetzt hat. In England werde ich immer rastlos und klaustrophobisch. Da ist mir alles zu eng, und Zuverlässigkeit ist sowieso nicht mein Ding. Später, wenn ich wieder hinfahre, ist die Lage auch wieder klarer. Erfolg hängt manchmal davon ab, dass man weiß, wann man sich aus einem Spiel ausklinken muss.

Ich wollte meinen Kopf leer kriegen und mich wieder ungebunden fühlen, aber Bilder von Sasson drängelten sich dazwischen. In alten Zeiten hätte ich keinen weiteren Gedanken auf ihn verschwendet. Aber im Lauf der Jahre seit damals hat er Muskeln bekommen. Und jetzt hatte er Macht, Geld und eine Position. Und so was seh ich beinah darwinistisch. Ein Mensch mit Macht und Position ist mir weitaus nützlicher als ohne.

Die Vorteile gehen allerdings einher mit Gefahren. Einen Mann oder eine Frau mit Macht und Position muss man sehr behutsam manipulieren. Sie sind stark. Oft auf Kosten von Leuten wie mir.

5
Ein Opfer der Bequemlichkeit

Dass seine Karriere eines Tages zum Stillstand gekommen war, hatte Junior Moline sich ganz allein selbst anzukreiden, aber auch dazu war er zu antriebsschwach. Seine Visitenkarte, falls er eine fand, besagte: »Producer und Toningenieur«, und er hatte wahrhaftig bessere Zeiten gesehen. Vor Jahren hatte er mit ein paar richtig dicken Größen gearbeitet. Vor Jahren war er überall dabei gewesen. Kreuz und quer durch die Welt gedüst, mit Bands auf Tour, mit Bands im Studio. Und plötzlich eines Tages hatte er sich in New Orleans wiedergefunden.

Er pflegte zu sagen: »Die sagen ja nicht umsonst ›The Big Easy‹ zu New Orleans. Insofern, *big* und *easy* bin ich auch, wo soll ich sonst hin? *My feet got stuck in the Mississippi mud.*«

Man sollte vielleicht dazu sagen, dass auch sein Mund nicht mehr loskam – vom Pfeifchen nämlich. Und sein Arsch nicht mehr vom Zuckerrohrsessel auf dem Balkon seiner Lady und sein Herz und seine Ohren nicht mehr vom Pochen des Deltablues.

Nicht dass er nicht arbeitete. Das tat er durchaus. Regelmäßig. Sieben Tage – im Jahr. Jedes letzte Aprilwochenende und jedes erste Maiwochenende war er garantiert auf dem Fairground zu finden, beim Jazzfestival, im schweißverklebten »Stage Krewe«-T-Shirt und mit einer Hand voll Backstage-Pässen. Mopsfidel Instrumente, Monitore und Mikros einrichtend.

»Eins-eins, zwei-zwei. Eins-eins, tssa-tssa. Eins-eins, tscha-tscha. Mach da ma 'n paar Höhen raus … Eins-eins, tssatssa, yeah, so 's gut.« Bei sieben Gigs pro Tag, dazwischen jeweils eine halbe Stunde fürs Abräumen der einen Anlage und den Soundcheck der nächsten Band.

O ja, da schuftete er richtig, und in seinen Sandalen gingen seine Riesenfüße über Bord und seine ausgeleierte Jeans rutschte tiefer und tiefer und sein T-Shirt höher und höher, so lange bis endlich alle da unten im Publikum das Teil sehen konnten, das er seinen Doppelbass nannte. Freunde, Bekannte, die jenseits der Absperrgitter feierten, brüllten manchmal rüde Sprüche über seinen Wanst herüber. Er brüllte dann einfach zurück: »Was dagegen? Bin ich stolz drauf – ist alles Eigenbau! Gramm für Gramm.«

Irgendein Kumpel schmiss ihm lachend eine Dose Miller Lite zu, und Junior Moline saß damit später hinter der Bühne und füllte beim letzten Dreißig-Minuten-Geschufte verlorene Flüssigkeit nach. Fühlte, wie das Bier in der Dose vibrierte zu den Beats von Bass und Schlagzeug. Wusste genau, die Leute direkt vor den Riesenstapeln aus Lautsprechern gerieten nahe an eine Herzmassage durch den Sound, den er mitproduziert hatte. Durch die feucht-heiße Luft wummernde Klangwellen, die einem an den Rippen rütteln und in die Lunge hauen und aufs Herz hämmern. Genau so eben, wie sich Live-Musik da unten in der Sonne gefälligst anzufühlen hat.

Junior Moline liebte dieses Festival. Einmal im Jahr kam all das geballte Talent, das der Mississippi wie Laich erzeugte und nährte, ans Sonnenlicht gekrochen und spielte die *sweet music,* damit New Orleans was zum Tanzen hatte. Jazz, Blues, Cajun, Zydeco, R&B, Rock, Latin, Reggae und Country, mit einem Schuss Würze aus Hiphop oder Afrikanischem oder Indianischem. Ein Gig mindestens für jeden Geschmack. Egal, was man spielte, irgendwer tanzte immer. Egal, wie schlecht man tanzte, irgendwer machte immer die Musik dazu. Und es gab immer Leute wie Junior, die für Sound-Equalizing sorgten.

Das Festival hatte ihn ursprünglich nach New Orleans gebracht. Beim ersten Mal war er mit einer amerikanischen Band gekommen, direkt aus dem Studio in London – aus Englands fester grauer Faust direkt in die feuchte grelle Hitze. Er war in das Klima geglitten wie in ein warmes Bad an einem kalten Abend und hatte sich entspannt.

Die Band war Thieves Like Us gewesen. Sie ist lange auseinander. Cy Fuentes war Leadsänger und Gitarrist gewesen, und dessen Solokarriere war später Stoff für Rockmärchen geworden – oder für Moritaten zur Warnung, je nachdem, wie man selbst es sah.

Toningenieur bei Thieves Like Us – für Junior war das ein Riesenschritt nach vorn gewesen. Eigentlich hätte seine Karriere ab da durchstarten können – wenn er nicht dem *Big Easy* erlegen wäre. Langfristig entscheidender war allerdings seine Begegnung mit Birdie Walker gewesen. Manchmal, wenn er auf dem Balkon seiner Lady hing, dachte Junior über ihre erste Begegnung nach. Irgendjemand hatte sie damals in die Tonkabine gebracht, so wie viele andere Promi-Gespielinnen, mit dem Gemisch aus Desinteresse und Neugier – wieder so 'n hübsches Hühnchen zur Anbetung des Talents im Tonstudio. Die ist bloß hier, dachte er damals, weil sie bewundern will. Außerdem kann sie so weder bei irgendwem anders sein noch die Kohle des Stars verprassen. Die übliche Nummer.

Er widmete der neuen Flamme von Cy einen knappen Blick. Der Körper kinderschänderkompatibel pubertär, die Haare lang und blond, anmutig wie ein Fohlen. Die war wirklich noch ein Baby, sie hätte Junior glatt Leid getan, wenn er dafür nicht zu beschäftigt gewesen wäre. Außerdem hatten in den Zeiten auch die kindlichsten Hühnchen kein Mitleid verdient: Sie gehörten zum Mobiliar.

Irgendwann an diesem Abend machte er noch eine Beobachtung: Die Flamme hier fing, anders als all die anderen, die er hatte kommen und gehen sehen, nicht an, sich zu langweilen oder Illustrierte zu lesen oder rumzumaulen. Sie rannte auch nicht rum und baute Joints und holte Getränke für die Band. Sie war ganz Auge und Ohr. Plapperte nicht, stellte keine blöden Fragen oder störte sonst wie, aber ihm wurde immer deutlicher, dass sie jede seiner Bewegungen beobachtete. Als dann irgendeine Debatte zwischen dem Producer und der Band in einen Schlagabtausch ausartete, hockte sie sich auf den Boden, als ob es ihr zu langweilig wäre, dem dramatischen Intermezzo beizuwohnen. Junior gings genauso. Und plötzlich sagte er, so leise, dass es sonst niemand hörte: »Wenns nach mir ginge, käm da irgendein albernes Blech hin.«

»Was?«, fragte sie genauso leise.

»Ach, die kloppen sich über Geigen. So was Dämliches. Aber irgendwas muss da hin, und wenns nach mir ginge ...«

»Was meinst du 'n mit ›albernes Blech‹?«

»Gott, 'ne Basstuba oder 'n Susafon – irgendso 'n bisschen richtig tiefes Umpftah, damits extra Beat gibt und 'n bisschen volleren Sound.«

Sie dachte verträumt lächelnd einen Augenblick lang darüber nach. Gesprochen wurde sonst nichts.

Aber am nächsten Tag brachte jemand spätabends einen pickligen jungen Mann mit einer Basstuba ins Studio. Gegenüber dem Producer recycelte Cy sogar Juniors »albernes Blech« als Erklärung. Junior ging natürlich leer aus, sowohl was die Idee als auch was die Beschreibung betrifft. Birdie genauso. Das verbuchte Cy beides für sich. Das Einzige, was Junior bekam, war, dass Birdie ihm sehr ausdauernd zuzwinkerte.

Richtig auszahlen tat es sich erst später, als er für die Aufnahmen für Wild Jacks zweites Album angeheuert wurde und feststellte, dass er da einen Ruf wie Donnerhall hatte – als Tonmann mit Imaginationskraft. Und wer erschien zu seinem ersten Treffen an der Seite von Jack? Größer inzwischen, eleganter war sie, aber mit genau denselben langen blonden Haaren und diesem verzögerten Augenzwinkern.

Das Zwinkern war so sensationell, fand Junior, dass es anderswo in Briefen von der Front erwähnt worden wäre. Birdie hatte eine Art, den Kopf zu drehen, dass niemand außer Junior das Auge sehen konnte, mit dem sie zwinkerte. Dessen Lid ließ sie dann, ohne irgendeinen anderen Gesichtsmuskel zu rühren, sinken. Es war wie ein Trugbild: Die eine Gesichtshälfte schien einzuschlafen, die andere von liebreizender Aufmerksamkeit zu sein. Alle anderen im Raum sahen einfach ihr vollkommenes Profil. Aber Junior fiel zum ersten Mal auf, dass man bei Birdie nie kriegt, was man sieht. Obwohl das, was man bei ihr zu sehen kriegte, natürlich so wunderschön war, dass einem nur Augenweide in den Sinn kam. »Geblendet von so viel Schönheit«, erklärte Junior später reumütig auf die Frage, warum selbst er so lange gebraucht hatte, um Birdie ernst zu nehmen.

»Wär die 'n Typ gewesen oder 'n bisschen hässlicher – was hätte aus der werden können«, sagte er immer.

Er hörte, wie Jack einmal zu ihr sagte: »Mein Gott, Liebchen, du musst doch nichts *machen* – du musst einfach *sein*. Setz dich hin, halt die Klappe, dann bist du perfekt. Ich liebe dich.«

Damals, als sich die halbe Welt danach zu verzehren schien, von Jack geliebt zu werden, klang das wie das größte Kompliment. Du bist perfekt. Jack liebt dich. Bleib so und halt die Klappe. Wie hinterhältig, fiel Junior später auf, wie beleidigend. Aber das war erst Jahre später und auch erst nach Jahren unter den Fittichen von unabhängigen Frauen – Frauen von der Sorte, von denen sich ein träger Mann, ders gern *easy-going* hat, angezogen fühlt. Wenn ein träger Mann, ders gern *easy-going* hat, bei einer unabhängigen Frau unter die Fittiche will, lernt er nämlich ihr zuzuhören. Wer die Band nicht bezahlt, dem spielt sie kein Wunschlied. Und das muss man dann hin und wieder auch anhören, sonst ist man am Ende immer noch ein träger Mann, aber allein.

Junior staunte, wie aus seiner Begegnung mit Birdie nach und nach eine Freundschaft in Wellen wurde. Er staunte, dass er weiter zu ihren Bekannten zählte, und er staunte erst recht, dass sie es war, die Kontakt hielt. Er hatte ja auch gedacht, ihr Interesse an seinem Job sei bloß nützlich für sie. Wenn sie ihm bei der Arbeit zusah und zuhörte, wirkte sie weniger wie das umwerfende, aber dumme Ding, für das alle sie hielten, hatte er gedacht. Gleichzeitig war sie der Konkurrenz so immer voraus. Aber dann fiel ihm auf, dass es völlig wurscht war, was Birdie kannte und wusste. Weil ihr sowieso kein Mensch zuhörte. Selbst Jack behandelte sie, als sie schon längst Stücke mitschrieb und als Background-Stimme oder am Klavier gebraucht wurde, wie ein niedliches verhätscheltes Kind. Er tauchte zum Beispiel mit einem Roh-Tape auf und spielte es vor. Und es war unüberhörbar, dass die Begleitstimme ihre war und sie auch seine Gitarrenriffs auf dem elektrischen Klavier abfederte und die Hälfte der Textideen nur von ihr stammen konnten. Dieser Rohentwurf war die Arbeitsgrundlage für das ganze Studio, aus der dann ein richtiges Stück gefeilt wurde, aber Jack ließ sich bestenfalls herab, zu erklären: »Gott, ich muss das Mädel doch bei Laune halten – das Mädel soll sich ja nicht langweilen.«

Musik war Männersache – es sei denn, man hatte eine Stimme wie Etta James oder Aretha Franklin. Dann durfte man immerhin singen.

Aber Birdie hatte keine große schwarze Stimme. Sie hatte eine weiche weiße und vor allem englische. Das reichte nicht mal für den Begleitpart. Nicht mal aus ihrem zunehmenden Gefühl für Melodie und Harmonie konnte sie etwas für sich rausholen. Sie musste es weitergeben an Leute, die daraus einen brauchbaren Sound machen konnten.

Einmal kam Junior auf die Idee, dass Birdie an seiner Erfahrung interessiert war, um sich selbst Rückendeckung zu verschaffen. Und das war auch so. Aber Birdie spielte ihm auch heute, wo er schon seit Jahren mit keiner Top-Band mehr produzierte, noch die Bänder von ihren »Babybands« vor und wollte wissen, was er davon hielt. Dabei wusste er genau, dass heutzutage andere Leute viel brauchbarer als Testhörer waren. Er war längst raus. Seine große Zeit war vertickt.

Trotzdem hielt sie Kontakt. Sogar als er total pleite war und ihr nicht mal ein Sofa zum Schlafen zu bieten hatte, wenn sie mal wieder zum Abhängen bei ihm aufkreuzte. Sie selbst hatte Ideen zu bieten – Geldbeschaffungsmethoden, um sich über Wasser zu halten. Genauer gesagt Gaunermethoden: wie man Essen schnorrt, wie man der Bank mehr Kredit rausleiert, wie man Solvenznachweise für argwöhnische Vermieterinnen fälscht. Kurz, sie brachte ihm bei, wie man ohne einen Pfennig in der Tasche in einer teuren Umgebung durchkommt.

»Unterwasserschwimmen«, nannte sie das. »Überlebenstechniken zum Durchhalten, bis man wieder an Luft kommt.«

Schließlich hatte ihm gedämmert, dass Birdie selbst ganz einfach so lebte: Bezahlen tut immer jemand anders. Die Leute schienen sich sogar um das Privileg, für sie zu zahlen, zu reißen. Er wusste, dass er Birdie eigentlich verachten müsste. Er wusste, dass er eigentlich auch sich selbst verachten müsste. Aber er brachte einfach nie genug Energie dafür auf. Und so empfand er, der selbst ständig zwischen Boom und Bankrott dahintrieb, Birdie einfach irgendwie als verwandte Seele.

Vielleicht mag die mich ja auch bloß einfach, dachte er, wenn er mal wieder darüber nachdachte. Vielleicht ja auch bloß einfach, weil ich sie nie angemacht hab. Vielleicht kann die nach den ganzen verschwitzten Kerlen, die dauernd an ihr rumtatschen, bloß einfach entspannen bei so 'm trägen Tonmann, für den sie sowieso in einer anderen Liga spielt.

Birdie war die schönste Frau gewesen, die er je gesehen hatte, dachte er dann weiter. Weder Männer noch Frauen schienen die Pfoten von ihr lassen zu können.

Er erinnerte sich, wie er einmal mit Jack aus einem Restaurant gekommen war. Weshalb waren sie da überhaupt gewesen? Ach, wahrscheinlich irgendeine Vorbesprechung wegen *Hard Candy*. Nach ungefähr zwei Stunden hatte Jack seinen Wagen hertelefoniert. Jack ging nie irgendwo raus, ohne Transport und Security gesichert zu haben. Trotzdem war es diesmal wieder mal durchgesickert, und Jack und Birdie und er mussten sich durch eine fiebernde Meute Fans und Fotografen zum Wagen durchkämpfen.

Junior erlebte solche gewalttätigen Augenblicke nicht oft. Von diesem war ihm ein albtraumhaftes Bild geblieben, nach ihm grapschende Hände und Blitzlichter und dann ein Schlag auf den Kopf, bevor er in den Wagen gezerrt worden war. Und der konnte nur schleichen, behangen mit Teenies. Teenies oben auf dem Dach. Teenies vorn auf der Haube, festgekrallt, wie sie Herzen mit Rasiercreme oder Miracel Whip auf die Windschutzscheibe malen. Teenies an den

Seiten, wie sie »Fick mich!« und ihre Namen und Telefonnummern mit Lippenstift auf die Fenster schmieren.

Und drinnen schrie Jack wüst auf Fahrer und Bodyguard ein. Birdie versuchte, sich wieder anständig anzuziehen. Ihre Bluse war so zerfetzt, dass alle Knöpfe fehlten, der Rock aufgerissen bis zur Taille. Sogar die schwarzen Spitzendessous waren nur noch Fetzen.

Junior stand unter Schock und kam sich blöd vor. »Promisein ist ja echt schau«, sagte er.

Jack versuchte, sich die eigenen gefledderten Klamotten wieder zurechtzuzupfen. »Ich gehör glaub ich zu den ganz wenigen Männern auf der Welt, die wissen, wies einer schönen Frau geht. Junior, gib dem Mädel dein Jackett.«

Junior quälte sich aus dem Jackett, und Birdie zog es über. Es war sehr geräumig, selbst für damalige Verhältnisse. Es reichte ihr bis zur Oberschenkelmitte. Sie schlang es sich um wie einen Morgenmantel und saß mit untergeschlagenen Armen da.

Bloß noch Beine und Augen, dachte Junior und versuchte, nicht zu glotzen.

»Yeah«, bestätigte Jack, der es ihm angesehen hatte, »die könnte 'ne braune Tüte anziehen und säh immer aus wie 'ne Puppe. Die tun, was sie können, aber die kriegen sie nicht kaputt.«

Birdie sagte nichts. Sie schien von allen die Ruhigste.

»Siehst aus, als wärste gerade vergewaltigt worden«, fing Jack wieder an. »Verprügelt und voll geil. Willste ficken?« Die Hände zitterten ihm, die Augen guckten roh und böse.

»Und du?«, fragte Birdie zurück.

»Yeah.«

»Dann fick dich selbst«, konterte Birdie mit ihrer weichen weißen englischen Stimme.

»Ich könnte dich den Wölfen draußen zum Fraß vorwerfen.«

»Könntest du.« Birdie kramte in der kleinen Tasche, die sie immer dabeihatte, und holte eine goldene Puderdose hervor, in der ein paar in Alu gewickelte Kapseln waren. Sie gab Jack zwei und Junior eine.

»Was ist ’n das?«, fragte Junior.

»Frieden.« Jack stopfte sich sofort die Kapseln in den Mund. »Kleine Auszeit vom Krieg. Einstellung der Feindseligkeiten. Kapitulation.«

»Gummibärchen aus der Apotheke«, erklärte Birdie.

Junior schüttelte den Kopf. Den Rest der Fahrt verbrachte er genauso geschockt und verdattert wie vorher.

Was war das gewesen, was er an dem Tag mit angesehen hatte? Junior spulte den Vorfall im Kopf immer wieder ab, vor allem nach Jacks Tod. Als in den Medien Gerüchte kursierten, hartnäckige Gerüchte, die immer noch durchs Internet schwirrten. Nämlich dass Birdie Jack ermordet habe – sie habe das tödliche Feuer gelegt, sie habe Jack so unter Drogen gesetzt, dass er nicht mehr handlungsfähig war, sie habe ihn mit so viel H voll gepumpt, dass sechs Pferde dran krepiert wären, und ihn dann mitsamt dem Haus abgefackelt, um Beweise zu vernichten.

Was hatte er selbst da gesehen? Zwei junge Menschen unter Superdruck? Die Rüpelseite von Jack? Die ihn mit Drogen unter Kontrolle haltende Birdie?

Das bestimmt nicht. Junior wusste besser als die meisten anderen Leute, dass kein Top-Star seine Drogenvorräte selbst bei sich hat, außer er ist total von der Rolle oder ein Vollidiot. So was erledigt der Roadie oder ein Kumpel oder die Freundin. Zur Not der Toningenieur. Einem Top-Star ruiniert man nicht den Namen. Es sah zwar womöglich so aus, als ob Jack seinen Nachschub von seinem Mädchen besorgt kriegte, aber sie hatte ihn mit großer Wahrscheinlichkeit bloß hinter ihm hergeschleppt. Trotzdem war Birdie, nachdem Jack tot und – wie das mit hübschen jungen Rockstars so geht – endgültig heilig gesprochen worden war, dämonisiert worden. Und das untergründige Geraune war so feindselig und so voll Verschwörungsgewisper, dass sogar Junior ins Grübeln kam, ob vielleicht ein paar Prozent davon stimmten. Weit weg im fernen Louisiana, abgeschnitten von der Szene, las er all die Geschichten von zwei Mythos gewordenen Fremden namens Jack und Birdie wie ein Kind die Märchen vom Schneewittchen und der bösen mörderischen Stiefmutter. Seinem Gefühl nach hatten sie mehr mit Folklore zu tun als mit Fakten, aber sie waren ansteckend wie Keime, und sie vermehrten sich auch so.

Auf jedes Argument gab es ein Gegenargument: Wieso hätte Birdie ausgerechnet die Hand abhacken sollen, die sie füttert? Na, weil Jack längst die Schnauze voll hatte von ihr, raunten die anonymen Ankläger. Der wollte sie abstoßen. Er hatte doch längst 'ne Neue. Birdie stand kurz vor der öffentlichen Blamage.

Nein, raunten andere, die wollte an sein Geld. Die hat ihn doch gezwungen, sie heimlich zu heiraten. In Las Vegas. Nein, Mexiko. Nein, auf Tahiti, Kuba. Er war stinksauer, weil sie so überkandidelt war. Wollte ihr den Zugang zur Kohle kappen. Sich scheiden lassen.

Alles falsch, raunten die Nächsten. Die war in so 'm Hexenzirkel. Schwestern der Ishtar. Irgend 'ne Sekte, links- oder rechtsextremistisch. Die kann ja hypnotisieren. Die hat ihn in so satanistisches Zeug verwickelt. Da ist er aber wieder zu sich gekommen, und da musste sie ihn umbringen.

Alles Quatsch, raunten wieder andere. Liegt doch klar auf der Hand: Birdie hatte einen anderen, und Jack hat die beiden erwischt. Es gab eine Schlägerei. Dabei ist Jack gestorben. Und Birdie hat das Haus abgefackelt, um ihren Ruf und ihren Lover zu schützen.

Aber wer war dieser Lover? Gute Frage. Guter Zündstoff. Muss ja irgendein hohes Tier sein. Jemand Schützenswertes. Fangen wir doch mal an bei der königlichen Familie ... Und so reichte irgendwann die Liste von Prinz Charles bis zu allen möglichen Scheichs und Königen. Eingeschlossen jeder von den fünfzig reichsten Männern der Welt, die *nicht* schwul waren, dazu Industriebosse, Politiker, Filmstars.

Und so weiter, und so fort. Genug Stoff, um das Hirn eines trägen Mannes ins Kreiseln zu bringen. Und weil er ein träger Mann war, hatte Junior irgendwann einfach abgeschaltet. Das tat er bei allem, was Ärger machte. Nicht drüber nachdenken war einfach leichter. Wenn er drüber nachdachte, musste er womöglich aktiv werden.

Womöglich weg aus New Orleans und selber mal nachgucken, was da dran war. Womöglich selber Birdie die Schuld geben. Oder sie womöglich in Schutz nehmen.

Nichtswissen ist das Beste, wenn man Nichtstun plant.

Außerdem hatte Birdie sich selbst ja auch nie Schutz geholt. Wahrscheinlich war das sowieso ihr schlimmstes Verbrechen. Sie hatte mit keinem Menschen geredet und kein Interview gegeben. Sogar Jacks Beerdigung war heimlich gelaufen – er war ja schon vorher eingeäschert, erzählten die besonders Eingeweihten, und ein Grab zum Schänden war auch nicht zu finden. Niemand hatte Birdie je in Trauerkleidung gesehen. Wenn Birdie Schwarz trug, dann weil es ihr stand und toll aussah.

»Warum machst du nicht mal reinen Tisch?«, hatte er sie mal gefragt.

»Wozu denn?«, hatte sie geseufzt. »Für wen? Die Leute glauben sowieso, was sie wollen. Die Wahrheit interessiert die gar nicht. Die wollen einfach 'ne geile Story mit vielen Bildern. Ich würd denen selbst die Waffe gegen mich in die Hand drücken, wenn ich bloß ›piep‹ sage.«

Das ist nicht gesagt, hatte Junior gedacht. Aber dann war ihm eingefallen, wie viel Erfahrung Birdie mit Journalisten und Fotografen hatte. Genug, um lebenslänglich vorsichtig zu sein. Er fragte sich oft, wieso so Berühmte und Berüchtigte nicht viel öfter die Klappe halten – denn kaum machen die die auf, dreht irgendwer denen doch 'n Strick draus. Man hat immer die Arschkarte, ob man die Klappe aufmacht oder nicht, grübelte er. Er hätte sie mit Sicherheit auch wegen Nichtaufmachen, falls es überhaupt eine Alternative gab. Was seine Beziehung zu Birdie als verwandter Seele verstärkte.

Eigentlich war er froh, dass sie nicht drüber reden wollte. Er wollte im Grunde auch nichts wissen. So 'n hartes Zeug. So ungute Gefühle. Macht bloß Ärger. Rauch lieber 'n paar Krümel und bleib cool. Zieh dir das nicht rein, Mann. Wer braucht so was?

Das sagte er später auch zu Teddy, als der plötzlich und unerwartet bei ihm vor der Tür gestanden hatte. Das heißt, als Erstes hatte er »Mann – eh! Gott! Scheiße – ist ja ewig her!« gesagt. Und gedacht, Scheiße, wenn der nicht seinen Namen gesagt hätte, ich hätt den nicht erkannt. Scheißkahl, verdammt. Wo sind 'n die Haare hin?

Teddy hatte mal die klassische Rockermatte gehabt und die wie eine Fahne vor sämtlichen Kameras geschwenkt. Auf allen Bühnenfotos stand immer irgendwo hinter oder neben Jack Teddy mit seinen Rockermattensträhnen. Oder Teddy gab den autistischen Guitarrero, der sich hinter seinen verwurschtelten Loden versteckt um seine Gitarre wickelt. Das war eine von seinen Lieblingsposen – der Einsiedler im vollen Spotlight. Vor allem nach einem seiner Solos. So kamerascheu, so bescheiden. Du Wichser, hatte Junior immer gedacht. Verlogener gehts nicht – noch das kleinste Fitzelchen Spannung zwischen Jack und Teddy kommt aus dem Dauerkrieg zwischen dem Frontmann und einem Bandmitglied.

»Das waren noch Zeiten«, hatte Teddy gesagt. Er klemmte im Sessel von Juniors Lady. »Vermisst du die nicht?«

»Weiß nicht«, hatte Junior geantwortet. »Die Reibereien und Nervereien jedenfalls nicht. Ich hatte echt Magengeschwüre davon. Dauernd sind die alle hinter einem her. Nee, ich bin froh, dass ich da raus war, bevors richtig wüst wurde.«

»Das war nach'm Madison Square Garden«, sagte Teddy darauf mit einem echten Seufzer. Beim Konzert im Madison Square Garden hatte es die legendäre Schlacht Gitarre gegen Saxophon gegeben, die Junior für die Nachwelt festgehalten hatte. Das war auf *Jack's Back Live in the USA.* Einer der seltenen Gigs, wo Jack mal notgedrungen zur Seite hatte treten und Teddy die Bühne überlassen müssen. In der Zeit hatten sie den Sax-Maestro Al McQueen dabeigehabt, und Teddys Solo bei *Packet of Ten* war zum wahnsinnigen *sax-'n'-axe*-Schlagabtausch geworden. Zur Schlacht, bei der keiner weichen wollte – Ausfall, Parieren, Nachsetzen. Zuschlagen und weg. Takt für Takt, Schlag für Schlag eine Passage schierer musikalischer Aggression voll getankt mit schierem Adrenalin. Solche Sachen passieren spontan und eigentlich nur live. Aber Junior, kurz vorm Durchdrehen an seinem Mischpult, hatte das Ding mitgeschnitten und konserviert, als hätte er gewusst, gleich kommt was Besonderes, noch bevor es dann kam.

Beide, Junior wie Teddy, waren zu Recht stolz auf ihre Leistung im Madison Square Garden. Ein Augenblicksereignis, das Dauer gekriegt hatte.

»Mann, du warst der Größte!«, sagte Teddy.

»Ja klar«, antwortete Junior skeptisch. All die Kriege um die Mischung fielen ihm wieder ein. Waren doch sofort Keilereien programmiert, wenn man auf Teddys Kosten ausnahmsweise mal Goff oder Wills hochziehen wollte. Ging doch nur so. Jeder muss laut und deutlich zu hören sein. Keiner ist zufrieden. Keiner will bloß Hintergrundteppich sein. Jeder alberne Wichser will Solist sein, hatte Junior beobachtet. Am besten alle gleichzeitig. Und dann war Junior plötzlich das ignorante Arschloch gewesen, das gigantische Gagen kassierte, um ihre Karrieren zu ruinieren.

»Ich hab letzte Woche in New York mit Wills gearbeitet«, erzählte Teddy weiter. »Siehst du auch noch manchmal welche von den alten Nasen?«

»Kommen welche vorbei, ist alle Welt hier im April, Mai.«

»Ich meine von uns, also Jacks Leute.«

»Och, nach New Orleans kommt ja jeder. Die sagen schon mal guten Tag, ich seh die.« Junior hatte zwei Dosen Budweiser aufgeknallt und hielt Teddy eine hin. Von draußen kämpfte die staubige Nachmittagssonne sich durch den rankenden Balkondschungel und kroch langsam ins Zimmer. Zeit, die Rollläden runterzulassen. Junior fasste es ins Auge, ließ sich aber erst mal ein paar Tropfen Bier die Kehle runterlaufen. Besuch ist so anstrengend, wenn man keine Ahnung hat, was der eigentlich hier will nach der ganzen Zeit.

»Goff sagt, du hast noch Kontakt zu Birdie.« Teddy sah sich nach einem Glas um. Es gab keins.

Ahaa, dachte Junior, ist wirklich die Zeit, die Rollläden runterzulassen, und hievte seinen massigen Leib wieder vom Sofa hoch. Auf dem Zickzackkurs durch die Nippes von seiner Lady sagte er: »Die ist ja immer noch im Geschäft.«

»War nie richtig raus«, sagte Teddy. »Erstaunlich, dass an der noch wer Interesse hat. Wie alt ist 'n die jetzt?«

»Hab ich nie nach gefragt.« Junior machte sich am Fenster zu schaffen. Das war Präzisionsarbeit. Seine Lady wollte den Rollladen genau so weit zu, dass ihre Bilder und der Teppich und die Polstermöbel kein Sonnenlicht abkriegen, und genau so weit offen, dass der Raum Luft hat. Normalerweise machte er sich nicht so viel Mühe wie jetzt.

»Ist immer noch geldgeil«, plapperte Teddy. »Weißt du, dass die immer noch mit den Labels rangelt, dass sie die Hälfte von Jacks Tantiemen kriegt?«

»Nee, echt?« Junior latschte zum Sofa zurück. »Was solls, ist ja ihr Bier.«

»Ich könnt genauso gut behaupten, ich bin Co-Autor. Bin ich nämlich. Und du auch. Überleg doch mal, was du alles reingesteckt hast. Ohne uns wär Jack 'n mickriger Scheiß-Pubmucker geblieben.«

»Unwahrscheinlich.« Junior ließ sich in die Kissen sacken. »Jack hatte *magic,* von Anfang an.«

»Klar, war der beste Frontmann der Branche. Da geb ich dir recht. 'n Stück verkaufen konnte keiner besser als er. Bloß, wessen Stück eigentlich? Das ist doch die Frage.«

Junior musterte Teddy über den Rand der Bierdose. Streitereien, dachte er, gibt nur Ärger.

»Na?« Teddy setzte sich auf.

»Über so was mach ich mir keinen Kopp, Mann. Hab gute Kohle gekriegt für meine Arbeit. Und du auch.«

»Das steht auch noch nicht fest. Was hast 'n du gekriegt, als sie die Platten auf CD neu rausgebracht haben?«

Junior antwortete nicht. War genau der Quatsch, den er nicht brauchte. Das miese dreckige Musikbranchengelaber – das vorwurfsvolle Opfergeheul. Davon kriegt man erst Korinthenkackerlaune und am Ende das Gefühl, man ist lebenslänglich übern Tisch gezogen worden. Alle anderen werden reich von dem, was man selbst kreativ reinsteckt. Aber bloß Top-Stars können dagegen kämpfen und siegen. Alle anderen kämpfen nicht mal. Die hocken sich bloß in ihren Winkeln zusammen und giften. Über Geld. Über Namensnennung. Über Klauseln und Copyrights und weiß der Kuckuck, was noch.

Was soll der Scheiß, dachte Junior. Weiß doch jeder, was für 'ne Drecksbranche das ist, trotzdem will jeder rein. Man unterschreibt 'ne Vereinbarung und ist selig, weil man den und den Gig kriegt. Und dann macht der Gig plötzlich satte Kohle, aber man sieht nichts davon ... Da machen 'n paar Leute immer den dicken Reibach, aber nie gehört man dazu ... Giften, giften, giften.

Klar hat Giften seine Berechtigung. Man wird ja übern Tisch gezogen. Die fetten Haie blasen einem wirklich Rauch in den Arsch. Und dann denkt man drüber nach. Und fängt auch an zu giften. Und hat nur Ärger am Hals. Und Magengeschwüre. Und wenn man Junior Moline heißt, dann steigt man aus. Nuckelt an der Bierdose, nuckelt am Pfeifchen und fängt wieder an, Musik zu lieben. Hör doch auf mit dem Hass auf die Branche – frisst viel zu viel Energie, Mann, weicht dir bloß die Birne auf. Hinter Sounds herhören und keine Hektik, das ist es.

Und New Orleans ist der Ort, an dem das geht. Jetzt gerade legten genau unter Juniors Fenstern zwei Straßenmusiker ihre Version von *A Place in the Sun* hin, und die war mehr als korrekt. Das war hier 'ne Stadt, wo mancher Straßenmusiker besser spielte als Eric Clapton. Junior stellte seinen inneren Teddyregler leiser und den Straßenmusikerregler lauter. Yeah! Eine Stimme. Zwei Akustikgitarren. Pickups, Verstärker, zwei kleine Boxen. Er sah sie fast vor sich, zwei alte Jungs auf Klappstühlen, ein offener Gitarrenkasten zu ihren Füßen für die paar hingeworfenen Dollars. Das Schrottequipment – alles kaputt, alles verzogen von der feuchten Hitze. Ahhh – aber die Stimmen, Mann, die Riffs. Da leckst du dir alle zehn Finger nach.

Der liebe Gott sei ihren goldenen Herzen gnädig, dachte Junior. Lieber 'ne Gitarre, die die Sonne verzogen hat, als 'n Herz, das die Drecksbranche verzogen hat.

Eben fragte Teddy: »Na komm, Junior, willste nicht auch endlich abgreifen? Kost dich doch nix, du musst bloß mal mit Birdie reden.«

»Und was soll ich der sagen, Mann?«

»Die soll das Material rausrücken. Das ganze Antigua-Zeug. Ich mein, du könntest doch auch den Remix mitmachen. So 'n Stück von der Torte tät uns allen nicht schlecht.«

»Kein Appetit«, sagte Junior gedehnt. »Ich will nichts mehr haben von Jacks Scheiße. Tot oder lebendig, wo der seine Pfoten drin hat, gehts immer hart ab. Keifen und Kämpfen, alle gegen alle. Ist schlechtes Karma, Mann.«

»Ist doch Scheißdreck, Junior, weißt du ganz genau. Und versteck dich jetzt nicht hinter so 'm Karma-Quark. Hier gehts um 'n Riesending. Die machen 'ne Fernsehsache. Gibt auch 'n Buch. Das volle Programm. Du, das ist, als ob unsere Zeit wiederkommt. Die ganzen alten Sachen sind in.«

Unglaublich, dachte Junior. Der hat schon 'ne Glatze und ist immer noch nicht satt. Muss immer noch den größten Scheinwerfer haben und 'n dicken Wagen fahren. Wo ist eigentlich die Gegenkultur hingekommen? Untern Ladentisch, als die Erbsenzähler die Welt hopsgenommen haben?

»Ich weiß ja nicht, wies bei dir ist«, beharrte Teddy, »aber ich kann so 'ne Extraschaufel Kohle gut brauchen. Sitze auf drei Kindern und vier Hypotheken. Hast du keine Kinder?«

»Nicht dass ich wüsste.«

»Birdie auch nicht. Die war viel zu beschäftigt, auf ihren Kronprinzen aufzupassen. Soll aber jetzt in der Scheiße stecken, heißt es.«

»Wir sind alle mal oben, mal unten.«

»Im Augenblick eher unten als oben.« Teddy nahm die verwohnten Möbel unter die Lupe. »Ich sag ja auch nur, Birdie hat Zugriff auf Zeug, das uns einen Haufen Kohle verschaffen könnte. Wenn du da nicht mitmachen willst – gut, okay. Ich schon. Ich finde, das steht mir zu. Ich bin mit auf dem Film. Ich war mit in dem Studio. Das Zeug gehört mir genauso wie ihr.«

»Kann sein.« Junior würde alles Mögliche sagen, bloß um Streit zu vermeiden. »Aber was soll ich dabei machen?«

»Machen gar nichts«, sagte Teddy zu Juniors Erleichterung. »Aber die ist doch, also – ist die nicht aufgekreuzt nach Jacks Tod? Ich meine, die ist doch erst mal abgetaucht – ist die da hier angerückt? Mit Zeug, das sie bei dir in den Keller packen wollte?«

»Gibt keine Keller in New Orleans.«

»Dann eben auf'm Boden?«

»Warum hätt sie das machen sollen? Was 'n für Zeug?«

»Keine Ahnung. Wer weiß 'n, was Frauen so aufheben. Die hat nach Jacks Tod angeblich alles gerettet, was Wert hat. Bloß Jack nicht, schade, was? Aber sonst hat die angeblich alles abgegriffen, auch Zeug, das ihr gar nicht gehört, und aus England rausgeschafft. Das muss sie ja irgendwo untergestellt haben.«

»Hier nicht, Mann. Ich wohn hier selber erst anderthalb Jahre. Gehört alles meiner Lady.«

»Ach so.« Teddy schien das Interesse zu verlieren.

»Wonach suchst 'n so?«

»Ach, nichts. Das heißt, ich such sie. Ich dachte mir, ich kann sie vielleicht überreden, dass sie mitmacht. An ihre gute Seite appellieren, falls sie so was hat. Ich war immerhin Jacks bester Freund.«

Du und die halbe Welt, dachte Junior. Komisch, wie viele beste Freunde Jack inzwischen angeblich gehabt hatte. »Da kann ich dir auch nicht helfen, Mann. Keine Ahnung, wo sie steckt.«

»Du hast doch bestimmt 'ne Adresse.«

»Klar, E-Mail«, sagte Junior und klopfte auf seine Hosentasche. »Ich seh sie auch nur, wenn sie hier aufkreuzt. Aber die E-Mail-Adresse kannst du haben.«

»Die hab ich schon. Die antwortet nie. Na komm, Mann, wo schickst du dein Weihnachtskärtchen hin?«

»Mein Weihnachtskärtchen?« Junior lachte auf. »Hör mal, Ted, soweit ich weiß, war die mal in L.A., Genf, Kingston Jamaica, Kingston England und Kingston Ontario, in Sydney, in Berlin, in Tunis ... Nur in den letzten paar Jahren. Ach, in Kuala Lumpur auch. War ja nie gerade das, was man so Heimchen nennt.«

»Scheiße«, sagte Teddy. »Und wann hast du sie das letzte Mal gesehen?«

»Was weiß ich. Ach doch, muss im Mai gewesen sein. Beim Festival. Da hat sie sich für irgend 'nen Nachtclubbesitzer in Malaysia nach Acts umgeguckt. Deshalb komm ich auch auf Kuala Lumpur. Der Typ war noch fetter als ich, Mann, und 'n ganzen Zacken reicher. Das feinste Hotel am Platz. Drei Sekretärinnen. Wenn du wissen willst, wer Birdies Rechnungen bezahlt, erkundige dich mal in Kuala Lumpur. Oder noch besser bei ihrer Schwester.«

»Hab ich auch schon versucht.« Teddy stand auf. »Birdie war bis vor zwei Wochen in London und ist dann abgezischt. Wohin, weiß die Schwester nicht.«

»Wo bist 'n untergebracht?« Junior stand auch auf. »Falls mir doch noch was einfällt.«

»Im Sheraton. Canal Street. Aber nur diese Nacht. Yeah, sag Bescheid, falls dir noch was einfällt.«

»Ich guck mal in mein Archiv«, versprach Junior. Dann tappte er barfuß mit Teddy zur Tür und sah ihm nach, wie er die enge Treppe zum Hof hinunterstieg. Geil, die Schuhe, fand er. Aber für Socken ist es zu heiß, auch für seidene. Unten schob Teddy sich promimäßig die Sonnenbrille auf die Nase, hob den Arm zum Abschied und trat hinaus in die dichte feuchte Hitze.

Wie – keine Limousine?, staunte Junior und schloss die Tür.

Zurück im Wohnzimmer fand er, ohne dass ihn das im Geringsten überraschte, Birdie zusammengerollt in demselben tiefen Sessel, aus dem Teddy eben aufgestanden war.

»Scheiße, wie hat 'n der mich gefunden?« Junior ließ sich wieder aufs Sofa plumpsen. »Bin echt zur Salzsäule erstarrt, als ich den Namen in der Gegensprechanlage gehört hab.«

»Ich fand dich fantastisch«, sagte Birdie. »Supercool.«

»Yeah, klasse – ich war total verkrampft.«

»Armes Häschen.«

»Du kannst lachen. Mir tun jetzt noch die Schultern weh.«

»Was hältst du von 'nem Eis und 'ner Rückenmassage?«

»Erstens viel und zweitens viel.«

»Und hinterher 'ne Runde Cribbage.« Birdie war schon auf dem Weg in die Küche. »Ich brauch Denktraining.«

»Okay«, sagte Junior nicht mehr ganz so freudig. Er stand bei Birdie mit viertausendsiebenhundertneunundzwanzig Dollar in der Kreide. Nur wegen der letzten Jahre Cribbagerunden. Bei hundert Dollar pro Sieg und einem Dollar pro Punkt deutete das auf eine stolze Anzahl Niederlagen.

Er erinnerte sich, wie verwundert er bei seiner ersten Tour mit Birdie und Jack gewesen war, als die beiden Cribbage gespielt hatten. Erste Klasse Concorde, die Kabine voller Musiker und Tourneemanager. Und Birdie und Jack, die sich um niemanden scheren, sondern in heiligem Ernst ganz vorn im Flugzeug über Cribbagebrett und Karten sitzen. Ein Rockstar spielt doch nicht Cribbage, dachte er. Aber Jack spielte. Sogar obsessiv, wenn er keinen Bock auf Gesellschaft hatte. Er konnte die ganze tote Zeit der Reiserei so verbringen.

Junior setzte sich mit dem Rücken zu Birdie, schaufelte mit einem langen Löffel Cherry Garcia aus dem Eisbecher und leckte ihn genüsslich ab. Birdie presste ihm dazu die Daumen in die Schultermuskulatur und löste die Knoten. Bis zur Mitte der ersten Partie fiel kein Wort. Er lag schon wieder siebzehn Punkte zurück. Da sagte Birdie unvermittelt: »Also, ich tippe drauf, dass Barry Stears Teddy losgeschickt hat. Ist genau sein Stil. Sasson dagegen … Sasson würde so was, glaub ich, schlauer anlegen.«

»Was geht da eigentlich ab?«, fragte Junior widerwillig.

»Ich glaub nicht, dass du das wirklich wissen willst«, entgegnete Birdie. »Jedenfalls sagt Teddy die Wahrheit. Die kochen da 'n Riesending aus um Jack, und jetzt heizen sie den Herd 'n bisschen höher. Du könntest wirklich Kohle machen.«

»Nähäh, lass stecken.«

»Warum nicht? Und wenn die tatsächlich mit 'nem Filmteam anrücken und dich interviewen wollen? Wenn Barry dir 'n Haufen blöde Fragen über *Hard Candy* stellt, so *making-of*-mäßig? Du könntest jeden Preis verlangen.«

»Du fändst das nicht gut.«

»Warum denn nicht? Die ziehen das Projekt sowieso durch, und wenn die sich für Produktionssachen interessieren, bist du genau der Richtige. Du würdest die wenigstens mit echtem Stoff füttern. Mir wär lieber, du machst das als irgend 'n arroganter Abstauber.«

»Und wenn die Privatkram hören wollen?«

»Ist nicht dein Terrain.« Birdie drehte die Karten in der Crib um und zeigte ihm einen doppelten Lauf für acht Punkte. Sie grinste. »Und außerdem, falls die Storys wollen, bauen wir ihnen 'n paar schöne Türken. Ich finde, du rufst Teddy an. Du kannst doch mit ihm um die Häuser ziehen heut Abend. Wann kommt 'n Sandrine nach Haus?«

»Sieben, so was. Ich hab aber keine Lust, noch mehr Zeit auf den Saftsack zu verschwenden.«

»Wer ist 'n grad in der Stadt? Spielt irgendwer Gutes im Tips oder im House of Blues? Ihr könntet doch alle drei gehen. Macht Sandrine doch immer gern, oder?«

»Ich bin pleite.« Junior fühlte sich wie ein Papierschiffchen in Sichtweite der Niagarafälle.

»Auf meine Kosten.«

»Ach, Scheiße. Und was soll ich dem erzählen?«

»Das denk ich mir noch aus. Keine Sorge. Du machst dir einfach 'n schönen Abend und amüsierst dich. Sandrine weiß nicht, dass ich hier bin, oder?«

»Wie denn?«, fragte Junior kläglich zurück. »Wusst ich ja selber nicht. Und dann noch Teddy – ist vielleicht 'n Schock! Der hat seit zehn Jahren kein Wort mit mir gewechselt.«

»Ja, ziemlich schräg, die Situation. Aber du warst toll. Ich glaub, wir kriegen das Ding rumgedreht.«

»Wir?« Junior schwante Ärger.

Als Teddy am nächsten Tag anrief und jammerte, jemand sei in sein Hotelzimmer eingebrochen und habe seine Traveller's Cheques und den Walkman, den Laptop und den Rasierapparat gestohlen, war Junior zwar entsetzt, aber nicht überrascht.

»Mann, so 'n Frust«, sagte er nur. »Scheißstadt, was?«

»Die ganze Elektrik«, verkündete Teddy. »Gut, dass ich die Gitarre nicht dabeihab.«

»Als wir tanzen waren?«, fragte Sandrine. »Ist das 'ne Gemeinheit!« Sandrine war das, was Junior *jolly dancer* zu nennen pflegte – fröhlich hopsendes Fleisch und Beinarbeit. Vor allem wegen ihrer Art zu hopsen war sie ihm aufgefallen. Der Art des Hopsens und der Körbchengröße D. Junior stand auf Sandrine. Sandrine hatte einen festen guten Job, und so was ist auch geil.

»Sag ihm, er soll der Polizei unsere Nummer geben«, bot sie an, »falls die was von seinen Sachen finden.«

Großzügig ist sie auch, dachte Junior, während er Teddy das Angebot weitergab.

»Das kannste vergessen«, sagte Teddy. »Weder die Polizei noch die Hotelfritzen interessiert die Sache, und ich bin in einer Stunde weg.«

»Wo fährst 'n hin, Mann? Ich mein, falls wir was hören.«

»Ich glaub, ich mach mal 'n Sprung nach L.A. Danke nochmal für den Tipp.«

Der Tipp kam natürlich in Wahrheit von Birdie, weshalb Teddy jetzt zu seinem nächsten vergeblichen Trip aufbrach.

»Tja, dann viel Glück, Mann.« Junior legte auf. Birdie hatte wahrscheinlich Recht gehabt: Teddy reiste bestimmt auf Kosten von jemand anders. Der bezahlte kaum selber für einen Flug an die Westküste, bloß um einen chinesisch-amerikanischen Transi ausfindig zu machen, der eventuell noch immer ein Haus bei Venice Beach hatte.

Junior hatte am Abend vorher, während des Essens an einem Tisch für drei in einem Innenhof, beiläufig vorgeschlagen: »Ich würd an deiner Stelle mal Renée-Ronny Pang suchen.«

Teddy hatte sich fast an der Zwiebelsuppe verschluckt. »Dieser perverse Ficker!«

»Wer ist 'n Renée-Ronny Pang?«, hatte Sandrine wissen wollen. Sie hatte ein Faible für das Leben der Reichen und Berühmten.

»Hab die selber nie gesehen«, hatte Junior gesagt. »Aber mir hat Birdie mal von der erzählt, soll Masseuse und Astrologin sein und manchmal so Transen-Cabaret machen. Irgend 'ne Westcoast-Band hat die mal mit Jack bekannt gemacht.«

»Jack hatte mal 'n kaputten Nacken«, hatte Teddy ergänzt.

»Von 'nem alten Schädeltrauma. Und das Ding hat ihn geheilt und dann einfach weiter mit rumgehangen. War eigentlich mit Birdie befreundet. Die fuhr doch auf das ganze freakige Zeug ab. Nicht Jack. Jack hat mich bloß dauernd schikaniert. Bei einem Gig hat er den Typ oder die oder was extra auf die Bühne gezerrt, da sollt ich abgeknutscht werden. Ähh, Scheiße!«

Und jetzt war Teddy auf dem Flug zu diesem »Ding«, von dem er Gänsehaut kriegte. Genau, wie Birdie prophezeit hatte.

»Man muss den Leuten geben, was sie haben wollen«, hatte sie gesagt. »Aber dazu muss man genau wissen, wer was will. Genauso, wie der *National Enquirer* weiß, was die Leser wollen, und wie Renée-Ronny Pang mit Sicherheit gewusst hat, was der *National Enquirer* will.«

»Die hat dich echt in die Pfanne gehauen.«

»O ja. Ihre Storys haben 'n Haufen Ärger gemacht.«

»Und wieso sollen die jetzt wiederauferstehen?«

»Die waren nie tot.« Birdie hatte die Schultern gezuckt. »Untote Storys kann man nicht wieder auferstehen lassen. Und die Storys sind sowieso egal. Aber wir wollen Teddy und Barry wieder daran erinnern, dass ich nach Jacks Tod bei Renée-Ronny gewohnt hab. Dass sie meine Vertraute war. In die Richtung musst du Teddy schubsen.«

Der so geschubste Teddy hatte prompt gekeift: »Ach du Scheiße, ja – der Quatsch von wegen: ›Jack hatte Angst um sein Leben‹ und ›Nimm dich in Acht vor der blonden Braut, sagten mir die Sterne‹.«

»He, das weiß ich auch noch«, hatte Sandrine gejuchzt. »Da war ich noch klein. Aber mein Bruder hatte alle Platten von Jack. Ich weiß noch, die Schlagzeile hab ich an der Kasse im Supermarkt gesehen, mit meiner Mama. Da war auch 'n Foto, dadrunter stand: ›Das Lächeln eines Engels, das Herz einer Hexe.‹ Ich fand das so cool – böse und bildschön gleichzeitig. Na ja, damals hab ich noch keinen BH gebraucht, und 'n Freund hatt ich auch nicht.«

»Willste mir erzählen, das Boulevardzeug ist wahr?«, hatte Teddy gefragt.

»Na, nee. Ist eigentlich Müll. Aber mir hat Birdie auch mal erzählt, dass sie zu Renée-Ronny fährt. Hat sich dann aber wohl doch nicht als so 'ne gute Freundin entpuppt, wie Birdie gedacht hat.«

»Wer hätte das gedacht«, hatte Teddy wieder gekeift.

»Birdie brauchte einfach 'n ruhigen Hafen in stürmischen Zeiten. Bloß, Renée-Ronny wollte wohl Birdies PR-Agentin werden – für zwanzig Prozent und so. Dabei hat Birdie einfach 'ne Freundin gebraucht, jedenfalls nicht gerade Publicity.«

»Die arme Birdie«, hatte Sandrine geseufzt.

»Die haben sich in die Wolle gekriegt«, hatte Junior weiter enthüllt. »Und dann wacht Birdie am nächsten Morgen auf, und da campiert die halbe Weltpresse auf der Fußmatte und die andere Hälfte im Wohnzimmer. Und Birdie musste abhauen, hat sie mir erzählt, bloß mit den Sachen, die sie beim Aufwachen am Leib hatte. Ist wohl auch nie wieder hingefahren, um ihre andern Sachen zu holen.«

»Was ist 'n das, was sie dagelassen hat?« Teddy hatte angebissen.

»Keine Ahnung, Mann. Mir hat sie bloß erzählt: ›Ich konnte grad noch meinen Pass schnappen. Dann bin aus dem Badezimmerfenster raus und übers Garagendach.‹ Ich glaub, das hat ihr hinterher Leid getan.«

»Leid getan? Was?«

»Dass sie da Sachen gelassen hat. Sie hat mal gesagt, es wär Scheiße, dass sie so viel verloren hat.« So, hatte Junior gedacht, Botschaft überbracht. Die warme im Hof gestaute Luft hatte ihm Schweiß aus den Poren getrieben.

Aber Teddy hatte nicht lockergelassen. »Das hätt ich ihr gleich sagen können. Aber auf mich hat die ja nie gehört. Dieses perverse Ding ist Gift. Aber Birdie fand ja alles so *interessant* und *exotisch.* Wollte ja Jack auch androgyner haben. Wenn du mich fragst, hat die den schwulen Markt im Auge gehabt.«

»Bei dir klingt das so, als wär Birdie zynisch«, hatte Sandrine eingewandt. »So kommt sie mir gar nicht vor.«

»Du kennst sie auch?« Teddys Blick war von Sandrine zu Junior und wieder zurück geflackert.

»Klar, sie war doch zum Festival hier. Wir haben 'ne Party gemacht.«

Junior hatte lachen müssen. Für ihn war das Festival selber die Party.

»Ich fands faszinierend, sie kennen zu lernen. Man hört ja so viel Zeug. Sie ist ja 'ne Art lebende Legende – und dann steht sie vor einem – hatte ja an sich 'n Job, für irgend 'n Millionär, aber sie hat sich trotzdem Zeit genommen, mit uns einen draufzumachen. Die ist irgendwie so – eine von uns.«

»Was denn sonst?«, hatte Junior gelogen. Gedacht hatte er: Eine von uns ist die nie gewesen. Wegen dem Berühmtsein und dem Berüchtigtsein. Das macht was mit einem, irreversibel. Egal, wie alt oder wie pleite Birdie war, er würde es immer erstaunlich finden, wenn Birdie in Sandrines Küche Kaffee kochte. Sie wird nie eine von uns, hatte er überlegt. Und sie kann nicht mal was dafür. Es liegt einfach dadran, dass Leute wie Sandrine immer überrascht sind, wenn eine Birdie sich wie 'n normaler Mensch benimmt, dass sie genau das nicht sein kann.

Das war gestern Abend gewesen. Jetzt war Sandrine mit ihren Freundinnen einkaufen gegangen und Junior allein zu Haus. Unter dem Fenster spielten wieder Straßenmusiker, andere, und diesmal eine ziemliche zotige Version von *Frankie and Johnny*. Die Band hatte es eindeutig mit erzählender Musik. *Stagger Lee* hatten sie auch schon gebracht, mit einer Sängerin, aber total korrekt.

Er guckte um sich, sah aber sein Pfeifchen nicht und setzte sich erst mal hin, um sich einen krokeligen dicken Joint zu drehen. Als ihm die Lippen zu kribbeln und die Ohren zu klingeln anfingen, schaltete er den Computer an und gab aus einer Kifferlaune heraus Birdies Namen in die Suchmaschine. Irgendwie waren seine Augen wohl nicht ganz scharf, denn das Erste, was er geboten kriegte, war eine Porno-Website. Er kippte den Kopf erst zu einer Seite und dann zur anderen, bis er endlich mitkriegte, dass das, worauf er starrte, ein Bild war, auf dem eine sehr junge Birdie von hinten gefickt wurde, und zwar von einem Gebilde mit dem Kopf von Bill Clinton und dem Leib eines Ziegenbocks. Ob er sich nicht einklinken wolle.

»Ich kann mich bremsen«, brummte er laut. »Aber danke für die Erinnerung – ich wollte ja anrufen.«

Er blies langsam den süßen Rauch aus der Lunge in den Computer. Wie spät wars jetzt in London? Früher? Später?

»Ist doch wurscht«, teilte er dem missbrauchten Bild auf dem Monitor mit. »Jetzt ist jetzt, egal, wo man ist.«

Er wählte eine Londoner Nummer. Eine sanfte Stimme meldete sich.

»Birdie?«

»Birdie ist nicht hier«, sagte die Stimme.

»Mensch«, sagte Junior verdattert, »das klang wie Birdie.«

»Sagen alle.«

»Siehst du auch aus wie Birdie?« Junior glotzte noch immer mit grotesk verdrehtem Kopf auf den Monitor. »Hast du Präsident Clinton je gesehen?«

»Wie bitte?«

»Robin!«, schrie Junior auf, weil ihm ein Blitz durchs Hirn schoss. »Nicht auflegen.« Er schaltete den Computer ab. Junge, was 'ne Erleichterung! »Hier 's Junior Moline. Wir haben uns vor Jahren mal gesehen. Birdie hat mir gesagt, ich soll die Nummer anrufen.«

Einen Augenblick später war Birdie dran.

»*Mad axeman* heut Nachmittag nach L.A. gedüst.« Das war doch die Message, oder?

»Interessant«, sagte Birdie. »Danke.«

»Bösartig«, sagte Junior. »Ganz bösartig.«

»Jep«, gab sie fröhlich zurück. »Deshalb bin ich ja dankbar. Ich möcht den nicht am Arsch haben.«

Junior legte auf. Hätte sie nicht 'n anderes Wort nehmen können? Dann fiel ihm Robin ein. Das war doch die solidere von den beiden, die mit den Babys, die – oder? Nee, solide ist falsch, grübelte er, einfach nicht blond.

Er merkte, dass er die ganze Zeit auf seinem Pfeifchen gesessen hatte, aber das war jetzt auch egal. Außerdem hatte er vergessen, Birdie von dem Einbruch in Teddys Hotelzimmer zu erzählen. Das heißt, er würde glatt wetten, dass die das längst wusste – falls er Geld hätte. Und falls er wettete.

»Birdie, Birdie, Birdie«, seufzte er und guckte das Telefon an. »Pass bloß gut auf auf deinen hübschen Arsch. Da 's Ärger im Anzug.«

Teil zwei

Am Gelde hängt …

You're the man
who squats behind the man
who works the soft machine.

Jagger/Richards

1
Big in Brazil

So 'ne typische Rock-'n'-Roll-Story gefällig? Na schön, hier kommt eine. Handelt nicht von Musik oder Drogen oder Sex. Handelt von Geld und Buchhaltung. Immer noch neugierig?

Jack hat ziemlich am Anfang, als ich ihn gerade erst kennen gelernt und er kaum mehr als eine kleine Kultgefolgschaft hatte, ein Stück geschrieben, das *Dance for Daddy* heißt. Sollte was Langsames sein, zum Füllen für sein zweites Album. Es war eine Ballade – Balladen hat Jack selten geschrieben.

Ein nettes Stück, aber nichts Besonderes. Wir haben dann drüber geredet und beschlossen, das kriegt noch 'ne Art Bossa-nova-Touch. Und 'n bisschen mehr Tempo und Kongas und so lateinamerikanisches Gedöns. Trotzdem fiel es nicht weiter auf auf dem Album und wurde in England nur selten gespielt. Jack war damals noch nicht auf der Liste, die in *Radio One* aufgelegt wurde, deshalb hatte er noch keinen Hit in England.

Die LP kam zwar raus, verkaufte sich aber nur schleppend und war bald gestorben. Aber ein paar Monate später rief einer vom Vertrieb an und sagte: »Herzlichen Glückwunsch, du bist Nummer eins in Brasilien.«

In Brasilien Nummer eins, in England eine unbekannte Größe.

Jack war trotzdem völlig aufgekratzt. Nummer eins war er noch nie irgendwo geworden. »Es geht los, Liebchen«, sagte er. »Das geht ab – ich spürs. Komm, wir kaufen ein Haus.«

Denn man ist ja sicher, so 'n Hit irgendwo auf der Welt, das bringt Kohle. Jack jedenfalls dachte das. Ich auch. Das war allerdings, bevor wir gelernt hatten, dass Tantiemen von Auslandsverkäufen nach dem Prinzip »Mal sieht man was, mal sieht man nichts« funktionieren. Sagen wir mal so: Wir konnten sehen, dass Jack in Südamerika einen Batzen verdiente, aber den haben wir nie gesehen.

Und das kam so. Jack kam damals bei dem kleinen Indie-Label Cutz raus. Cutz hatte keinen eigenen Auslandsvertrieb und deshalb die Auslandslizenz für Südamerika einer anderen kleinen Plattenfirma mit Sitz in Belize gegeben. Es gab so ähnliche Lizenzen für die USA, Südostasien und Australien, aber das ist eine andere Geschichte.

Dance for Daddy war also mitsamt der LP ohne Jacks Wissen jetzt die Sublizenz einer Firma in Belize, die damit seine Einnahmen einsackte, selber einen satten Schnitt davon machte und angeblich ein paar Steuern zahlte.

Gut, Cutz hatte keinen eigenen Auslandsvertrieb. Cutz hatte aber ein Konto bei einer Offshore-Bank auf den Cayman Islands. Und so kleckerte nach und nach das Geld aus Brasilien und Argentinien und Kolumbien erst nach Belize und dann auf die Cayman Islands, wo es auf dem Cutz-Konto landete.

Als Jack von Cutz Geld haben wollte, um ein Haus zu kaufen, haben sie behauptet, die Firma in Belize habe das noch nicht überwiesen. Das sei auch nur jährlich fällig, also komme vor März sowieso nichts. Aber sie haben ihm angeboten, ihm das Geld vorzustrecken oder so lange die Hypothek zu übernehmen. Bei mir haben sofort sämtliche Alarmlämpchen zu blinken angefangen. Ich hab Jack gesagt, er soll das ja nicht annehmen. Sasson Freel hat ihm gesagt, er soll das ja annehmen. Also hat Jack es angenommen und ein schönes Haus in Camden Hill gekauft.

Der März kam, der März ging, ohne dass Jacks Konto sichtbar voller wurde. Ich bat Sasson, er soll mal rauskriegen, was da los ist. Er war schließlich Jacks Manager, das war sein Job. Darauf verschwand Sasson für volle drei Tage und Nächte. Erschien auch nicht zum Gig in Plymouth. Sasson hatte sonst nie einen Gig verpasst. Die Jungs von der Band waren stinksauer. Jack war besorgt.

Unrasiert, ungewaschen, zitternd und mit einem Tripper tauchte Sasson wieder auf. In Brighton war er gewesen, hatte aber keine Ahnung, wie er da hingekommen war.

»Ich war bei dem Termin mit den Cutz-Leuten«, erzählte er, »dann musst ich mich voll laufen lassen. Tut mir Leid, Jack.«

Was war passiert, dass Sasson drei Tage auf die Rolle musste? Der arme junge Sasson. Okay, so einfach wie möglich zusammengefasst: Er hatte entdeckt, dass er Cutz beim Ausplündern geholfen hatte. Er hatte in Jacks Namen Verträge und Vereinbarungen unterschrieben und dabei nur die USA und England im Kopf gehabt. Er hatte wie alle Frischlinge im Rockgeschäft geglaubt, Ruhm und Reichtum in den Staaten oder zu Hause in England sind Anfang und Ende von allem. Man kann ihm das gar nicht vorwerfen. Das tun fast alle. Der Rest der Welt zählt da irgendwie nicht. Konnte doch auch kein Mensch ahnen, dass Jack plötzlich *big in Brazil* ist.

Cutz hatte das auch nicht geahnt, aber Cutz hatte die Mittel, Kapital draus zu schlagen. Und Sasson hatte noch etwas nicht geahnt, als er unterschrieb: Es gab zwei voneinander unabhängige Firmen – Cutz UK und Cutz Cayman. Cutz UK bearbeitete den einheimischen Markt, und der war erbärmlich. Cutz Cayman dagegen bearbeitete ganz Südamerika, und das erwies sich als überraschend lukrativ.

»Na schön«, hatte Sasson gesagt, »aber beides ist Cutz. Also, wo ist das Geld?«

Nun mal langsam, junger Mann. Sie haben doch selber Cutz UK die Rechte für Jacks Auslandslizenzen eingeräumt, haben Sie das etwa nicht gemerkt?

»Aber –«

Nichts aber, junger Mann. Hier steht schwarz auf weiß: … wird Cutz UK das Recht zur Erteilung von Sublizenzen eingeräumt. Und mit Ihrem ausdrücklichen Einverständnis hat Cutz UK eine Sublizenz an Cutz Cayman vergeben und hat Cutz Cayman eine an eine Firma in Belize vergeben.

»Na schön«, hatte Sasson eingewandt, »aber wir machen doch da drüben Geld. Wo ist das?«

Auf den Cayman Islands, kleiner Sasson, können Sie nicht lesen? Cutz Cayman ist eine Firma mit Sitz auf den Cayman Islands, und da sitzt sie auf Jacks Geld. Und zwar mit Ihrem ausdrücklichen Einverständnis – hier ist Ihre Unterschrift.

»Dann transferieren Sie das nach England.«

Hören Sie denn nicht zu, junger Mann? Wir können da gar nichts transferieren. Das kann nur Cutz Cayman. Wir sind nur Cutz UK. Und das sind zwei verschiedene Firmen. Lesen Sie eigentlich nicht, was Sie unterschreiben?

»Aber Cutz Cayman muss ja wohl abrechnen mit Cutz UK.«

Selbstverständlich, Sie jämmerlicher Möchtegern-Manager. Bei Ende der Lizenzfrist. Frühestens in neunzehn Jahren.

»In neunzehn Jahren?«, hatte Sasson gebrüllt.

Nicht so laut, Sie kleines Dummerle. Beim Unterschreiben haben Sie doch auch nicht gebrüllt. Da waren Sie ganz scharf drauf, alles zu unterschreiben, was wir Ihnen vorgelegt haben. Da haben Sie uns regelrecht den Stift aus der Hand gerissen.

Kein Wunder, dass Sasson sich drei Tage lang voll laufen lassen musste, bevor er den Mumm hatte, es Jack zu sagen: »Jack – tut mir Leid, aber es gibt kein Geld. Die nächsten neunzehn Jahre nicht.

Und dein neues Haus gehört auch Cutz UK. Weil ich dir zugeraten habe, Jack, schuldest du Cutz UK jetzt richtig Kohle, und die schulden dir gar nichts. Wie findest du das, Jack?«

Toll fand Jack das, so toll, dass er Sasson auf der Stelle rausgeschmissen und sein nächstes Album bei einem anderen Label gemacht hat.

Ist doch 'ne hübsche kleine Rock-'n'-Roll-Story, was? Die wahre Geschichte eines albernen Liedchens, das *Dance for Daddy* heißt.

Na ja, mir jedenfalls hat es Tanzbeine gemacht. Und ich tanze auch immer noch. Die Geschichte ist nämlich noch nicht zu Ende. Und alles, was im Rockbusiness abgeht, kommt irgendwann wieder vorbei. Und oft nicht nur einmal. Und wird mit jedem Mal besser.

2
Hoffnungslos ergeben

In Robins Schlafzimmer hing ein Foto von Jack. Es war das erste Bild, das sie morgens, und das letzte, das sie abends sah. Jack sitzt auf einer Steinmauer und hat ein weites weißes Hemd über der Brust offen. Durch seine sonnengebleichten Haare fährt ein Windhauch und drapiert sie zu einem Heiligenschein. Er guckt sie direkt an, locker, amüsiert, mit einem angedeuteten Lächeln. Hinter ihm blauer Himmel, blau wie Engelsaugen. Blau wie Jacks Augen.

Robin hatte das Foto gemacht. Sie hatte einmal mit Jack im Patio der Villa Verte gestanden, und er hatte geschwärmt, wie schön es war, dass seine Brusthaare ein paar Wochen lang wachsen durften. Keine öffentlichen Auftritte, keine Fotografen, kein Zwang zur Selbstdarstellung als haarloser Jüngling in den Fanzines. Robin hatte die Kamera auf ihn gerichtet und gesagt: »Na, dann zeig uns mal deine Titten.«

Jack hatte kaum Haare auf der Brust. Auf dem Foto war kein einziges zu sehen, auch nicht, als Robin es vergrößern lassen hatte. Jack sah einfach aus wie ein Engel, und Engel mit Brusthaaren sind unvorstellbar.

Über mein Witzchen hat er da gelacht, dachte Robin stolz. Tut er immer noch. Ich hab ihn zum Lachen gebracht. Lachen tut jeder gern. Insofern hab ich auch meinen Teil beigetragen.

Wenn auch nur einen winzigen. Viel zu wenig im Vergleich dazu, dass Jack ihr und der kleinen Grace den Flug nach Südfrankreich bezahlt hatte und sie in der Luxusvilla mit dem Swimming-Pool und dem Spielzimmer logieren durften. Wog den Wagen mit Chauffeur und die sündteuren Restaurants doch nie auf. Robin hatte ein schneidendes Gefühl bekommen, etwas schuldig zu bleiben. Die arme Verwandte ist eine ungemütliche Rolle.

Sie hatte für Jack gekocht, wenn sie mal durfte. Nötig war das nicht, es gab einen Koch. So waren ihre Stärken unsichtbar geblieben und ihre Schwächen unübersehbar geworden.

»Entspann dich doch einfach, Liebes«, hatte Lin gesagt. »Tank Sonne. Du musst doch nichts machen.« Lin war braun wie Kleehonig. Lin musste auf kein siebzehn Monate kleines Baby aufpassen. Lin konnte knappe Sommerkleidchen und noch knappere Badeanzüge tragen. Robin hatte schon Jimmy im Bauch gehabt. Robin war schwer und plump gewesen.

»Das macht doch nichts«, hatte Lin gesagt. »Du bist eine goldige Schwangere. Du hast ein hartes Jahr hinter dir. Lass einfach mal alles fallen.«

Robin ließ nichts gern einfach mal fallen. Und sie starrte so manchen frösteligen englischen Morgen auf die Sonne in Jacks Gesicht und versuchte, sich jede einzelne Minute jenes Monats in Südfrankreich in Erinnerung zu rufen. Es war ein Monat unter derselben Sonne gewesen. Mit Jack und Lin. Zwillinge. Verspielte Kinder. Verantwortungslos. Ansteckend. Robins einzige Chance, genauso leichtfüßig zu werden, war, sich mit einem extragroßen T-Shirt, das auf dem Wasser schwebte und ihren massigen Leib überspielte, im Swimming-Pool treiben zu lassen. In gnädiger Schwerelosigkeit, aber nie verantwortungslos.

Dieses fließend-leichte Gefühl erlebte sie frühmorgens wieder, wenn sie erst halb wach war, oder spätabends, wenn sie schon halb eingeschlafen war. Bevor das Gewicht sich zurückmeldete. Das Gewicht von Alter und Verlust.

Jack war tot. Mama und Papa waren tot. Sie selbst war mittelalt und ihre Babys waren längst keine Babys mehr. Alles vergeht – bis auf das Verantwortungsgefühl.

Manchmal empfand Robin das Alter bloß als Runzelmaske, die man sich auf sein junges Gesicht setzte. Oder als Erwachsenenmaske über einem Babygesicht. Jimmy und Grace, dachte sie, trugen durchsichtige Masken, durch die wie bei einer Doppelbelichtung noch die Babygesichter schimmerten.

Robin sammelte Masken. Sie hingen paarweise oder in Dreiergruppen oder einzeln an Nägeln, Bilderrahmen, Haken, Spiegeln, Garderobenständern. Sie standen aneinander gelehnt auf dem Kaminsims, dem Schreibtisch, dem Klavier. Sie stammten aus allen Kulturen und Kontinenten. Selbst Gesichter aus Papier oder Plastik, die ihr auf Messen und Märkten ins Auge stachen, bekamen ihren Platz und manchmal einen Namen. Manchmal hatte Robin den Eindruck, ihre Masken hatten mehr Identität als die Menschen, die sie kannte. Bei Masken wusste man zumindest, dass sie Masken waren. Bei Menschen dagegen … woher soll man denn wissen, was Menschen alles verbergen, ob mit oder ohne Maske?

»Masken verbergen ein Gesicht nicht«, hatte Lin mal erklärt. »Eine Maske *ist* ein Gesicht. Und jeder Mensch hat davon mehrere.«

Robin hatte hunderte. Lin keine. Oder hatte Lin hunderte und Robin keine? Wofür waren Masken da – zum Schutz, zur Täuschung, zum Spaß? Für alles zusammen? Oder nichts davon?

Sie riss ihren Blick von Jacks lächelndem Gesicht los und stieg aus dem Bett. Sofort klingelte das Telefon. Sie nahm nicht ab. Der Anrufbeantworter schaltete sich ein. Sie zog sich ein Flanellshirt übers Nachthemd und ging barfuß nach unten in die Küche, um Kaffee zu kochen.

Während er durchlief, drückte sie zwei süße Florida-Orangen aus, trank den Saft und sah aus dem Fenster in den Garten. Die rosaroten und weißen Malven waren schwer und schlapp vom Dauerregen und tropften.

Sie tappte wieder nach oben, duschte und zog sich an. Wieder zwei Anrufe. Wieder ignorierte sie sie. Bevor sie in ihr Dachatelier hochstieg, sah sie in Graces Zimmer nach, ob sie auch wirklich ein frisch bezogenes Bett hatte. Frische Bettwäsche, frische Handtücher. Grace kam heute nach Hause. Robin lächelte zufrieden, dann ging sie an ihre Arbeit. Stoff, der ihr durch die Finger gleitet, Stoff, der sich zwischen Nähmaschinennadel und Füßchen durchschiebt. Richtiger Stoff, zum Zuschneiden und Formen und Nähen. Etwas zum Anziehen am Ende, mehr oder weniger wie geplant. Ein Prozess unter ihrer Kontrolle. Im Gegensatz zum Leben. Im Gegensatz zu Menschen. Als sie nach zwei Stunden den Kopf hob, stand Lin in der Tür und sah ihr zu. Robin fuhr so zusammen, dass sie sich fast durch den Finger nähte.

»Hallo, Verträumtes«, sagte Lin.

»Wann bist du denn wiedergekommen?«

»Gestern Nacht. Ich hab dich nicht geweckt, weil kein Licht an war.«

Auch das Haus hatte Robin nichts verraten. Sie hatte geschlafen, sie war wieder aufgewacht und aufgestanden, sie hatte sich an die Arbeit gemacht und gedacht, sie sei allein. Und die ganze Zeit hatte ihr Haus einem weiteren Bewohner Zuflucht gewährt, hatte still und leise Lin versteckt.

»Du hättest doch 'n Zettel hinlegen können.«

»Ich war so müde, ich bin einfach ins Bett gefallen.«

»Ach, noch was«, sagte Robin ungewohnt sauer, »wenn du deinem Boss was vorlügst, benutz bitte nicht die Kinder als Ausrede. Du hast dem netten Herrn erzählt, dass Grace einen Autounfall gehabt hat. Das ist fast, als ob du ihr so was wünschst.«

»Mensch, Liebes, tut mir Leid.« Lin klang zerknirscht. »Ist mir einfach als Erstes eingefallen. War unüberlegt.«

Robin spürte Lins forschenden Blick. Sie senkte den Kopf und schaltete die Nähmaschine aus. Nein, sie würde sich von Lins Charme nicht erweichen lassen. »Ich versteh das nicht«, sagte sie, »ich denke, du magst den Job da. Und dann lässt du die einfach sitzen und lügst sie an. Und ich krieg bloß eine verstümmelte Nachricht auf dem Anrufbeantworter und kann nur entweder die Lüge mitspielen oder die Schotten dichtmachen.«

»Mensch, Herzchen, es tut mir so Leid ...«

»Außerdem«, bohrte Robin weiter, »außerdem spielt das Telefon verrückt. Tag und Nacht. Ich geh gar nicht mehr dran. Aber wenn das mal eins der Kinder ist? Irgendein Notfall?«

»Ich wusste doch, dass das nicht richtig war. Ich wusste, es wird dir zu viel. Hör zu, Schatz, ich pack meine Sachen und bin in zwanzig Minuten weg.«

»Ich will dich nicht weghaben.« Urplötzlich kam Robin ihr Dachatelier ganz hohl und leer vor. Lin war doch ihre kleine Schwester, ihr drittes Kind.

»Ich muss endlich auf eigenen Füßen stehen«, fuhr Lin fort. »Vielleicht find ich 'n Zimmer näher an der Firma. Das wär ja bequemer. Und dann weiß auch kein Mensch mehr, wo ich bin, jedenfalls 'ne Zeit lang. Du wirst sehen – alles wird gut.«

»Jetzt halt deine Klappe, Lin!«, schrie Robin sie an. »Warum siehst du alles in Extremen? Ich will dich nicht rausschmeißen. Es ist bloß – am Anfang wolltest du dir 'n Job suchen und Schulden abbezahlen. Und das lief auch alles gut. Es war schön. Wir waren ein Team. Und dann haust du knallfall ab und alles dreht durch.«

»Ich bin nicht ›knallfall abgehauen‹«, sagte Lin traurig. »Es war genau andersrum. Erst dreht alles durch, und das zwingt mich abzuhauen. Es ist immer dasselbe Lied. Bloß diesmal noch schlimmer, das liegt am Zeitgeist im Augenblick. Alle Welt ist hinter mir her. Dabei wollen die gar nicht wirklich mich. Die wollen Jack.«

»Ach, Lin«, fragte Robin ebenso traurig, »was sollen wir bloß machen?«

Zuerst gingen sie mal nach unten in die Küche, wo Robin ihre kleine Schwester an den Tisch setzte und für Rühreier, grünen Salat und eine große Kanne Tee sorgte.

»Entschuldige, dass ich ausgerastet bin«, sagte sie dann. »Mach dir nichts draus.« Lin sah so schmal und einsam aus. Warum hat sie eigentlich nie zugenommen, überlegte Robin. Das ist, als sei Lin von ihrem traumatischen früheren Leben wie in einem Bernstein eingeschlossen worden und auf ewig verdammt, das kleine Mädchen zu sein. Birdie, auf ewig das Hühnchen aller Hühnchen.

Robin schaufelte ihr das meiste Rührei und zwei Scheiben Vollkorntoast auf den Teller, als ob anständig essen all ihre Probleme lösen würde. Sie überlegte wie so oft, dass es schrecklich traurig war, wenn man das Golden Girl sein musste und viel zu jung dafür war. Alles, worum sie Lin immer beneidet hatte – Aussehen, Esprit, Freiheit, Liebhaber –, war als quälender Albtraum wieder da. Aller Segen verwandelt in Fluch.

Eine Zeit lang saßen sie schweigend beim Essen. Dann fragte Robin: »Und wo warst du diesmal? Was hast du gemacht?«

»In Devon«, antwortete Lin. »Bei Homer, weißt du? War gut. Ich brauchte sowieso Rat von ihm, wegen eines Songs. Aber ich kann ja nicht ewig da bleiben. Wie du sagst, ich hab ja jetzt 'n Job.«

»Kannst du denn da wieder hin?«

»Das hoff ich.«

Robin wollte Lin gerade ein paar Tipps geben, wie man Arbeitgeber breitschlägt, als es an der Tür klingelte. Beide fuhren hoch.

Draußen im Nieselregen stand Grace. »Wieso hast du 'n die Kette noch vor, Mama?« Schräg hinter Grace stand ein junger Mann mit einem selbstverächtlichen Grinsen im Gesicht.

O Gott, dachte Robin, die bringt jemand mit. Sie hat mir doch gar nichts erzählt von einem Boyfriend. Sie zog die Tür auf und ließ die beiden jungen Leute mit ihren Taschen und Rucksäcken herein.

Sie umarmte ihre Tochter und prüfte sofort automatisch Gewicht und Größe. Aber Grace schien sich zu pflegen. Ihre Wangen waren weich und rosig, sagte Robins Mund. Sie roch nach Shampoo und Stadtregen.

»Das ist Alec«, sagte Grace. »Gibts noch was zu essen? Ich bin kurz vorm Verhungern.« Sie wand sich aus Robins Armen. Hatte eigene Prioritäten.

»Tag, Mrs. Emerson«, sagte Alec. Sein Grinsen war immer noch schief und *love-me-do-* haft.

»Tag«, erwiderte Robin. Was bist du denn für einer, dachte sie. »Wir waren gerade in der Küche. Gibt Rührei.«

»Wir? Ist Jimmy da?«

»Nein, Lin …«

»Lin!«, schrie Grace auf. »Lin, Lin, Lin. Alec, komm her, das ist meine Tante Lin.«

Auntie Lin wiedersehen war ein Ereignis. Mama Robin wiedersehen nicht. Das schoss Robin durch den Kopf, während sie mit dem Fuß eine Tasche wegschubste und auch in die Küche ging. Lin und Grace legten gerade einen kurzen Lindyhop zur Begrüßung hin – ein paar Dreher, ein paar Schieber. Lin hatte Grace Lindyhop beigebracht, als Grace neun war und endlich die Windpocken hinter sich hatte. Lin war *fun, fun, fun.* Lin konnte Lindyhop. Das konnte sonst niemands Tante.

»Wow!«, sagte Alec. »Ihr dreht ja echt auf.«

Robin schlüpfte vorbei an den Tanzenden und holte Eier, Speck, Tomaten und Pilze aus dem Kühlschrank. Im mittleren Fach stand eine Schüssel mit Graces Lieblingsessen, Kingprawns in Knoblauch-Ingwer-Marinade. Aber die gab es erst, wenn Robin raus hatte, ob Alec eine dauerhafte oder vorübergehende Erscheinung war. So lange gabs provisorisches Essen.

Sie hörte mit an, wie Lin mühelos den richtigen Draht fand und Grace zu einem wahren Plauderstrom verlockte – über ihren neuen Job und ihre Freunde, über das gemeinsam bewohnte Haus. In Minutenschnelle fühlte Grace sich als faszinierendstes Wesen auf der Welt und zog eine Show ab. Robin kochte weiter, schweigend, jedes Wort aufsaugend. Warum war das kein Gespräch zwischen einer Mutter und ihrer Tochter? Anekdoten, Witzchen. Ohne Abwehrhaltung. Aber Robin war die Köchin und wie ein Bettler bei einem Bankett, der an den Krümeln knabbert. Und dankbar. Weil sie selbst keine Fragen zu stellen brauchte, bloß um Grace wie eine Auster zuklappen zu sehen. Weil sie sich nicht wie ein Eindringling vorzukommen brauchte, bloß um sich »Mach dir mal keinen Kopp, Mama« sagen zu lassen, diese grässliche, aber offenbar allseits passende Antwort auf Fragen aller Art. Danke, Lin – nur, wieso brauch ich eigentlich dich dafür? Das müsst ich doch selbst können.

Sie seufzte und kam mit voll geladenen Tellern dazu.

»Danke, Mrs. Emerson«, sagte Alec artig. Er wagte kaum, Lin und Grace aus den Augen zu lassen, womöglich verpasste er irgendein Fünkchen.

Und dann kam die Frage. »Mama – kann Alec 'n paar Tage in Jimmys Zimmer wohnen? Wann kommt 'n Jimmy? Nächste Woche? In Camden Town ist nämlich 'ne Party, da wollen wir hin.«

Und alle Gegenfragen, die Robin eigentlich hätte stellen müssen – »Wer ist Alec denn überhaupt? Wo kommt der her? Hat er ansteckende Krankheiten?« –, klangen wie rasselnde Panzer. Also stellte sie keine, sondern sagte nur: »Ich denk schon«, und sah zu, wie Grace vom Stuhl rutschte und mit Alec davonrannte, um ihm sein neues Quartier zu zeigen.

»Wer ist 'n dieser Alec?«, fragte stattdessen Lin.

»Keine Ahnung.«

»Ihr Boyfriend?«

»Weiß ich auch nicht.«

»Hat Grace den schon mal erwähnt?«

»Nicht dass ich wüsste. Wieso?«

»Keine Ahnung. Aber da stimmt was nicht. Die scheinen sich gar nicht zu kennen.«

»Muss man das?«, fragte Robin. »In dem Alter ...«

Die beiden Schwestern sahen sich an, und Robin dachte: zwei Frauen aus einer Generation, zwei alte Mädchen, die heute selbst über junge Küken giften. Sie musste lächeln. »Das kriegen wir raus. Mit dem Kerlchen werden wir fertig.«

»Das hoff ich aber stark.« Auch Lin lächelte jetzt. »Jedenfalls, Grace scheints gut zu gehen, nicht? Du machst dir doch keine Sorgen, oder?«

»Eigentlich nicht. Sie wird allmählich selbstständig, gewöhnt sich ans richtige Leben.«

»Ja – und?«

»Sorgen nicht.«

»Aber Mamas kleines Baby ist sie trotzdem?«

»Ach, da werd ich schon mit fertig. Wär nur schön, wenn sie mir mal was erzählen würde.«

»Sei nicht albern – wie viel hast du früher erzählt?«

»Jedenfalls 'n Zacken mehr als du.«

»Macht Grace auch noch – warts ab. Lass ihr Zeit. Du bist die beste Freundin, die sie je haben wird.«

»Mensch, Lin«, stöhnte Robin auf, »ich fühl mich so alt und machtlos.«

»Das bist du nicht, Kleines. Das liegt an ihr – sie hopst jetzt so energiegeladen durch die Gegend, die sticht der Hafer. Und dass ihre Mutter sich fühlt wie 'n altes Schlachtross, das ist einer der Kicks.«

»Dann hebt sie bald ab, bei dem ganzen Gekicke.«

»Trotzdem gucken wir uns diesen Alec mal genau an, hm?«

Robin stand auf. »Soll ich mal hochgehen und die Ekelmutter machen? Alle beide in höllische Verlegenheit bringen?«

»Boah!« Lin nahm Robins Hand. »Ich dachte eher an was ganz Hinterfotziges. Wollen doch mal sehen, womit man die in Verlegenheit bringen könnte.«

»Du willst doch nicht …?«

»Lass mich mal machen, Frau Saubermann.« Lin ging aus der Küche, Post durchsehen, das Telefon abhören.

Robin blieb da, spülte die Pfanne, räumte das Geschirr in die Maschine, kochte noch eine Kanne Tee. Aber damit ging sie nicht hoch in ihr Atelier, sondern setzte sich wieder an den Tisch. Sie wollte mitten drin sein, falls Grace sich doch besann und zum Reden wieder runterkam. Wenn das Glück einen sucht, muss man auch zu finden sein.

Im Zentrum ihres Hauses, aber am Rand ihres Lebens, dachte sie. Abwartend, zusehend, zuhörend. Wie damals, als die Kinder noch klein waren. Oder als ihre eigene Mutter allmählich gaga wurde. Immer reagierend, nie agierend. Ich bin immer der Zweitschlag. Ich bin das Mädchen, das nie selbst auf die Tanzfläche geht und tanzt. Ich warte immer, dass mich jemand auffordert. Warum eigentlich?

Dieses Haus hatte Jack ihrer Mutter geschenkt, als ihr Vater gestorben war. In dieses Haus war Robin gezogen, als ihre Mutter pflegebedürftig geworden war und ihr eigener Mann sie sitzen lassen hatte. Dieses Haus war wie ein Wettermantel. Es stand gleichzeitig für Geborgenheit und Niederlage – fast als wär sie schutzlos auf die Welt gefallen und Jack hätte ihr seinen Mantel geliehen. In dem saß sie einfach da und grübelte, was wohl als Nächstes passierte.

Irgendwann hörte sie Schritte. Aber in die Küche kam niemand. Die Haustür ging auf und zu, dann war wieder Ruhe. War das Grace gewesen? Grace und Alec? Lin?

Vor vielen Jahren, als die doppelte Last von Kindern und Mutter sie im Haus festgenagelt hatte, war Lin dazugezogen. Hatte dagestanden wie ein Blitz aus heiterem Himmel, mit einer einzigen Tasche, und sich auf dem Dach einquartiert.

»Warum das denn?«, hatte Robin gefragt. »Wo ist Jack?«

»In Amerika.« Lin hatte die zweite Frage zuerst beantwortet und die erste übergangen.

Fast die ganze nächste Woche hatten sie das Haus der offenen Tür gehabt – Lin war hinein- und herausgeschwirrt. Manchmal mit einem der beiden Kinder, manchmal mit allen beiden. Sie hatte sogar oft ihrer beider verwirrte Mutter mitgenommen und ihr Hüte und Handtaschen gekauft. Sie hatte Robin ins Kino oder Freunde besuchen geschickt. Für Robin hatte es sich angefühlt wie Ferien, allerdings mit ständig angehaltenem Atem. Robin hatte in der Luft gehangen, an Telefon und Türklingel gebunden wie von einem Seidentau, wartend.

Und auf was? Darauf, dass Jack anrief? Dass er kam? Warum das denn? Er rief doch nicht sie an. Er kam doch nicht sie besuchen. Trotzdem wartete sie quasi in Lins Namen. Was obendrein eine totale Verschwendung ihrer eigenen emotionalen Energie war, denn Lin selbst schien auf nichts zu warten.

Irgendetwas läuft schief zwischen Lin und Jack, das hatte Lin gespürt. Aber Lin hatte nie was erzählt und Robin einfach Schiss gehabt.

Lin hatte weder gewartet noch Schiss gehabt. Lin war ausgegangen, tanzen. Ihr ging es scheinbar am Arsch vorbei, ob Jack anrief oder nicht. Verzweifeln, wenn er nicht anrief, tat Robin. Und als er dann mal angerufen hatte, war Lin gar nicht da gewesen und hatte auch nicht zurückgerufen.

Dann, eines Tages, hatte ein langer weißer Wagen vor der Tür gestanden und ein Fahrer war mit einem Brief gekommen. Auch da war Lin nicht zu Hause gewesen. Robin hatte vor Spannung gezittert, aber den Fahrer bewirtet. Und zwischen ihnen auf dem Küchentisch hatte der Brief gelegen wie ein Blindgänger.

Lin war erst drei Stunden später gekommen. »Hallo, Mr. Peters«, hatte sie den Fahrer begrüßt. Sie hatte den Brief mit nach oben genommen und war ein paar Minuten später wieder nach unten gekommen. »Danke, Mr. Peters. Nichts zum Mitnehmen. Aber mögen Sie noch einen Tee?«

Den hatte Mr. Peters dankend abgelehnt. Er hatte kurz telefoniert und war gegangen.

»Was ist denn los?«, hatte Robin gefragt. »Ich versteh gar nichts mehr. Machst du Schluss mit Jack?«

»Kann sein.«

»Kann sein?«, hatte Robin kläglich wiederholt. »Weißt du das gar nicht? Mr. Peters hat erzählt, er hat den Auftrag, dich mitzunehmen.«

»Den Auftrag! Junge, Junge. Robin, mal ehrlich, lauf ich dir zwischen den Beinen rum? Sind dir zu viele Leute hier? Ist das 'n Problem? Ich kann ganz schnell woandershin. Ich kann gehen, wenn du willst.«

»Nein, das ist es nicht«, hatte Robin gesagt. Dabei wollte sie nichts sehnlicher, als dass Lin zu Jack zurückging, so als hingen *ihr* Leben, *ihre* Freiheit, *ihr* Glück daran. Nicht mehr mit angehaltenem Atem warten, dass Lin den richtigen Schritt machte und Jack die richtigen

Worte fand. Nur sagen: Lin, um Himmels willen, klär das, damit ich wieder Luft kriege. Es war, als ob Lin kurz davor war, etwas für Robin Essenzielles einfach wegzuwerfen. Und Robin konnte nicht mal ansatzweise erklären, was das war. Es war ja nicht *ihr* Leben – Jack war ja nicht *ihr* Mann.

Lin hätte gekontert: »Es ist mein Leben«, wenn sie es gewusst hätte. »Soll ich das etwa nach deinen Maßstäben leben?«

Und Robin hätte aufgeheult: »Ja! Verlass ihn nicht. Sei treu und aufrichtig und wahrhaftig. Was immer Jack anstellt, stecks weg und halt ihn.« Denn das hätte sie, Robin, getan, wenn sie die Chance gehabt hätte. Und wie! Ohne Frage. Und dann wär vielleicht alles anders gekommen.

Dann war Jack plötzlich aufgetaucht, mitten in der Nacht. Robin hatte schon im Bett gelegen. Er war sehr müde gewesen, mit Ringen um die eingefallenen Augen – gar nicht der engelhafte Jüngling auf ihrem Foto. Er hatte nach Birdie gefragt, und Robin war mit Entsetzen eingefallen, dass Lin noch immer beim Rendezvous mit jemandem sein musste, der fast so schön war wie Jack. Jemand, den sie beim kurzen Blick durch das Porschefenster eigentlich hätte erkennen müssen.

Aber das konnte sie Jack natürlich nicht erzählen. Deshalb hatte sie ihn ins Wohnzimmer gesetzt und ihm Tee und Kaffee und Alkohol und was ihr sonst noch einfiel, angeboten und dummes Zeug geplappert. Er hatte schließlich »Kakao« gesagt, aber bestimmt einfach, damit sie endlich still war, nicht weil er den wollte. Als sie mit dem Kakaobecher zurückgekommen war, hatte Jack schlafend auf dem Sofa gelegen. So jung war er, viel zu jung, um so müde zu sein. Sie hätte fast losgeheult, weil er den Kopf so hängen ließ und diese langen Wimpern hatte. Sie hatte ihn mit dem selbst genähten Quilt zugedeckt wie ein auf der Straße aufgelesenes Waisenkind. Am liebsten hätte sie ihn auf die Lider geküsst, aber sie hatte befürchtet, dass er wieder wach wurde. Wenn er wach war, musste sie mit ihm reden, und sie wusste doch nie, was sie mit ihm reden sollte. Sie wusste doch nicht, was ihn interessierte – oder vielmehr, was ihn nicht anödete. Und sie hielt sich doch selbst für so öde.

Sie war aus dem Wohnzimmer geschlichen und hatte sich auf die Treppe gehockt, um Lin abfangen und warnen zu können. Zuerst war sie sauer auf Lin gewesen. Wie kam die dazu, mit wem anderes auszugehen? Dann war sie sauer auf Jack geworden. Für wen hielt der sich eigentlich? Kreuzte hier auf und brachte sie in so ein Dilemma! Am Ende war sie sauer auf sich. Was regte sie sich eigentlich auf über den Freund ihrer Schwester? Mehr war das doch nicht – ihre Schwester hat Krach mit ihrem Freund. Das ist doch nicht das Ende der Welt. Und wenn Lin mit irgendwem ausgeht, ist das kein Hochverrat.

Doch. Es war das Ende der Welt. Es war Hochverrat. Denn es ging ja um Jack. Mit diesem blödsinnigen Gedanken war Robin selbst schließlich weggedöst.

Erst viel später war sie wach geworden, aufgestört von etwas, fröstelnd, steif und mit verklebten Augen. Nach fünf. Morgens. Sie war aufgestanden und hatte ins Wohnzimmer geguckt. Kein Jack mehr.

Sie war auf Zehenspitzen zum Dachboden hochgestiegen. Er war auch leer gewesen. Lins Bett unberührt. Ihre Tasche weg. Unten in der Küche auf dem Abtropfgestell hatte Robin einen Zettel gefunden: »Danke für alles. Ich ruf dich an. Alles Liebe – L.«

Total verzweifelt war sie zurück ins Wohnzimmer gegangen. Der Quilt hatte wie eine abgestreifte Schlangenhaut halb auf dem Sofa, halb auf dem Boden gelegen. Das Sofa war zerwühlt und voller Kuhlen gewesen. Der Kakaobecher hatte da gestanden, wo sie ihn hingestellt hatte, unangetastet, kalt. Sie hatte den Quilt aufgehoben, um ihn zusammenzulegen. Er hatte sich ganz leicht warm angefühlt. Diese kleine Hitze war alles, was von Jacks Besuch blieb. Sie hatte den Quilt umgeschlungen und sich genau dahin gelegt, wo Jack gelegen hatte. Das Gesicht in das Kissen gedrückt, auf dem sein Kopf geruht hatte. Und das Parfüm ihrer Schwester gerochen.

Wie ein Blitz war sie hochgeschossen und hatte sich angeschnauzt:

»Du blöde, blöde Kuh!« Dann war sie ins Bett gegangen. Unter ihrem Dach, quasi vor ihrer Nase, war etwas Bedeutendes passiert, und sie hatte es nicht mitgekriegt.

Ich verliere immer den Faden, dachte Robin jetzt, ich verpasse immer die Pointe. Schluss jetzt. Es gibt genug Arbeit, also tu sie.

Sie ging langsam nach oben und schlich an lauter verschlossenen Türen vorbei. Sie war doch kein Eindringling. Lin bewohnte jetzt das Zimmer ihrer Mutter. Alec hatte das von Jimmy. Grace war in ihrem eigenen. Vielleicht. Die einzige offen stehende Tür war die zu Robins Schlafzimmer. War sie denn die Einzige im Haus, die nichts zu verbergen und sich vor niemandem zu verstecken hatte?

Im Vorbeigehen an ihrer Tür sah sie eine fremde Silhouette. Sie machte kehrt und erkannte Alec. In ihrem Schlafzimmer. »Hallo – was machen Sie denn hier?«

»O pardon«, sagte er, »ich hab Grace gesucht.« Er lächelte sie entschuldigend, aber ohne Schuldbewusstsein an. »Sie haben ja tolle Masken. Und da auf dem Foto, ist das die große Legende? Hat ja Wahnsinnsmusik gemacht. Bin erst neulich dadrauf gestoßen, aber ich war sofort hin und weg.«

»Das ist Jack, ja.« Robin wurde milder. Sie setzte sich auf die Bettkante. »Wohnen Sie auch in Bristol wie Grace?«

Selbst wenn er wirklich Grace suchte – er hatte Robin gefunden, und da musste er sich ein paar Fragen gefallen lassen.

»Ich nicht, nein«, sagte er. »Aber bevor Sie fragen: Wir haben uns im Internet kennen gelernt. Wir schreiben uns seit Monaten.«

»Ach. Wirklich?« Robin war gleichzeitig beunruhigt und gebannt. Dann haben die noch keinen Sex?, überlegte sie. Ist das ein gutes oder schlechtes Zeichen?

»Sie hat g.ace als Cybernamen – hat ziemlich gedauert, bis ich wusste, ob das 'n Männchen oder Weibchen ist. Hat sofort gefunkt, wenn Sie wissen, was ich meine. Zu Ihrer Zeit sagte man da wohl Brieffreundschaft zu.«

Zu meiner Zeit?, dachte Robin. Du freches Aas. Aber Alec wirkte zu jung, um das als Beleidigung zu meinen.

Sie lächelte ihn an. »Also trefft ihr euch jetzt zum ersten Mal? Ich meine, leibhaftig?«

»Wir haben abgemacht, wir steigen in denselben Zug und überlassen den Rest dem Zufall. Sie hatte mir beschrieben, wie sie aussieht, und ich umgekehrt auch. Wir fanden, wenn wir uns dadran erkennen, also wenn keiner von beiden Quatsch erzählt, dann ist das schon mal 'n guter Anfang.«

Jetzt lachte er und lief rot an. Gute gesunde Zähne, fand Robin. Na, wenn die sich aus dem Internet kennen, kann er wenigstens schreiben.

»Ist ja immer 'n Risiko, Mrs. Emerson. Die können einem ja sonst was erzählen, man weiß nie, ob das stimmt. Aber ich hab Grace sofort erkannt, also denk ich mal, sie erzählt einem keinen Stuss.«

»Nein, das tut sie nicht«, sagte Robin. Falls sie einem überhaupt was erzählt.

»Na ja, ich glaub, dann haben wir beide so gedacht, also – okay, wir können ja mal auf 'ne Party gehen und gucken, wie das weitergeht. Ich weiß ja nicht, wie Sie das sehen, Mrs. Emerson, ich brauch immer Zeit zum Kennenlernen.«

»Hm, ja.« Robin tat, als ob sie nachdachte. »Man soll die Dinge nicht überstürzen. Andererseits stehen Sie schon in meinem Schlafzimmer, aber ich weiß nicht mal Ihren Nachnamen.«

Alec war das furchtbar peinlich. Er wand sich regelrecht. »Parry! Alec Parry – ich bin so dämlich. Entschuldigen Sie!«

Das ist ja 'n Welpe, dachte Robin, so wie der eiert und schlackert. Komisch, Grace wirkt viel reifer. Vielleicht fühlt sie sich wohler mit Typen, die sie kontrollieren kann. Gott ja, ist doch egal, auf welche Weise man was über Männer lernt. Lieber so, als dass sie das durch einen lernt, der sie unter Kontrolle hat.

»Ist ja nicht schlimm«, sagte sie.

»Also, meine Mutter würd umgekehrt ausflippen. Sie sind echt cool, Mrs. Emerson. Also, die ganze Familie.«

»Da müssen Sie erst Jimmy sehen«, lachte Robin. »Ich muss jetzt was arbeiten. Graces Zimmer ist das neben Ihrem auf der anderen Seite.«

»Ach ja, richtig«, sagte Alec. »Aber ich fands echt toll, dass ich mal mit Ihnen reden konnte.«

»Ich auch.« Robin hielt es für einen glücklichen Zufall. Es hätte Jahre gedauert, so viel aus Grace rauszukriegen. Hoffentlich mochte Alec Kingprawns in Knoblauch und Ingwer.

Sie blieb noch sitzen, als er wieder weg war, und sah abwesend auf das jugendliche Lächeln von Jack. So ewig ist das jetzt her, Jack, wie sähst du wohl heute aus? Wärst du fett oder dürr? Hättest du graue Haare wie ich, oder würdest du deine tönen wie Lin? Hättest du überhaupt noch welche? Wärst du berühmt oder vergessen? Hättest du Lin den Laufpass gegeben oder sie dir? Wäre ich noch irgendwann wirklich an dich rangekommen, oder wärst du die Ikone an meiner Wand geblieben? Wenn du noch leben würdest, Jack, würden die dich noch kennen? Man verliert Leute schließlich nicht nur durch Tod.

Oben im Atelier nahm Robin den Faden wieder auf, bei dem Lin sie unterbrochen hatte. Sie schneiderte ein altmodisches Kostüm, einen richtigen alten Bratenrock, für einen fetten Schauspieler. Sie arbeitete total detailversessen, sie wusste, er kaufte es dem Fundus nach der Spielzeit ab. Er kaufte immer seine Kostüme. Aber das Ding war so schwer und bockig, dass sie es bald wieder weglegte und stattdessen zu einem wilden Farbengewirr griff – es sollte ein Gewand für eine Privatkundin werden, aus hunderten bunter Seidenflicken. Das machte sie am liebsten: auch den Stoff, aus dem später ein Kleidungsstück wurde, selbst herstellen – sozusagen ganzheitlich schneidern. Das ging sehr langsam. Und war sehr kostspielig. Gott sei Dank gabs Privatkundschaft.

In diese berauschenden Farben, die besänftigende Seide verlor Robin sich die nächsten Stunden.

»Ist das schön!« Lin stellte zwei Gläser Weißwein auf Robins Schneidertisch. »Für wen machst du das?«

Robin kniff ein paarmal die Augen zusammen, um wieder etwas in der Ferne zu sehen, und schob sich die Lesebrille in die Haare. »So 'ne reiche alte Lady. Dir würds viel besser stehen. Wo warst du denn?«

»Unterwegs. Ich wollte den Job wieder einrenken, aber ...«

»O nein!«

»Tut mir Leid, Schatz – sie hatten schon Ersatz, Schluss mit den Lohntüten von Cole- Adler. Guck doch nicht so! Ist nicht das Ende der Welt. Ich find schon was anderes. Die geben mir jedenfalls ein klasse Zeugnis.«

»Na ja, ist wohl besser als gar nichts.« Robin reckte die Glieder und trank einen Schluck kühlen weißen Wein. »Wo sind die Kinder?«

»Im Kino.«

»Du, wegen Alec mach ich mir übrigens keine Sorgen mehr. »Ist bloß 'n Welpe.« Sie erzählte Lin, dass sich die beiden im Internet kennen gelernt hatten.

»Auf was für 'ner Site?«, fragte Lin sofort.

»Was?«

»Ach lass, Liebes. Ich kriegs schon raus.«

»Spielt das eine Rolle?«

»Eventuell. Der junge Mann hat nämlich eine abschließbare Kameratasche in seinem Studentenrucksack. Und zu deiner Information: Er hat auch eine Haushaltspackung Hauchfein-Gummis und eine Riesentube Gleitcreme dabei, aber das fliegt ziemlich offen rum. Und ungefähr dreißig Gramm echt gutes Gras und 'n paar süße kleine Pillchen mit aufgeprägter Taube. Auch das versteckt er alles nicht übermäßig. Da fragt man sich doch, warum er die Kamera unter Verschluss hält, nicht?«

»Mensch, Lin!«

»Was soll sein? Den Sex-'n'-Drugs-Teil hat er schon mal abgedeckt. Bleibt der Rock-'n'-Roll-Teil.«

»Scheiße, Scheiße, Scheiße, Lin! Ich hab wohl wieder mal gehofft, dass Wasser nicht nass ist.«

»Ach, die gehen auf 'ne Party zusammen«, sagte Lin schulterzuckend. »Welcher Teil ist 'n für dich der schlimmere? Du kannst nämlich getrost davon ausgehen, dass Grace das Normalprogramm voll durchzieht.«

»Aber doch nicht unter ihrem, also meinem Dach! Mit einem, den sie gar nicht kennt!« Robin fuhr der Schreck in die Eingeweide, sie hatte plötzlich das Gefühl, in einen Knoten aus Zeitfäden zu schliddern. Der Faden ihres Lebens verwob sich zu einem Muster, das nur Drunter und Drüber, aber keinen Anfang und kein Ende hatte. Sie war eine erwachsene erfahrene verantwortungsbewusste Frau, aber sie kam sich vor wie ein verwirrtes verängstigtes junges Mädchen. Und sie redete gerade mit einer anderen erfahrenen verantwortungsbewussten Erwachsenen, die gleichzeitig ihre kleine Schwester war – und ein wildes, waghalsiges Leben führte, aber aus allem unbeschädigt und nach Rosen duftend rauskam.

Von den Schwestern war Robin diejenige gewesen, die brav zu Hause blieb, die brav zur Schule ging und fieberhaft für Prüfungen büffelte, durch die sie immer gerade so durchkam. Sie konnte nie aufgeben. Eine Schwester, eine Tochter muss doch die gute sein, nicht wahr? Konflikte hasste Robin mehr als alles. Ärger machte ihr Angst. Wie viel Streitgeschrei kann ein Kind ertragen?

Plötzlich eines Tages war Schluss gewesen. Lin hatte gesagt: »Ich mach das jetzt nicht mehr. Streiten ist Quatsch.«

»Dann lass es doch«, hatte Robin geantwortet. »Eltern haben sowieso immer die Oberhand. Ich hab das so satt.«

»Ich auch. Das ist wirklich wie Gefängnis. Alles haben Eltern unter Kontrolle. Mir gehört überhaupt nichts. Nicht mal meine Zeit.«

»Wir könnten weg auf 'ne Uni. Nach Edinburgh oder so.«

»Das ist ja ewig weit weg. Außerdem wär das auch bloß wie Schule. Und Schule ist genauso schlimm wie Eltern. ›One fist of iron, the other of steel – if the right one don't get you, then the left one will‹ – sing mit, Robin!«

Sie hatten auf dem Bett gesessen und *Sixteen Tons* gesungen, zwei

Mädchen, von denen eins, Lin, versuchte, die Melodie eine Terz höher zu singen, und das nicht hinkriegte. Beide kläglich giggelnd. Denn Robin war völlig klar gewesen, dass sie selbst es nie auf eine Uni schaffen und Lin es wahrscheinlich nicht mal versuchen würde. Sie würde sich auf Jahre der ewig gleichen Scheiße gefasst machen müssen.

Jetzt hatte sie selbst einen Sohn und eine Tochter und sollte selbst die eiserne Faust sein. Sollte sich ausdenken, wie sie ihre Tochter kontrollieren konnte – damit die nicht tat, was Lin so locker »das Normalprogramm durchziehen« genannt hatte.

Aber sie hatte keine Ahnung, wie. Sie war immer so in Konfliktvermeidung vertieft, dass sie Grace nicht mal wirklich zur Rede stellte. Sie wusste ja nicht mal, wie viel Normalprogramm Grace in ihrem Leben längst durchzog. Vielleicht legte sich das ja auch wieder. Wie bei Lin, die mit dreizehn einfach beschlossen hatte, dass Streiten Quatsch ist. Darüber waren alle so entzückt gewesen – Lin stichelt nicht mehr und stellt keine Ansprüche mehr –, dass kein Mensch merkte, dass Lin sich durchaus nicht veränderte. Sie beschränkte sich einfach auf Süßholzraspeln und erschien als kleine Süße mit gewaschenen Händen bei Tisch. Ein frühes Genie des Personalmanagements.

Und Grace? Ist sie vernünftig, ein gutes Kind?, fragte sie sich. Oder managt die mich auch nur? Und ich? Kann ich einfach gut Streit aus dem Weg gehen, oder vernachlässige ich mein Kind?

»Lin?«, fragte sie. »Glaubst du, Grace ist wie ich? Oder ist sie wie du?«

»Grace ist wie Grace«, sagte Lin nur und setzte ihr Blöde-Fragen-Gesicht auf.

»Glaubst du, sie weiß, was sie tut?«

»Keine Sekunde. Wer weiß das denn? Aber bestimmt glaubt sie selbst, dass sies weiß.«

»Dann ist sie eher wie du«, beschloss Robin. »Ich hab nie geglaubt, ich weiß, was ich tue.«

»Stimmt doch gar nicht! Du hast doch ganze Programme gemacht.«

»Hab ich nicht.«

»Hast du wohl.«

»Dann waren das Scheißprogramme«, seufzte Robin. »Nichts wird je so, wie man es plant.«

»Hoffentlich gilt das auch für Alec. Es gibt so Programme, da muss erst mal das Zierlaub ab.«

»Soll ich ihn rausschmeißen? Oder drauf aufpassen?«

»Er soll unbedingt hier bleiben.«

»Ich will aber eigentlich keine Drogen im Haus.«

»Och – die könnten wir versauen, ohne dass es auffliegt. Wenn du willst.«

»Aber die Kondome – das ist doch ein Zeichen für soziales Verantwortungsbewusstsein?«, fragte Robin hoffnungsvoll.

»Die lassen wir heil.«

»Okay, dann mal los.« Es war, als ob es Robin regelrecht kribbelte und all die Jahre der Untätigkeit und Unwissenheit von ihr abfielen.

Beäugt von berühmten Fußballern und Nobelpreisträgern nahmen Robin und Lin das Gepäck des Gastes in Jimmys Zimmer auseinander.

Der ist aber sehr ordentlich, fand Robin. »Hat wohl reiche Eltern – sogar die Unterwäsche ist Designerzeug.«

»Eltern?«, Lin zog eine Braue hoch. »Bloß weil er mit Grace aufgekreuzt ist? Und sich aufführt wie ein Welpe? Ich halte ihn nicht für so jung, wie er tut.«

»Gar keine schmutzige Wäsche«, stellte Robin fest. »Nein, du hast eindeutig recht – so grün, wie er wirkt, ist er garantiert nicht. Was machen wir mit dem Drogenzeug?«

»Wir gestalten es um, sodass er es wegschmeißen muss.« Lin schob eine Hand zwischen die T-Shirts und zog eine Tabaksdose hervor.

»Los, komm in die Küche«, sagte sie, »wir brauchen was Giftiges, Stinkiges – Feuerzeuggas, Terpentin, so was.«

Unten in der Küche klappte Lin die Tabaksdose auf. Der ordentliche junge Mann hatte die Pillen in einem luftdichten Plastiktütchen und das Gras in Alufolie verpackt.

»Ich brauch Terpentin, davon zerfallen die Pillen und werden breiig. Die müssen auch so stinken, dass die im Traum keiner in den Mund nimmt. Der soll denken, sie haben ihm totalen Dreck angedreht, der schon zerfällt. Vielleicht noch 'n bisschen Farbe, grün oder gelb, damit ers auch kapiert.«

»Meinst du wirklich?«, fragte Robin. »Und wenn er Grace was gibt?«

»Tja, dann tuts mir Leid.« Lin arbeitete flink und präzis. »Wer sich von fremden Typen stinkende Scheiße in den Mund stecken lässt, hat den Tod verdient.«

»Lin!«

»Entschuldige, Liebes, aber so ist das. Na komm, trau ihr doch mal was zu. Sie ist doch deine Tochter. Du hast sie großgezogen.«

»Na gut, aber denk mal dran, was du alles eingepfiffen hast in ihrem Alter.«

»Jedenfalls nichts, was so ausgesehen und gestunken hat. Und Grace macht das auch nicht. Außerdem wette ich drauf, dass Alec ihr so was nicht anbietet.«

»Was willst du 'n mit dem Gras machen?«

»Rauchen, zum Teil«, sagte Lin. »Und du pinkelst in der Zeit auf den Rest. Der muss so feucht sein, dass er nicht brennt, und so stinken, dass denen die Tränen in die Augen schießen.«

»Soll das 'n Witz sein?«

»Du bist doch selber 'n kreatives altes Mädchen, Robin – denk dir selber was aus. Mutterliebe soll ja die schrägsten Formen annehmen können.«

»Amen«, sagte Robin. Und jetzt machte der Faden ihres Lebens wieder einen Satz und wickelte sich so um sich selbst, dass er genau an der Stelle übereinander lag, wo zwei kleine Mädchen Rache an King Leer, dem alten Ferkel, genommen hatten. King Leer war Major im Ruhestand und wohnte auf ihrem Schulweg. King Leer war im Rotary Club und Lions Club und überhaupt eine Säule der Gesellschaft, so jedenfalls behauptete der Vater immer, worauf die beiden Mädchen immer fast zusammenbrachen vor unterdrücktem Gekicher.

Aus Gründen, die keine von beiden begriff, war Lin seine Zielscheibe Nummer eins gewesen. Und aus Gründen, die Robin bis heute nicht begriff, hatten beide den Eltern nie etwas erzählt. Vielleicht, weil offenbar alle Erwachsenen bösartig waren, eine Art dauermobilgemachte Armee gegen Kinder. Wie Erwachsene sich aufführten, war bestenfalls unbegreiflich. Insofern war ein alter Schweinigel, der, sobald Lin vorbeikam, sein Genital in ihre Richtung schwenkte oder an die Fensterscheibe drückte, wahrscheinlich auch bloß eine weitere widerliche Ausprägung der Macht, die alle Erwachsenen gegen Kinder ins Feld führten.

Wie auch immer – die rebellische Lin hatte rebelliert, die vorausdenkende Lin hatte einen Plan gemacht, die diebische Lin eine Sprühdose mit schwarzem Emaillack aus der väterlichen Garage geklaut und die geheimniskrämerische Lin die bis zur passenden Gelegenheit in der Büchertasche versteckt. Und als die sich geboten hatte, nach einer Woche, in Gestalt des geschwollenen Schaftes, den King Leer wieder mal präsentiert hatte, da hatte die Rächerin Lin ihn voll gesprüht.

»Verzeihung?«, hatte sie allerliebst gezwitschert. »Was ist das denn, was Sie mir unbedingt zeigen wollen?« Dann war sie einen Schritt näher dran gegangen, hatte die rechte Hand in die Büchertasche gesteckt, die Dose gezückt und abgedrückt. Der Schuss war voll auf King Leers entblößtes Gehänge gegangen.

Robin hatte entsetzt zugesehen, wie sich das malvenrosa Fleisch glänzend schwarz verfärbte. Sie hatte Lin nicht geglaubt, dass sie abdrücken würde. Sie hatte gedacht, das sei nur so eine kichernde Kinderfantasie gewesen – so was wie »Was würd ich machen, wenn ich hundert Pfund hätte?« oder »Wo würd ich hinwollen, wenn ich Flügel hätte?«. Aber das war falsch gewesen. Lin hatte dem Major in aller Ruhe Schwanz, Eier, Hose, Hemd und Hornbrille vollgesprüht und dann die Dose ins Gesicht gepfeffert.

Und »Lauf!« geschrien. Und die beiden Mädchen waren die Straße bis zum Park hochgerast und erschöpft als Knäuel hingeschlagen. Und hatten vor lauter Angst und Schrecken so lachen müssen, dass sie fast erstickt wären.

Jetzt lachten sie auch wieder – Robin von Gras und Wein angeschickert –, zwei erwachsene Frauen, zwei kleine Mädchen bei einer Gemeinschaftsaktion gegen einen, der sie beleidigt hatte.

»Was wohl aus King Leer geworden ist«, überlegte Robin laut.

»Wie kommst du 'n auf den jetzt?«

»Weiß ich auch nicht. Da ist nie was nachgekommen, nicht? Was uns gewundert hat – wir haben doch gedacht, dass Mama und Papa ein Donnerwetter machen würden. Wir haben gedacht, das widerliche alte Ferkel geht zur Polizei. Wir hatten keinen Schimmer, dass das nur geht, wenn er sich selbst anzeigt. Ich finde, bei Alec gehen wir auch so vor.«

»Ja, was?«, sagte Lin. »War 'ne gute Lektion.«

Nach dem Kino knufften und kabbelten Grace und Alec schon wie uralte Bekannte. Robin fragte sich, ob sie selbst je fähig gewesen war zu so viel spontaner, lockerer Intimität. Anscheinend basierte Vertrauen auf demselben Musikgeschmack, dem Spaß an denselben Filmen. Ziemlich gewagt. Und wenn eins von euch lügt? Sie fühlte sich ausgesperrt. Sie hatte sich selbst ausgesperrt, weil sie den beiden nichts zutraute. Und gerade beging sie den nächsten Verrat, denn sie ließ die Kingprawns im Kühlschrank und machte Lasagne. Grace merkte das nicht.

Robins Geheimnis war, dass sie eins hatte. Das verschloss ihr den Mund, das machte sie befangen, deshalb verbarg sie ihr schlechtes Gewissen hinter Nudeln und Salat. Und Grace merkte es nicht. Robin verspürte einen kleinen triumphierenden Stich.

Lin war geschmeidiger, geschickter – sie schlingerte sich durch die Allerweltsgespräche und ging dann mit Grace nach oben. Grace für die Party fein machen. Die sanfte Lin. Robins Kopf war noch immer bedröhnt, aber sie kämpfte das nieder.

Sie schickte Alec vor den Fernseher. Sie hatte ihm seinen Stoff versaut, sie wollte lieber nicht, dass er ihr beim Abwaschen half. Außerdem hatte sie selbst was geraucht – Wattebirne, lange Finger, auf seine Kosten.

»So was macht man einfach nicht!«, sagte sie laut und wischte in pedantischen Kreiseln weiter die Arbeitsplatte, die längst abgewischt war. »Mir selbst untreu geworden – das ist mein Teil. Du, Lin, hast mich verleitet – das ist deiner.«

Aber es stimmte ja gar nicht. Lin war doch eine Hilfe. Und kümmerte sich um Grace. Und half ihr gerade beim Feinmachen.

»Ich könnte das auch«, sagte Robin wieder laut. »Ich bin auch gut in Klamotten. Doch, wirklich. Genauso gut, bloß anders. Warum hat Grace nicht mich gefragt?«

»Weil ich bloß 'ne öde alte Mama bin«, antwortete sie sich genauso laut. Dann nickte sie sich im Küchenfenster zu, und ihr ödes altes Spiegelbild nickte ebenso ernst zurück.

Sie drehte sich weg und ging hoch, vorbei an lauter geschlossenen Türen, in ihr Schlafzimmer. Ließ sich auf Bett fallen. Warf sich ein paarmal hin und her. Und sackte plötzlich mit einem heftigen Sturz in Schlaf, so wie ein Stein von einer Klippe saust.

Sie wurde von Klaviermusik wieder wach. Sie rollte sich auf die Seite, ihr Mund war trocken. Sie sah auf den Wecker. Der große Zeiger stand auf der Sieben, der kleine zwischen der Zwei und der Drei. Sie war angezogen, das Licht brannte.

Eine bestimmte Phrase, immer wiederholt: Dor-*leng*-leng-leng, ta-ta-ta-*dam,* dor-*leng*-leng-leng, ta-ta-ta-*dam.* Das war die Basslinie. Sie wurde begleitet von kleinen Trällerschüben und fallenden Akkorden mit Sopranstimme.

Fünfundzwanzig Minuten vor drei – morgens oder nachmittags? *Scheiße.* Sie plumpste aus dem Bett und stolperte nach unten.

Lin hing über dem Klavier im Wohnzimmer. Sie sah nicht hoch. Dor-leng-leng-leng …

Robin hatte das Gefühl, wenn sie nicht sofort eine Tasse heißen süßen Tee die Kehle runterlaufen ließ, müsste sie sterben. Sie taumelte in die Küche.

Mit einer Kanne Tee und zwei Bechern auf dem Tablett kam sie wieder. Jetzt gings ihr schon viel besser, sie knallte nicht gegen die Möbel, stellte sie erleichtert fest.

»Tee, Lin?«

Dor-leng-leng-leng …

Robin goss Tee in die Becher und brachte sie zum Klavier. »Was spielst 'n da?«

Dor-leng … »*Eddie's Big Wheel* von Eddie Bo. Aber ich kriegs nicht hin.«

»Klingt doch gut.«

»Für dich vielleicht«, sagte Lin mürrisch. »Weil du keine Ahnung hast. Das ist einer von den alten Pianospielern, die in jedem Finger 'n Stückchen Gott haben.« Dor-leng-leng-leng … Noch immer sah sie Robin nicht in die Augen.

»Sind die Kinder zurück?«

»Nein.«

»Du lieber Gott – es ist drei!«

»Du lieber Gott – das ist 'ne Party.« Dor-leng.

»Was ist los, Lin?«

Ta-ta-ta-*dam!* Lin klappte den Klavierdeckel zu und stellte die Ellbogen drauf. Sie sah Robin noch immer nicht in die Augen. »Deine Tochter und unser kleiner Aal Alec haben sich über eine von diesen Jack-Websites kennen gelernt. Im großen, großen Cyberspace, wo keiner was sieht, wo alle anonym sind und sich die Seelchen aus dem Leib kotzen, und das heißt dann kommunizieren, und alle glauben, das hat ja keine Folgen. Ist einfach gut, ne? Ist ja bloß 'n Rudel Cyberspace-Eleven. Wir sind ja so frei, ja? Wir können einfach sein, was wir geil finden. Jacks und Birdies Nichte, zum Beispiel. Nicht Lins wohlgemerkt – Birdies.«

»Das hat sie dir erzählt?« Robin zog ein kaltes Kribbeln die Beine hoch. »Mensch, Lin, du weißt doch, wie stolz sie auf dich ist.«

»Und wieso? Auf was kann man da stolz sein?«

»Na – du bist ein Glamourwesen. Mit dir hat man Spaß.«

»Die hat ihr kleines Seelchen nicht Alec hingekotzt, weil man mit mir Spaß hat. Werd endlich erwachsen, Robin. Alec hat sein Super-Profiequipment auch nicht dabei, weil ich die gute alte Auntie Lin bin.«

»Mensch, Lin – nein!«

»Mensch, Robin – doch. Und einen kompletten Satz Einbruchswerkzeuge und eine Minikamera für Spione dazu. Das Einzige, was ich nicht gefunden habe, ist 'n Presseausweis oder 'ne Lizenz für Privatermittler. Oder was der sonst ist.«

»Du hast die Tasche da aufgeknackt? Mensch, Lin, Grace hat bestimmt keine Ahnung davon. Die würde uns doch nicht so in die Pfanne hauen.«

»Keine Ahnung, was für 'ne Ahnung sie hat. Erzählt hat sie jedenfalls: ›Du, Lin – Alec findet dich so faszinierend. Red doch mal mit ihm. Er ist so süß. Du magst ihn bestimmt auch, wenn du ihn näher kennst.‹ Hast du ihr gesagt, was ich vorhab? Wo ich arbeite? Wo ich so bin?«

»Ich weiß es nicht.« Robin wurde übel. »Sie fragt natürlich nach dir. Ich hab da kein Geheimnis draus gemacht. Sie ist doch Grace.«

»O ja, und wie sie Grace ist. Und ich bin aufgeflogen.«

»Aufgeflogen? Lin, wir reden hier über Grace. Die weiß ganz genau, dass Klatsch tabu ist. Das hat sie gelernt.«

»Aber jetzt geht sie damit hausieren. Als g.ace. Zähl ruhig schon mal das Besteck, Robin, schraub fest, was nicht geklaut werden soll. Und vor allen Dingen mach den Mund fest zu, wenn du deine Mandeln nicht in der Boulevardpresse sehen willst.«

3
Für 'n Appel und 'n Song

Wenn Liebe ein Flittchen ist, ist junge Liebe ein Bastard.

Man folgt seinem Herzen, man folgt seinen Hormonen, man folgt einem Mann. Man führt nicht. Man treidelt so vor sich hin und tut und sagt unvermeidlich Dinge, die einen bei klarem Verstand anöden oder rot anlaufen lassen. Mit anderen Worten, Liebe ist verdammt lästig. Ich hätte die Zeit, die ich mit Liebe verplempert habe, gern zurück. Und wenn nur zur Hälfte.

Jetzt ist Grace verliebt. Per Computer angeflirtet, nach nur drei Stunden Bekanntschaft mit dem kleinen Wurm verliebt – nachdem er ihr im Kino den Daumen in die Hand gebohrt hat. Auf der Leinwand lag gerade jemand im Sterben. Riesenbilder von zerfetzten, blutenden Menschen reichten nicht, sie zu rühren. Aber die Berührung von warmer Haut ließ ihr Herz torkeln bis geradewegs nach Idiotenhausen. *C'est l'amour.*

Arme kleine g.ace@undsoweiter Schrägstrich undsoweiter: Sie ist nicht vertrauenswürdig. Ihre junge Liebe ist mir verdammt lästig.

Aber mein Problem ist: Wer hat den kleinen Wurm angesetzt und was will der? Wenn ich das rauskriege, ohne dass er mich enttarnt, bin ich in der Vorhand. Lass den Feind nicht aus den Augen, aber ihn nie merken, dass du ihn im Blick hast.

Manchmal fällt einem etwas, das man will, ganz einfach in den Schoß. Man latscht zum Beispiel in ein kleines Büro und will etwas ausforschen, und jemand da hält einen für eine Sekretärin, und am Ende der Woche hat man die Schlüssel zum Safe, den Firmencomputer, ein Netz von Privatdetektiven nur einen Anruf entfernt sowie ein Gehalt. Letzteres ist selbstverständlich mickrig, die Geräte allerdings sind eine Goldmine. Im Grunde darf ich selbst Nachforschungen anstellen, werde für das Privileg noch bezahlt und merken tuts auch kein Mensch.

Nein, ich bin den Job nicht los. Das war eine Lüge. Die böse Birdie belügt ihre eigene Schwester. Aber leider quasselt Robin mit Grace und die mit Alec. Und noch weiß ich nicht, mit wem Alec quasselt. Aber das kriege ich raus, und so lange quatscht der jedenfalls nichts Wahres weiter, wem auch immer. Dafür sorge ich schon.

Der Empfang war, als käme der Erlöser zurück. Der liebe alte George brachte mir Kaffee, Tina postierte bärbeißig eine Vase voll japanischer Anemonen auf den Tisch, und ich musste feststellen, dass meine gerade mal zehntätige Abwesenheit die Partnerschaft der beiden ziemlich strapaziert hatte. Sie waren wie ein altes Ehepaar, das schmerzlich sein Kindermädchen vermisst. Sie hätten einfach von Anfang eine dritte Person in die Firma holen müssen. Das ist Tinas Versäumnis: Sie nimmt Unabhängigkeit und Eigenständigkeit entschieden zu wichtig. Aber sonst ist Tina kompetent. Und ich hab Glück gehabt – sie hatte in den letzten zehn Tagen keine Zeit, sich mit ihrer eigenen Software vertraut zu machen.

Ich hab also die Post aufgemacht und die über Nacht eingegangenen Anrufe notiert. Dann hab ich mich mit in ihre Morgenrunde gesetzt. Aber ich hatte praktisch nichts verpasst, Neuigkeiten gabs nicht – es gab einfach etwas mehr vom Üblichen. Ich sollte wieder Arbeitspläne machen.

So einfach ist das. Ich bin wie ein Fluglotse, ich entscheide, wer abheben und wer landen darf und wer erst mal in die Warteschleife muss. Sie erledigen die Arbeit. Die Kundschaft zahlt dafür. Und sie bestellen Geräte und zahlen ihrerseits dafür. Zwischen Dienstleistung und Waren und Geld besteht eine direkte Verbindung. Man sieht, was läuft, auf einen Blick.

Und wie anders ist das Musikgeschäft.

Ich weiß das nur zu gut – ich bin vor ein paar Wochen auf die Idee gekommen, dass ich eine Detektei brauche, wenn ich hinter all die Unterlagen und Firmenlabyrinthe und juristischen Knebel kommen will, die meine Finanzgeschichte darstellen. Wer kann sich denn vorher ausmalen, wie viel Ärger ein paar Einfälle, die man an Klavier und Gitarren ausgetüftelt hat, eines Tages machen können, wie viel Kopfzerbrechen und Frustration.

Jack und ich haben damals einfach in irgendeinem Raum gehockt und Akkorde vor uns hingedudelt. Hmm, klingt gut – ja. Versuch da mal 'ne verminderte Septime – ja, genau. Hast du die Melodie? Text auch? Wie wär 'n das als Beat?

Wir hatten kein Equipment – bloß zwei Köpfe, vier Ohren, vier Hände, ein Klavier, eine Gitarre, einen winzigen Kassettenrecorder, falls wir zu bekifft waren, uns was zu merken, und Block und Stift aus demselben Grund. Wir haben aus dem Nichts ein Etwas gemacht, der Gold-Jack und ich. Aus Ideen, aus dem, was man so im Kopf hat und was nie existieren würde, wenn man ihm nicht eine Stimme gäbe. Wie kann eigentlich aus etwas so Ungreifbarem das Fundament einer so komplizierten, so verzwickten und miesen Industrie werden, dass ich einen Detektiv brauche, um meine kleinen Ansprüche überhaupt anmelden zu können?

Ich brauche auch einen Steuerberater und einen Anwalt, aber so Leuten trau ich nicht. Die haben mich jahrelang in den Bankrott getrieben, dank denen hab ich immer noch ein paar hunderttausend Kröten Schulden beim Staat.

Denn die ungreifbaren, vagen, flüchtigen Idee haben hunderte von Leuten beschäftigt, die sie produzieren, aufnehmen, pressen, veröffentlichen, vermarkten, verkaufen konnten. Sie haben Jack zum Gott gemacht – und zum Millionär auf dem Papier. Sie haben mich zum Biest gemacht, das ewig pleite ist. Dem Gott hat nicht mal sein Haus gehört. Kein Wunder, dass er es abgefackelt hat.

Wenn einer glaubt, er ist furchtbar reich, und alle Welt ihn auch behandelt, als ob er das ist, schmeißt er mit Geld nur so um sich. Das ist normal. Und – keine Missverständnisse, bitte – Kohle war tatsächlich reichlich da. Nur wars leider nicht Jacks Kohle. Die Millionen waren, wie sich herausstellte, keine Einnahmen. Sie waren Vorschüsse auf Einnahmen. Und zwar anzurechnende. Ein Riesenunterschied.

Man weiß so nämlich nie genau, was man wert ist, und noch schlimmer, man weiß nie genau, was man schuldig ist. Das kommt dabei raus, wenn zwischen Dienstleistungen und Waren und Geld keine direkte Verbindung besteht. Zwischen Songs und Sicherheitsfenstern ist also ein Riesenunterschied.

Mittags nahm ich zwei Aufträge entgegen – eine Hintergrundrecherche und eine Suche nach einer vermissten Person. Ich notierte sie und war sicher, dass meinen Chefs ein bisschen Abwechslung gefallen würde – die treuen Stammkunden wollen ja immer bloß Beratung in Sicherheitsfragen, und das ist langweilig. Dann rief ich Ozzy Ireland auf seinem Handy an.

Einen A&R-Mann braucht man vor dem Mittag sowieso nicht anzurufen, und wenn es ein guter ist, ist er eigentlich nie im Büro.

»He, Oz. Was Neues?«

»He, Miz Bird – seit wann bist 'n du wieder da?« Er klang müde. Im Hintergrund war Babygeschrei zu hören. Er hatte nie erwähnt, dass er Familie hat. Logisch: Familienleben passt zu so einem Job nicht – jedenfalls nicht auf Dauer.

»Hab ich dich geweckt?«, fragte ich biestig. »Soll ich später nochmal anrufen?«

»Nein, nein. Du bist so schwer zu kriegen – ich werd dich gerade abhängen, wenn ich dich mal dran hab. Gut, dass du anrufst: InnerVersions probiert das neue Material heute Abend live aus, in dem Club da in Oxford. Da sind auch 'n paar aus den höheren Etagen.«

»Wer denn?«

»Gott, Birdie, ich weiß nicht, was du Mr. Freel erzählt hast – hier geht jedenfalls ziemlich die Post ab.«

»Echt?«

»Einer aus der Produktionsabteilung war da, der hat den Jungs 'n paar Takte erzählt. Ergebnis – Dapper Sapper wollte dann doch zum Stimmtraining, ist übrigens 'n echter Quantensprung! Und 'n richtiges Studio haben sie gekriegt. Die legen sich richtig ins Zeug beim Proben – die hängen nicht mehr rum und keifen, bloß weil wir denen nicht alle zwei Minuten versichern, wie genial sie sind.«

»Ich habs doch gesagt, das sind keine richtigen Musiker.«

»Hehehe! Die sind 'ne nette kleine Band, Birdie. Und mit 'n bisschen Politur kommen die glänzend raus.«

»Auch das hab *ich* gesagt. Aber nur, wenn ihr Karen mehr ranlasst – an alles. Ohne sie kannst du die Band auch ›Clonesgesichter‹ nennen.«

»Das Problem ist, sie ist nicht ...«

»Powerig genug?«

»Sexy.«

»Wie konnt ich das vergessen.«

»Quatsch«, sagte Ozzy, »ich weiß ja, was du meinst. Und zugegeben, sie hat Flambo in die Wüste geschickt.«

»Klasse, das Mädel.«

»Das könnte aber heißen, dass wir denen 'n neuen Schlagzeuger beschaffen müssen. Er fühlt sich immer noch nicht wohl. Die andern mit ihm jetzt allerdings auch nicht mehr. Schade, ist 'ne feste Größe.«

»Zwischen den Beinen vielleicht.«

»Na jedenfalls – die höheren Ränge scheinen ein bisschen neugierig zu sein. Also – danke.«

»Nicht der Rede wert«, sagte ich. Aber ich wunderte mich. Ich hatte eigentlich damit gerechnet, dass mein Treffen mit Sasson genau in die andere Richtung geht.

»Tut gut, jemand wie dich auf meiner Seite zu haben«, erzählte Ozzy weiter. »Ich bin mir ehrlich gesagt allmählich schon wie einer von gestern vorgekommen. Ich hab mich immer an Leute gehängt, um deren Glanz abzukriegen. Aber ich glaub ja nicht, dass du noch lange für meinesgleichen arbeitest.«

»Nein?«

»Na, wenn das stimmt, was ich mir so denke.«

»Und was denkst du dir so, Ozzy Ireland?«

»Na, das mit dem Jack-Zeug.«

»Was für Jack-Zeug?«

»Gut, weil dus bist. Ist wohl alles noch unter der Decke, aber ich bin neulich über 'ne Projektliste von Dog Records gestolpert und hab die halt angeguckt.«

»Und?«, fragte ich vorsichtig.

»Na ja, da war auch 'ne Promotion-Seite, also 'n Dummy. Da standen zehn Stücke drauf und du als Producer. Du, das ist toll für dich. Wo haben die denn zehn neue Jack-Stücke her?«

»Hast du nicht gefragt?«

»Ich glaub, das darf noch kein Mensch wissen. Ich guck sowieso nur auf die Liste mit den Neuerscheinungen, um rauszukriegen, was mit meinen neuen Bands passiert. Mir sagt ja sonst kein Mensch was.«

»Liegt das Ding da frei rum und jeder kanns sehen? Oder hast dus hightechmäßig geknackt?«

»Scheiße – meinst du, den Deal gibts noch gar nicht?«

»So könnte man sagen.«

»Ich und meine große Klappe.« Ozzy klang schön verängstigt.

»Och, ich finds prima«, beruhigte ich ihn. »Ich hör natürlich gern, wie die da oben das sehen. Gibt mir 'n bisschen mehr Verhandlungsspielraum, aber …«

»Meine Scheißklappe. Birdie, sag um Gottes willen niemandem, wo du das herhast.«

Ich lachte. Genau das wollte ich hören.

»Bitte, Birdie. Ich steh hier auf Messers Schneide. Mein Typ ist nicht mehr gefragt. Dog Records macht knallhart Kahlschlag, auf allen Ebenen. Langfristig bin ich im Arsch. Das weiß ich.«

O ja, das Musikbusiness ist ein glitschiger Baumstamm, man kommt ganz schwer hoch, aber furchtbar schnell runter.

»Ich glaub, die haben mich sowieso bloß noch wegen dem Retro-Zeug auf der Gehaltsliste.«

»Warum steigst du nicht aus?« Eine Frage, die ich mir genauso gut stellen könnte.

»Weil es das Einzige ist, was ich kann.«

Eine gute, ungefährliche Antwort. Auch die könnte ich mir vermutlich genauso geben. »Oder scherst 'n bisschen aus? Ins Management. Oder machst dich selbstständig. Oder Publishing.«

»Zu viel Papierkram.«

Amen, sagte ich leise.

»An Managen hab ich schon mal gedacht. Das könnte was werden von meiner jetzigen Position aus. Aber ich brauch noch 'ne Zeit lang das feste Gehalt hier.«

»Na, InnerVersions könnte 'n guten Manager gebrauchen. Das macht bisher der Schlagzeuger, der so lala ist und sich für entschieden aufgeräumter hält, als er ist.«

»Wär 'ne Überlegung.«

»Dann überleg.« Aber ich hörte wieder das Baby schreien und bezweifelte, dass er genug Mumm zum Springen hatte, bevor ihn jemand schubste. Vielleicht ist er einfach zu ehrlich und zu vertrauensselig. Wenn man bedenkt, was er mir gerade erzählt hatte! Und dass er keine Ahnung hatte, wie wichtig dieses Informationsbröckchen für mich war.

»Ozzy«, fuhr ich fort, »ich denke, dass InnerVersions Teil meines Verhandlungspakets mit Dog Records werden könnte. Die scheinen sich gerade die Gelenke auszukugeln, um mich für diesen Deal weich zu klopfen, von dem du nie gehört und über den du deine Scheißklappe gehalten hast.«

»Du sagst das nicht weiter? Birdie, du bist eine Prinzessin.« Manche Leute sind wirklich leicht zu beruhigen.

»Aber überleg dir das wirklich. Wenn Dog Records denkt, ich bin dadurch weich zu klopfen, dass InnerVersions einen Vertrag kriegt, dann könnte es sehr gut sein, dass InnerVersions den kriegt. Und wie gut der ist, hängt davon ab, wer den aushandelt. Wenn Flambo das macht, sind die doppelt angeschissen, bevor der Hahn dreimal kräht. Wenns einer macht, der etliche Jahre Erfahrung in diesem Geschäft hat und Dog Records genau kennt, dann ...«

»Versteh schon, worauf du rauswillst.«

»Dann könnten deine ersten Klienten gleich Geld einfahren. Wär das nicht 'n guter Start?«

»Muss aber wirklich gut überlegt sein.« Wie enttäuschend.

»Warum mach ich das eigentlich nicht selber!«

»Halt mal, Birdie – ich hab doch gesagt, ich überlegs mir.« Das klingt schon besser.

Ich sprudelte weiter, als hätte ich ihn nicht gehört. »Ich bin zwar nicht aus Managerholz geschnitzt, aber ich weiß genau, ich kann mehr rausholen als Flambo.«

»Ich müsste 'ne eigene Firma gründen. So was kostet.« Memme.

»Ich brauch dazu bloß Telefon, Fax und PC. Und jede Menge Kontakte«, überlegte ich laut, »am Anfang könnt ich von zu Hause aus arbeiten.«

Jack und ich hatten auch mal eine Firma gegründet. Um das Copyright für die neuen Sachen zu sichern und die alten Rechte zurückzuholen. Die »KFU – Kohle für uns« gehörte zu drei Vierteln Jack und zu einem Viertel mir.

Ach, was solls. Kurz danach war Jack verkohlt, wenn auch anders, und der Nachlassverwalter hat die Firma für 'n Appel und 'n Song an genau die Leute verscherbelt, von denen wir gerade Jacks Backlist zurückgekauft hatten. War 'ne prima Idee, auch prima Schutz.

»Schutz brauchen alle«, sagte ich zu Ozzy.

»Mir kommt da ein Gedanke«, sagte Ozzy. »Du brauchst ja vielleicht auch jemanden, der dich vertritt – in der Sache da, von der ich nie gehört hab.«

Im Traum nicht, Ozzy.

»Wär 'ne Möglichkeit. Mal abgesehen davon, dass es ja noch nichts zum Bereden gibt.«

»Ganz recht.«

»Andererseits – wenn jemand mich vertreten würde, könnte ich raus aus so Werkvertragssachen und wieder Prozente kriegen für die Stücke, die ich geschrieben oder mitgeschrieben habe.«

»Also, Birdie, das hab ich sowieso nie begriffen. Wieso kriegen Leute, die das viel weniger verdient haben als du, viel mehr Credits?«

»Frag nicht. Du weißt doch selbst, wie das geht, wenn man keine gute Verhandlungsposition hat.«

Wenn, zum Beispiel, alles, was man in England einnimmt, sofort kassiert wird, weil man dem Finanzamt unvorstellbare Beträge schuldet. Wenn man sich, weil man ein bisschen für sich selbst abzweigen möchte, unterm Tisch Bargeld zuschieben lassen muss.

»Also brauchst du auch 'n Agenten oder Manager?«, fragte Ozzy. »Denn es wär natürlich viel attraktiver, das Geschäft mit zwei Klienten zu starten als mit einem.«

»Willst du mich ankobern?« Ich lachte atemlos, sodass es wie schutzlos klang.

»Ich biete dir, für dich kobern zu gehen«, antwortete Ozzy kühn. Das Baby war nicht mehr zu hören.

»Das Angebot des Tages. Sieht aus, als hätten wir beide Stoff zum Überlegen.«

»Sehen wir uns heut Abend?«

Ja sicher. Ich muss doch gucken, ob meine Babyband schon Krabbeln gelernt hat, während ich weg war. Traut sich Karen jetzt, ihre neue Stimme auch vor Publikum zu testen? Unterstützt Sapper sie bei ihren Songs wie sie ihn bei seinen? Hat Dram etwas mehr Disziplin und etwas weniger Guitarrero-Getue in seiner Technik? Hat Corky sich vielleicht mal neben ein Metronom gesetzt, einmal nur, und überprüft, ob sein Timing wirklich so genial ist, wie er glaubt? Und Flambo? Wird er sich je durchringen zu der trostlosen Erkenntnis, dass er weder Mick Fleetwood ist noch Keith Moon, und endlich aufhören, den Spielplatz-Rowdy zu geben?

Ah ja, die unendliche Geschichte einer Babyband. Eher eine Soap Opera als ein Musical. Verpassen Sie auf keinen Fall die nächste mitreißende Folge – heute Abend in einem versifften Club in Ihrer Nähe.

Aber bis dahin musste ich noch Spuren verwischen und alle Hinweise auf Privates tilgen, das ich im Cole-Adler-Büro bearbeitet hatte – unter anderen den Entwurf für ein anonymes Schreiben an Barry Stears, laut dem der große Jack mindestens zehn unveröffentlichte Tracks hinterlassen hat. Das Schreiben kam aus Los Angeles und berichtete, wie die gierige, diebische Birdie ihre Pattexpfoten auf Stücke, die von Rechts wegen Square Hole Records gehören, geklebt und sie außer Landes getrickst hatte.

George und Tina staunen immer Bauklötze, wie tüchtig ich bin und mich ums kleinste Detail kümmere, sodass sie bei ihren Fronteinsätzen keinen Gedanken darauf verschwenden müssen, was im Laden läuft. Und ich sorge sogar dafür, dass sie sämtliche Geräte und Unterlagen dabeihaben und keinen Auftrag, keine Besprechung unterbrechen müssen.

Ich organisiere sie in Grund und Boden, damit sie dann immer schön lange wegbleiben und bloß nicht plötzlich aufkreuzen und mich bei meinen Nachforschungen erwischen, was aus Cutz UK geworden ist oder wo Cutz Caymans beträchtliche Bankguthaben so hingeraten sind. Oder vielleicht beim Verfolgen der Fährte von Square Hole Records nach deren Übernahme durch XY Records, die dann von Mo'Zee übernommen wurde, die ihrerseits womöglich bald von Dog Records geschluckt wird. Das ist eine Riesenrecherche, auch weil es immer nützlich ist nachzuvollziehen, was aus dem jeweiligen Personal geworden ist. Welcher MD taucht in welcher Vorstandsetage wieder auf? Wer hat eine Abfindung gekriegt? Wer lebt nicht mehr? Wer zieht heute an all den verhedderten Fäden?

Das Musikbusiness ist eine Welt, in der jeder jeden frisst. Und das Komische ist, um Musik gehts dabei noch lange nicht. Cutz Cayman, zum Beispiel, hatte null mit Musik zu tun und alles mit Geld. Und das Geld aus dem verrückten kleinen Latin-Stück *Dance for Daddy*, zum Beispiel, lag nicht etwa zwanzig Jahre lang als Staub- und Zinsenfänger auf einer Bank rum. Oh nein. Es hat Hotels und Feriensiedlungen quer durch die Karibik finanziert. *Dance for Daddy* war ein echter Bringer. Für irgendjemanden.

Große Hunde fressen kleine. Kleine Hunde fressen noch kleinere. Und so weiter – bis runter zu den Flöhen auf ihrem Rücken. Den armen Flöhen, die durch die Gegend hüpfen und nach was zu beißen suchen und ihre Liedchen schreiben und darauf hoffen, eines Tages der Star des ganzen Flohzirkus zu sein – und plötzlich, schlürf!, bist du Geschichte.

Ich hatte damals auch keine Ahnung, wie klein ich war. Umschwärmt zwar und gefeiert und von Blitzlichtern illuminiert genau wie Jack auch – wir wurden bewacht und chauffiert und interviewt; und Jack hat in Stadien gespielt und im Fernsehen, für Millionen Zuschauer gleichzeitig, und Staatsoberhäupter haben ihn verehrt und seine Nähe gesucht und auf ihn gewartet –, aber kein Mensch hat gewusst, dass er auch bloß ein Floh ist. Das heißt, am Ende hat er es vielleicht selbst geahnt.

Einmal waren wir bei so einem Benefizding für Promis – es war ein Glitzer-Schischi-Event, bei dem Nabobs und Moguln animiert von ihren Gattinnen sich nicht entblöden, etwas Selbstgemaltes von Lee Marvin zu kaufen oder einen Satz Fingernägel von Barbra Streisand oder die Jeansjacke, die Marlon Brando anno dunnemals angehabt hatte. So gar nicht unsere Szene. Und zwar so wirklich gar nicht, dass wir die Anfrage ignoriert hatten. Aber die Organisatorin des Ganzen war Jack-Fan und brauchte dringend frisches Blut, möglichst live, um ihre Senioren-Freakshow aufzupeppen. Und Jack war gerade in. Also hat sie sich einen Obermacker von irgendeinem Fernsehsender geschnappt, der ihrem Gatten noch einen Gefallen schuldete. Der Obermacker hat sich den Obermotz von Jacks US-Plattenfirma geschnappt. Und der Obermotz Jack.

Jack sollte ein kurzes Stück spielen, ohne Verstärker, und dann den nächsten Song meistbietend versteigern und dem oder der Meistbietenden vorspielen. Und ich? Was durfte ich als der momentan geilste Feger der Welt so versteigern? Tja, einen Kuss. Mamma mia! Wenn das nicht exakt mein Talent reflektiert.

Es störte auch niemanden, dass wir gerade in Bel Air saßen und fieberhaft an den Overdubs für ein Album ackerten, das so überfällig wie überfinanziert war. Wir wurden da kurzerhand rausgezerrt und wohltätigst versteigert.

»Wir sind wie Schlachtvieh für die«, sagte Jack in der Limousine, »die könnten uns genauso gut schnetzeln und zu Spargelspitzen auf Canapees dekorieren.«

Die Sache hatte noch eine aparte Nebengeschichte, die ich Jack nie erzählt habe. Der mächtige Fettklops, der meinen Kuss ersteigerte, war so begeistert, dass er mir fünftausend Dollar bot, wenn ich die Nacht mit ihm verbringe. Als er endlich kapierte, dass ich das als Beleidigung ansah, ratterte er eine ganze Liste von Sängerinnen und Filmstars runter, die er für das Geld gekriegt hatte. Am Ende erhöhte er auf zwanzigtausend Dollar. Wenn man schon die Hure macht, soll man auch mitbestimmen, wie hoch der Preis ist. In *der* Branche besteht nämlich auch eine direkte Verbindung zwischen Waren und Dienstleistungen und Geld. Und wenn ich schon Floh war, dann jedenfalls ein preisbewusster.

Was ich nicht geahnt hatte – der Sack hat die Nacht seiner Leidenschaft auf Video aufgenommen. Das hab ich erst Jahre später erfahren, als der alte Sack an Herzverfettung gestorben war und sein Sohn mir das Video verkaufen wollte. Zu der Zeit hatte ich weder Geld noch einen Ruf zu verlieren, deshalb hab ich bloß gelacht. Wer weiß, was aus dem Ding geworden ist.

Heute war ein Fahrer mit einer Kiste Büroartikel da. Er sagte, während ich die Waren mit dem Lieferschein verglich und er auf die Unterschrift wartete: »Na, Sie haben ja auch 'n Leben hier! Den ganzen Tag hier drin und Briefumschläge und Büroklammern zählen. Ich komm ja wenigstens raus und treff andre Menschen.«

Er sah mich an. Für ihn war ich eine Frau, die ihr Leben mit dem Kontrollieren von Lieferscheinen verbringt. Jedenfalls ohne Nächte mit mittelalten Bossen zu zwanzigtausend Dollar. Ohne Champagner-Affären. Ich bin, was ein Lieferfahrer in mir sieht. Vielleicht sollte ich mit Lippenstift zur Arbeit kommen.

Abends habe ich Lippenstift auf den Lippen und nehme Grace und Alec zum InnerVersions-Konzert mit. Mann, bin ich cool – ich weiß schon vorher, wer die nächste heiße Band ist. Echt geil! Wo ich doch so hart arbeiten muss. Trotzdem nehme ich sie mit. Was bin ich doch nett. Party time.

InnerVersions spielt schon, als wir in den Club kommen. Und was sie da spielen, hatte früher mal keine Form und kein Ende und den Titel *More and More* gehabt. Jetzt heißt es *Gimme More,* ist nur noch vier Minuten lang und richtig fetzig. So fetzig, dass die Tanzfläche überquillt und Grace, mit Alec im Schlepptau, sofort da hinstrebt.

Ich bleibe einen Augenblick stehen und beobachte die Tanzenden. Es ist deutlich, sie trauen der Band was zu. Sie sind auf den Beinen und bewegen sich, weil Stillsitzen und Trinken schwerer wären. Die Band hat sie da hingelockt, und jetzt fühlen sie sich in guten Händen. Das sieht schon mal gut aus – ein Fortschritt, den man sehen kann.

Ich bin besonders gespannt auf das Ende des einen Breaks zwischen zwei Refrains. Wenn InnerVersions die Nerven verliert, dann an der Stelle. Es gibt da zwei zusammenhängende Takte, bei denen man jeden mühsam aufgebauten Kredit verspielen kann. Mit denen hatte es immer Probleme gegeben. Sie waren so knapp und einfach, dass die ganze Band nervös wurde.

Und los gehts, ein angehaltener Moment. Die Band hört auf zu spielen. Der massige Sound geht aus. Karen schleicht sich raus mit einem einzelnen elektrischen Ton. Klettert dann mit einem ansteigenden Lauf in die plötzliche Stille – eine modifizierte Fünftonleiter in Moll, sechzehn Schläge pro Takt. Kreuzt auf halbem Weg nach oben Corky, der auf dem Weg nach unten ist – prügelt die Basslinie regelrecht raus, eins und zwei, drei, vier und … Gleich kommts, Luft anhalten, gleich sind wir wieder da und – Bang! Alle sind im selben Augenblick auf dem Hauptakkord. Es wird wieder laut! Die Spannung gelöst. Wuschsch! *Oh yeah, let's dance!*

Wunderbar. Gut gemacht, Babys. Mama ist stolz auf euch. War doch die kleine Anstrengung wert, was?

Karen lacht fast, triumphierend. Genau, hols dir, Mädel.

So ein winziges Ding, gerade zwei Takte lang, aber da ist Präzision gefragt. Die Leute von Dog Records kriegen so was nicht mit.

Sie sitzen mit Pokergesichtern an einem Mitteltisch. Ich schlängle mich durch die Menge, setze mich an den Rand der Gruppe und nicke Sasson und Ozzy zu. Sasson beobachtet Sapper. Ich mache die Augen zu und versuche mir vorzustellen, dass ich Sapper eben zum ersten Mal gesehen habe und nicht weiß, was für ein arrogantes kleines Aas er ist, das seine schmutzige Wäsche noch immer zu seiner Mutter schleppt. Kann er mich von sich überzeugen? Denn wer einem die Wäsche macht, interessiert in dem Spiel hier 'n feuchten Kehricht. Was hier zählt, ist die Illusion.

4
Babyband-Biest

Helen und Petra standen so eng nebeneinander vor dem Spiegel, dass ihre Unterröckchen mit den Spagettiträgern fast aneinander klebten. Sie sahen aus wie Schwestern. Sie waren Busenfreundinnen.

»Halt die mal hoch«, sagte Helen.

Petra nahm die Haare im Nacken zusammen und hielt sie hoch. Sie drehte langsam Kopf und Schultern.

»Hoch ist echt besser.«

»Ich finde, es macht das Gesicht zu lang.« Petra besah ihren Nacken. Ein Freund hatte mal behauptet, sie habe einen Nacken wie Models. Sie liebte ihren Nacken.

Auch Helen starrte auf Petras Nacken. »Stimmt«, sagte sie. Sie fand, dass Petra sowieso schon zu viele Vorzüge hatte.

»Nee, sei ehrlich.«

»Bin ich doch.«

»Mann, ich weiß auch nicht«, sagte Petra. »Ich will ja bloß, dass der uns anguckt. Findst du mein Gesicht wirklich zu lang?«

Sie platzten fast vor Optimismus und Selbstzweifel. Sie wussten, an welchem Tisch die Band sitzen würde. Sie wussten genau, wo auf der Tanzfläche sie in dem Moment sein mussten, wenn die Band aufhörte und Konservenmusik anfing. Sie hatten in Helens Zimmer cool gehen und den Körper rollen lassen geübt, so lange, bis sie aussahen wie routinierte Disco-Tauben. Sie hatten Krach mit ihren Eltern gekriegt, wegen der Klamotten. Aber war all das genug, um von Sapper angeguckt zu werden?

Und was würde er dann sehen?

»O Gott, ich glaub, ich krieg meine Tage«, sagte Helen und drehte sich vor dem Spiegel seitwärts, »findst du, ich seh aufgebläht aus?«

»Ist nicht zu sehen.« Petra ließ die Haare zurück auf die Schultern fallen. Aus einer Million Magazinen, einer Million Popvideos hatte sie gelernt, wie ein perfektes Gesicht auszusehen hat. Und ihrs war bestimmt nur ein kleines bisschen zu lang.

»O Gott«, sagten beide auf einmal und gingen noch einmal auf ihr Make-up los.

Sapper steigt von der Bühne, ihm vibriert die Haut, der Beifall fühlt sich an wie eine Massage mit Kokain.

Jemand drückt ihm ein Bierglas in die Hand. »Klasse Set, Mann.«

Dram und Corky kommen auf ihn zugetorkelt. Was wollen die denn hier? Er darf ja wohl allein sein. Ihm hat noch vor zwei Minuten die ganze Bühne gehört, die ganze Musik. Er hat das Kommando gehabt, er allein. Der Beifall jetzt gilt ihm auch.

»Du Scheiße!«, sagt Dram. »Die spielen wir platt heute.«

Bleib cool, denkt Sapper. »Ist gut gelaufen«, sagt er.

»Nee, ne?«, sagt Corky. »Mr. Supercool, was? Mir kannste nix erzählen. Hab genau gesehen, wie dir einer abgeht.«

Sapper legt den Kopf zurück und lässt einen großen Schluck Bier die Kehle runterlaufen. Fühlt sich an wie 'ne gut polierte und geölte Röhre, die Kehle, unglaublich geschmeidig. Die Stimmübungen scheinen doch was zu bringen. Vielleicht sind die doch mehr wert, als Flambo behauptet.

Er starrt in die Menge auf der Suche nach Birdie. Die war doch so fixiert auf seine Schwächen. Und wo ist die jetzt, wo er seine Stärken gezeigt hat?

Dahinten. Auf der anderen Seite des Saals. Am Tisch mit den Nadelstreifen von der Plattenfirma. Auf Abstand allerdings, träge und so auf dem harten Stuhl sitzend, dass der fast kuschelig wirkt. Aber bevor Sapper beschließt, sich von Corky der Arschkriecherei zeihen zu lassen und zu Birdie zu gehen, steht sie auf und geht hinter Karen her in die Damentoilette.

»Typisch«, knurrt Flambo. »Bei Karen hab ich immer gedacht, die ist heimlich Lesbe.«

»Aber erst, seitdem du sie gebumst hast«, grinst Corky.

Für Karen hatte der Auftritt mit zitternden Händen und einem bis in den Hals klopfenden Herzen angefangen und geendet mit einem ganz ungewohnten Anfall von Triumphgefühl. Ist so was Selbstvertrauen, überlegt sie. Das Gefühl, man hat das, was man macht, unter Kontrolle?

Sie hatte dem Rest von InnerVersions nie erzählt, dass für sie die Wochen im Proberaum mit dem Schreiben und Arrangieren und Probieren ein Vergnügen waren. »Is doch 'ne Farce«, hatten die anderen gegiftet und gemeckert, »die reine Zeitverschwendung. Wir müssten viel mehr raus und spielen, live.«

Karen dagegen hatte zum ersten Mal das Gefühl gehabt, mit dem Material richtig aneinander zu geraten. Ganz für sich.

Und sogar jetzt, wo sie es live testeten, hatte sie noch das Gefühl, es im Griff zu haben. Sogar öffentlich.

Das Klo ist überfüllt. Auf dem Weg hierher haben die anderen Frauen sich nach ihr umgedreht, aber sie hat endlich nicht das Gefühl gehabt, sie lästern hinter ihrem Rücken.

Sie holt ein paarmal tief Luft, um sich zu beruhigen. Sie hat nur kurz am Selbstvertrauen genascht und sofort Angst vor Arroganz.

Aber Birdie nimmt sie in die Arme. »Die Stücke sind klasse, Kleines. Mama ist stolz auf dich.«

»Ach, das sagst du bloß so«, wehrt Karen mechanisch ab.

»Du kannst dir nur noch selbst im Weg stehen«, sagt Birdie, und Karen grübelt, was das heißen soll.

Jetzt in der Pause können Helen und Petra ihr Terrain vor dem Spiegel nur mit Gedrängel halten. Sie sehen Karen hereinkommen und direkt in eine Kabine gehen.

Jemand sagt: »Das ist Karen.«

Helen und Petra hatten Karen auf der Bühne gesehen, aber keine Ahnung, wie sie heißt. Sie zählt nicht, sie ist nicht Sapper.

»Wir könnten sie ja ansprechen«, flüstert Petra, »damit kommen wir an IHN ran.«

Die alte Frau, die mit Karen reingekommen war, wäscht sich die Hände.

»Glaubst du, das ist die Mutter?«, flüstert Helen.

Dann fliegt die Schwingtür auf, und eine große junge Frau rauscht energetisch und mit wehenden Haaren auf die alte zu: »Ist echt klasse, Lin. Ich hätte bloß die andern Schuhe anziehen sollen.«

Sie ist der Uni-Typ, Jeans und zu wenig Make-up. Helen und Petra hassen sie auf Anhieb.

»Machst du uns mit der Band bekannt?«, sagt der Uni-Typ.

»Klar«, sagt die alte Frau.

Helen und Petra tauschen einen gequälten Blick durch den Spiegel und drehen sich zu ihr um.

»Sie kennen die?«, japst Helen.

»Klar«, lächelt die alte Frau.

»Kennen Sie etwa auch Sapper?« Petra keucht, als sie SEINEN Namen ausspricht. »Also, ich und meine Freundin finden den …« Helen rammt ihr einen Ellbogen in die Rippen.

»Wenn man eine Band kennen lernen will, holt man sich am besten ein Autogramm«, erklärt die alte Frau. »Das finden die immer toll.«

»Ehrlich? Also, ich find das immer …«

»Doch, doch. Sagt einfach, ihr findet ihre Musik echt gut und sie noch viel toller, das hören sie gern. Woher sollen sies sonst erfahren?«

»Das trau ich mir nicht«, sagt Helen.

»Wir fallen tot um«, sagt Petra.

»Darf man das denn?«, fragt Helen.

»Habt ihr Papier?«, fragt die alte Frau zurück. »Und ’n Stift braucht man auch.«

Sapper ist plötzlich umringt von Mädchen. Zuerst waren es nur die zwei kleinen Zuckerschnuten gewesen, die schüchtern dagestanden und dann doch allen Mut zusammengenommen hatten und auf ihn zugekommen waren.

»Wir finden dich ganz toll«, hatten sie hastig gesagt. »Kriegen wir 'n Autogramm?«

»Wir finden die Musik echt toll«, hatte die eine schnell nachgeschoben.

»Kannst du schreiben ›für Helen‹?«, die andere.

»Und ›für Petra‹.«

Und jetzt hat er einen Kuli in der Hand und schreibt ergeben Zettel und Bierdeckel und Cocktailservietten und alles voll, was man ihm sonst hinhält.

Er wirft einen Blick hinter all die bereiten jungen Körper und sieht, dass Birdie ihn beobachtet.

Jetzt kann die mal sehen, denkt er. Jetzt sieht die endlich auch, wer ich bin.

Er reckt das Kinn vor, dreht den Kopf und guckt ihr in die Augen – ein lasziver, träger Blick. Fühlt sich an wie der klassische Rockstarblick. Fühlt sich geil an. Er weiß genau, dass er irgendetwas nachmacht, was er irgendwo gesehen hat, aber er kann nicht anders. Er ist jetzt der Star seines eigenen Videoclips. Er betrachtet sich von außen, in einem verräucherten Club, was Prollmäßiges in den Staaten. Er ist der Außenseiter, tough, proll, das Junggenie – fängt gerade den Blick einer Braut auf, cool, uneinnehmbar. In der nächsten Szene steht er auf der Bühne und singt – von hinten ausgeleuchtet, allein, aber unwiderstehlich – für sie. Sie fängt an zu tanzen. In der nächsten Szene tanzen sie zusammen. Die Schlussszene: Er geht mit dem Gitarrenkasten in einer Hand eine regenfeuchte Straße mit Laternen entlang davon. Auf der anderen Straßenseite eine weiße Limousine mit getönten Scheiben. Ein Seitenfenster gleitet auf, die coole Frau sieht ihm nach und schmilzt dahin. Ein winziger Ansatz von Lächeln zuckt in ihren Mundwinkeln auf. Sie hat noch was vor mit dem toughen einsamen Genie. Oh ja, und wie.

Und alles ist wahr. So als sähe er sich endlich auf *MTV.*

Was Ozzy Ireland bei dem ganzen Gig wirklich nervös macht, sind drei Talentscouts von anderen Plattenfirmen, die durchs Publikum schlendern. Zwei gehören zu kleinen Indie-Labels. Aber der dritte ist von MCA.

Ozzy informiert Mr. Freel, aber der grunzt nur knapp.

Später, als die Band in der Pause nach dem ersten Set der Mittelpunkt einer Welle weiblicher Begeisterung ist, hört er Mr. Freel mit dem Produktionstypen reden. »Was für ’n Vertrag haben wir denen gegeben?«

»’n vorläufigen. Die ›Friss Vogel oder stirb‹-Sorte.«

»Laufzeit?«

»Drei Monate, glaub ich.«

Wieder grunzt Mr. Freel.

Dann fängt Ozzy einen Blick von Birdie auf. Sie zwinkert ihm zu, langsam und verzögert.

Allmählich dämmert ihm, er könnte etwas an der Hand haben, das zwar eventuell nicht sofort boomt, aber mit Sicherheit auch nicht floppt.

»Begeistertes Fanpotenzial der Gegend«, erläutert er Mr. Freel.

»Mmmhh«, sagt Mr. Freel.

Lin sagte nie: »Meine Nichte« oder »Kennst du Grace, meine Nichte?«, wenn sie Grace irgendjemandem vorstellte. Sie sagte immer: »Das ist Grace«, so als ob es keiner Erklärung oder Begründung bedürfe, dass Lin sie mitbrachte. Sie war einfach nette Gesellschaft. Grace hatte Lin dafür immer geliebt. Sie war kein Anhängsel, sie war keine Ableitung aus Beziehungen. Sie war ein Individuum.

Heute Abend lernt sie einen Haufen neuer Leute kennen – die Band, die Bonzen von der Plattenfirma. Sie ist mittendrin. Sie ist begeistert.

Und sie ist ein Glückspilz: Sie ist mit einem Typ da, der keine Angst vorm Tanzen hat. Der ist wirklich super. Um sie herum tanzen ganz viele Mädchen allein oder miteinander, während sie mit Alec tanzt. Er tanzt zwar nicht rasend gut, aber er tanzt mit ihr. Er blamiert einen nicht, er besäuft sich nicht, und er macht keine hämischen Bemerkungen über das Tanzen wie ein paar andere Typen.

Grace kennt kaum Männer, die gern tanzen. Man muss sich ja bloß mal umkucken auf Tanzflächen, dann weiß man sofort, was Alec so besonders macht.

Grace ist froh, dass Lin ihn wohl immerhin so gern mag, dass er mitdarf. Und sie ist froh, dass er Lin so gern mag. Irgendwie fühlt sie sich attraktiver, wenn wenigstens eine aus ihrer Familie mit offenen Armen und Neugier auf Alec zugeht. Bei ihrer Mutter kann man den Argwohn ja regelrecht mit Händen greifen.

Vielleicht hätte ich ihn nicht ohne Vorwarnung mitbringen sollen, denkt Grace. Aber ich hab Mama wohl für flexibler gehalten. Die ist sonst netter zu meinen Freunden gewesen. Vielleicht passt ihr doch nicht, dass ich erwachsen bin. Vielleicht wird sie einfach alt.

Grace trinkt aus Alecs Glas und spürt seinen Arm um ihre Schulter. Sie warten auf die Band, die gleich wieder auf die Bühne kommen müsste.

Erst mal kommt Lin. »Kann ich dir den Autoschlüssel anvertrauen, Liebes? Du hast nicht zu viel getrunken, oder?«

»Bleibst du nicht bis zum Schluss?«, fragt Grace enttäuscht.

»Ich muss noch mit 'n paar Leuten reden. Aber wenn du zu viel getrunken hast, nimm 'n Taxi.«

»Ich kann fahren«, sagt Alec, »ich hatte nur 'n paar Bier. Mehr trink ich nicht.«

»Ist er nicht super?«, platzt Grace heraus.

Lin lacht. »Was meinst du, Liebes? Soll er seine Adresse dem Tourneemanager geben? Falls wir 'n guten Roadie suchen?«

»Wär 'ne Möglichkeit«, kichert Grace.

Alec wirft den Kopf nach hinten und lacht röhrend mit. Und Grace hat das Gefühl, gerade nochmal davongekommen zu sein, bevor sie allzu naseweis wirkt.

Der zweite Set fängt mit *Thirty-Nine Stitches* an, und Sapper fährt auf, was er zu bieten hat. Er ist förmlich der Typ in dem Restaurant, er ist auch die Kellnerin. Seit neustem erzählt er jedem, ders hören will, der Song sei ein echtes »Rollendrama«. Heute Abend hat er zum ersten Mal das Gefühl, dass er nicht nur der »Charakterdarsteller« ist, sondern in den »Rollen« aufgeht.

Er steht im weißen Licht, er drückt aufs Tempo, er entdeckt Birdie in der Dunkelheit vor ihm. Zum Teil ist das ihr Song. Sie haben ihn zusammen geschrieben. Den Song über einen jungen Mann und eine ältere Frau. Und jetzt gibt ers ihr – genau wie sies will, hart und hitzig.

Die Menge zwischen ihm und ihr schwillt an, ein paar Mädchen zappeln wie Schlangen, die sich gleich häuten. Trotzdem spürt Sapper Birdies Blick. Sie lässt ihn nicht aus den Augen.

Danach kommt *Back in the Sweatshop.* Er senkt die Lider, singt mit Inbrunst.

Two nights with my baby
then back in the sweatshop again.
Don't go, don't go, baby doncha leave me!
Don't go, don't go, don't go.

Als er die Augen wieder aufmacht, ist sie weg. Ihr Stuhl steht leer im Dunkeln. Sie kommt nicht zurück.

Ach, soll sich doch ficken – wer braucht die denn? Sind doch jede Menge andere da unten. Guck dir die an! Tonnen von Beute. Und alle scharf auf mich.

But don't go, don't go, don't go.
At least, my honey, stay with me
until I've finished with you.

Am bitteren Ende, am Hintereingang des Clubs, als ihm sämtliche Muskeln schmerzen und seine Haut fröstelt vom verklebten Schweiß, weiß er, wie sauer halb abgebautes Adrenalin und Amphetamin schmecken. Er hat sich doch an Frischfleisch geweidet – wieso hat er immer noch Hunger?

Übersättigt und gierig gleichzeitig entdeckt er zwei Mädchen in Unterröckchen mit Spagettiträgern. Sie lungern um den Bus herum.

»Matratzen?«, erwägt Dram. »Nehmen wir die?«

»Sind die nicht 'n bisschen jung?«, fragt Karen.

»Zum Drauflegen ist keine zu jung«, sagt Flambo. »Fahr du mal nach Hause und sei brav. Oder hast du selber Bock?«

»Welche nimmste 'n du?«, fragt Dram.

»Mir scheißegal«, sagt Sapper, beugt sich aber vor. »Die da mit dem Nacken. Kloppt euch um die andere.«

5
Ein mieser kleiner Molch

Die Polster im Fond des Bentleys waren mit beigefarbenem Wildleder bezogen, Format: armer Leute Doppelbett, auch wenn ich mich mit armer Leute Doppelbetten nicht so auskenne. Ich ließ mich in die weiche Umgebung sinken und schloss die Augen. Der Wagen schaukelte zum Seekrankwerden sanft dahin.

Ich wäre lieber allein gewesen. Ich hätte gern meinen Kopf frei gekriegt. Aber das ließ Sasson, der vorher so einsilbig gewesen war, nicht zu. Auf ihn verfehlte die falsche Intimität im Fond eines Wagens mit Chauffeur ihre Wirkung nicht.

»Hoffentlich fandst du mich nicht abweisend vorhin«, sagte er, »du hast nämlich wirklich recht – ist 'ne nette kleine Band, was du da hast. Aber ich muss überlegen, was da kommerziell drinsteckt.«

Ich saß reglos mit geschlossenen Augen da und schwieg.

»Der Sänger hat ja richtig Topspin reingelegt.«

Was weiß denn Sasson von Topspin? Blöde Metapher. Alle Welt ist auf der Suche nach Leadsängern, von denen man die Augen nicht wegkriegt. So was kann man nicht lernen wie Tennisspieler ihre Schläge. So was hat ein Sänger – oder eben nicht. Gehört zu den Geheimnissen des Lebens.

»Was ist los, Birdie? Kein Kommentar? Ich dachte, du reitest jetzt wieder 'ne Attacke für ihn?«

»Nein. Ich hab dir ja erklärt, was ich für vernünftig und fair halte.«

»Aber du hast doch auch eine persönliche Einschätzung. Ich meine, denk mal an Sänger, die du so kennst – kann er da mithalten?«

Die Frage konnte Sasson sich selbst beantworten. Er wollte mich nur provozieren.

Als ich nichts sagte, stichelte er weiter: »Also, ein neuer Jack ist er nicht, das steht mal fest.«

Vergleiche, Vergleiche. Der arme Sapper.

»Wenn du bloß Bands unter Vertrag nimmst«, entgegnete ich, »die mit irgendwas mithalten können, dann machst du alle sieben Jahre einen Vertrag und bist ganz schnell raus aus dem Geschäft. Du brauchst immer was Neues, das du verkaufen kannst. Dafür bist du da drin.«

»Stimmt. Die Jacks gibts selten. Aber ich hab eben nicht deinen Riecher für Talente. Ich frag mich manchmal, ob ich gerochen hätte, was Jack kann, wenn ich nicht mit ihm aufgewachsen wäre, sondern ihn das erste Mal in so 'nem Club wie vorhin gehört hätte.«

»Hast du denn Blechohren gehabt?«, frage ich leicht ironisch. »Warst du blind? Wer Jack nicht entdeckt hätte, müsste blind und taub gewesen sein.«

»Ja.« Sasson seufzte auf und schwieg ein paar gnädige Meilen lang.

Wir fuhren mit durchgehend hundertzwanzig Stundenkilometern in Richtung Westen – Sasson in seiner Ecke, ich in meiner, er in seinen Gedanken, ich in meinen.

Wir waren auf dem Weg nach Dorset, und das ist nicht Sassons Wohnort. Es war auch nicht sein Haus, zu dem wir fuhren, und es war weder sein Wagen noch sein Chauffeur, was hinter dem Steuer saß. Kurz, es war alles nicht auf Sassons Mist gewachsen.

Auf meinem auch nicht. Obwohl ich mich seit Jahren dahin vorarbeitete. Viele, viele kleine Schritte, einer nach dem anderen, würden mich an Nash Zaliskys Schwelle bringen.

Ich hatte Nash Zalisky vor Jahren, als er noch unter Leute ging, bei einem Empfang kennen gelernt. Er war schon damals eine beeindruckende Gestalt. Columbia hatte gerade sein Indie-Label geschluckt und ihn vom Unikum der Musikindustrie zum schwerreichen Unikum befördert, dafür musste er aber drei Jahre dem Business fernbleiben.

Ich hatte einen hartnäckigen Verfolger mit Teleobjektiv am Hals und floh auf eine dämmerige Galerie über der Empfangshalle im ersten Stock. Nash war schon da, als Einziger – er sah sich die Party von oben an, als wäre sie seine persönliche Stierkampfarena.

»Birdie«, sagte er ruhig, »würdest du bitte woandershin gehen. Du erregst zu viel Aufmerksamkeit.«

»Wohin denn?« Ich war ja auf der Suche nach einer Hintertür, aber ich fand keine. Ich sah auch nach unten und entdeckte Jack in einem Gewühl von Frauen.

»Ich wollte Jack ja immer haben, bei meinem Label. Aber ich konnte ihn mir nie leisten. Jetzt kann ich, aber jetzt darf ich nicht.«

»Auch Geld hat seinen Preis.«

Er nickte ernst. Wir sahen beide den Fotografen, der gerade hochguckte und uns entdeckte. Wir traten einen militärisch exakten Schritt zurück ins Dunkel.

»Ich hab jetzt Lust, ins Kino zu gehen. Würdest du mir gestatten, dich einzuladen?«

»Wenn du einen sicheren Ausgang kennst, darfst du mich einladen, wohin du willst.« Mir war in dem Augenblick kotzübel davon, ständig die Peepshow in diesem Zirkus sein zu müssen. Mir war übel von dem ganzen Wirbel, dem Geschmuse und Gewese, dem Getätschel und Gegrabbel. Wenn mich ein stiller Mann in einen abgedunkelten Saal, in eine Fantasiewelt einladen wollte – ich würde ihn nicht hindern.

»Aber ich muss dich warnen«, sagte Nash, »ich kann Gequassel im Kino nicht ausstehen. Ich mag auch keine Diskussionen danach über den Film. Unausgegorenes Gerede macht mich wahnsinnig. Es könnte allerdings sein, dass ich deine Hand halten möchte.«

»Nichts dagegen – und meine Bedingung ist: Du zahlst, und gegrabbelt wird nicht. Abgemacht?« Ich dachte, er hätte einen Witz machen wollen.

»Abgemacht.« Es war kein Witz.

Wir gingen in eine »Marx Brothers«-Doppelvorstellung ins Curzon. Wir wechselten kein Wort, vom Augenblick unserer Flucht vom Empfang bis nach dem zweiten Film, als er mich in ein Taxi setzte. Dort küsste er die Hand, die er durch die gesamten *Horse Feathers* hindurch gehalten hatte, und sagte: »Danke für deine Gesellschaft. War erstaunlich erholsam.«

Ich hatte ihn danach nie wieder gesehen. Von ihm gehört schon.

Nash Zalisky war nämlich ganz und gar kein exzentrischer Eremit geworden, sondern hatte – kaum dass die drei Jahre Businessabstinenz abgelaufen war – als Major Player wieder auf der Matte gestanden. Inzwischen konnte ihn auch keiner von den großen Haien mehr schlucken. Inzwischen war er der Hai.

Weshalb er, falls meine Nachforschungen stimmen, heute weit nach Mitternacht dem Top-Nadelstreifen von Dog Records seinen Wagen schicken kann und der brav wie ein Schaf hineinhüpft und sich nach Dorset fahren lässt, obwohl er viel lieber zu Hause in seinem Bett läge, und – es kommt noch besser – mir eine eisgekühlte vollkommene grüngoldene Orchidee und eine handgeschriebene Einladung zum Essen zukommen lässt. Du lieber Himmel! Vor allem aber kann er Sasson richtig nervös machen.

»Ich war noch nie eingeladen nach Badlands«, gestand Sasson und rutschte unruhig hin und her.

»Eingeladen oder einbestellt?« Auch ich war nicht die Ruhigste. Die Orchidee war erlesen. Heißt das, Nash hält mich noch immer für erlesen? Eremitendasein führt ja manchmal dazu, dass man nicht mehr mitkriegt, wie die Zeit vergeht.

»Also hast du ihn auch lange nicht mehr gesehen?«, fragte ich weiter.

»Hat keiner. Gut, er taucht alle Jubeljahre mal in London auf – er ist ja nicht komplett außen vor.«

»Was treibt er denn?«

»Tja, man könnte sagen, er ist die graue Eminenz hinter allen möglichen Firmen.«

»Was für Firmen? Dog Records, zum Beispiel?«

»Eins weiß ich mit Sicherheit –«, Sasson starrte nervös auf den Hinterkopf des Chauffeurs, »von dem, was man so hört, ist fast alles übertrieben.«

»Stimmt also gar nicht, dass er der Kopf von einem ganzen Multimedia-Konzern mit eigener Kabelfirma ist?«

»Wo hast du das denn her, Birdie?«

»Wird so geklatscht.« Ich musste im Dunkeln grinsen.

»Nash mag Klatsch nicht.«

»Na toll. Abschottung zieht Spekulationen an.«

»Musst du ja wissen.« Sasson klang giftig.

»Tu ich. Ist Nash dein Boss, Sasson? Musst du Befehle befolgen? Für wen tanzt du?«

»Birdie, ich hab keinen Boss in dem Sinn.«

»Natürlich nicht. Du streunst hier zufällig zu nachtschlafender Zeit mit einer Zicke durch die Gegend, die du seit Jahren hasst.«

»Ich hasse dich nicht, Birdie.« Sassons Stimme klang wie aus dem Sahnetöpfchen. »Ich würd nur gern zu dir durchkommen – du bist so unberechenbar.«

Ich lachte und ließ von ihm ab. Weiterangeln wäre jetzt nur Zeitverschwendung gewesen.

Wir fuhren durch ein eisernes Tor in einer hohen Mauer auf das Haus zu. Nach einem halben Kilometer wurde aus dem Kiesweg eine gepflasterte Auffahrt. Genau am Übergang stellte der Chauffeur den Motor ab. Der Bentley rollte lautlos um die letzte Windung bis direkt vor eine Steintreppe, so viel Schub hatte er noch. Das Haus war riesengroß.

»Und wo ist unser Schlossherr?«, fragte ich.

»Halt den Mund«, blaffte Sasson mich an. Er fühlte sich unüberhörbar unwohl. »Birdie, bitte lass …«

»Was denn?«

Ich erfuhr es nicht mehr. Wir wurden aus dem Wagen komplimentiert und die Treppe hoch vor eine monumentale Flügeltür geleitet. Sie schwebte von selbst auf, und wir traten in eine Halle, die dem Sitz eines Barons anstand. Eigentlich hätte sich Marmor als Boden gehört, aber hier lagen ein paar Hektar grüner Teppichboden mit dickem Flor.

»Ah ja«, sagte ich. »Schweigen ist immer noch die Regel.«

»Das weißt du noch!« Nash tauchte wie ein aus Buchseiten hochhüpfendes Springteufelchen aus einer schweren Eichentür auf.

»Wusste gar nicht, dass ihr euch kennt«, sagte Sasson.

»Man trifft sich nie zum ersten Mal«, erwiderte Nash sehr ernst. »Das glaubt bloß jeder. Eigentlich sind sich alle Leute schon mal begegnet. Sie kennen sich nur nicht.«

»Verstehe«, sagte Sasson.

»Mitnichten«, gab Nash zurück. »Kleines Abendmahl gefällig? Ich bin gerade bei *carciofi ripieni di mortadella.*«

»Äh ja – großartig.« Sasson bekam einen stieren Blick.

»Na, ich weiß doch, wie Birdie Artischocken liebt. Dann kommt mal mit.«

Nach einem schweigsamen Kilometer Korridor standen wir in der Küche. Offenbar kochte Nash selbst. Sasson und ich setzten uns an den Tisch und sahen ihm Dom Perignon trinkend zu, wie er sorgfältig Artischocken anschmorte. Ein verrücktes Bild: Nash ganz in Schwarz bis auf ein kragenloses weißes Hemd, das wie ein Priesterbeffchen aus dem schwarzen Sweater guckte – ein milliardenschwerer Pfarrer beim Bereiten des Abendmahls. Er war noch immer schmächtig wie ein kleiner Bengel und hatte vorstehende Zähne wie der Klassenstreber – der Kleine, der auf dem Spielplatz immer umringt und zusammengetreten wird. Bei genauerem Hinsehen war seine Haut jedoch so trocken und runzelig, wie sich das für einen Siebzigjährigen gehört, und die Haare auffallend kastanienbraun gefärbt. Auf der Arbeitsplatte lag ein aufgeschlagenes Kochbuch, das Nash bei jedem Arbeitsvorgang konsultierte.

Bis die Artischocken in der Kasserolle waren, fiel kein Wort. Dann legte Nash angefeuchteten Küchenkrepp zwischen Kasserollenrand und Deckel – keine Ahnung, ob es nur das Metallklappern dämpfen sollte oder auch im Kochbuch empfohlen wurde.

Dieser Mann, fiel mir ein, ist für ein paar der phonstärksten Stücke der Rockgeschichte verantwortlich. Ich musste grinsen, als ich an das ernste, bekümmerte Gesicht, das nie auch nur lächelte, dachte, mit dem er zwei Marx-Brothers-Filme hintereinander durchgesessen hatte.

Dann setzte Nash sich zu uns und schenkte sich auch Champagner ein. »Entschuldige, wenn ich taktlos wirke, Birdie, aber ich finde Smalltalk grauenhaft. Mir ist zu Ohren gekommen, dass du im Besitz etlicher Jack-Aufnahmen bist. Sowie eines Films, den kein Mensch je gesehen hat.«

»Ich geh davon aus, dass dir alles Mögliche zu Ohren kommt, eingeschlossen Artischocken.«

Sasson fuhr dazwischen. »Birdie, bitte keine Spielchen.«

»Och schade. Mir ist gerade so nach Spielen.«

Sasson sah Nash an und hob hilflos die Hände.

Nash sah auf die Armbanduhr und beachtete uns gar nicht.

»Existieren diese Sachen?«, fragte Sasson. »Ja oder Nein genügt. Ist das so schwer?«

Ich lächelte ihn an.

»Hör zu, Birdie. Ich weiß, wie gern du im Mittelpunkt stehst und dich hofieren lässt und sonst was, aber ich muss hier mal klarstellen, dass gemäß Jacks Vertrag, und der war bei seinem Tod gültig, alles noch vorhandene Material ...«

»Augenblick mal!« Nash sprang auf, nahm den Deckel von der Kasserolle, stach mit der Gabel in die Artischocken und kam wieder an den Tisch.

»Wo war ich?« Sasson war aus dem Gleis gekippt.

»Du warst gerade dabei, dem egozentrischen Strohkopf hier klar zu machen, dass sie juristisch null Rechte an irgendwas hat, was sie eventuell besitzt«, sagte ich.

»Ganz recht«, bestätigte Nash, »und davon wollte ich dich ablenken. Das bringt nämlich nichts.«

»Für mich jedenfalls nicht«, stimmte ich ihm zu. »Trotzdem hat Sasson Recht. Lass den Vertrag mal beiseite – Jacks Nachlass war ein Totalbankrott, und das hat mich mit reingeritten. Alles, was an Guthaben da war – alles, Sasson! –, ist zur Schuldentilgung an Square Hole Records gegangen. Und zwar einschließlich der Veröffentlichungsrechte, die auch mich betreffen.«

»Da kann man drüber streiten«, sagte Sasson.

»Kannst du gern machen, aber mit dem Finanzamt. Ich soll nämlich Steuern abdrücken für Einkünfte, die mir deiner Meinung gar nicht zustehen.«

»Und jetzt?«, fragte Nash Sasson. »Ich glaube, Birdie ist dir voraus. Und wenn ich das sagen darf – es ist ein gewisser Widerspruch, wenn du ihr erzählst, sie besitzt das, was du von ihr erwerben willst, eigentlich gar nicht.«

»Um die Sache noch weiterzutreiben«, setzte ich hinterher, »Jacks Vermögen ist komplett und haarklein offen gelegt worden, und zwar dreifach: steuermäßig, konkursmäßig und nachlassmäßig. Insofern kann es gar kein neues Material geben. Was natürlich bedauerlich ist.«

»Willst du damit sagen, es existiert doch, aber du darfst das gar nicht zugeben?«, fragte Sasson.

»Ding-dong«, antwortete Nash ohne jeden Anflug von Witz.

»Ich will gar nichts sagen. Schon gar nicht vor laufenden Recordern.«

Einen Moment lang herrschte elektrisierte Stille. Dann sagte Nash: »Sasson, ich glaube, du gehst jetzt lieber. Ich finde es sehr unhöflich von dir, Gespräche unter Freunden auf Tonband aufzunehmen.«

»Aber ...«

»Ich muss darauf bestehen. Und gib Birdie bitte das Band.«

Sassons Gesicht wurde finster vor Zorn und Verblüffung. Er nestelte an der Innentasche und zog ein Diktafon heraus.

»Ich hab nicht das hier aufgenommen, Birdie«, stammelte er, »ich hab vorhin die Band mitgeschnitten.«

»Das erklärt natürlich alles – hast du nicht längst Zugriff auf deren Demotapes?«

»Du bist so hinterhältig, Birdie, und so paranoid.«

»Ist das als Entschuldigung zu verstehen?«, fragte Nash sanft.

»Nein«, grunzte Sasson. »Okay, Nash, wenn ich zu weit gegangen bin, entschuldige ich mich.«

»Der Wagen wartet ein paar hundert Meter weiter unten in der Auffahrt.«

Mir stand der Mund offen angesichts dieses rasanten Rausschmisses. Natürlich nur bildlich gesprochen – eine runtergeklappte Kinnlade ist schließlich kein besonders attraktiver Anblick. Ich hatte vielmehr mein Kinn auf einer Hand liegen und beobachtet alles mit einem leicht schläfrigen Ausdruck, der meinen Schock maskierte. Einerseits hatte das jetzt den Gang der Dinge abrupt beschleunigt. Andererseits konnte es dazu nur kommen, weil ich einen Test gemacht hatte. Ich hatte nicht gewusst, dass Sasson unser Gespräch aufnahm. Ich hatte es nur für denkbar gehalten – angesichts seiner Versuche, mich festzunageln, und angesichts der Reklame, die Dog Records um ein demnächst erscheinendes Album mit zehn bisher unveröffentlichten Stücken schon machte. So gesehen hatte Sasson einfach seinen Job gemacht. Und ich natürlich meinen, indem ich mich nicht festnageln ließ, sondern Ablenkungsmanöver probierte, sobald es zu eng wurde.

Die dritte Interpretationsmöglichkeit wäre: Ich habe Sassons Abgang extra inszeniert, um eine Artischocke mehr zu kriegen. Gelohnt hätte sich das auf jeden Fall, das Abendmahl war köstlich. Und wenn die Leute immer sagen, man muss die Gelegenheit beim Schopf packen, dann empfehle ich eher, sie sozusagen Bissen für Bissen zu genießen. Vor allem, wenn man keine Ahnung hat, was als Nächstes kommt, und einen Mann bei sich, der die letzten dreißig Jahre immer auf der Gewinnerseite gestanden hat.

Der Tradition entsprechend sagte Nash auch beim Essen nichts und winkte mich danach ebenfalls wortlos mit sich. Ich folgte ihm den teppichbelegten Korridor zurück durch die Halle in ein Zimmer, in dem es nur Bücher und Sofas gab. Er nahm Platz und saß vornübergebeugt, die Ellbogen auf die Knie gestützt, da. Ich streifte mir die Schuhe ab und massierte mir, in eine Sesselecke gerollt, die Füße.

»Du siehst aus wie eine Katze, die sich die Pfoten putzt«, sagte Nash plötzlich. »Du kannst auch genau wie eine Katze mitnehmen, was gerade vorbeikommt, und weiterziehen. Das ist mir schon aufgefallen. Ich hatte mir ausgerechnet, dass es ein Vergnügen sein muss, dich zu füttern, und das war es.«

»Freut mich, dass es dir auch gut getan hat. Ich nehme an, du liegst meistens richtig, wenn du dir was ausrechnest.«

»Auch der Mensch verhält sich nach einem Muster. Deshalb ist sein Verhalten genauso vorhersagbar wie das von Tieren.«

»Du hast vorhin gesagt, man trifft sich nie zum ersten Mal – ist das auch tierisch gemeint? Zum Beispiel, wenn ein Pferd ein anderes trifft, dann trifft es eigentlich sich selbst in fremder Form? Mit dem Pferdsein des Fremden müsste es aber vertraut sein?«

»Die meisten Leute denken, ich meine Seelenwanderung.«

»Und – ist das nützlich, wenn man dich für gaga hält?«

»Ja«, sagte Nash. »Ist das nicht nützlich, wenn man dich für dumm und gierig hält?«

»Doch, manchmal. Dann wieder ist es nervig, die reine Zeitverschwendung. Und manchmal stimmts ganz einfach.«

»Ich glaube nicht, dass es etwas bringen würde, wenn wir auf der Prämisse weiterverhandeln würden, dass du dumm bist.«

Ich lachte ihn an. Er zwinkerte ernst und schwieg. Die Tür ging auf, und ein Mann kam mit einem Tablett, stellte mir einen Espresso hin und glitt wieder hinaus. Nash saß immer noch mit ernster, bekümmerter Miene auf der Sofakante. Ich sah hoffentlich aus wie eine entspannte Katze. Es ist immer besser, man entspricht den Trugbildern, die der Feind sich von einem macht.

»Du hast also Finanzprobleme«, sagte er schließlich.

»Das weißt du doch.«

»Ich könnte die lösen.«

»Locker.«

»Das ist aber nicht alles?«

»Ich schlage mich rum mit Plattenfirmen und Verlegern. Die haben mich ausgeplündert. Und vorher haben sie Jack ausgeplündert.«

Er nickte wieder.

»Und da du bei den Plattenfirmen und Verlegern drinsteckst«, fuhr ich fort, »hast auch du uns ausgeplündert.«

»Du glaubst, ich stecke da mit drin?«

»Ja.«

»Dann wollen wir, im Sinne des Ziels unserer Unterhaltung davon ausgehen, dass das stimmt.«

Darauf sagte ich zum ersten Mal etwas, das ich genau so auch sah: »Gut, Nash. Das erspart uns ein paar Runden Beschuldigungen, Dementis und Rechtfertigungen.«

»Ich sagte ja, ich finde Smalltalk grauenhaft.«

»Mein Thema ist vielleicht noch grauenhafter: Ich hab einen Wust von Tantiemenaufstellungen, die sind seit Jahren offen.«

»Überlass mir Kopien davon.«

»Das könntest du auch lösen?«

»Kommt drauf an, was du im Gegenzug bietest.«

»Nichts.« Ich sah ihm dabei fest in die Augen. Er erwidert meinen Blick ebenso fest. Man wird nicht leicht schlau aus ihm.

»Nichts?« Er zwinkert langsam.

»Nicht vor laufenden Recordern.« Es hatte doch schon mal funktioniert, vielleicht tat es das nochmal.

»Verstehe«, sagte er nur. Keine Bestätigung, kein Dementi, keine Rechtfertigung.

Wir sitzen eine Zeit lang schweigend da, ich am Espresso nippend und sichtbar zufrieden. Nash sieht verblüfft aus, aber ich nehme ihm das nicht eine Sekunde ab. Mir fällt ein, wie unwohl Sasson sich im Bentley gefühlt hat. Vielleicht wusste er genau, dass nicht nur der Chauffeur mithört. Ich denke an den rasanten Rausschmiss und Sassons Aufgebrachtheit. Fast als wäre er ein Bauernopfer. Vielleicht ist Nash dafür bekannt, sein eigenes Haus zu verwanzen.

Nash probiert einen neuen Anlauf. »Wenn wir im Sinne des Ziels unserer Unterhaltung mal davon ausgehen, dass auch das stimmt – wäre dir wohler bei einem Gang durch den Garten?«

»Nein«, sage ich. »Es ist schon sehr spät und der Rasen nass vom Tau. Ich ruiniere mir nicht gern die Schuhe.«

»Nun, Birdie«, er zuckt ratlos die Schultern, »es hat den Anschein, dass wir uns zweimal getroffen haben und ich dich zweimal mundtot gemacht habe. Das tut mir wahnsinnig Leid. Beim ersten Mal war der Grund meine Angst, dass du nur dummes Zeug redest.«

»Und warum solltе ich dann mitkommen?«

»Du warst wunderschön, und ich war einsam. Und warum bist du mitgekommen?«

»Ich hatte die Schnauze voll und war auch einsam.«

»Von Jack?« Jetzt sieht Nash wirklich verblüfft aus.

»Jack war zu der Zeit total auf Narzissmustrip. Und das Leben mit Narzissten ist einsam.«

»Warum bist du dann bei ihm geblieben?«

»Wegen der Musik.« Ich seufze. »Das ist übrigens nur eine Phase, da müssen die meistens Rockstars durch. Mit ein bisschen Glück kommen sie heil wieder raus.«

»Weißt du eigentlich«, fragte Nash plötzlich, »wie viel Mut mich das damals gekostet hat, dich ins Kino einzuladen?«

»Nein. Ich hab nie jemanden ins Kino eingeladen.«

»Dann bist du auch nie abgeblitzt.«

»Das ist ein ganz anderes Thema. Natürlich bin ich abgeblitzt.«

»Ich meinte sexuell.«

»Von Sex war nicht die Rede, du wolltest Gesellschaft.«

»Und wenn ich nun Sex gewollt hätte, Birdie?«

»Hast du aber nicht, Nash. Deshalb warst du besonders.«

»War ich das? Ich dachte immer, du hast *Walks Like A Spider* über mich geschrieben.«

»Ach – du gehst davon aus, dass ich das geschrieben habe?«

»Im Sinne des Ziels unserer Unterhaltung gehe ich mal davon aus, dass du die Hand im Spiel hattest.«

»Der Song hatte null mit dir zu tun«, lüge ich.

»Du warst als Mensch doch so liebenswert – aber die Songs waren wie Napalm.«

»So viel zu Leuten, die nur dummes Zeug reden«, sage ich locker. Aber die Richtung, in die Nash das hier treibt, wird mir unheimlich.

»Ich habe in der Zwischenzeit viel darüber nachgedacht«, sagt er. »Ja, ich hatte dich für trivial gehalten. Du hattest zwei Sätze gesagt. Der erste war: Auch Geld hat seinen Preis. Eine Binsenweisheit. Und so, wie du das sagtest, klang es auch eher platt als angemessen. Inzwischen denke ich, dass das an deinem Äußeren und deiner mädchenhaften Stimme lag. Deine Stimme hat mit den Jahren Kraft bekommen, und was du sagst, hat mehr Wirkung.«

»Trotzdem wars eine Binsenweisheit. Sogar ein Klischee.«

Er geht nicht darauf ein. »Der zweite Satz war: Wenn du einen sicheren Ausgang kennst, darfst du mich einladen, wohin du willst. Ich hätte besser zuhören sollen. Du hast dich ja sehr billig verkauft. Du hast für eine Kinokarte Händchen gehalten.«

»Du findest Smalltalk grauenhaft, weil du nicht begreifst, wie er funktioniert«, sage ich. »Hast du damals auch schon alle Unterhaltungen mitgeschnitten? Und dir immer wieder angehört, um hinter verborgene Bedeutungen zu kommen? Nash, du gehst zu wenig unter Leute.«

»Dein Gedächtnis ist auch berühmt«, kontert er, »das ist doch dasselbe.«

»Nein, ist es nicht. Die Erinnerung ist eine Rekonstruktion, und zwar von einzelnen Wörtern und vom Kontext.« Ich fühle mich allmählich, als stecke ich mit einem Menschen, dem ich nicht traue, im Fahrstuhl fest.

»Erinnerung verzerrt und nutzt sich viel schneller ab als Tonbänder«, sagt er. »Bänder sind akkurat und absolut.«

»Nur bei oberflächlichem Hören«, sage ich. »Nash, ich bin langsam müde. Und ich hab einen Termin morgen früh um neun.«

»Oberflächlich? Hast du mir nicht vorgeworfen, ich suche nach verborgenen Bedeutungen?«

»Aber wenn nun irgendwas gar keine Bedeutung hat? So geht nämlich Smalltalk.«

»Und was für Bedeutung das hatte! Ich kannte ja einen sicheren Ausgang, und du bist ja mit ins Kino gekommen. Du hast nicht gequasselt, ich hab die Karten bezahlt. Ich hab nicht gegrabbelt und durfte deine Hand halten. Die Sätze davor waren eben nicht ohne Bedeutung: Sie waren die Grundlage der Abmachung.«

»Okay, das war eine Abmachung. Aber das ist ewig her.«

»Trotzdem treibt mich etwas um – ich hab offenbar etwas Wichtiges nicht wahrgenommen: dass zwischen körperlichem Kontakt und Geld ein Gleichheitszeichen stand. Wenn das alles keine Bedeutung hatte, warum dann der sexuelle Unterton? Warum ist der auch jetzt da?«

»Jetzt?«

»Du hast vorhin gesagt: Freut mich, dass es dir auch gut getan hat. Natürlich war das aufs Essen gemünzt, Birdie, aber da war eine Anspielung drin, auf diese widerliche Frage, die immer nach fleischlichen Begegnungen kommt.«

»Das war ein Scheißwitz, Nash.«

»Nein. Jedes Wort hat Bedeutungen. Setzt Bilder im Kopf frei. Warum beschwörst du genau solche herauf, Birdie?«

»Und warum hörst du genau so was heraus? Du redest ja wie die Leute, die Songtexte bis zum Gehtnichtmehr auseinander nehmen – und die Songs noch rückwärts spielen.« Ich spreche das aus und stelle mit Entsetzen fest: Nash Zalisky, die graue Eminenz hinter ein paar der lautesten und unheimlichsten Produktionen der Rockgeschichte, ist genau so ein Typ.

»Ja, Texte – darauf wollte ich noch kommen«, sagt er nur. Er sitzt noch immer auf der Sofakante, die Hände klemmen jetzt angespannt zwischen den Knien.

Mir reichts. Ich rolle mich auseinander und stehe auf. »Nash – lass es. Das wär ein Fehler. Ich spiele einfach gern mit Wörtern und du nicht. Lass es so stehen. Ich geh jetzt.«

»Bitte geh nicht«, sagt er, »wir haben noch keine Lösung.«

»Es gibt nichts zu lösen.«

»Das sagst du immer, aber du irrst dich. Ich hätte dir vor Jahren schon anbieten sollen, dich zu beschützen – nicht nur ein paar Stunden lang. Ich biete es dir jetzt an. Oben ist ein Zimmer für dich gerichtet. Geh schlafen, wenn du müde bist. Wir reden weiter, wenn du wieder wach bist.«

»Danke«, sage ich. Lieber sterbe ich. »Ich möchte nach Hause.«

Er rührt sich nicht, der verängstigte kleine Bengel mit dem Gesicht eines Untoten. Hier ist Dorset, um Himmels willen. Ich will nach London.

»Ich brauche ein Auto, Nash.« Einen Moment zu locker, und ich sitze fest.

»Ja, ja«, sagt Nash gereizt. »Da musst du noch warten.«

»Du hast doch nicht bloß den einen Wagen?«

»Aber nur den einen Fahrer.«

»Ich brauch keinen Fahrer.«

»Ach, du kannst autofahren?« Er klingt erstaunt.

»Du etwa nicht?«

»Ich habe es nie gelernt.«

Wir starren uns an. *Impasse.*

»Bitte, leihst du mir eins von deinen Autos?«

»Ehrlich gesagt, ich weiß nicht, wo die stehen.«

»Ich suche sie.« Ich gehe zur Tür. Rechne fest damit, dass sie zu ist. Ist sie aber nicht. Nash sitzt einfach da wie ein verwelkendes Kind. Ich gehe den Flur entlang und finde die Haustür wieder.

Die ist tatsächlich zu. Ich kriege sie auch nicht auf. Ich finde auch die Küche wieder, aber auch da ist die Tür nach draußen zu. Ich laufe in alle Zimmer mit offenen Türen, aber aus keinem geht es nach draußen. Das Haus ist riesig und hat viele Zimmer. In manchen stehen nur Bücher, andere sind total leer. Es gibt auch einen kleinen Filmvorführraum und ein Schwimmbecken. Es gibt einen Bankettsaal und einen Ballsaal und unheimlich viel erdrückende Stille, aber keinen Ausgang.

Plötzlich stehe ich mitten in dem Ballsaal und komme mir albern vor und bin wütend. Es ist der einzige Raum, den Nash nicht mit Teppichen verkleistert hat. Der Boden ist aus gewachstem Holz, eine einzige Tanzfläche. Ich tappe etwas unsicher ein paar Paradiddle-Schritte. Hier läuft zweierlei gleichzeitig, überlege ich. Das eine hat mit dem zu tun, was ich will. Das andere ist das, was Nash will. Nash ist ein Mann, und Männer sind normalerweise in solchen Riesenlettern beschriebene Blätter, dass man sie noch bei Kerzenschein entziffern kann. Nash nicht. Ich habe keine Ahnung, was er will, und das ist eine ungewohnte Voraussetzung für mich.

Denn wenn ich ihn nicht begreife, kann ich nicht mit ihm feilschen. Ich muss wissen, was ein Mann will. Ich muss ihm wenigstens die Illusion verschaffen können, dass er gewonnen hat, sonst gibt er mir nie, was ich will. Das sagt mir all meine Erfahrung.

Ich wirble über den wunderbar federnden Tanzboden, hüftschwingend, lege im durch hohe Fenster hereinfließenden Mondlicht einen Boogie aufs Parkett. Dann sage ich laut: »Nash, falls du zuhörst: Ich bin in deinem Ballsaal, und ich mache nicht gern etwas kaputt. Also komm bitte mit dem Schlüssel, sonst muss ich eins deiner eleganten Fenster einschlagen.«

Er ist so schnell da, dass mir der Gedanke kommt, er hat vor der Tür gewartet. »Warum willst du denn unbedingt weg von mir, Birdie?«

»Weil ich mich nicht gern eingesperrt fühle.«

»Ich will dich doch beschützen, nicht einsperren.«

»Danke«, sage ich vorsichtig, »aber manchmal fühlt sich das gleich an.«

Nash nimmt im Schneidersitz auf dem Tanzboden Platz. »Hat Jack das auch so empfunden?«

»Ja.«

»Aber die Welt ist so brutal.«

»Trotzdem will ich nicht davon abgeschnitten sein. Und Jack wollte das auch nicht.«

»Sie hätten ihn in Stücke gerissen ohne Schutz und dich auch.«

»Das war vor langer, langer Zeit. Das interessiert doch niemanden mehr.«

»Du irrst dich«, sagt Nash. »Du bist gerade ausgesprochen interessant.«

»Nein, ich nicht – Jack. Manche Dinge ändern sich nie.«

»Gibt es diese neuen Stücke?«

Ich lächle und schüttle den Kopf. »Ich würde gern mit dir Klartext reden. Aber hier geht das nicht.«

»Hier ist es doch sicher.«

»Wo steht dein Telefon, Nash? Ich möchte ein Taxi rufen.«

»Ach Birdie, Birdie – hast du eigentlich eine leise Ahnung von dem, was ich alles für dich tun könnte?«

»Wenn du unbedingt was für mich tun willst, fang doch mal mit einem Taxi an.«

»Sonst willst du nichts von mir?«

Nein, will ich nicht – doch, will ich doch, du abgedrehter Schwanzkopf. Wenn du dich nicht so aufgeplustert hättest, hätte ich dich längst an der Leine wie ein Schoßhündchen.

»Ich will ein Taxi und einen sauberen Deal für Jack. Beides kannst du, nehme ich an, besorgen. Ich weiß nicht, in welcher Beziehung du zu Dog Records oder zu Barry Stears stehst, aber denen traue ich nicht über den Weg. Gebranntes Kind scheuts Feuer und der ganze Seim. Ich hab keinen Grund, dir persönlich auch zu misstrauen, Nash. Aber du hast mal gesagt, du wolltest Jack immer haben. Also, falls dir Dog Records inzwischen gehört, hast du ihn. Und zwar schon lange. Denn Dog hat sowohl Cutz als auch Square Hole geschluckt, und wenn ich die Rauchzeichen richtig lese, fusioniert demnächst auch noch Mo'Zee mit Dog. Dann hast du den ganzen Bestand. Und Jacks Backlist geht noch ziemlich gut. Warum können eigentlich nicht alle einfach mit dem zufrieden sein, was sie haben?«

»Ich wollte einfach nur mal mit dir reden«, jammert Nash. »Unter Freunden. Damit wir uns näher kennen lernen.«

»Können wir gern machen«, sage ich. »Aber nicht in verwanzten Schlössern.«

Einen kurzen Moment lang dreht Nash sich weg und guckt in den Mond. »Vielleicht war ich immer ein Geheimniskrämer. Zu erpicht auf Selbstschutz. Aber wenn man sehr reich ist, Birdie, dann kann man seine Neigungen bis zum Exzess ausleben. Aber du darfst mir deshalb nicht misstrauen.«

»Tu ich nicht, Nash. Nur, mir haben Männer jahrelang eingeredet, dass ich ihnen trauen kann. Mich haben alle möglichen Leute jahrelang benutzt, um an Jack ranzukommen. Richtige Freundschaften brauchen Zeit, vor allem wenn man nicht genau weiß, was der andere noch so im Schilde führt.«

»Ach Birdie«, sagt er mit schmerzlicher Stimme, »vielleicht verstehe ich dich besser, als du glaubst. Mit Reichtum und Macht ist das nämlich ganz ähnlich wie mit Talent und Schönheit. Man weiß nie, ob die Leute bloß das wollen oder einen wirklich meinen.«

»Genau.«

»Soll ich dir einfach so, für nichts, was schenken, Birdie? Als Beweis meiner Aufrichtigkeit?«

»Ja, ein Taxi.«

»Sehr schön. Aber du musst mir versprechen, dass wir uns bald wiedersehen.«

»Ein Versprechen ist aber nicht nichts.«

»Ach, ich dachte, für dich ist Nichts etwas Materielles.«

»Nichts ist Nichts, Nash.«

»Weißt du«, er steht mühsam wieder auf, »du hast vielleicht kein Geld, aber Macht hast du. Ich besorge dir einen Wagen. Warte hier.«

Er hoppelt auf kleinen Füßen mit weichen Sohlen aus dem Ballsaal und überlässt mir die ganze riesige Tanzfläche zum Bewegen. Ich bin froh, dass das Licht aus ist. Ich möchte mich nicht in den Spiegeln sehen. Für helles Licht ist es viel zu spät, denke ich, und bin ich inzwischen zu alt.

Nash ist wie Dracula, denke ich, steht erst abends auf und saugt alternden Rocktussis Saft und Kraft aus. Genau das Gegenteil von Rockmusikern, die stehen zwar auch erst abends auf, aber die schenken einem ihren ganzen Saft und ihre ganze Kraft.

Ich fange leise, fast unhörbar an zu singen, um mich daran zu erinnern, dass ich noch am Leben bin. *Love Lies Bleeding.* Ich tänzle geschmeidig entlang der schlängelnden Melodie, um meine Füße daran zu erinnern, dass sie bald weit weg sind. Als ich am Ausgangspunkt wieder ankomme, sehe ich Nash. Er steht halb versteckt hinter der Tür. Ein Voyeur und Lauscher. Sollte ich je akzeptieren, in einem seiner Betten zu schlafen, darf man mich auf der Stelle an die Wand stellen – dann bin ich zu einfältig, um am Leben bleiben zu dürfen.

»Mach doch weiter«, sagt Nash. »Das war ein tolles Stück. Hast du das geschrieben?«

»Nein, das war reiner, unverschnittener Jack. Und leg nicht wieder irgendwas in ›verschnitten‹ – das ist mir bloß so rausgerutscht.«

»So was gibts nicht.«

Ich schüttle den Kopf. »Kannst du dich noch an das andere Stück erinnern – *Sliding Widows?*«

»Nein – wie geht das denn?«

»Das ist auch von Jack. Da hatte er mal 'n Firmen-LKW gesehen, *Sliding Window* Company stand da drauf, und er hatte sich verlesen. Er war total vernarrt in den Irrtum, Nash. Kunst entsteht oft aus so Irrtümern.«

»Das wusste ich gar nicht.« Nash guckt, als ob er gleich mitschreibt. »Ich wüsste zu gern, wie das Stück geht.«

»Es wär nie entstanden, wenn es den kleinen Fehltritt im Hirn nicht gegeben hätte.«

Wir starren uns einen Moment lang an, schließlich sagt Nash: »Ich bring dich zum Wagen – es sei denn, du hast es dir anders überlegt.«

Die Haustür schwebt diesmal bei der leisesten Berührung auf, und wir treten ins Freie. Der Mond geht schon unter, der schwarze Himmel franst am östlichen Rand langsam aus, und Nash kneift die Augen zusammen, als wäre helllichter Tag.

Auf dem Weg zum Wagen sagt er: »Ich brauche irgendeine Kassette, irgendeine Rolle Film. Ich muss sicher sein, dass du wirklich etwas zu verkaufen hast.«

»Hab ich das behauptet?«

»Nein.«

»Ich wüsste auch nicht, warum ich danach suchen sollte. Ich meine, nehmen wir mal an, ich stöbere in irgend 'ner vergessenen Truhe auf irgend 'nem Dachboden oder in irgend 'nem Keller rum und finde zufällig ein paar Demotapes oder einen alten Film – wieso sollte ich dir das erzählen? Da legt doch sofort irgendwer die Hand drauf – du oder Sasson oder das Finanzamt – und behauptet, die hätte ich schon vor Jahren rausrücken müssen.«

»Es gibt Wege, das zu umgehen.«

»Was denn für welche?«

»Ich denke mal nach.«

»Wenn das ›Wege‹ wären, bei denen du mir zusichern kannst, dass ich auch profitiere von dem, was mir gehört – und dass mir das überhaupt gehört! –, dann könnte das vielleicht ein Anreiz sein, mal nachzugucken.«

»Vielleicht können wir ja auch irgendwann in der Zukunft mal Beweisstücke austauschen.«

»Nash, solange mich nichts zum Suchen animiert – Beweise gäbe es ja erst, wenn ich was gefunden hätte.«

»Und was wäre animierend genug?«

»Bargeld. Das ich nicht versteuern muss.«

»Verstehe.« Er geht ein paar Schritte voraus. Man kann den Wagen schon sehen, aber er ist kein Taxi, er sieht aus wie der Bentley, mit dem wir hergefahren sind. Was wohl mit Sasson ist?

»Mein Problem ist Folgendes, Birdie«, sagt Nash dann, »ich finde es unredlich, dass du animiert werden willst, überhaupt mal nachzugucken. Wieso sollte ich etwas zahlen dafür, dass du nach etwas suchst, was du längst gefunden hast?«

»Dafür gibts keinen Grund«, sage ich, »und wie du selbst sagst:

Dies war einfach ein Treffen unter Freunden. Also vielen Dank fürs Abendessen, es war wirklich köstlich. Ich hab mich gefreut, dich mal wiederzusehen.«

Wir sind am Wagen. Der Chauffeur steigt aus und hält mir die Tür auf. Nash nimmt meine Hand. Dreht sie mit der Handfläche nach oben. Küsst auf den Puls. Ich neige mich zu ihm und hauche ihm einen Kuss auf die verwitterte Wange. Sein Griff um meine Hand verkrampft sich fast, so als ob ein elektrischer Schlag durchfährt.

»A bientôt«, sage ich leichthin, entwinde meine Hand seinem Griff und gleite in den Bentley. Mir schwirrt der Kopf: Ich weiß nicht, ob seine Reaktion auf Begehren oder Abscheu schließen lässt.

Ich winke zum Abschied. Der kleine Molch ist verdammt im Arsch, überlege ich, und ich scheuere mir das Handgelenk am beigefarbenen Wildlederbezug trocken. Ob der jetzt ins Haus geht und wie blöde mit kochendem Wasser duscht, wie ich jetzt am liebsten würde? Oder wälzt er Jacks Titelliste durch und findet trotzdem kein Stück, das *Sliding Widows* heißt?

Viel Glück, Nash, und gute Nacht.

6
Rolling Stone Magazine

»Hit The Road, Jack«
von David Palmer

Brighton (England), vor 27 Jahren
Der Wagen fährt auf den Bordstein, die zwei Mädchen in den Silber-Hotpants fahren die Action ab. Schmiegen sich aneinander, reiben sich die Schambeine, pressen sich die Knie zwischen die Schenkel. Machen auf Lesben. Die große knetet die Brüste der kleinen. Der Portier trägt Uniform und ein ausdrucksloses Gesicht. Er kennt die Nummer.

Jack steigt aus. Geschafft.

Lässt einen Satz fallen. »Na, Mädels, was habt ihr 'n auf der Platte?« In der flachen Tonlage, die morgens um fünf nur ein Brite hinkriegt.

»Dich!«, kreischt das Teenie-Duett. »Wir machens dir – jederzeit und überall und wie dus willst.«

Jack dreht sich weg. Hilft einer Schönheit aus dem Wagen. Die trägt einen Maximantel – sonnengelbe Seide – und kaum etwas darunter. Die schöne Begleiterin ist eine glatte Ohrfeige für Jacks Teenie-Fans. Die heulen gefrustet auf.

Das Pärchen rauscht vorbei und aus dem Blick.

»Tut mir Leid, Mädchen«, sagt der Portier, »ihr seht ja, Jack ist bestens versorgt.«

Aber später zur Frühstückszeit sind die Mädchen wieder da. Staksen in ihren Silber-Hotpants auf wackeligen Plateausohlen durch die Hotellobby in den Restaurantteil, der mit Seilen abgetrennt ist. Da hängt – mit Hangovern in verschiedenen Stadien – ›The Jack Pack‹ über Bacon & Eggs.

»Wer hat die reingelassen?«, knurrt Jack die Tour-PR-Chefin Connie an.

»Die waren wohl die ganze Zeit bei Wills im Zimmer.«

»Schmeiß die sofort raus. Die Scheiß-BBC ist gleich hier, und ich will die nicht dabeihaben.« Jack dreht sich weg. Zurück zu seinem Kaffee und der London Times.

Ich bin auf Tournee mit einer der mörderischsten Bands aller Zeiten und stelle fest, dass nicht nur zwei Möchtegern-Groupies Probleme mit dem Zugang zum inneren Kreis haben. Mir selbst gelingt es erst an einem rauen Märzabend, Champion Jack persönlich zu begegnen. Es ist Tag Zehn einer knallhart durchgeplanten Tour durch England.

In den zwei Jahren seit der letzten England-Tour ist Jack so groß geworden, so oft durch Europa und die USA getourt und hat so viele Platten verkauft, dass sein Heimatland fast zum Exil für ihn geworden ist. Säle wie der Lyceum Ballroom in Brighton – zwei Matineen, ein Abendkracher, allesamt innerhalb von drei Stunden ausverkauft – sind zu klein für ihn geworden. Die Security-Truppen sind bis an die Grenzen angeschwollen. Abgeschottet durch Bodyguards, Leibfotografen, Manager, Fahrer und Businessberater ist Jack sogar für seine Bandmitglieder unerreichbar geworden. Die Stimmung ist im Keller. In den Wartezeiten zwischen Soundcheck und Auftritt wird nur noch gegiftet.

Im Mai, wenn die Tour in die USA kommt, wird das anders. Jetzt ist nur spürbar, dass Jacks Privatarmee es kaum erwarten kann, endlich die Flügel wieder aufspannen zu dürfen. Im freien Raum zu fliegen, wo genug Platz zum Luftholen für alle ist.

»Chicago wird klasse«, glaubt Wills, Jacks Bassist und langjähriger Kumpel. »Die sind so Leute wie uns gewohnt.«

»Yeah! Da liebt uns sogar der Bürgermeister!«, schwärmt Ken Castle, der Lichtingenieur. »Cooler Typ, der Daley. Hat immer 'n Hotelzimmer vom Feinsten reserviert.«

Der Raum bebt vor Gelächter. Letztes Jahr war die halbe Road-Crew in den Knast gegangen. Besitz unerlaubter Substanzen. Wenn sich Capitol Studios nicht in letzter Minute eingeschaltet hätte, wäre die Tour geplatzt.

»Uns wollen eben alle.« Wills saugt an einer krokeligen Selbstgedrehten mit dubiosem Inhalt. »Die Attraktion Nummer eins überall – das sind wir.«

Jack fährt zum Gig im maßgefertigten Tourbus mit dicken Vorhängen. Ich werde zweimal überprüft.

»Modell tunesisches Bordell«, erklärt er, als ich endlich hinter den Orientteppich treten darf, der am Gangende hängt und als Tür dient.

Er fläzt auf schwarzen Satinkissen. Paschamäßig. Den Kopf im Schoß seiner schönen Begleiterin.

»Wie viele tunesische Bordelle kennst du denn von innen, Jacko?«, fragt sie. Sie tippt ihm leicht an die Stirn. Sie trägt jetzt ein Kleid – cremehelle Shantungseide – mit Schlitz bis fast hoch zur Taille. Dazu endlos lange Beine. Sie hat sicher keine Probleme mit dem Zugang, aber vermutlich mit der Privatsphäre. In diesem Jahrzehnt sind britische Rockstars zwar nicht gerade Mangelware, aber die Nachfrage nach diesem einen Glamour-Pärchen übersteigt bei weitem die Lust der beiden, sie zu befriedigen. Und selbst während der kurzen Fahrt zwischen Hotel und Ballroom ist das Getrommel von gierigen Händen an jeder Ampel, jeder Kreuzung unüberhörbar. Wo immer der Bus langsam fahren muss. Trotz der extra verstärkten Karosserie.

»Das ist doch wie in Plötzlich im letzten Sommer«, sagt Jack. »Was haben die eigentlich davon? Beziehungsweise, was hätten die davon, wenn sie hier reindürften?«

»Du sollst dich ums Arrangement für Adversarial Attitude kümmern.« Seine schöne Begleiterin hat offenbar eine erstaunlich praktische Ader. »June will wissen, welche Musiker sie buchen soll.«

Cleveland, Ohio, 27 Jahre danach

Welche Musiker für Adversarial Attitude nötig waren, habe ich nie herausbekommen. Der ganze Titel ist unauffindbar, selbst wenn man sich durch sämtliche Diskografien arbeitet. Nach allem, was man weiß, ist ein Stück mit dem Titel nie aufgenommen worden. Und The House

That Jack Built *ist vor fünfundzwanzig Jahren in Flammen aufgegangen, mitsamt Jack. Drei Monate Depressionen und Drogen in immer wüsteren Spiralen endeten in einem so heißen, so hellen Flammenmeer, dass der Himmel angeblich fast die ganze Nacht lang geleuchtet hat. Die kleine praktische Bemerkung von damals erinnert heute nur noch schmerzlich an all das, was noch hätte kommen können.*

Heute, kurz bevor Jack posthum in die Rock 'n' Roll Hall of Fame aufgenommen wird, fand eine Podiumsdiskussion zum Thema »Was bleibt von Jack – Seine Mythen, seine Songs, sein musikalischer Einfluss« statt.

»Wir wollen Jacks kulturelle Wirkung untersuchen«, fasste Teddy Wright zusammen. Jacks Gitarrist mit der barschen Stimme und den virtuosen Riffs, die fast das gesamte Œuvre schmücken.

Am Leben und an der Ära von Jack ist das Interesse auf beiden Seiten des Atlantiks noch immens. Ein Dokudrama über ihn ist für nächsten Herbst geplant. Noch größere Spannung enthält ein Gerücht, nach dem in den Verliesen eines Londoner Studios ein Dutzend Stücke von Jack aufgetaucht sein sollen, die bisher unveröffentlicht sind. Sie sollen jetzt ein digitales Remastering kriegen und so geputzt pünktlich zu Weihnachten auf dem Markt sein.

*»Könnte die aufregendste Entdeckung seit der Beatles-*Anthology *werden«, verkündete Rocky Netzdorf, der Autor der brillanten Studie* Escape Into Fire *(soeben als Taschenbuch bei Plume). »An harte Fakten ist kaum ranzukommen, die Sprecher von Jacks Plattenfirma lehnen jede Stellungnahme ab, aber es brodelt schon ziemlich.«*

Durch Abwesenheit noch mehr glänzen tat übrigens Birdie Walker, Jacks letzte Lebensgefährtin, die unverschämt schöne Begleiterin mit den endlosen Beinen von der England-Tour vor siebenundzwanzig Jahren.

»Selbstverständlich haben wir sie eingeladen«, erklärte Richard Copeman, Director of Education der Rock Hall und Leiter des Symposiums. »Wir hätten ihren Beitrag gern dabeigehabt.«

Die Veranstaltung endete mit einem Konzert von The Jack Pack & Friends. Jacks alte Bandmitglieder standen wieder auf der Bühne, zu-

sammen mit Sängern aus späteren Generationen von Bands, die Jack beeinflusst hat.

»Wir sind aus Red Lodge, Montana, wir hatten alle seine Platten«, sagte Skip Suskin von On-Line Animals. »Als wir selber 'ne Band hatten, haben wir zuerst 'n paar Jack-Songs gecovert. Ist echt der Hammer, die hier jetzt nochmal zu spielen.«

Adversarial Attitude *hätte On-Line Animals nicht covern können. Aber falls die Gerüchte stimmen, könnte es einer der Songs sein, die in einem Londoner Verlies für Spinnweben gesorgt haben. Ich hoffe es sehr. Siebenundzwanzig Jahre sind eine lange Zeit für einen jungen Reporter, der von diesem Song in Jacks Tourbus zum ersten Mal gehört hat.*

Als ich nach dem Konzert allein in einer Bar sitze und Freunden zuproste, die nicht mehr da sind, kann ich Jacks flachen Londoner Unterton fast hören. »Na Dave? Was hast du 'n auf der Platte?«, fragt er vielleicht.

Dich, Jack, ich warte. Seit siebenundzwanzig Jahren.

7
Liebe und anderes Zeug

Irgendjemand heizt den Herd jetzt hoch. Die Stimme am anderen Ende klingt nassforsch. »Können wir kurz plaudern?«

Robin, Grace, Alec und ich hatten am Küchentisch gesessen und waren gerade mit Abendessen fertig, als das Telefon geklingelt hatte.

»Für dich, Lin«, hatte Grace verkündet. »Eine Imogen.«

Imogen »recherchiert« angeblich im Auftrag von Median Films. Das ist jetzt Nummer drei innerhalb von fünf Tagen. Sie kommen nicht alle von Median Films – von der BBC war auch jemand dabei und der andere gehörte zum *Mojo Magazine*.

»Geht um die neue Bio von Jack«, erklärt Imogen, »da müsst ich noch dringend ein paar Fakten checken.«

»Wo haben Sie denn diese Nummer her?«, frage ich.

»Haben wir im Archiv«, gibt die forsche Imogen knapp zur Kenntnis. »Ich wollt auch nur nach 'n paar Hintergrundsachen fragen – also, wie haben Sie Jack gelernt, wie war er …?«

»Das haben Sie sicher auch im Archiv. Tut mir Leid, aber darüber rede ich nicht.«

»Wenn ich gerade ungelegen komme – dürft ich Ihnen meine Nummer …?«

»Nein.« Ich lege auf.

»Und?«, fragt Robin. »Was wars?«

»Wo wir hier alle gerade zusammen sind«, sage ich, »darf ich euch um einen Gefallen bitten? Wenn Medienfritzen anrufen, egal wer, würdet ihr denen bitte sagen, dass ich nicht da bin und ihr keine Ahnung habt, wo ich bin?«

»Wie kommen die bloß an diese Nummer?« Robin sieht bekümmert aus, wie oft in letzter Zeit.

»Das weiß ich nicht«, sage ich, »aber das ist auch so 'ne Geschichte. Jedenfalls falls euch irgendwer nach irgendwas fragt, was mit Jack oder mir zu tun hat, bitte haltet die Klappe. Du kennst das ja schon, Grace. Aber für Alec ist das vielleicht noch neu.«

Grace wird rot. Alec fragt: »Neu? Was ist 'n los?«

Robin erklärt ihm spitz: »Sie benutzen jeden, den sie in die Finger kriegen, um sich ins Lins Vertrauen zu schleichen.«

»Aber wieso gerade jetzt?«

»Och, irgendein Vorwand findet sich immer – irgendein Geburtstag oder sonst was.«

»Aber warum willst du denn dadrüber nicht reden?«, fragt Alec. »Könnte das nicht Jacks ...«

Grace schneidet ihm das Wort ab. »Für Lin ist das alles viel zu schmerzhaft.«

»Oh, Entschuldigung.« Alec guckt, als sei ihm das tatsächlich neu. »Aber wenn du mit wem Nettes redest, mit'm Freund oder so? Dann hättest du den Rest vielleicht von der Hacke.«

»Nein«, sagt Robin. »Es ist genau andersrum. Wenn du mit einem redest, denkt der Rest, die Jagd ist eröffnet.«

»Sag ein Wort«, werfe ich ein, »und es verfolgt dich bis ans Lebensende.«

»Und wenn du das alles mal gerade rückst?«

»Geht nicht. Das funktioniert wie bei der Frage: ›Wann haben Sie aufgehört, Ihre Frau zu verprügeln?‹ Da stecken immer Unterstellungen drin, und allein nachzuweisen, dass die falsch sind, frisst unglaublich Zeit und Energie. Und trotzdem kommt hinterher irgendwer und findet: ›Sie schreit viel zu laut dagegen an‹, und der nächste erzählt: ›Wo Rauch ist, ist auch Feuer.‹ Unterstellungen und Gerüchte saugen sich fest, Alec. Weißt du bestimmt auch – du treibst dich doch im Internet rum. Wie viel von dem Zeug, was du da liest, hältst du für wahr?«

Grace läuft jetzt knallrot an. Alec bleibt ruhig. »Nicht viel. Andererseits – wenn die Leute mal die Wahrheit hören würden, würden sie garantiert aufhören, den ganzen Quatsch zu erfinden.«

»Das glaub ich kaum. Was ist wohl interessanter, Alec – Jack und

Birdie haben sich in einem Pub in Nord-London oder in einem Puff in Tunesien kennen gelernt?«

Alec lässt sich einen Moment Zeit. »Gehen wir mal davon aus, dass beides falsch ist – und wo habt ihr euch wirklich kennen gelernt?« O je. Der kleine Schleim-Aal beißt sich fest.

Ich schenke ihm mein traurigstes, offenstes Lächeln. »Genau, das mein ich. Die Wahrheit – banal oder exotisch – ist das Einzige, was ich noch besitze und das nicht von Fremden durchwühlt und verwüstet ist. Wenn du zur Unterhaltungsbranche gehörst, glaubt nämlich alle Welt, dein Leben sei komplett ihr Unterhaltungsprogramm. Du wirst zur lebenden Seifenoper, da dürfen sie sich einschalten. Du bist nicht real, du bist einfach was, das sie in der Glotze sehen. Und die grapschen nach allem! Wie war das eigentlich wirklich, Birdie? Wie hat sich das angefühlt? Irgendwer glaubt immer, er hat ein Anrecht auf deine intimsten, sensibelsten Details. Und warum? Weil du Unterhaltung bist und Unterhaltung für alle da ist. Als hättest du dich vertraglich verpflichtet, noch das letzte Fitzelchen mit jedem zu teilen, der was davon will. Hast du aber nicht.«

Wenn man sich das Zwinkern mit den Lidern lange genug verkneift, fangen die Augen irgendwann an zu brennen, bis sich eine Träne bildet. Und wenn man dann Glück hat, wird die so dick, dass sie langsam über den Lidrand und die Wange hinunterrollt.

Robin sagt: »Ist schon gut, Liebes. Komm, ich schenk dir nach. Ist gleich wieder besser.«

Alec brummt: »Entschuldigung«, und guckt erschüttert. Sogar Grace starrt ihn vorwurfsvoll an.

Ich habe eben meine tiefsten Regungen mit ihm geteilt. Aber sicher doch. Bloß, wo ich Jack kennen gelernt hab, das hab ich ihm nicht gesagt.

Die Zeit, wenn man jemand Neues gerade kennen lernt, ist die beste, die wildeste. Die Luft summt und knistert vor lauter Versprechen. Es fühlt sich an wie eine Wiedergeburt. Ich kann mich neu erfinden, ich kann wieder die irrste Liebhaberin sein. Ich bin wie eine Fremde im Ausland – lerne eine neue Sprache, entdecke ungewohnte Vergnügungen. Ich bin jedes Mal wie neugeboren. Atemlos, ruhelos, gierig.

Eine alte Liebe abwerfen ist wie eine alte Identität abwerfen. Man hat ja nicht nur die alte Liebe satt, man hat sein ganzes altes Ich satt – all das, was durch die enge Nähe zu dieser alten Liebe aus einem geworden ist. Ich streife die alte Haut ab, ich dehne und strecke mich in einer neuen, warmen – und die ist so dünn und empfindlich, dass sie bei der leisesten Berührung kribbelt.

Ich war zusammen mit einem Amerikaner namens Cy Fuentes. Er machte Aufnahmen in London, damals die angesagteste Umgebung. Er sah gut aus, hatte Talent und war eifersüchtig. Wir wohnten in einem umgebauten Atelier auf der Sydney Street.

Ich hatte so deutlich null Bock auf Haushalt und Cy eine solche Allergie gegen bohememäßigen Siff, dass er seine Schwester Gabriella als Haushälterin holte. Es war Gabriellas Schuld, dass Jack und ich uns kennen lernten.

Sie fand es total toll, in London zu wohnen, und total toll, zur Szene zu gehören. Englische Musiker waren so cool. Englische Jungs waren überhaupt schau. Gabriella konnte kaum erwarten, sich einen an Land zu ziehen. Jack lief ihr eines Abends auf einem ihrer Beutezüge die King's Road entlang über den Weg.

Eigentlich stand sie mehr auf Mod-Typen mit ordentlichem Haarschnitt und passenden Klamotten. Deshalb befürchtete sie zuerst, dass Jack so grob sein könnte, wie sein Äußeres abgestrapst war. Sie traute wohl auch ihrem Musikgeschmack nicht ganz. Für ihre »Bubblegum-Boys« hatte Cy immer nur Spott übrig. Deshalb schleifte sie mich in ein Konzert mit. Sie wollte eine zweite Meinung.

»Birdie, wie findst 'n du den?«, fragte sie. »Ich meine, mit 'ner richtigen Frisur, im Anzug?«

»Nee!«, sagte ich.

»Doch, da könnte was Heißes draus werden.«

»Schsch!« Die Härchen auf meinen Handrücken schienen zu schaudern. Gänsehaut kroch mir die Arme hoch. Manchmal, ganz selten, hört man eine Stimme und weiß einfach sofort: Die kann niemand kopieren oder klauen. Und – das Allerseltenste – diese unverwechselbare Stimme hat etwas zu sagen. *The real thing.*

»Der hat so süße Augen«, gibberte Gabriella, »glaubst du, der taugt was? Ich finde, er klingt 'n bisschen ruppig. Wenn er wirklich gut wär, müsst er doch nicht in so'm Club spielen wie hier.«

Sie hörte nicht auf zu plappern. Ich ließ sie stehen und fuhr nach Hause. Den Typen musste ich mir mal allein ansehen.

Am nächsten Abend spielte aber Cy im Round House, und hinterher schleppte Gabriella Jack zum Kennenlernen hinter die Bühne. Nicht etwa, dass sie mit ihm angab – sie machte im Gegenteil sich selbst wichtig, als Schwester. »Guck mich an«, hieß die Botschaft, »mein Bruder ist berühmt, und der kriegt die fetten Gigs. Das heißt, man muss mich auch kennen. Denn wenn du nett zu mir bist, tu ich vielleicht mal was für dich. Ich bin der Weg in die erste Liga.«

Cy war einer von den hypochondrischen Musikern, die sich endlos über ihre Wehwehchen auslassen können. Seine Spezialität waren verspannte, verzerrte Muskeln.

Als Jack hinter der Bühne auftauchte, war Cy bereits von Anbeterinnen umringt und unterzog sich einer öffentlichen Massage – von mir. Das war auch so 'n Ding, Cy sah zu gern aus wie ein Boxer nach dem Kampf: Handtuch um die Schultern, Trainer – das heißt in diesem Fall Dienstmädchen – in Allzeit-Bereit-Stellung.

»Mann, Mädchen, Scheiße! Die Stelle, wo sich der Infraspinatus und der Teres Major verbinden, da unterm Deltoides – hast 'n du gar keine Ahnung?«

Bühnenkünstler können richtig brutal sein. Trotzdem waren unter den Anbeterinnen mindestens drei, die sich Hoffnungen machten und mich sofort fröhlich platt gemacht hätten, bloß um mit ihren Pfoten an Cys Muskeln zu kommen.

Ich fand Cy sowieso allmählich zu alt für mich. Zu eingefahren im

Leben, zu abgefahren auf Ersatzdröhnung aus der Apotheke. Es war alles so luftabschnürend und vorhersehbar. Die Welt schien voll von älteren Männern zu sein, die ihre Kicks aus der Abrichtung junger Mädchen zu Leibdienerinnen bezogen.

Und in die Szene schleppte Gabriella Jack. »Du Jack, das ist mein Bruder Cy.«

Cy gab gerade mal wieder den anatomischen Fachmann in Sachen verklumpte Schultermuskeln, die Anbeterinnen gaben sich Mühe, aller Welt ihre Titten zu zeigen.

Und ich wischte mir die Hände am Handtuch ab und sagte: »In Gemüse war ich nie gut – kümmer dich selbst um deinen Spinatus da.«

Sofort quiekte eine der Anbeterinnen: »Lass mich mal, ich hab in Wales Shiatsu gelernt.«

»Gern, du kleine Ski-Azubi«, sagte ich, »aber vergiss die Sicherheitsbindung nicht.«

Niemand lachte – außer Jack. Ich sah hoch. Er giggelte hinter Gabriellas Rücken.

»Hi«, sagte er, »warst du nicht gestern Abend auch im Club? Und bist einfach abgehauen?«

Gabriella ging dazwischen, ohne mich auch nur eines Namens zu würdigen: »Das ist die Freundin von mei'm Bruder.«

»Jetzt nicht mehr«, blaffte ich, »entschuldige, Jack, ich muss schon wieder abhauen«, schnappte meine Jacke und ging zur Tür.

»Süße!«, protestierte Cy. »Jetzt komm wieder her. Du weißt doch, wie begnadet ich deine Hände finde.«

Aber ich ging einfach weiter. Auf der Straße kam es zu einer unwürdigen kleinen Szene. Cy sprang halb nackt herum und versuchte, mich weich zu klopfen. Gabriella rotzte uns an: »Eh, das ist jetzt nicht der Augenblick für einen von euern Beziehungstangos!« Cys Anbeterin wurde zur Anbieterin: »Du, nimm meinen Mantel, du holst dir ja den Tod.« Ungefähr ein Dutzend Cy-Fans randalierten und wollten ein Autogramm. Und Jack lachte sich schlapp.

Irgendwann ließ einer der Anbeter der Anbeterinnen eine dicke fette Tüte rumgehen. Danach kühlte sich die Lage so weit wieder ab, dass wir alle in Autos steigen und zu irgendeiner Party nach Hampstead fahren konnten.

Aber das Ding war gelaufen. Neben dem goldenen, lachenden Jack sah Cy aus wie ein Tattergreis. Die Luft summte, wenn ich Jack nur ansah, die Wände wackelten, wenn Jack mich ansah. Wir haben auch einmal getanzt in der Nacht. Und Jack hat dabei seinen Arm um mich herumgleiten lassen und mich so fest an seinen schmalen harten Körper gezogen, als ob er ausprobieren wollte, ob die Größe passt. Die Hitze wurde fast unerträglich. Ich musste ihn richtig wegschubsen, sonst wären wir miteinander verklebt – Bauch an Bauch, Schenkel an Schenkel.

»Mit dem gehst du heut nicht nach Haus«, sagte er.

Ich schwieg. Ich wusste ja, das war eine schlichte Tatsachenfeststellung.

»Denn das wär eine Schande und ein Verbrechen und schiere Zeitverschwendung.«

So war das, als Jack mich Cy vor der Nase weggeschnappt hat. Beziehungsweise, als ich Jack Gabriella unter der Nase weggeschnappt habe – je nachdem, wer wem die Story erzählt.

Die Story mit dem tunesischen Bordell ist natürlich schöner. Die ist ein echtes Plagiat der Messalina-Story und enthält alle Ingredienzien von Hybris und Aufstiegsdrang, die man sich nur wünschen kann.

Angeblich hatte ich mit einer berühmten Hure gewettet, wer von uns mehr Freier machen kann. Artistik und Schwierigkeitsgrad wurden extra bewertet. Und angeblich hatte ich kilometerweit vorn gelegen, da sei Jack mit seiner Gitarre aufgetaucht. Und dann sei eine Art Doppelfesselung passiert: Erstens soll ich ihn mittels Sexualartistik gefesselt haben und zweitens er mich mittels Musik. Also sei ich aus der Wette ausgestiegen und habe er meine Ehrenschulden bei der berühmten Hure beglichen.

Angeblich hatte ich mir da übrigens auch die Syphilis eingefangen, mit der ich erstens Jack angesteckt und in den Wahnsinn getrieben und zweitens Jacks Tod und meinen eigenen Niedergang verursacht habe. Alles in einem Rutsch. Im Ernst – so geht die Story. Huren und Helden, Geschäftssinn und Geilheit, Stolz und Schlamassel. Lauter umwerfende Zutaten. Wenn so was einer Messalina noch nach zweitausend Jahren anklebt, was hab ich dann für Chancen?

Zu der Zeit war es ein Fehltritt auf der Karriereleiter, mit Jack abzuschwirren. Jack war nicht reich und berühmt wie Cy. Er hatte noch nicht »die Insignien«. Die Leute redeten plötzlich über mich, als wäre ich ein Groupie und hätte gefälligst amtliche Karriereleitern zu beachten. Wie unglaublich bescheuert.

Das Ende vom Lied – das weder ich noch Jack geahnt hatten in seiner winzigen Wohnung mit den Matratzen auf dem Boden – war, dass er eben jene »Insignien« in dem Moment bekam, in dem er mich hatte. Wir wurden *das* Thema in Szeneklatsch und Musicbiz-Tratsch. Jack war bald ganz was anderes als bloß der nächste Rockjüngling. Wir hatten von Anfang an die Seuche, sozusagen.

Aber ich war achtzehn und Jack dreiundzwanzig. Wir waren doch noch Babys. Uns ging das alles am Arsch vorbei. Wenn man noch gar nicht weiß, ob man eine Nacht zusammen aushält, wenn man nicht mal weiß, ob man mit dem Menschen, mit dem man im Bett war, auch noch frühstücken möchte – was sollte man dann erst mit Karriereleitern anfangen? Ich hätte mich, wenn ich es auf »Insignien« abgesehen hätte, leicht zu Cy zurücktricksen können. So was hatte ich vorher schon und habs auch nachher gemacht. Ich war schließlich immer spezialisiert darauf, meinen Kuchen sowohl zu essen als auch hinterher noch zu haben.

Das Ganze war einfach ein Wunder – und Jack der jüngste Mann, den ich bis dahin gehabt hatte. Seine Haut war genauso fest und elastisch wie meine. Mit ihm zusammen konnte ich spielen. Wir sind rumgetollt wie kleine Welpen. Wir haben uns Quatsch ausgedacht und gegenseitig an den Kopf geschmissen. Wir haben uns schräg ausstaffiert und sind so auf die Straße gegangen. Wir haben Peinlichkeiten ausgeplaudert und die Erwachsenen angegackert. Und nie haben wir irgendwas zweimal auf dieselbe Weise gemacht.

Jack hatte, im Gegensatz zu allen anderen, auch nie eine Fertigwelt, in die er mich reinzupressen versuchte. Er sah die Musik und das Leben nicht enger als ich. Und wir konnten nach und nach beides gemeinsam entwickeln.

Ich staunte. Ich hatte bis dahin nicht gemerkt, dass ich immer noch in Fesseln gelegen hatte, obwohl ich von zu Hause ausgezogen und von der Schule geflogen war. Ich war noch immer passgerecht für die Erwachsenenwelt. Und auch die angeblichen Rockrebellen hatten eine Art Blaupause, nach der ich getrimmt werden sollte.

Jack war am Anfang der wahre Rebell. Wenn ihm etwas nicht passte, änderte er es. Wenn er etwas, das von ihm erwartet wurde, nicht mochte, machte er es auch nicht. Er gab nie den Entertainer auf der Bühne. Er sang, was er wollte, und in der Reihenfolge, die er wollte. Er hat auch die Zuhörer direkt angequatscht und sich manchmal sogar mit ihnen gestritten. Er hat oft Krach mit der Band gekriegt. Er hat nämlich auch einfach Songs mittendrin umgebaut, woraufhin die anderen durcheinander kamen und mühsam hinterherstolpern mussten. Jack hat einfach keine Angst vor Blamagen gehabt.

Das war undiszipliniert. Das war unverantwortlich. Das war unwiderstehlich.

Ah – und er roch so gut. Nicht wie ein Erwachsener. Ich konnte meine Nase sogar in seine ungewaschenen Haare vergraben und roch nichts als eine im frischen Gras dösende Katze. Ich hab nie duschen wollen, wenn ich mit Jack zusammen gewesen war – ich liebte den Geruch seiner Haut auf meiner. Es war der Geruch der Unschuld. Anfänge sind wunderschön.

Und was ist das hier heute Abend? Grace kommt in mein Zimmer, als ich gerade das Licht ausmachen will, und heult Rotz und Wasser und kriegt kaum Luft.

»Ach, Auntie Lin!«

Ich hebe die Bettdecke, damit sie mit drunterschlüpfen kann. So wie früher, als sie noch kleiner war als ich.

»Was hat er gemacht?« So weinen Frauen nur, wenns um Liebe geht. Aber Grace antwortet nicht, sondern schluchzt sich an meiner Schulter aus. Ich warte, werde nass, bin genervt.

Ob Robin ihre Kinder wirklich richtig erzogen hat? Bei unseren Eltern hat Geheule nie was gebracht außer Ohrfeigen und Isolationshaft im Kinderzimmer. Robin dagegen wollte die Kinderjahre ihres Nachwuchses unbedingt zu einer Ära von Spaß und Spannung und vor allem zu einer schuldgefühlfreien Zone machen. Sie sei, erzählte sie immer, von dem Gefühl, nie zu genügen, regelrecht verkrüppelt worden. Was meiner Ansicht aber einfach das Bündel ist, das unsere gesamte Generation in England zu tragen hat. Jedenfalls zollte Robin ihren Kindern ständig Beifall und ermunterte sie und gab ihnen das Gefühl, genauso wichtig und wertvoll zu sein wie Erwachsene. Nicht, dass ihre Kinder nie Fehler machten. Aber wenn sie mal etwas falsch gemacht hatten, wurde das schnell vergeben und genauso schnell wieder vergessen. Offenbar in derselben Sekunde. Sonst könnte es Grace heute nicht völlig normal finden, nach Mitternacht heulend in mein Zimmer zu kommen, wäre sie nicht gleichzeitig todsicher, willkommen zu sein und getröstet zu werden. Sogar wenn ihr Fehler mich trifft.

»Du darfst ihn nicht rausschmeißen«, stößt sie hervor.

»Alec?«, frage ich. »Weshalb denn?« Im Augenblick möchte ich nicht, dass sie weiß, dass ich etwas weiß. Nicht solange ich nicht weiß, was sie weiß.

»Mensch, ich hab doch gewusst, wie der auf die Musik abfährt«, sagt sie, »ich hab auch gewusst, dass er dich gern kennen lernen wollte. Aber ich hab doch gedacht, es geht um mich. Ich hab gedacht, der ist wegen mir hier.«

Das kommt davon, wenn man allzu selbstüberzeugt ist. Es haut ja so viel mehr rein, wenn man dann rauskriegt, dass man gar nicht so bedeutend ist, wie man dachte. Arme kleine Grace. Ich ziehe ein paar Kleenextücher aus dem Karton und gebe sie ihr.

»Na, erzähl schon.« Trost spendende objektive Auntie Lin.

»Das verzeihst du mir nie«, greint sie. Sie hat noch nie im Leben etwas nicht verziehen bekommen. Der Satz teilt mir einfach mit, dass ich ihr zu verzeihen habe.

»Er hat seinen Laptop bei mir im Zimmer vergessen«, fängt sie endlich an. »Er hatte 'n Brief geschrieben, den sollt ich aber nicht lesen. Ich hab gedacht, der ist vielleicht an 'ne abgelegte Freundin. Er hat geschworen, er hat keine andere – aber, Lin, er ist doch so was Besonderes. Den müssen andere Frauen doch auch wollen, nicht?«

»Klar.« Auch für das Thema bin ich bestens qualifiziert. »Und jetzt hast du ihn doch gelesen, was?«

»Alec war heute so anders«, erklärt Grace, »nicht kalt, ich meine, so als ob er mit den Gedanken woanders ist. Als er dann wieder in Jimmys Zimmer gegangen ist, hab ich gegrübelt: Und wenn er doch wen anders hat? Na ja, es war niemand anders, sondern – du. Er hat einen ganzen Bericht über dich geschrieben.«

»Ach.« Na bravo – wenigstens lässt das kleine Aas schon die Sicherheitszügel schleifen. Nur dumm, dass die falsche Frau drüberstolpern musste.

»Er ist richtig hinter dir her. Er hat deine ganzen Gespräche aufgenommen. Und ich dachte, der liebt mich.«

»Er ist ja nicht aus Liebe hinter mir her«, beschwichtige ich sie.

»Nei-ein«, schluchzt sie, »aber aus Faszination.«

»Unsinn. Er macht bloß einen Job.«

»Ach Lin – ich wusste, du bist stinksauer auf mich.«

»Aber warum denn, Kleines? Weil dich einer ausgenutzt hat?«

»Weil ich nicht diskret war. Ich hab doch gewusst, dass er dich unbedingt treffen wollte. Aber ich dachte, der schreibt doch seine Doktorarbeit über Musikjournalismus in den Sixties, und deshalb interessiert er sich für dich und Jack. Ich hätts dir sagen müssen. Aber ich wollte ihm helfen. Und jetzt hau ich dich damit in die

Pfanne.« Die Schluchzer werden wohliger. »Kannst du mir je verzeihen?«

»Weiß ich nicht.«

Sie guckt mich schockiert an. Sie hatte damit gerechnet, dass ich sage, sie sei doch meine kleine Grace und was immer sie mache, sei prima und nicht ihre Schuld.

Ich frage stattdessen: »Wie groß ist der Schaden?«

Sie reißt sich abrupt aus den Trost spendenden Auntie-Lin-Armen. Einen Moment lang denke ich, gleich sagt sie: »Ich hab mich doch entschuldigt, was willst du denn noch?«

Aber so dumm ist sie nicht. Sie fragt zurück: »Wie groß könnte er denn sein?«

»Für wen hat er das Zeug geschrieben?«

»Mr. Sasson Freel. Kopie an Mr. B. Stears.«

»O Gott«, stöhne ich, »der Schaden könnte enorm sein.«

Sie sinkt zusammen. »Du schmeißt ihn raus, ich weiß es.«

»Tja, Grace – was würdest 'n du machen?«

»Eigentlich müsst ich ihn rausschmeißen. Ich müsst ihn auf der Stelle aus dem Bett reißen und rausschmeißen. Aber ich kann nicht. Ich liebe ihn, Auntie Lin. Wirklich. Er darf auch nicht rauskriegen, dass ich an seinem Laptop rumgemacht hab.«

Und so begeht die nächste Generation meiner Familie Verrat an sich selbst im Namen von Jacks strahlender Jugend.

Teil drei

Ein Mann will nach oben

He's drunk, he tastes like candy, he's so beautiful.
He's so deep, like dirty water. God, he's awful.

Er 's voll, er schmeckt wie Bonbons, er 's so wunderschön.
Er 's so tief, wie dreck'jes Wasser. Gott, er 's grässlich.

Courtney Love

1
Das große Los

Alec Parry war kein schlechter Mensch – er mochte Hunde und hatte nichts gegen Kinder. Er war nur vernarrt in »Vom Büroboten zum Firmenchef«-Storys von jungen Männern, was insofern passte, als sein Magister in Medienwissenschaften ihm die Welt der Büroboten öffnete.

Dass die Film- und die Musikbranche ihrerseits Welten waren, in denen sich tausende von überqualifizierten jungen Leuten noch um den niedersten Job rissen, wusste er auch. Wer darin Glück hatte, stieg auf in das brutale Ausbeutungssystem der Praktikantenstellen, in dem man weit unter dem Existenzlohn schuftete wie ein Hund und darauf hoffte, eines Tages, wenn man sich irgendwie abzuheben schaffte, ins feste Personal übernommen zu werden.

Memo Movies war eine unabhängige Musikfilmfirma. Sie machte ihre Geschäfte mit Archivmaterial und Klassikvideos, produzierte aber auch alle zwei, drei Jahre eigene Filme über die Jazz-, Blues- und Rockgeschichte oder die Entwicklung des Triphop. Die Filme konnten vor allem auf das eigene Materialarchiv zurückgreifen, und wenn man die Wurzeln irgendeiner neuen Musikrichtung verfolgen will, ist Filmmaterial über die jeweiligen Vorläufer, das man abklippen kann, sehr aufschlussreich. Das Archiv von Memo Movies reichte zurück bis ins Jahr 1927, aus dem ein Film über Bessie Smith stammte. Es war also eine Diamantmine für alle, die an derlei interessiert waren.

Bevor Alec zu Memo Movies kam, hatte er von Bessie Smith keine Ahnung. Auch nicht von Son House oder Bill Broonzy oder Howlin' Wolf oder irgendeiner anderen der Prä-Sixties-Legenden. Aber die Musik der Sixties und Seventies – darauf legte er beim Vorstellungsgespräch größten Wert –, die fand er toll. Als er den Job dann hatte, legte er sich regelrecht ins Zeug, um möglichst alles über die zukunftsträchtigsten Bands der beiden Jahrzehnte zu wissen, und war ganz erstaunt, wie weit zurück in die Geschichte seine Recherchen führten. Dass selbst Revolutionäre spirituelle Stammbäume haben und Traditionen erben, das hatte er nicht gewusst.

Gerechterweise sei gesagt, dass Alec sich wirklich Mühe gab, seine Wissenslücken zu füllen. Sein Motto könnte etwa so gelautet haben: »Schleim dich rein, mach dich unersetzbar und dann hab Pattex am Hintern.«

Das mit dem Pattex allerdings war das Problem. Wenn einen die Erfahrung irgendetwas lehrte, dann dass Memo Movies am Ende seiner sechs Monate Praktikum finden würde, dass er für eine volle Stelle zu teuer sei. Er würde gehen dürfen, und sie würden sich den nächsten Heini holen, den sie mit dem üblichen Matsch aus wenig Kröten und viel Rosinen abspeisen konnten. Sie würden Alecs Potenzial nicht zu schätzen wissen – er konnte nämlich ranklotzen, er war ausgeschlafen und findig und hatte gute Manieren, aber in einem niederen Job konnte er das natürlich nicht beweisen. Wenn er Anerkennung wollte, würde er erst mal auf sich aufmerksam machen müssen.

Und so wurde aus Alec Parry der hilfsbereite junge Mann, der sich für jedermann vom festen Personal nützlich machte. Gingen Videos bei der Zustellung verloren, hängte er sich ans Telefon und fahndete hinterher. Gingen Kaffeemaschine oder Kopierer kaputt, scheuchte er den Reparaturmann so, dass sie noch vor dem Feierabend wieder funktionierten. Wollte die Produktionsabteilung Material sichten, holte er es persönlich ab, brachte es in den Schneideraum und drückte sich so lange da herum, bis er ungefähr wusste, um was für ein Projekt es ging.

Nach einem Monat Praktikum hatte er zwei Sachen raus: In der Produktionsabteilung waren alle zugeknöpft und argwöhnisch, und das aktuelle Projekt von Memo Movies hieß Jack. Folglich wurde Jack auch das Projekt von Alec. Er besorgte sich alle CDs, las alle Bücher, sichtete, was er an Filmen und Videos kriegen konnte, und graste das Internet nach Quellen ab, auf die die Dinosaurier von der Produktion eventuell noch nicht gekommen waren.

Dann erwischte er eine Glückssträhne: Er stieß in einem Chatroom von Jack-Fans auf g.ace. Ursprünglich hatte er nur mitgelesen, was andere Leute so ausgetauscht hatten, ohne sich selbst einzuschalten. Aber eines Tages hatte er einen Chat gelesen, der so endete:

> metalman: hardcandy soll nicht koks sein? Naiv.
> g.ace: deine 2fel – banal.
> metalman: sondern?
> g.ace: sex m mindjähr – s. hc-stelle taking candy from babies.
> metalman: sch***dreck.

Alec war auch schon über die Anspielungen auf schmutzige Sexdinger auf *Hard Candy* gestolpert, bei denen es laut Metalman aber bloß um Drogen gehen sollte. Jetzt schaltete er sich auch ein.

cela5 an g.ace: ja. d8e ich auch – aber 2deutig.
g.ace an cela5: jax birdiesongs alle 2deutig.

Bald war Alec überzeugt, dass g.ace Jack-Experte sein musste, und gab seine E-Mail-Adresse bekannt. Und so ging der Chat ab der nächsten Woche privat weiter. Alec fand g.aces Stil klasse. Er war intelligent und witzig und klang nach Insiderkenntnissen.

Eines Tages musste er eine Mappe mit Entwürfen für Videohüllen ins Vorzimmer des Managing-Directors bringen, und der Gigant war gerade selbst da, über den Tisch seiner Sekretärin gebeugt. Alec war dem MD noch nie persönlich begegnet und wollte sich die Chance nicht entgehen lassen.

Er holte tief Luft. »Guten Morgen, Mr. Stears. Ich bin Alec Parry und Praktikant hier. Sir, ich sehe Sie wahrscheinlich nie wieder, und ich, äh, hätt da gern mal eine Frage.«

Mr. Stears fuhr gereizt hoch, guckte dann aber milde.

»Sir, unten sagen alle, Sie und Jack sind richtig befreundet gewesen, und da dacht ich, äh, wissen Sie vielleicht, ob das stimmt, dass Jack Fußballfan war, von Tottenham Hotspurs, und dass er innen am linken Knie einen Hahn tätowiert hatte?«

Das milde Lächeln verschwand. Mr. Stears fragte barsch zurück: »Wo haben Sie das denn her?«

»Na ja, Sir – ich bin ins Internet gegangen, wegen Informationen über Jack, die dem Projekt zugute kommen könnten.«

»Wer hat Sie beauftragt?«

»Niemand, Sir. Ist aus eigenem Interesse. Ich machs in meiner Freizeit.«

»Dann darf ich Sie bitten, es zu unterlassen«, sagte Mr. Stears. »Alles, was wir hier tun, ist vertraulich. Laufende Projekt dürfen außerhalb des Hauses nicht diskutiert werden. Haben Sie das nicht gelernt?«

»Ich würde nie ein Projekt diskutieren«, gab Alec beleidigt zurück. »Ich hab Informationen beschafft, nicht weitergegeben.«

»Auch mit Klatsch und Tratsch kann man die Konkurrenz auf Ideen bringen.«

»Ich klatsche auch nicht. Ich hab aber jemand anders zum Klatschen gebracht. Und ich dachte, Sie sind, äh, bestimmt der Einzige, mit dem ich gegenchecken kann, was ich an Fakten recherchiert habe.«

Mr. Stears schob sich die Brille wieder die Nase hoch und sah Alec scharf an. »Recherchiert, ja? Ich glaube, Sie kommen mit in mein Büro und erzählen mal, was Sie da treiben.«

Alec war beeindruckt. Mr. Stears' Büro hatte abgezogenes Ahornparkett, einen Sheraton-Schreibtisch, gotische Fenster mit Blick aufs Wasser. Und falls – nein: *wenn* – er, Alec, so ein Büro sein Eigen nennen dürfte, würde er jedenfalls nicht die Wirkung durch ein verwahrlostes Äußeres versauen wie der ungepflegte, übergewichtige Mr. Stears. Die Wurlitzer dagegen würde er behalten. Die sah nach drolligem Spielzeug aus.

»Also«, sagte Mr. Stears an seinem Schreibtisch aus dem achtzehnten Jahrhundert, »woher haben Sie Ihre ›recherchierten Fakten‹?«

Alec erklärte, warum er nicht wusste, wer sein Informant war, und fasste kurz zusammen, was er und g.ace besprochen hatten. Er fühlte sich ermuntert durch Mr. Stears Neugier. So ein Schwein, dachte er, genau so ging das, wenn man auf sich aufmerksam machen wollte.

»Eins darf ich Ihnen mal sagen«, sagte Mr. Stears, nachdem er sich minutenlang alles angehört hatte, »Korrespondenzen der Art sind sehr riskant. Und wissen Sie auch, warum?«

»Nein, warum?«

»Weil die erwähnten ›recherchierten Fakten‹ vermutlich nur sehr wenigen Leuten bekannt sein dürften. Engen Freunden. Der Familie.«

»Ich wusste gar nicht, dass Jack Familie hatte.«

»Hatte er auch nicht. Ich meinte Birdie und deren Familie. Von Birdie haben Sie sich ja wohl ein Bild machen können, wenn Sie sauber ›recherchiert‹ haben.«

Hatte Alec, ehrlich gesagt, nicht. Er war so auf Jack fixiert gewesen, dass er Birdie bis jetzt für die Sorte Schmuckbrosche gehalten hatte, die alle Welt bei einem Rockgott erwartete.

»Hmm«, brummte er und hoffte, dass es nachdenklich klang. »Vertrackt, das Ganze.«

»Vertrackt trifft es nur halb«, sagte Mr. Stears. »Ich habe die Befürchtung, dass Birdie, wenn sie auch nur ein Fitzelchen von unserem Vorhaben erfährt, es auf jede erdenkliche Weise zu blockieren versucht.«

»Warum das denn, Sir?«

»Aus lauter Eifersucht. Sie war immer furchtbar eifersüchtig. Eifersüchtig *auf* Jack, eifersüchtig *wegen* Jack. Wussten Sie, dass sie sogar behauptet, an ein paar der Jack-Klassiker mitgearbeitet zu haben?«

»Wusst ich nicht, nein.«

»Nun ja, dann sollten Sie schleunigst Fakten über Birdie ›recherchieren‹, bevor Sie Ihre traute kleine Korrespondenz wieder aufnehmen. Es könnte nämlich sein, dass Sie mit einer Natter im Gras korrespondieren.«

»Ich breche sofort die Verbindung ab«, sagte Alec. »Ich möchte auf keinen Fall Ihrer Produktion schaden – das wär das Letzte, was ich wollte. Ich hatte ja keine Ahnung, wie sensibel das Ganze ist.«

»Na, die haben Sie ja jetzt.« Mr. Stears klang herablassend. »Und wenn Sie in dieser Branche was werden wollen, sollten Sie schleunigst lernen, dass Netzwerke zwar zu unserer Grundausstattung gehören, dass aber Getratsche und Geplänkel mit Leuten, die scheinbar gleiche Interessen haben, die sicherste Methode sind, wenn man seine Ideen gern geklaut oder blockiert kriegen möchte.«

»Sir, das tut mir alles so Leid.« Vielleicht war es doch keine so tolle Idee gewesen, den MD persönlich auf sich aufmerksam zu machen? »Aber ich versichere Ihnen, ich habe niemandem gesagt, wer ich bin oder wo ich arbeite oder woher mein Interesse rührt. Ich habe mich immer nur als Fan dargestellt.«

»Ich hoffe, das stimmt.« Mr. Stears wandte sich ab und dem Themseblick zu.

Du fieser Plumpsack, dachte Alec, während er das MD-Büro verließ, du blöder Brillenmops. Wieso kriegen eigentlich immer so Falten werfende Fettmöpse die geilen Jobs? Wieso muss man so 'ne protzige Pissnelke sein, um an so heiße Büros zu kommen? Heißt doch immer, man soll allen zeigen, was man drauf hat. Soll doch Punkte bringen! Nicht Punktabzug! Aber mich feuern die hier noch vorm Feierabend dafür, dass ich 'n bisschen Eigeninitiative gezeigt habe! Da darf ich schon wieder meinen Lebenslauf umschreiben.

Aber er wurde nach der Mittagspause in das Büro mit dem Themseblick zurückbestellt.

»Setz dich, mein Junge«, fing Mr. Stears jetzt an. »Alec?«

»Alec Parry, Sir.«

»Also, Alec, ich habe noch einmal nachgedacht. Vielleicht solltest du diese Verbindung da nicht abbrechen. Vielleicht ist die strategisch bedeutsam.«

»Wirklich, Sir?«

Mr. Stears genehmigte sich ein paar Sekunden Pause, um seine Seidenkrawatte glatt zu streichen. »Macht dir die Arbeit Spaß hier?«

»Ja, Sir«, sagte Alec vorsichtig. Er war nicht mehr so sicher, ob es klug war, seinen Ehrgeiz zu zeigen.

»Würdest du gern bei einem Spezialprojekt mitmachen?«

»Und wie.« Na, das klang ja schon besser. Viel cooler.

»Dann solltest du dir die Sache nochmal durch den Kopf gehen lassen. Wenn du, natürlich in deiner Freizeit, in Erfahrung bringen könntest, mit wem du da korrespondierst, dann könnte das dein Beitrag dazu werden.«

»Mach ich gern, Sir.«

»Aber ich kann dir gar nicht deutlich genug sagen, wie behutsam du vorgehen musst. Denk immer daran, dass du es mit jemandem aus Birdies Familie zu tun haben könntest, und deren Paranoia in Bezug auf Medieninteresse kann man gar nicht überschätzen. Die wachen eifersüchtig über alles, was Jack betrifft, sogar Sachen, die der Öffentlichkeit gehören sollten. Alec, Birdie ist in der Tat eine Kobra, die sich um eine Schatztruhe ringelt.«

»Ich werd höllisch aufpassen.«

»Ich möchte Berichte über jede Entwicklung.«

»Sie?«, fragte Alec freudig erregt. »Persönlich?«

»Ich gebe dir meine persönliche Durchwahlnummer. Ich möchte außerdem Kopien der Korrespondenz.«

»Das wär vielleicht eine, äh, Bremse, Sir.«

»Warum?«

»Na ja, weil – ich muss ja meinem Informanten auch was von mir erzählen, wenn das privater werden soll. Da muss man auch mal, na ja, aufdrehen, wenn man jemanden verlocken will. Ich meine, ich weiß nicht mal, ob das 'n Mann oder 'ne Frau ist.«

»Na schön. Zusammenfassung reicht. Aber sieh dich vor. Wenn du enttarnt bist, Alec, gehen wir alle hoch.«

Kriegsspiele, dachte Alec. Informanten. Ganzgeheimagenten. Und ein Fuß in der Tür zu dem Büro mit dem Themseblick. Als er es diesmal verließ, empfand er Mr. Stears nicht mehr als fiesen alten Furz. Es hatte zwar gedauert, aber es hatte geklappt.

Ein paar Tage später hatte Alec raus, wer g.ace war. Er rief sofort Mr. Stears an. »Grace Emerson.«

»Großer Gott«, sagte Mr. Stears. »Die Nichte.«

»Hätte ich den Namen erkennen müssen?«

»Nein. Ist besser, dass du nicht darauf reagiert hast. Zumindest … nein, ich muss nachdenken. Ich melde mich später.« Er legte auf.

Alec schwelgte im Hochgefühl. Er fing an, Eindruck zu machen, an allen Fronten. Für Mr. Stears war er das Schoßhündchen, und für Grace war er klug und sensibel.

Sie tauschten sich bald auch über Bücher und Filme und Politik aus. Aber nicht über Sport. Sport, das hatte er schmerzhaft lernen müssen, schreckte Bräute meistens ab. Er gab sich aber als SciFi-Liebhaber zu erkennen, so was erwartete Grace bestimmt von ihm.

»aber mach mich dafür nicht madig«, schrieb er.

Sie schrieb zurück: »nobody perfect. ursulaleguin ok.«

Dass sie Ursula LeGuin kannte, gefiel ihm.

»superweib«, schrieb er, »bist nicht zufällig 68, verheiratet mit gehhilfe?«

»volltreffer.«

»bricht mir das herz.«

»so was hast du? boah!«

Kess und witzig, dachte er. Wollte auch nicht, kaum dass er einen Flirt anfing, seine Telefonnummer haben. Das rechnete er ihr hoch an. Das hielt das Spiel lebendig.

Das gewann nämlich an Rasanz. Bald durfte Alec in Mr. Stears Wagen mit Chauffeur mitfahren. Es ging in ein vietnamesisches Restaurant in Soho, wo Alec einen Mr. Freel kennen lernte.

»Und das ist Alec«, erfuhr Mr. Freel dann von Mr. Stears, »der aufgeweckte junge Mann, von dem ich erzählt habe.«

Mr. Freel sah aus, wie man das erwartet: groß, gewichtig, aber nicht schlaff, sondern gespannt und seriös. Imposant. Alec versuchte, aufrecht zu sitzen. Er merkte schnell, dass sein eigentliches Gegenüber Mr. Freel war. Mr. Stears trat offensichtlich in den Schatten.

Genau, dachte Alec: Wenn man das wirkliche Sagen haben will, muss man aussehen wie einer, der das Sagen hat.

»Mir scheint«, fing Mr. Freel an, »du hast dir was einfallen lassen. Du hast das Potenzial von etwas erkannt und gehandelt. Herzlichen Glückwunsch. Möchtest du da gern dranbleiben?«

Alec ließ sich einen Moment Zeit. Er wollte den Eindruck erwecken, die Antwort genau abzuwägen. »Ehrlich gesagt, Mr. Freel«, sagte er schließlich nachdenklich lächelnd, wie er hoffte, »es macht mir großen Spaß. Das Jack-Projekt ist grandios, und ich bin froh, dass ich da mitmachen darf. Ich weiß natürlich, mein Beitrag ist marginal. Trotzdem gehör ich dadurch irgendwie dazu.«

»Hört sich an, als wär der Junge ein Naturtalent, Barry.«

»Er ist ja auch bei uns im Praktikum«, prahlte Mr. Stears. »Das heißt, er lernt das Geschäft von allen Seiten. Aber ihm fehlt noch etwas die Erfahrung.«

»Die wird er zuhauf haben, wenn das Projekt erst im Kasten ist, würd ich sagen. Nimm ihn unter deine Fittiche, Barry. Sonst schnappt ihn uns noch einer weg.«

»Das ist allerdings eine etwas ungewohnte Situation«, wollte Mr. Stears einwenden, »so viel Geheimniskrämerei ist bei kaum einem Projekt sonst erforderlich.«

»Es ist auch bei kaum einem Projekt sonst die Kooperationsbereitschaft von Birdie Walker erforderlich. Die ist doch sicher schon Teil deiner Recherche, Alec?«

»Natürlich, Sir.« Alec zog die Brauen hoch und rollte melodramatisch die Augen gen Decke. Die beiden reiferen Herren lächelten.

»Du wärst also bereit, direkt in die Höhle der Löwin zu gehen und sie beim Schopf zu packen?«, fragte Mr. Freel, noch immer lächelnd. »Denn so weit kann das gehen. Aber zuerst müssen wir mal wissen, ob es diesen Antigua-Film tatsächlich gibt und, wenn ja – wovon wir ja wohl ausgehen –, wie man Birdie dazu überreden kann, ihn uns zu überlassen. Und das ist kein Pappenstiel, das sage ich dir gleich. Ich weiß natürlich nicht, wie weit du mit der Nichte kommst, aber ein direkter Draht in die Familie ist auf jeden Fall nützlich.«

Alec hielt erwartungsvoll fast die Luft an. In seiner Fantasie war er schon der Superstar, der es schaffte, die Luder-Göttin zu bezwingen. Er wartete eigentlich nur noch auf den Marschbefehl an die Front. Aber das war wohl nicht der Stil von Mr. Freel. Deshalb fragte Alec schließlich: »Ist Grace auch so ein Kaliber wie Birdie, was glauben Sie?«

»Ich hab die einmal gesehen, da war sie noch klein«, antwortete Mr. Freel. »Was hältst du denn von ihr?«

»Bis jetzt ist sie ganz sympathisch. Ich meine das Wesen, das die E-Mails schickt.«

»Und umgekehrt?«

»Na ja, noch chatten wir ja. Da könnte man sich einfach ausklinken, wenn man jemand nicht mögen würde.«

»Erzähl mir von ihr.«

»Also, ich glaube, sie ist intelligent und witzig. Irgendwie so – ihre eigene Frau. Schwer zu beschreiben. Wir reden über alles Mögliche. Sie soll ja nicht denken, ich hätte nur wegen Jack Interesse an ihr.«

»Kluges Kerlchen«, sagte Mr. Freel. »Barry, ich sehe, du hast einen Gewinnertyp entdeckt.«

Dass ihn jemand wie Mr. Freel als Gewinnertyp bezeichnete, gab Alec Selbstvertrauen zurück, das er seit dem College nie mehr gehabt hatte. Die reale Welt danach hatte er als eine Serie von Zurückweisungen erlebt. Als Ort, wo kein Mensch ihn kannte und kein Mensch Zeit hatte, ihn kennen zu lernen. Am Ende wusste auch kein Mensch, wie er hieß. Es hatte ihm ja kein Mensch die Chance gegeben, sich einen Namen zu machen. Aber jetzt hatte er das Ruder rumgerissen.

Am selben Abend mailte er Grace seine Telefonnummer. Sie rief sofort an. Es wurde ein Zweistundengespräch. Alec war überhaupt nicht aufgeregt. Grace war, wie er erleichtert bemerkte, viel aufgeregter als er.

»Ja nun«, erklärte sie, »in den Chatrooms wegen Jack sind 'ne Menge Irre unterwegs. Dich mein ich natürlich nicht.«

Die will sich tatsächlich bei mir beliebt machen, dachte er erstaunt und freute sich. Das müsste ja eigentlich andersrum sein, aber das weiß sie nicht. Eigentlich riskiere ich ja hier was, nicht sie.

Also blieb er ganz locker und ließ sie machen. Ist fast wie bei einer richtigen Beziehung, dachte er – wenns erst mal losgegangen ist, übernehmen immer die Frauen. Die machen die Züge.

Das Treffen war ihre Idee gewesen. Auch der Vorschlag, zu ihrer Mutter zu fahren, kam von ihr. Alec stieg einfach nur drauf ein, frei von aller Verantwortung. Kurz vorher, zwischen Verabredungsmöglichkeiten und Organisatorischem, erzählte Grace ihm von ihrer Beziehung zu Jack und Birdie.

»Ist einfach 'n Familiending«, sagte sie, »ich wollte bloß nicht, dass du mich für 'ne Angeberin hältst.«

»Warum hätte ich 'n sollen?« Er war ganz gespannt vor lauter Begeisterung. Er glotzte in den Hörer, als könne er sie am anderen Ende sehen.

»Weiß nicht – die Leute werden manchmal komisch, wenn sie rauskriegen, dass man mit Promis verwandt ist.«

»Peng: ertappt!«, sagte er. »Ich werd schon zum Monster. Lass unsere Verabredung platzen, du – ah, ah! – ich werd ganz grün – ah, meine Zähne, die Klauen ...«

»Halt die Klappe«, lachte sie, »ich hab doch nicht dich gemeint. Du bist ganz anders.«

Irgendwie irre, überlegte er: Einer Frau zuzuhören, ist viel interessanter, wenn man was Wichtiges von ihr hören will. Zuhören war ihm immer schwer gefallen. Er hatte schließlich gelernt, zu tun als ob. Bei Grace dagegen musste er genau zuhören, und je besser er zuhörte, desto mehr erzählte sie. Eine sagenhafte Entdeckung.

Sie erzählte zum Beispiel, dass Jack sie wahnsinnig geprägt habe. Nicht so sehr mit seiner Musik, sondern wegen der Drogen und was die aus ihm gemacht hatten. »Die haben ihm alle zu Füßen gelegen, aber geholfen hat ihm kein Mensch«, sagte sie. »Birdie hats wenigstens versucht, als Einzige. Aber sie war selber viel zu dicht dran. Das war auch nicht ihr Ding. Sie ist fast genauso dran kaputtgegangen wie er.«

Mr. Stears Kommentar zu dem Teil von Alecs Bericht war: »Grace ist da natürlich befangen. Birdie hat Jack mit ihrer Extravaganz und ihrer Untreue in den Abgrund gerissen, so sehe ich das. Die hat ihn am Nasenring gehabt.«

Wie auch immer, jedenfalls hatte Jacks fatale psychische Instabilität Grace zum Psychologiestudium gebracht. Inzwischen arbeitete sie in einem Reha-Projekt in Bristol. Irgendwann wollte sie sich als Therapeutin niederlassen. Aber das lag noch in ferner Zukunft.

»Bis jetzt komme ich ja nicht mal hinter meine eigene Geschichte«, erzählte sie. »Unsere ganze familiäre Dynamik wird beherrscht von einer Tragödie, über die Birdie aber nicht spricht.«

»Warum spricht sie 'n nicht dadrüber?«

»Zuerst war alles zu schmerzhaft. Dann hat sie es internalisiert. Und inzwischen schwärt die Wunde so lange, dass ihr nur noch ein richtig guter Therapeut helfen kann.«

»Psychoblabla«, kommentierte Mr. Stears den Teil. »Wie ich das sehe, hat das arme Mädchen kiloweise Sand in den Augen. Typisch Birdie – Sand in die Augen streuen konnte die immer schon *extraordinaire*. Die spricht bloß deshalb nicht drüber, weil sie sonst zugeben müsste, was sie selber zu der Tragödie beigetragen hat.«

Mr. Freel sah die Sache erwartungsgemäß pragmatischer. »Grace vertraut sich dir an – gut gemacht. Bring sie weiter zum Reden.«

Als Alec dann Grace endlich leibhaftig traf, war er sicher, das Ding schaukeln zu können. Da wusste er auch längst, was genau er zu tun hatte.

Also machte er zu Hause klar Schiff. Erzählte seiner Mutter und seiner Freundin, er dürfe zu einem Kursus für angehende Manager und sei die nächsten paar Wochen nicht erreichbar. Stand dann erst ein Crash-Training bei Mr. Stears durch und anschließend zwei wesentlich angenehmere, von Mr. Freel organisierte Nachmittage. Da lernte er den Umgang mit dem Miniaturequipment und den anderen Geräten, die er brauchte. Und da stellte er auch fest, dass Mr. Freel der eigentliche Boss war.

Ja!, freute er sich innerlich, als er Grace in der Paddington Station durch die Sperre kommen sah. GAME ON!

Mit einem lässigen Lächeln ging er auf sie zu. Sie war ja sogar ganz hübsch – er brauchte sich nicht mal groß zu verstellen.

»Hi, Grace«, sagte er leise und beobachtete genau, wie sich ihr Gesicht entspannte und ihr Mund aufging. Die mag mich, dachte er, auf Anhieb. O du kleiner Engel, du magst mich. Es stimmte.

Hätte sich die Wachsamkeit ihrer Miene in Enttäuschtheit oder Feindseligkeit verwandelt, wäre Alec innerhalb einer Nanosekunde zu Sternstaub zerstoben. Hätte er ausgerechnet Mr. Freel beichten müssen: »Die konnte mich wohl nicht leiden, keine Ahnung, wieso. Die hat mir keine Chance gelassen.«

So was hat man ja nie in der Hand. Man kann solide Fundamente legen, aber Fundamente heißt bei Mädchen erst mal gar nichts. Mädchen können einen entweder ab oder nicht.

Grace konnte ihn ab. Ihr Gesicht entspannte sich, ihre Augen wurden größer, ihr Mund ging auf.

»Hi, Cela Five.« Sie streckte ihm die Hand hin.

GAME wirklich ON!

Plötzlich kam es ihm vor, als sei das sowieso klar gewesen. Ungefähr so wie ein Tor, das gar nicht anders sein kann. Der Ball kullert einfach rein. Ball, Tor, Schicksal.

Er war nicht mal überrascht, dass Birdie auch gerade in Graces Elternhaus war. Er, Birdie, Schicksal. Die Sterne selbst spielten für ihn. Das Tor war enorm, der Ball brauchte keine Extraaufforderung. Alec hatte seinen Lauf.

Birdie jedoch überraschte ihn. Er hatte irgendwas Überlebensgroßes erwartet. Nicht dass sie genauso aussah wie auf den Archivbildern, die er sich angeguckt hatte. Aber er hatte damit gerechnet, dass sie, na ja – voluminöser war. Imposanter. Als er sie mit Grace zusammen tanzen sah, dachte er als Erstes, Grace ist die Tante, Birdie die Nichte. Er kannte auch keine Tante, die so tanzt.

Er betrachtete sie oft und hörte zu, wenn sie sich mit Grace unterhielt, und konnte es nicht fassen, dass Birdie aus derselben Generation war wie seine Mutter. Was sie sich lieferten, waren schnelle, deftige Schlagabtausche mit Lachsalven.

Die Mutter von Grace entsprach schon eher der Erwartung: Sie war langsamer, auch zerstreuter, ein bisschen daneben. Er musste sich regelrecht zwingen, sie, wenn sie auch im Raum war, nicht zu übersehen oder übergehen. »War mal wahnsinnig hippie«, hatte Grace beschrieben, und das stimmte. Die konnte er, befand er, in Ruhe links liegen lassen.

»Na, was denkst du?« Grace kam in Alecs Zimmer gerauscht, das heißt, es gehörte eigentlich ihrem Bruder Jimmy.

»Na ja, äh …«, er zögerte, »irgendwie toll für das Alter.«

»Alter?« Grace lachte empört auf. »Gerontophob, was?«

»Na gut, einfach toll«, korrigierte er. »Bist du ja auch. Die ganze Familie ist toll.«

»*Amazing Grace,* kenn ich schon.« Grace warf sich in Pose. »Und wehe, du vergisst das mal!«

Alec beneidete Grace um ihren lockeren Umgang mit Tante und Mutter. Gut, Jack war kein Thema, aber er war auch das Einzige, was sie nicht freimütig miteinander bequasselten.

Jimmys Zimmer mit den vielen Postern und dem anarchisch-bunten Quilt gefiel ihm auch. Von dem schmalen Bett aus – ob er allein dalag oder mit Grace an sich geschmiegt – betrachtete er die Poster wie seine eigene Porträtgalerie. Sie hatten alle Symbolwert, und Jimmy hatte sie gruppiert wie eine Fußballelf. Im Tor Wittgenstein, davor die Viererkette aus Stephen Hawking, Puff Daddy, Karl Popper und Orson Welles. Mutter Teresa hatte er frech ins Mittelfeld geschickt, auf den linken Flügel, etwas kindisch, Batman.

In Gedanken stellte Alec sich zu den Stürmern. Mit ihm im Angriff gewann jede Elf. Kein Thema. Er stand voll im Saft.

Fast wie zum Beweis war Jimmy gerade jetzt in Italien. Er kam auch den ganzen Sommer lang nicht zurück. Tut mir 'n Gefallen, dabei kenn ich ihn gar nicht, dachte Alec. Ich kann hier jetzt Wurzeln schlagen und alles easy angehen. Vermisst wird Jimmy sowieso bloß von seiner Mutter. Die wird immer stiller und schwermütiger.

Alec dagegen machte bei Grace immer mehr Punkte und fing an, Birdie heimlich auszuforschen.

Birdie kam und ging grundsätzlich ohne Erklärung. Einmal ganz frühmorgens, als Grace beim Haarewaschen war, ging er hinter Birdie her. Sie stieg – unglaublich! – in einen Bus. Alec merkte sich die Nummer, fuhr aber nicht mit. Ziemlich schräg, diesen Mythos, die traumatisierte Luder-Göttin, in einer Schlange an der Bushaltestelle stehen zu sehen. Er durchsuchte auch ihr Zimmer und ging an ihren Laptop. Fand Notizen für Songtexte, Akkorde und Arrangements darin, die nicht alphabetisch, sondern nach Songtiteln sortiert waren. Fand Aufstellungen, die ihm nichts sagten. Fand aber keine Privatbriefe. Ihr Ablagesystem kam ihm überhaupt unsystematisch vor. Genau wie ihre Klamotten: vom sündteuren Designerfummel bis zu abgeschabten Jeans und alles mit derselben Nachlässigkeit behandelt. Manchmal rauchte sie sogar in der Küche, dann wieder gar nicht. Es war kein Muster zu erkennen.

Alec hatte nicht den Eindruck, dass sie ihm auswich oder ihn vorführte. Er war irgendwie zutiefst überzeugt, er musste einfach nur da sein. Sie würde schon kommen. Sie würde genauso in sein Gravitationsfeld wirbeln wie Mr. Freel.

Sie konnte ihn gut leiden. Wenn er manchmal ins Wohnzimmer kam und sie am Klavier saß, drehte sie sich immer um und lächelte ihn an. Spielte ihm ein paar Takte vor und trällerte dazu. »Don't worry, be happy – alles wird gut.« Sie dachte nämlich genau wie Grace, dass er Schiss hatte, keinen Job zu finden. Beide glaubten, dass er auf Job- und Wohnungssuche war, weil er in London bleiben und nicht wieder in seine Heimatstadt zurückwollte. Schlauerweise hatte er Hull als Heimatstadt erkoren – das war so weit weg, das konnte ihm nicht in die Quere kommen.

Er zog dann immer einen Stuhl neben das Klavier und sagte: »Mach doch weiter, spiel noch was. Das ist so toll – in meiner Familie hat niemand Talent.«

Es war nicht Schmeichelei. Er musste ihr Bewunderung nicht vorgaukeln. Er empfand ganz ehrlich seine eigene Familie neben der von Grace als mickrig.

»Was meinst du?«, fragte sie ihn oft. »Den Bass so: da-di-da-dam-dam-da-dam? Schlagzeug: pa-*tam-tam*-ti-tam? Die Melodie ungefähr so, die Begleitstimme so und hier 'ne kleine Diskante? Was meinst du, Alec?«

»Klingt klasse«, antwortete er begeistert und völlig ahnungslos.

»Ihr müsst mit in den Club kommen«, sagte sie, »du und Grace. Ich muss unbedingt wissen, wie ihr die Band findet. Ihr seid im richtigen Alter.«

»Ehrlich gesagt versteh ich nichts von Musik.«

»Einfach aus'm Bauch raus gesprochen, so was brauch ich, intelligente, sensible Spontaneindrücke. Kannst du garantiert auch.«

Ja!, freute er sich innerlich, die kann mich gut leiden. »Wär echt toll«, sagte er laut und bekam zur Belohnung ein Lächeln. Das vertrauliche Lächeln mit den Fältchen um die leuchtend blauen Augen und dem immer breiteren Mund. Alec konnte nicht anders, er musste auch lächeln. Noch besser war ihr Lachen – das war kehlig und rau. Es schien wie Kohlensäure einen Flaschenhals hochgesprudelt zu kommen.

Sie lachte tatsächlich auch über seine Witze, das war das größte Wunder. Manchmal kam er zufällig spätabends in die Küche, und sie saß allein mit einem Glas Wein am Tisch, zum Beispiel. Hatte den traurig-verträumten Gesichtsausdruck wie immer, wenn sie allein war. Und freute sich über kleine Kiebigkeiten von ihm, wie: »Mein Vater hat gesagt, ich soll mich hüten vor Leuten, die heimlich trinken.«

Sie konterte nie mit blöden Fragen wie: »Wieso bist du denn um die Zeit noch wach?« Sie schob ihm einfach die Flasche hin und prostete: »Schlaflose aller Länder, vereinigt auch. Wo bunkern die eigentlich den Schlaf in diesem Haus? Ich hab schon überall gesucht.«

»Der ist immer im obersten Regal, außer Reichweite«, sagte er und staunte über sich. Gott sei Dank waren seine eigenen Bonmots auch auf den Bändern. Er führte nämlich, Häppchen für Häppchen, eine Art akustisches Tagebuch über Birdies Gedanken und Erinnerungen, ihr Kommen und Gehen, das eines Tages bei Mr. Freel landen würde. Und da sollten ja seine Gesprächsanteile nicht mickrig klingen. Sie sollten genauso funkeln wie ihre. Man sollte nämlich merken, dass er der Richtige für den Job war. Mr. Freel sollte hören können, wie Birdie zu ihm, Alec, allmählich Vertrauen fasste.

»Aber pass schön auf, dass die dich nicht verführt«, hatte der ihn gewarnt. »Die kann Schlangen unter Felsblöcken hervorschmeicheln.«

Na, hören Sie mal rein, Mr. Freel, und dann sagen Sie mir, wer hier wen verführt.

2
Ausschnitte aus dem Antigua-Film

Wenn man, von Hitze und Anziehungskraft überwältigt, mit jemandem vögelt, den man gerade eben kennen gelernt hat, kann es passieren, dass man ohne wirkliche Gründe und quasi ohne Rücktrittsrecht in etwas reinrennt. Man begibt sich mit jemandem total Fremdes in tiefste Intimität, und plötzlich dreht sich der Wind und man kommt nicht mehr los. Kein Mensch, der noch einen Funken Verstand hat, würde auf so einer Grundlage ein Haus kaufen oder auch nur ein Auto. Allenfalls ein Hündchen. Aber bei der Wahl von Kuscheltieren fehlt genauso jede Logik an den Kontrollhebeln – vor allem, wenn man auch noch weichherzig ist und es sich aus dem Tierheim holt. Meistens ist das Glück dann nicht so blind wie die Liebe, und man steht plötzlich da und hängt an einem Geschöpf, das nur so wimmelt vor lauter Flechten und Bandwürmern und Ohrmilben und einem nach dem Daumen schnappt, wenn man ihm die rettende Hand hinhält.

Jack zieht außerirdische Kreise mit einem Finger durch die schwere Luft. Sagt: »Kräuselwellen.« Pause. »Möchte wissen, wie lange die bis nach London brauchen.« Längere Pause. »Aber bis dahin sind die hoffentlich 'n Zyklon. Und der fegt die Dächer von den Häusern und reißt dem Spinnenmann Arme und Beine aus.«

Die blonde Braut neben ihm in der Hängematte sagt: »Meuchelmord mit Zyklamenluft.«

Eine der Kräuselwellen streift – über riesige zeitliche und räumliche Distanzen hinweg – meine Wange. Aber diesmal sehe ich keinen Strudel aus lauter Regenbogenmolekülen in Scheibenform. Ich bin nicht zugekifft. Das Bild ist trotzdem schön: türkisblaues Meer, himmelblauer Himmel, ockergelber Sand, indigoblaue Schatten – und in einer Hängematte ineinander geschmiegt zwei gefallene Engel.

Ich halte die Rolle auf dem Schneidetisch an. »Kann man davon ein Standfoto ziehen?«

Der Techniker sagt okay und markiert die Stelle.

Langsam, Bild für Bild, nur erhellt von der schwachen Leuchte des Schneidetischs, tasten wir uns zurück in die Vergangenheit.

Einzelne Elemente – dem Spinnenmann die Beine ausreißen, zum Beispiel, oder die Zyklamenluft und der Zyklon – sind in *Walks Like A Spider* eingeflossen. Einer der grausamsten Songs, die Jack und ich je geschrieben haben – übrigens auch eine seiner untypischsten, ganz melodiösen Kompositionen. Die Leute haben lange gebraucht, bis sie mitgekriegt hatten, wie bösartig der Song ist.

Im Nachhinein sind Jacks Instabilität und Paranoia nicht zu übersehen. Seine Schönheit auch nicht. Aus der zeitlichen Distanz sage ich: »Nicht anfassen. Notarzt rufen.« Und: »Hast du wirklich nur die Schönheit gesehen? Hast du ernsthaft gedacht, du kannst diese verlorene Kreatur retten?«

Aber wie konnte er verloren sein, wenn er mich gefunden hatte? Nein, er war nicht verloren. Er wurde gefunden. Genau wie ich. Wir waren zwei Findelkinder im Freudentaumel über diesen Fund.

Wärs nicht komisch, wenn ich aus diesem öden Schneideraum gehe und plötzlich an Zweckehen glaube? Und diesen Glauben mitsamt dem halben Dutzend Standfotos von einem schönen jungen Liebespaar in einer idyllischen Landschaft in einen Umschlag stecke. Und den dann strategisch geschickt platziere, sodass ein anderer junger Liebender ihn finden muss. Wird der Glaube ihn anstecken? Er weiß ja genau, was er mit den Fotos machen soll. Aber gesunder Menschenverstand in Bezug auf seine eigenen persönlichen Angelegenheiten –? Ach nein, das liegt in jahrelanger und meilenweiter Ferne.

Jack hatte sich ein kleines Anwesen geliehen. Es hieß South Winds und hatte auch Personal für drinnen und draußen. Wir selber wohnten nicht im eigentlichen Haus, sondern erst in einem, dann in zwei Gästebungalows am Strand. Im Haus logierten Freunde und Leute, die einfach mit rumhängen, und die Band, als sie dann auch kam. Es war bald ziemlich voll, und sofort brachen wieder die typischen Schikaniererereien und Eifersüchteleien aus.

Ursprünglich waren wir natürlich ganz allein da. Unser geheimnisvoller plötzlicher Aufbruch hatte alle kalt erwischt. Wir waren weg gewesen, bevor irgendjemand fragen konnte, wohin. Wir waren sogar weg gewesen, bevor wir selbst uns fragen konnten, was wir eigentlich vorhatten.

»Ich muss hier weg«, hatte Jack gesagt. Und vor was flüchten? Dem Trubel? Ja. Aber den hatten wir auch mit heraufbeschworen. Wir hatten doch viel Zeit und Fantasie investiert, um Jack berühmt zu machen. Und er hat den Erfolg gewollt, mit jeder Faser seines Körpers, aber Erfolg ohne Prominenz ist nun mal nicht zu haben. Jack war Performer, verdammt nochmal.

Wenn ein Performer Aufsehen um sich ablehnt, lehnt er einen größeren Teil seiner Persönlichkeit ab. Und das macht seinen sowieso gierigen »Guck-mich-an!«-Schatten heißhungrig. Der zettelt dann bald Krieg an und zerreißt ihn, auf der Suche nach Nahrung.

»Ich muss hier weg«, hatte Jack gesagt. »Wieder runterkommen. Wir sollen wieder reden können und spielen. Soll wieder so sein wie früher. Vielleicht können wir ja auch wieder schreiben, weißte? Wie damals, wenn wir mal allein waren.«

Nach nur zehn Tagen hat sein heißhungriger Schatten am Strand ein Rudel streunender amerikanischer Filmstudenten entdeckt und sie angeheuert, damit sie uns beim Alleinsein zugucken.

Klingt das nicht wie ein Widerspruch? Für mich wars damals einer. Zutiefst. Aber ich hab damals auch noch an Einfachheit und Integrität und das ganze Gedöns geglaubt. Ich hatte mich noch nicht damit abgefunden, dass Männer und Frauen und Kinder fast alle mehr oder weniger ständig mit sich selbst im Krieg liegen.

Nicht dass Jacks hungriger Schatten den Krieg gewonnen hätte. So einfach ist das nicht. Der Kampf wurde bloß immer persönlicher und härter.

Hier kommt zum Beispiel ein hübscher kleiner Filmschnipsel: Jack an einem Tisch im Dunkeln. Er hängt im Schein von ein paar dicken Kerzen zwischen Tellern und Flaschen und Gläsern. Im Aschenbecher verkokelt eine Kakerlake. Jacks Augen sind hohl und schlafschwer. Eine Szene aus dem Hippiehimmel: das einfache Leben, der einfache Mann und sein einfaches Weib.

»Yeah«, knurrt er, »morgen ...« Weiter nichts. Er sieht hoch, direkt in die Kamera. Hier, aus der zeitlichen Distanz, wirkt sein verzögertes, von Kerzen ausgeleuchtetes Blinzeln überrascht. »Seid ihr etwa noch da?«, scheint sein angedeutetes Lächeln fragen zu wollen. »Is Sendepause.«

Er taucht einen Finger in den Wein und schreibt damit auf den Tisch. Die verhuschte blonde Erscheinung neben ihm liest das mit Wein Geschriebene. Dann steht sie sehr langsam auf und entschwebt.

Bei der nächsten Einstellung zeigt die Kamera von draußen Palmwedel, die vor einem von innen erleuchteten Fenster hin- und herschwanken. Bei der nächsten ist wieder Tag. Aber was ist dazwischen passiert? Die von der Kamera organisierten Bilder legen nahe, dass die beiden sich geliebt haben – der einfache Mann und sein einfaches Weib, zugekifft, verschlafen. Sie zeigen quasi als Bestätigung, wie die beiden Hand in Hand über die Vorderterrasse in den warmen Sand hinunterschlendern. Man kriegt, was man sieht.

Was man allerdings nicht kriegt, ist das mit Wein auf den Tisch Geschriebene.

»Ich bin das Auge«, hatte Jack gekrakelt. »Das Auge beobachtet mich. Die Kamera frisst meine Augen.«

Als die blonde Erscheinung mit den Hippiekettchen das gelesen hatte, war sie erschrocken aufgestanden und hatte die Amerikaner gebeten, die Kamera auszuschalten. Jack war einfach sitzen geblieben. Buchstäblich gelähmt vor Angst.

Nun guck sich einer die verhuschte kleine Erscheinung an! So süß, so jung und aus der zeitlichen Distanz hier so lachhaft in diesem Baumwollfähnchen mit den Federn. Jemand Bodenständiges, eine

Frau mit Substanz, hätte auf der Stelle ihre Koffer gepackt, Jack in die nächste Privatklinik geschafft und dafür gesorgt, dass er fachkundig betreut wird.

Was in Gottes Namen hat die Erscheinung eigentlich geglaubt, was da los war?

Ich weiß es nicht mehr. Ich weiß nur noch, ich war in heller Aufregung. Ich weiß auch, ich hab – ganz das einfache Weib – das, was Jack geschrieben hatte, für metaphorisch gehalten. Er wollte sagen, die Kamera zerstört seine Fähigkeit, sich selbst so zu sehen, wie er wirklich ist, und hat das irgendwie auf makabre Weise ausgedrückt. Ich nehme an, ich fand das Geschriebene richtig und empfand es eher als Zeichen für Gesundheit. Was mir Angst gemacht hat, war Jacks Angst.

Im Gegensatz zu dem, was diese neunzig Sekunden Film einem zeigen, war Vögeln unter Drogen das Letzte, was Jack in dieser Nacht in den Sinn gekommen wäre. Er war ja erst nach viereinhalb Stunden und fünf Mandrax bereit, sich überhaupt hinzulegen. Er war gleichzeitig starr vor Panik und bebberte wie ein Äffchen.

Also, was dachte die Erscheinung, was da abging? Ein Echo-Trip oder so was? Vom noch nicht abgebauten LSD vom Tag davor? Ach ja, die ganze alte Untergrundpharmakologie – daran kann ich mich gut erinnern. Am Morgen danach haben wir immer literweise frisch gepressten Orangensaft getrunken. Tolles Medikament.

Interessant ist allerdings der Soundtrack von diesem Filmausschnitt. Eine einzelne akustische Gitarre spielt just die zwölf Takte Bluesriff, die später bearbeitet als Thema unter *Black Blonde* liegen, auf dem *Hard-Candy*-Album.

Ich halte wieder an und sage: »Da hätt ich gern einen andern Soundtrack.«

»Okay«, sagt der Techniker wieder und markiert die Stelle. »Gib mir das, was du da hinhaben willst, ich guck mal.«

Ich reiche ihm ein Stückchen altmodisches Schnürsenkeltonband. Er fädelt es ein, und jetzt ist die blonde Erscheinung plötzlich Jacks

Stimme, denn diesmal ist Gesang dabei. Diesmal spielt die Sologitarre ein Pattern aus sechzehn Takten, dazu krächzt Jack zwischen Summen und Singen: »In the morning she holds me, she folds me, she opens the drawer by her bed. She breaks me, she shakes me, the widow mistakes me for the man she keeps wrapped in her head.«

»Genau«, sage ich, »zieh da hoch … schleich dich da langsam raus. Jaaa! So geht das.«

Der Techniker guckt mich verdattert an. *Black Blonde* war doch ideal – warum wollte ich das denn rausschneiden?

Ich rede weiter. »Beide Versionen. Und ich hätt gern von beiden eine Kopie auf Film. Und die Originalfassung außerdem gern noch auf Video überspielt.«

3
Nicht mehr so voll im Saft

Als Birdie beim InnerVersions-Gig Grace mit an den Tisch der Typen von Dog Records schleppte und auch noch Mr. Freel vorstellte, fing die Sache für Alec an, aus dem Ruder zu laufen. Verkriechen ging nicht, er war ja mit Grace da. Er war noch vom Tanzen verschwitzt und fühlte sich gar nicht mehr wie der ausgebuffte Managernachwuchs. Mr. Freel hatte ihm einen abweisenden Blick zugeworfen. Den hatte Alec, wie er fand, aber schlau pariert: Er hatte sofort den Rückwärtsgang eingelegt und sich in Richtung Theke bewegt, um ein Glas Lager & Lime für Grace zu holen. Ab da hatte er Abstand vom Firmentisch gehalten.

Abstandhalten bedeutete aber: noch öfter tanzen, als er wollte. Was andererseits Grace begeisterte. Und deren Freude war lästig und – falls Mr. Freel daraus schloss, er sei eine pflichtvergessene Pfeife – Anlass zur Sorge. Aber Alec hatte keine Wahl.

Birdie hielt sich, wie er fand, erstaunlich lange in der Gesellschaft von Mr. Freel und den anderen auf, die unübersehbar dessen Untergebene waren. Allesamt sahen sie sehr anders aus als normales Clubpublikum, und das war selbstverständlich Absicht. Sie waren schließlich nicht zum Vergnügen hier. Für Leute wie sie war das Arbeit.

Alec fiel partout nichts ein, womit er Mr. Freel hätte signalisieren können, dass er auch arbeitete. Am besten blieb er einfach unauffällig. Aber das nervte. Er wär gern dichter dran an der Action gewesen. Wie soll man denn glänzen, wenn man nicht auffallen darf? Mit Sicherheit nicht durch Getanze mit Grace. Getanze mit Grace war weder glänzend noch unauffällig. Alec gab sich alle Mühe, cool zu bleiben, aber er musste irgendwie mitmachen bei Graces fröhlichem Gehopse. Er kam sich langsam vor wie auf dem Abstellgleis.

Am Laufen hielt ihn nur das ermunternde, amüsierte Lächeln, das er immer von Birdie auffing, wenn er gerade das Gefühl hatte abzuschlaffen. »Bleib dran«, schien es zu sagen »du machst das klasse.« Gut, zugegeben, Birdie wusste ja gar nicht, was er eigentlich machte, und konnte also auch nicht beurteilen, ob er das »klasse« machte oder nicht. Trotzdem, er empfand es als Anerkennung.

Birdie schien sich völlig problemlos zwischen ihrer Familie, dieser Band und den Firmentypen zu bewegen. Zu Mr. Freel war sie höflich, aber distanziert. Die weiß nicht, dass der sie hasst, fiel ihm ein, als er vor der Theke Schlange stand. Er war selbst überrascht von dem Gedanken, denn Mr. Freel hasste Birdie natürlich nicht, sondern wollte nur was von ihr, das sie nicht rausrücken wollte. Wer Birdie wirklich hasste, war Mr. Stears.

Die Musik hämmerte ihm in den Kopf und klopfte ihn schwummerig. Er war froh, dass er von Anfang an vorsichtig mit Alkohol gewesen war. Er hätte zu gern gehört, was Mr. Freel dem Typen gesagt hatte, der sich gerade zu ihm durchgedrängelt und einen Zettel übergeben hatte. Mr. Freel hatte den gelesen, zusammengefaltet und in eine Innentasche gesteckt. Dann hatte er sich zu Birdie gebeugt. Birdie hatte bedächtig genickt.

»Ist das nicht geil hier«, sagte Grace plötzlich neben ihm und trank einen Schluck aus seinem Glas. »Komm, wir tanzen wieder.«

Aber da tauchte Birdie auf und hielt ihnen den Schlüssel für den Volvo hin.

»Bleibst du denn nicht bis zum Schluss?«, fragte Grace geknickt.

»Ich muss noch mit 'n paar Leuten quatschen. Kommt ihr allein klar?«

»Keine Sorge«, sagte Alec, »ich pass auf sie auf.« Am liebsten hätte er dazugefügt: Es sei denn, ich dürfte irgendwas für dich tun. Aber er ließ es.

»Ist er nicht super?«, zwitscherte Grace und gab Alec den Schlüssel.

Ein paar Minuten später sah er Mr. Freel Birdie durch den Club nach draußen geleiten und kam sich vor wie sitzen gelassen. Mr. Freel schob sie mit einer Hand an ihrem Ellbogen vorwärts, und neben ihm wirkte sie winzig, fast zerbrechlich. Unlauterer Wettbewerb, schoss ihm durch den Kopf, wieder zu seiner eigenen Überraschung. Und schlagartig dämmerte ihm, dieser Mr. Freel mit seiner Größe und seinem Maßanzug und seiner Macht könnte es selber schaffen, Birdie zum Mitmachen zu charmieren oder zu kujonieren oder zu säuseln. Dann würde er, Alec, nicht mehr gebraucht und wieder degradiert zum Büroboten bei Memo Movies.

»Tanzen?«, schrie Grace durch das Getöse. Aber es war ja jetzt niemand mehr da, den man beobachten, von dem man Abstand halten musste, also war auch Getanze überflüssig. Nach einer Weile behauptete Alec, außerdem sei sein Knie verrenkt, womit auch das Dableiben entfiel.

»Gehts dir gut?«, fragte Grace viel später an diesem Abend.

»Bin 'n bisschen müde.«

»Tut dein Knie noch weh?«

»Bisschen.« Er gab sich Mühe, ans Humpeln zu denken, als er ihr Bett in Richtung Jimmys Zimmer verließ.

Er ließ die Tür einen Spalt offen, um Birdies Schlüssel hören zu können. Vielleicht konnte er ihr noch zufällig auf der Treppe begegnen und einen gemeinsamen Absacker vorschlagen. Aber die Stunden verstrichen, und Birdie kam nicht.

Was treibt die denn zum Teufel?, grübelte er. Die hat gesagt, sie muss mit ein paar Leuten quasseln. Aber kein Mensch quasselt die ganze Nacht. Er sah sie wieder rausgehen, mit Mr. Freel – Mr. Freel drängend, Birdie winzig und widerstrebend. Die wollte bestimmt gar nicht mit. Lassen Sie die in Ruhe, Mr. Freel! Die will nicht mit mit Ihnen, und mir vermasseln Sie das Spiel. Die traut Ihnen nicht. Die kann Sie auch nicht gut leiden. Ich sags Ihnen. Die hat Sie nämlich nicht ein Mal angelächelt. Sie machen zu viel Druck. Ich weiß, wie man mit ihr umgehen muss. Sie nicht.

Das Schlimmste an dieser Nacht war das Gefühl, alles andere als voll im Saft zu stehen. Die drängten ihn raus, nach und nach, die ließen ihn schutzlos vor den Palasttoren stehen. Je mehr Zeit vorbeikroch, desto klarer wurde Alec, dass er verwundbar war.

Er lag da, mit brennenden Augen und dem Klingeln in den Ohren, das man immer kriegt, wenn man zu dicht an den Riesenboxen getanzt hat, und musste sich eingestehen, dass er viel zu viel in Grace investiert hatte. Birdie war viel lebhafter in seinem Kopf. Grace war bloß Birdies Schatten, Birdies Echo. Die ganze E-Mailerei, die Kessheiten und Schlagfertigkeiten – das war in Wahrheit mit Birdie gelaufen. Über Grace als Medium und Birdie-Imitation. Sobald er auf das Original getroffen war, war die Kopie Grace verblasst. Die Korrespondenz war das Lebendigste an Grace, sie selbst war bloß Birdies Nichte.

Aber genau so sollte das laufen, beschwichtigte er sich: Stoß durch Jack zu Grace vor, dann durch Grace zu Birdie und durch die wieder zurück zu Jack. Kreis geschlossen. GAME OVER. Aber irgendwas war da jetzt verzogen. Der Kreis war nicht mehr richtig rund. Aber vielleicht war der das nie? Er hätte sich vielleicht eine Tangente dazudenken sollen: Stoß durch Jack zu Mr. Freel vor und dann durch den zu dem geilen Büro und der Wurlitzer und dem BMW. Aber das haut nur hin, wenn Mr. Freel nicht komplett übernimmt und alle Preise selber einsackt.

Schlaflosigkeit hatte jedenfalls nicht auf dem Spielplan gestanden. Wut, Schiss und Im-Dunkeln-Tappen auch nicht. Gefühle sind sowieso für 'n Arsch. Für Alec nichts anderes als Blockierungen, Löcher, Heckenschützen und Sprengfallen auf seinem Bildschirm. Der Held in seinem Game war geschwächt und in Gefahr.

Schalt das Ding ab!, dachte Alec. Aber nein, er wartete doch die ganze Nacht auf das Geräusch der Füße einer mittelalten Frau auf der Treppe. Und das kam nicht.

»Was 'n los?«, fragte Grace ihn. Ihre Augen glänzten frisch wie ihre Haare. »Du siehst ja furchtbar aus.« Sie knallte ihm eine Schüssel Müsli vor die Nase.

»Wie? Danke«, sagte Alec. »Du aber auch, äh – furchtbar entzückend.« Gefrotzel überforderte ihn. Er hatte noch keinen Nerv dafür.

»Er ist total ausgelutscht«, erklärte Grace ihrer Mutter. »Ist ja 'n besessener Tänzer, aber mit Grace Schritt halten – das schafft er nicht.«

»Wo ist denn Lin?«, fragte Mrs. Emerson.

»War die gar nicht da?«, feixte Grace zurück. »Nein, wie gemein, bleibt einfach über Nacht weg. Diese alten Leute – machen ihren Kindern solche Sorgen ...«

Das Geräusch der aufspringenden Haustür kam dazwischen.

»Lin?«, rief Mrs. Emerson.

»Keine Zeit, Liebes!«, rief die sofort zurück. »Muss ganz schnell duschen, mich umziehen und wieder weg.«

»Iss doch wenigstens was.«

»Geht nicht.« Das kam schon von oben von der Treppe. Dann gingen Türen auf und zu, rauschte Wasser, und zwanzig Minuten später war Birdie wieder verschwunden, ohne dass Alec sie zu Gesicht bekommen hätte.

»Die reibt sich noch völlig auf«, seufzte Mrs. Emerson. Und setzte, ungewohnt heftig, hinterher: »Manchmal hasse ich Rock 'n' Roll!«

»Wie meinen Sie 'n das?«, fragte Alec.

»Ich weiß auch nicht«, sie klang wieder vage, »dass der einen hoch und immer höher bringt, solange bis man nur noch zusammenkrachen kann. Dass immer alles nachts sein muss ... Ich weiß nicht. Wie will sie das denn überleben, nächtelang mit einer von ihren Bands unterwegs sein und am nächsten Morgen ein Bewerbungsgespräch machen?«

»Hat Auntie Lin wieder eins?«, fragte Grace.

»Ich nehms an.«

»Du kannst aber nicht von ihr verlangen, die Musik aufzugeben, Mama. Sie wär nicht mehr Lin, wenn sie nicht nachts um die Häuser ziehen würde. Kannst du dir wirklich vorstellen, dass sie normal im Büro jobbt?«

»Da wär sie jedenfalls sicherer.«

»Gibs auf, Mama. Außerdem ist sie mein Role-Model: So möcht ich auch in Unwürde alt werden.«

»Du weißt ja nicht, was du da redest«, sagte Mrs. Emerson. »Und hoffentlich erfährst dus auch nie.« Sie stand auf, schlich aus der Küche und ließ Grace einfach sitzen.

Grace biss sich auf die Lippe. »Meine verdammte Klappe!«

»Wieso?«

»Ach, für Mama ist Lin eins der tragischen Opfer des Rock-'n'-Roll-Holocausts. Für mich dagegen 'ne Überlebende.«

»Ich dachte, du hältst sie auch für traumatisiert?«

»Na klar. Sind wir das nicht alle?«

An diesem Morgen hatte Alec nichts dagegenzusetzen. Für ihn war Müdigkeit so ungewohnt, dass er sich in Gedanken schon an die Spitze einer ganzen Horde Traumatisierte stellte. Er ging sofort nach dem Frühstück wieder ins Bett und schlief bis zum Mittagessen.

Nachmittags, als er sich allmählich besser fühlte, machte er sich an einen Bericht für Mr. Freel.

»An: Mr. Freel – Zielperson war seit meinem letzten Report in Verbindung mit 1. BBC, 2. *Mojo Magazine,* 3. Virgin Records, 4. Mr. Ireland (Ihre Firma), 5. Sheeney Tele-Cine, 6. Finanzamt, 7. Paul & Dahl Hair Salon …«, schrieb er.

Da platzte Grace ins Zimmer. »Was machst 'n da? Wollen wir nicht rausgehen?«

»Wohin denn?«

»Irgendwohin. Wem schreibst 'n da?«

»Ach, 'm Freund.« Alec klappte den Laptop zu.

»Nee, so was hast du?« Grace fuhr ihm durch die Haare und ließ eine Hand unter sein Hemd gleiten. »Was finden die denn bloß an dir?«

»Du Ratte!« Er schnappte ihre Hand.

Schimpfwörter und Schmusewörter – sie waren austauschbar, und Alec war dankbar dafür. Ratte zu jemandem zu sagen, hieß erst mal gar nichts. Und wenn es als Liebkosung ausgelegt wurde, konnte er ja nichts dafür. Er und Grace segelten auf einer seichten, flockigen Oberfläche aus Witzchen und Wortspielen und Andeutungen dahin. Und nach seinem Empfinden lag dadrunter gar nichts.

Birdie kam pünktlich zum Abendessen wieder hereingeflattert, hatte aber, bevor sie sich setzen konnte, einen Anruf von einer Firma namens Median Films. Alec wusste genau, wer das war – Median war ein Konkurrent von Memo, aber nicht so groß. Birdie war stinksauer wegen des Anrufs.

Zuerst war Alec froh: Wenn Median auch was über Jack drehte und Birdie sauer darüber war, hieß das ja wohl, dass sie mit denen jedenfalls nicht zusammenarbeitete. Dann erinnerte ihn die Sache allerdings an die Dringlichkeit seiner eigenen Mission.

Aber plötzlich erklärte Birdie, warum sie so allergisch auf jede Art von Medieninteresse reagierte. Es war das erste Mal. Und zum ersten Mal kam Alec der Gedanke, dass das, was Mr. Freel und Mr. Stears für Neid-und-Missgunst-Gebaren hielten, in Wahrheit Selbstschutz war.

Das Gespräch wurde im Gegensatz zu den meisten anderen Küchentischgesprächen richtig ernsthaft. Und Alec bekam zu spüren, was für eine Macht drei Frauen sein können, die gemeinsam gegen jemanden in Stellung gehen. Sogar Grace ließ ihn hängen. Sonst hielt sie doch Reden immer so hoch als Allheilmittel, jetzt kniff sie plötzlich und ließ ihn im Stich – allein mit schwierigen Nachforschungen und einem Satz, der eigentlich aus ihrem Mund hätte kommen müssen: »Du würdest dich bestimmt besser fühlen, wenn du alles mal gerade rückst und mal mit einem netten Freund redest.«

Birdie ließ ihn total abfahren. Und als wär so viel Kontra nicht schon schlimm genug, machte sie ihm obendrein ein schlechtes Gewissen, weil er mit seinem Angebot nur die Wunde wieder aufriss.

Er war doch dank Mr. Freels Einmischung und diesem plötzlichen Einschleichen von Median Films gezwungen gewesen, seine Karten zu früh aufzudecken. Das Ergebnis war entsetzlich: Birdie weinte.

Tränen hingen an ihren langen Wimpern. Er musste weggucken, um nicht mit anzusehen, wie sie runterkullerten. Das kommt dabei raus, wenn man sich auf Ernsthaftigkeit einlässt – man bietet Angriffsflächen. Und Tränen sind hinterhältige scharfe Waffen, von denen muss man unbedingt Abstand halten.

»Och, keine Bange«, sagte Grace später, »die kommt schon wieder. Die ist einfach alle, sonst nichts. Hat ja letzte Nacht nicht geschlafen, weißt du noch?«

Er stieg gern auf das locker-flockige Geplänkel ein, aber als Grace später nach unten zum Fernsehen ging, blieb er in ihrem Zimmer und schrieb seinen Bericht an Mr. Freel zu Ende.

Wie macht man einem – seinem – Big Boss klar, er soll sich gefälligst raushalten? Alec schrieb: »Nach meinem Dafürhalten sollte angesichts der Reaktion der ZP auf den Anruf von Median Films (Band folgt) alles unterbleiben, was ZP als Eindringen oder Rumgraben interpretieren könnte. Verhärtet nur ihr Verhalten.« Er war ziemlich stolz auf die Formulierung. Sie hatte Zeit gekostet, aber jetzt war sie von geschliffener Höflichkeit. Dabei besagte sie doch nur: »Hau bloß ab, du Arsch. Du machst mir das Spiel kaputt.«

Wieder kam er nicht ganz bis zum Ende. Grace stand plötzlich da. »Immer noch beim Schreiben? Es wird dich freuen zu hören, dass Lin im Sessel eingepennt ist. Vielleicht liegts bloß am stinklangweiligen Fernsehprogramm. Aber ich persönlich bin überzeugt, dass Tränen kathartische Wirkung haben.«

4
Ausschnitte aus dem Antigua-Film

Junior Moline sitzt am Mischpult wie Buddha. Rechts von ihm ein junger Strandstreuner mit viel Talent und noch mehr Attitüde. Links die Witwe Bums. Wenn man die Brennweite wechselt, kann man sehen, was die drei sehen: die Band. Jack, Teddy und Wills hocken auf dem Boden und probieren auf akustischen Gitarren herum, Goff klemmt hinter einer Schallmauer aus Pappkartons, damit seine Trommeln die Tracks der drei anderen nicht überdröhnen. Dann noch ein Schallschlucker aus noch ein paar Strandjungs, wieso, weiß ich nicht mehr. Hinten vor der abblätternden Wand steht ein Klavier. Darauf, mit dem Rücken zu allen anderen, spielt Jacks blonde Taube, aber sie ist nicht zu hören. Die Mikros sind alle in der Raummitte bei den Jungs. Die Stromkabel – für Gitarren, Verstärker und so weiter – sind zu einer Art Amulettarmband gebündelt.

Improvisation und Chaos pur. Es sieht aus wie in einem Kindergarten, das ganze Spielzeug auf dem Boden ausgebreitet. Wenn jemand vorbeigeht, wirbeln Textblätter hoch und wieder hinunter.

Es hat wirklich was von Kindern, die Eisenbahn spielen. Kohlen in den Tender schippen, Dampf für die Lokomotive machen, damit die Schub kriegt und Rhythmus gibt für die treibende Kraft, die sechzehn Schläge pro Takt, hinter dem Titelsong *Hard Candy* – ah-*hah*-hah-hanh … Nickende Köpfe, tappende Füße, wippende Knie, Schweißbäche.

Es ist heiß in dem Raum. Die Jungs haben alle nackte Oberkörper. Der blonden Taube klebt das indische Hemd am Rücken.

Wenn man noch schärfer aufzieht, sieht man, wie Junior die Shorts in die fleischigen Schenkel schneiden. Dem Strandhippie schlackert die abgewetzte, abgeschnittene Hose auf den mageren Hüften. Das Bikinioberteil der Witwe hält nichts, sondern klebt riskant an ihrem unglaublichen, herausragenden Busen, Scharlachrot auf Bronze. Dazwischen blitzt schelmisch ein winziges Goldkreuz – gespiegelte Morsezeichen vom Fuß der Alpen.

Sie heißt eigentlich Stella Splendens, aber für die blonde Taube ist sie schlicht eine »Beleidigung unserer meisten Sinne«, kurz Bums. Mit ihrem viel zu schweren Parfüm, dem viel zu dicken Make-up, den zu grellen Farben, der zu blechernen Stimme und den entschieden unwahrscheinlichen Brüsten. Noch heute, nach Lichtjahren Distanz, kommt sie ihr eher vor wie eine Reklametafel als wie eine Frau. Wie die Männerfallen an Autobahnrändern.

Was treibt sie da? Sie passt doch gar nicht zu der abgerissenen Truppe. Irgendwer hat sie eingeschleppt, irgendwer hat der reichen Witwe Bums einen Gefallen tun wollen. Trotzdem war sie auf der Insel total fehl am Platz – eine promigeile Kuh, die pausenlos heiß läuft, anstatt cool zu sein. Eine Witzfigur, fand ich.

»Völlig daneben«, fand auch Jack. »Hysterisch.« Damals.

Später, während der *Hard-Candy*-Tournee, als sie uns in Los Angeles hinter der Bühne über den Weg lief, stellte sich das etwas anders dar. Hier in L.A. sah sie nicht so daneben aus, sondern wie maßgefertigt für die Stadt. Wahrscheinlich auch *in* der Stadt.

Na, was solls. Jedenfalls hat sie Jack in ihren Adlerhorst in den Hollywood Hills abgeschleppt: ihren Jacuzzi testen. Yeah – genau! Was auch nicht weiter schlimm gewesen wäre, so Scheißkram kommt vor auf Tourneen. Aber die beiden waren dermaßen narzisstisch, dass sie die Paparazzi auch gleich mitgenommen haben, damit die die Paarung dokumentieren. »ROCKREBELL HEISS GEBADET« war 'ne tolle Schlagzeile!

Die folgenden waren auch schön: »BIRDIE AUS DEM NEST GEFLOGEN« und »WAS DEM EINEN SEINE EULE …« – im Ernst, das war eine Bildunterschrift zu einem Foto, auf dem ich mit Homer Webb auf einem umgebauten Trawler vor der Adriaküste bin. Homer war ein lieber Kerl. Hat mir das Angeln beigebracht. Mit ihm war Rache tatsächlich süß. Homer hat nicht verdient, wie Jack ihn dargestellt hat, in Interviews und in *Adversarial Attitude*.

Jedes einzelne Wort von mir über sie in *Sliding Widows* verdient hat dagegen die Witwe Bums. Und so unglaublich das klingt, aber Jack konnte die überhaupt nicht leiden. Er hat sie nicht ein Mal verteidigt. Und in dem Song stammen ein paar der unfreundlichsten Zeilen von ihm.

»Soll ich dir mal sagen, wie die mir vorkommt?«, sagte er. »Wie Gänsebraten in der Woche nach Weihnachten.«

Ich hätte nie so was über Homer gesagt. Ich wäre im Gegenteil gern länger bei ihm geblieben, aber Jack hat mich aufgespürt. Homer war einfach lieb. Seine Stimme war zwar ein bisschen zu brav und pfadfindermäßig für Blues oder Rock, aber sie hatte Klang und passte zu seiner Art Musik – eine Balladenstimme.

Ich besuche ihn manchmal, und er ist immer noch lieb und süß.

Die Witwe Bums hat auch sonst gekriegt, was sie verdient: Sie hat einen Hollywood-Produzenten geheiratet.

»Kann ruhig schnell durchlaufen«, sage ich zu dem Techniker und muss feststellen, dass mich die Witwe Bums sogar über die riesige Zeitspanne hinweg zu Scheiße nervt. Dabei war sie selbst ja völlig belanglos – das Schlimme war das Bild von Jack, wie er unter der Wasseroberfläche auf diesen titanischen Titten fläzt. Das war so dick aufgetragen, so – Showbiz! So eine Enttäuschung.

Ich hatte doch damals, vor langer Zeit, wirklich geglaubt, dass Rock 'n' Roll eben nicht bloß Showbiz ist, sondern eine Lebensform. Irgendwie rein und unbelastet. Ich hatte gedacht, was Jack und ich auszudrücken versuchen, das sind echte Gefühle – für die ist ein Showbiz-Busen nichts, für die ist so was schlicht Kunsttitten, Vorspiegelung falscher Tatsachen, Fake.

Aber vielleicht war es gar nicht der fehlbare Jack, der an diesem unwahrscheinlichen Busen zerschellt war, vielleicht war ich es. Niemand wird so zynisch wie Menschen, die im Glauben enttäuscht worden sind.

Schließlich hat mir Witwe Bums doch vorgeführt, womit man einen Rockrebellen zu Kreuze kriechen lässt: mit Quantität statt Qualität.

Sich anfassen lassen, vögeln in Hitze und Leidenschaft – nun ja, das kommt eben vor, das ist nicht besonders toll, aber begreifbar. So einer abgedroschenen Karikatur von Geschlechtsmerkmalen zu erliegen und das publicityträchtig auszuschlachten dagegen, das ist unbegreiflich. Beziehungsweise, das lässt sich nur innerhalb der Showbiz-Maßstäbe begreifen.

In der nächsten Szene fügt sich *Hard Candy* schon ziemlich gut zusammen. Jack sitzt jetzt auf einem Hocker, hat aber immer noch die akustische Gitarre vor der Brust. Teddy und Wills sind schon verstärkt. Jacks Taube spielt eine kleine Orgel.

Jack und sie sehen sich an, haben intensiven Augenkontakt. Man könnte meinen, er singt für sie und dies ist ein hoch romantischer Augenblick. Aber man fällt schnell rein auf zwei ineinander verhakte schöne Augenpaare zweier schöner Kinder. Sie flirten gar nicht – sie zählen. Zählen aus, wie betonte Silben auf betonten Schlägen sitzen. Schmieden komplizierte Texte für treibende Rhythmen zurecht.

Ihre schmalen jungen Körper schwingen hin und her, fast als ob sie tanzen. Aber sie tanzen nicht. Jede ihrer Bewegungen enthält wortlose Signale, die sie sich gegenseitig schicken. Jeder Schulterschwung, jedes Kopfsenken ein Zählen oder ein Zeichen. Nichts ist auf Effekt getrimmt. Hier herrscht Konzentration, nicht Showbiz.

Jack und seine Taube, so wie sie in Höchstform sind. Nur, tja – überlege ich jetzt hier im Schneideraum –, das Ganze wurde eben auch gefilmt. Macht allein das die Konzentration nicht zu Showbiz, die Idee vom reinen Rock 'n' Roll nicht zur Täuschung?

Ich sage dem Techniker: »Das hätt ich gern auf Video.«

Eigentlich sollen die Spinnenmänner ja überhaupt nichts kriegen, aber ich muss ihnen was hinwerfen. Wenn man die Habgier in Leuten kitzeln will, muss man ihnen eine Ahnung verschaffen, was sie alles nicht mitgekriegt haben. Und die Sequenz hier zeigt, dass Jack und seine verhuschte blonde Taube nicht bloß dekorativ und rätselhaft sein konnten. Selbst wenn die Taube anscheinend als menschliches Metronom benutzt wird – wenigstens ist sie zu was nutze und schwebt nicht bloß lecker aussehend durch die Gegend. Ah – Eitelkeit! Heute noch.

Ich liebe Inseln. Aber inzwischen ist ja fast überall die sandige, wuchernde Wildnis gezähmt und strohgedeckt. Sind staubige, schmutzige Pfade geschottert, Miniaturdschungel und Mangrovensümpfe auf Blumenrabattenformat gestutzt und all die abgerissenen, aufsässigen Kinder geschrubbte Büromenschen geworden. Bald werden wir überhaupt keine Inseln mehr haben. Vielleicht hat es einfach zu viele Reportagen über Leute wie Jack und mich gegeben, attraktive Glamour-Figuren, die eines Tages aussteigen und sich auf irgendwelchen unentdeckten Fleckchen im Ozean zur Ruhe setzen. Irgendwann hat alle Welt ein Stück davon haben wollen.

Ich möchte wetten, dass die Hütte, die uns damals als Studio diente, längst abgerissen und in eine Bettenburg integriert ist und die Touristendollars genau das, woran sie eigentlich teilhaben wollten, zerstört haben.

Jack und Teddy sitzen im Schatten an der bröckelnden Hauswand. Ab und zu streicht ihnen eine Brise vom Meer durch die Mähnen und legt ihre jungen, kräftigen Nacken bloß. Sie haben Pause. Kids improvisieren mit Wills und Goff eine Runde Fußball. Ab und zu knallt ein Ball an die Hauswand. Nebenan liegt ein erschöpfter Hund mit ausgemergelten Rippen, die sich im Hungerschlaf heben und senken, im spärlichen Schatten.

In Ermangelung besserer Sujets filmen die Jungs mit den Kameras die Jungs von der Band beim Gammeln. Der mit der Nagra versucht sich währenddessen an einem Interview mit Jack. Wie hieß der noch? Chip? Cookie? Steht bestimmt im Abspann, denn der Film mag ja irgendwie unfertig und unaufgeräumt und unausgegoren sein, aber ihre Namen haben die Macher alle groß und breit hintendran gesetzt.

Chip fragt: »Deine Message, Jack – ich meine, was' dein Ding, Mann?«

Jack grinst ihn an, setzt eine Flasche einheimisches Bier an die Lippen und bläst einen langen hohlen Ton. »Hörste die *lonesome whistle blow?*«

»Vermindertes B würd ich tippen«, sagt Teddy und klappt demonstrativ ein Ohrläppchen vor.

»Siehste, das ist unsere Message«, sagt Jack, »vermindertes Weh.«

»Yeah, Mann!«, sagt Chip. »Aber ich mein, was willste so den Kids sagen? Weißte, von wegen die Bombe und Agent Orange und so 'n Scheiß.«

»Nichts, was die nicht von alleine wissen.«

»Zum Beispiel?«

»Leben, lieben, glücklich sein!«, sagt Teddy. »Denn morgen – RAWUMMS!«

»Und immer schön für 'ne heile Birne oben an der Treppe sorgen«, erklärt Jack grenzenlos weise, »mehr brauchste nicht.«

Jack hat gestandene Interviewprofis zu Kleinholz verarbeitet. Chip würde sofort abbrechen, wenn er nicht zu bekifft wäre, um zu kapieren, dass Jack weder einen freundlichen noch einen gnostischen Moment hat.

»Yeah, Mann!«, sagt Chip grüblerisch. »Heile Birnen – meinste, nicht im Dunkeln bleiben oder so?«

Klasse, die Szene. Ich drehe mich zum Techniker. »Die Sequenz hier. Die überspielen wir auch auf Video.«

»Okay«, sagt er. »Um was für 'n Scheiß gehts 'n da?«

»Um nichts. Die Message ist, es gibt keine Message.«

Chip will noch immer nicht das Handtuch werfen. »Aber ich, äh, Jack, ich meine, 'n paar von den Stücken sind ja echt, äh, abgedreht – die eine Zeile haste grad dauernd gesungen, weißte, ›Hold me down when the hot wind shatters time‹ … Da komm ich echt nich hinter.«

»Mich darfste nich fragen«, sagte Teddy, »ich spiel bloß Gitarre.«

»Jack?«

»Sags dir gleich«, sagt Jack, gedehnt, gedankenverloren.

Chip wartet. Teddy wartet. Jack steht auf und bringt den Ball zurück, den eins der Kids ihm ans Bein gedonnert hat. Und bleibt weg. Teddy sitzt ein paar Sekunden lang schweigend da, dann sagt er: »Yeah, Texte, Mann. Damit machen die einem immer die Solos kaputt, ne? Yeah, so hab ichs immer gesehn. Sind sonst eigentlich zu nichts nütze.«

Chip sagt nichts. Jack ist weg. Es gibt nichts mehr zu sagen. Teddy weiß das – deshalb hasst er Jack –, bleibt aber stur sitzen, bis sich seine Frau Christy neben ihn kauert und ihm eine Ananasscheibe hinhält. Ende des Takes.

Christy ist hier zum ersten und einzigen Mal zu sehen. Sie macht, was sie so und so oft gemacht hat – sie erlöst Teddy aus einer der unerträglichen kleinen Demütigungen, dem Dauerlos aller zweiten Geigen. Eine nette Frau. Kocht gut. Von eiserner Loyalität – bis Teddy sie sitzen lassen hat. Ich hätte sie gemocht, wenn sie mich hätte eiden können. Konnte sie aber nicht. Natürlich nicht.

Ich hatte damals keine Freundin – außer Robin. Sich unter Frauen als Schwestern zu fühlen, also nicht im familiären, in einem universellen Sinn, das lag damals in weiter Ferne. Misstrauen war dicker als Solidarität. Heute könnte ich all die Freundinnen haben, die mir damals, als ich Jacks blonde Brosche war, so gefehlt haben. Tja-ja – der Abfall des Östrogenspiegels wirkt Wunder für den Anstieg der Beliebtheit bei anderen Frauen. Aber heute bin ich diejenige, die misstrauisch bleibt. Wo waren denn die »Schwestern«, als ich noch lecker und knackig war? Da haben sie überall Nuttenstorys über mich verbreitet und Journalisten alles Mögliche erzählt. Der Zeitgeist von damals wisperte andere »Messages«, und für den Zeitgeist haben Frauen ein feines Gehör.

»Sollen wir mal Pause machen?«, frage ich. »Gibt doch bestimmt 'ne brauchbare Kneipe hier. Ich geb 'n Drink aus.«

»Okay«, sagt der Techniker. »Ich ruf bloß schnell die Freundin an und sag, dass ich später komme.«

Sie hat doch sicher nichts dagegen, dass ihr Kerl von einer alten Schachtel 'n Drink spendiert kriegt, nicht? Alte Schachteln sind ja keine Bedrohung mehr. Östrogen und Zeitgeist gehen Hand in Hand, und es war ein langer, langer Weg von Inseln und Meeresbrisen und langbeinigen verhuschten Tauben bis heute. Heute Nacht wird niemand betrogen. Oder?

5
Game Over

Im Traum war Alec auf einem Spielplatz zwischen lauter knallroten und gelben Schaukeln und Rutschen. Jemand – seine Mutter? – gab ihm etwas in die Hand. Er kletterte mit dem Bündel die Sprossen zur höchsten Rutsche hinauf und ließ es fallen. Er wollte sich selbst hinterherfallen lassen, tat es aber aus irgendeinem Grund nicht, sondern kletterte noch eine Ebene höher und sah von da oben aus in weiter Ferne ein winziges Baby immer schneller auf den Boden zusausen. Der Schal, mit dem es zu dem Bündel gewickelt gewesen war, flatterte davon. Jetzt sauste das Baby nackt und kreiselnd und unaufhaltsam die glitschige Stahlrutschbahn hinab.

»Das hat sie mir nicht gesagt!«, sagte Alec. Dann fuhr er hoch und starrte auf zwei riesige weibliche Gestalten, die vor seinem Bett standen und sich über ihn beugten.

»Was nicht gesagt?«, fragte Grace. Das Deckenlicht blendete ihn.

»Zieh dir was an«, sagte Birdie. »Und sei leise. Stör Robin nicht. Wir warten in der Küche.«

»Was …«, murmelte Alec. Er rieb sich die Augen.

»Küche!«, sagte Grace. »Und beeil dich.«

Er sah auf den Wecker. Drei Uhr achtzehn. Sah wieder zur Tür. Die Frauen waren weg.

Irgendwie war er wach. Zog T-Shirt und Trainingshose an und taumelte so leise wie möglich nach unten in die Küche.

Birdie saß in einer langen roten Robe auf ihrem angestammten Platz am Tisch. Grace kochte Tee.

Als er eintrat, setzte sie den Deckel auf die Kanne, dann kam sie auf ihn zu.

»Was 'n eigentlich los?«, fragte er.

Sie schwieg kurz, holte aus und knallte ihm eine. Sein Kopf flog herum, das andere Ohr knallte gegen ihre andere Hand. Patsch, klatsch. Er torkelte rückwärts. Sie setzte nach und trat ihm voller Wucht gegen das Schienbein.

Er heulte auf und ging auf die Knie. Von da aus sah er den Saum einer roten Robe schwirren und hörte die Küchentür zuklappen.

»Schnauze!«, sagte Grace. »Du weckst Mama.«

»Was soll das denn?«, keuchte er. Er hockte zusammengekauert da und versuchte, sich vor dem nächsten beißenden Schlag zu schützen.

»Die Frage steht mir zu.« Grace schlug wieder zu. Zweimal, dreimal.

»Das reicht«, sagte Birdie leise. »Ich glaub, der Tee ist durchgezogen.«

Als Alec hochsah, saß Birdie wieder auf ihrem Platz und hielt ruhig ihren Becher hoch, in den Grace ebenso ruhig Tee schenkte.

»Du bist ja total ausgeklinkt«, sagte er. Sein Schienbein tat weh und tuckerte. Sein Gesicht brannte. Die Zähne fühlten sich wacklig an. Die Ohren klingelten.

»Und wie ich ausgeklinkt bin. Du hast mich ausgenutzt, du Schwein.«

»Du bist aufgeflogen«, sagte Birdie. »Nimms wie 'n Mann.«

»Falls du einer bist«, ergänzte Grace.

Er glotzte sie an. Sein Hirn raste im Kreis wie ein Hund, der nach seinem Schwanz schnappt. Was wissen die?

»Ich versteh überhaupt nichts – was hab ich denn getan?«

»Du lieber Himmel«, sagte Birdie. »Das kann noch Stunden dauern. Was für 'n Arschloch.«

»Nee, ehrlich«, flehte er. »Ich versteh kein Wort.«

»Was verstehst du nicht?«, fragte Grace. »Dass ich es eventuell übel nehme, wenn einer ein Mädchen bescheißt und belügt und bumst, bloß damit er zu ihr nach Hause darf und ihre Tante ausspinxen kann? Aber wo – so Bagatellen wie Hochverrat können 'ner schönen Freundschaft doch nichts anhaben, was?«

»Ach nee, musst du gerade sagen!« Alec pfiff zwar aus dem letzten Loch und tropfte aus Augen und Nase, aber klein beigeben tat er nicht. Er versuchte zu petzen. »Sie hat doch selber von dir zu quatschen angefangen.«

Birdie nippte am Tee. »Das ist nicht dein Bier. Das ist meins und ihrs. Du kümmer dich um das, was dich und sie angeht. Du hast noch eine Chance, aber nur eine. Wenn du die versabbelst, bist du weg.«

»Was denn für 'ne Chance?«

»Mit mir musst du nicht reden. Red mit Grace.«

»So ist es, Alec«, sagte Grace. »Erklär das mir. Und lüg mich ja nicht wieder an. Du hast deinen Laptop angelassen. Ich weiß also Bescheid über Mr. Freel und Mr. Stears und eure ›Zielperson‹. Ich weiß auch über deine Kameras und Recorder Bescheid. All so was weiß ich. Aber ich weiß nicht, was das alles soll. Erklärs mir. Erzähl mir einfach mal, für wen du dich eigentlich hältst!«

Sie saß ganz aufrecht und kerzengerade, ihr Gesicht war blass und hart wie Porzellan.

Blieb nur eine einzige Lüge als Ausweg. »Ach Scheiße, du lieber Gott, Grace. Ich hab doch bloß 'n Job gesucht. Ich hab doch keine Ahnung gehabt, dass das alles so kommt.« Was stimmte – er hatte nicht ahnen können, plötzlich am Rand des Abgrunds zu stehen, mit wackelnden Zähnen und einem angebrochenen Schienbein.

»Ich hab nach'm College zehn verschiedene Jobs gehabt«, fing er an, »das war echt hart. Dann hab ich mich in so 'ne Probezeit bei Memo Movies reingeschummelt. Die machen doch 'n Film über Jack. Und da wollte ich einfach auffallen. Ich hatte alle Jack-Websites abgegrast, bevor ich auf dich gestoßen bin. Und du hast scheinbar alles gewusst, also hab ich mich drangehängt an dich. Ich hatte keine Ahnung, wer du bist. Ich hab auch nicht geahnt, dass ich so für dich – fühle.«

»Was genau soll ›so‹ sein?«

»Grace, ich ...« Womöglich war das die Frage, der er sein Leben lang ausgewichen war. Sein Kopf kam ihm plötzlich vor wie eine Spielzeugkiste: Er wühlte drin rum, weil er etwas suchte, das ganz unten sein musste, aber er fand nichts.

»Na?«

»Grace, ich … ich möchte einfach – nahe sein – bei dir«, stammelte er. »Ich möchte zu deinem Leben gehören.«

O Wunder – einen Sekundenbruchteil lang schien ihre Porzellanmaske schmelzen zu wollen.

Sofort danach war Grace wieder beinhart. »Und was ist mit deiner Freundin?«

Diesmal war sein Hirn ein Paar Hände, die panisch die Festplatte abtasten. Was hat sie gesehen? Was hab ich geschrieben?

Er zuckte verzweifelt die Schultern.

Grace und Birdie tauschten einen dieser beängstigenden wortlosen Weiberblicke.

»Ich weiß nicht, was soll ich 'n sagen?«, jammerte er. »Die hab ich auch angelogen. Ich hab ihr gesagt, ich bin beim Managementkurs. Ich muss ihr das noch beibringen, egal, was hier weiter passiert. Ich kann mit ihr nicht weitermachen. Nicht seit ich dich kenne.«

Das fühlte sich gleichzeitig wahr und unwahr an. Seine Freundin war jedenfalls mal in Sicherheit, und einerseits hätte er alles dafür gegeben, da jetzt auch zu sein. Andererseits war ihm sehr klar, dass sie ein Teil seiner mickrigen Vergangenheit war.

Er klammerte sich an das Körnchen Wahrheit. »Ich hab noch nie so jemand wie dich gekannt. Ich hab nicht gewusst, dass ich so – solche Gefühle haben kann. Ich glaub, du hast mich – verändert.«

Wieder sah Grace zu Birdie. »Glaubst du ihm?«

Fast richterlich objektiv antwortete Birdie in ihrer roten Robe: »Schwer zu sagen, Liebes. Musst du selbst entscheiden. Männer erwischen manchmal zufällig die richtigen Worte. Manchmal glauben sie die selber – das machts ja so schwer. Er scheint das auch zu tun, Grace, aber das heißt noch lange nicht, dass es auch stimmt.«

»Okay, ich will ihm mal glauben.«

»Aber denk dran, er ist in dieses Haus gekommen wie ein Spion. Er hat dir den Hof gemacht und dich umschwärmt, aber er hatte dabei eigene Interessen. Du warst für ihn bequem, ein Mittel zum Zweck.«

»Das stimmt«, platzte Alec dazwischen, »aber ich …«

»Und diesen Zweck hat er weiterverfolgt«, fuhr Birdie ungerührt fort. »Die Frage für dich ist: Hätte er dir je reinen Wein eingeschenkt, wenn du ihn nicht erwischt hättest?«

»Ich bin fast verrückt geworden«, erzählte Alec weiter, »ich hab die letzten Tage gedacht, ich krache auseinander. Ich wusste nicht mehr, was ich machen soll. Grace – aber wenn du meine letzte E-Mail an Mr. Freel auch gelesen hast, dann weißt du doch auch, dass ich versucht habe ihn loszuwerden.«

Wieder sah Grace Birdie an. »Stimmt – oder?«

»Stimmt, bloß – warum hat er das, Kleines?«

»Warum, Alec?«

»Weil …«, jetzt musste die große Szene kommen, bei der man seine Gurgel zum Biss feilbietet, »weil das, was ich gemacht hab, falsch ist. Weils nicht nur dir wehgetan hat, Grace, obwohl das am schlimmsten ist. Aber ich hab euch allen wehgetan.« Er drehte sich wieder zu Birdie. »Die haben dich beschrieben als 'ne Zicke … wie 'n Monster. Als wärst du kein Mensch. Deshalb hab ich zuerst auch gedacht, das ist 'n Spiel. Aber die irren sich, und mir tut das alles so Leid.«

»Das glaubst du ihm doch aber?«, fragte Grace.

»Was? Dass Sasson und Barry ihm erzählen, was ich für 'ne Zicke bin? Glaub ich sofort. Dass er das alles für 'n Spiel gehalten hat? Das auch. Dass ihm das Leid tut? Grace, meine Süße, man muss sich immer gründlich überlegen, ob man einem Kerl glaubt, wenn er behauptet, ihm tut was Leid.«

O Gott, die ist ja die Härte. Alec hatte das Gefühl, dass ihm wieder Augen und Nase liefen. So endet das immer, wenn man sich für irgendwas entschuldigt, dachte er. Die stopfen einem das glatt zurück in den Hals. Er versuchte, sich die Nase mit dem T-Shirt zu putzen.

»Okay«, sagte Grace, »ich habs mir gründlich überlegt: Ich glaube ihm. Er kriegt auch 'n Tee.«

O du kleiner Engel, dachte Alec erleichtert. Du kannst mich leiden. Du kannst mich wirklich leiden.

»Gib ihm auch 'n Eisbeutel, wenn du schon dabei bist«, sagte Birdie matt. »Falls du nicht doch 'n Eispickel angebrachter findest.«

»Ich mach das doch richtig, oder?«

»Das weißt du nur selber«, sagte Birdie. »Und auch erst im Lauf der Zeit. Die Geschworenen brüten noch, und deine Stimme gibt den Ausschlag.«

Schleim dich rein, dachte Alec, und dann …

»Noch 'n Tipp, bevor du ihm mehr als Tee spendierst«, sagte Birdie weiter, »wenn du wirklich wissen willst, wo er herkommt, fahr mit ihm nach Hull, damit er dich seiner Mutter vorstellen kann.«

O Scheiße, Scheiße, Scheiße! Alec spürte, wie er rot anlief. »Nach Stanmore eigentlich.«

»Weil man nämlich«, fuhr Birdie fort, als hätte er nichts gesagt, »in Beziehungen Entscheidungen auf Treu und Glauben trifft, die man in Geschäftssachen nie auf Treu und Glauben treffen würde. Wenn du dir nicht nochmal die Finger verbrennen willst, guck dir genau seine Referenzen an. Hat er bei dir schließlich auch gemacht. Und obendrein mit unerlaubten Hilfsmitteln.«

Grace sah Alec an.

»Okay«, sagte er zögernd.

»Morgen – ich meine nachher?«

»Ja klar.«

»So, jetzt darfst du ihm auch 'n Eisbeutel spendieren«, sagte Birdie. »Tja, Grace, und wenn du zufrieden bist und ihn immer noch willst, nachdem du seine Mutter gesehen hast, fällt uns bestimmt was Schönes ein, was ihm den Job rettet. Er hat nämlich ab sofort nichts mehr zu bieten für Sasson und Barry und für dich auch nicht. Er ist ein Störfaktor, und die beiden sind, wenn die das spitzkriegen, nicht halb so nett wie du zu ihm.«

»Ich soll da nicht kündigen?«, fragte Alec verdattert. Er hatte sich schon in der Schlange beim Arbeitsamt gesehen.

»Willst du das?«, fragte Grace.

Die Gretchenfrage. »Ja klar«, sagte er, »die haben mich doch angelogen – über deine Tante.«

»Sie haben dich manipuliert.« Birdie sah ihm direkt in die Augen. Ihr blendend blauer Blick nagelte ihn beinah auf der Wand fest. »Was erwartest du – von *der* Branche? Trotzdem rate ich dir, wenns irgendwie geht, nicht aus einer Position der Schwäche heraus zu kündigen. Warte, bis deine Position stärker ist, und dann hau ab. Ob du die Wahl hast, hängt allerdings von Grace ab. Ich geh jetzt ins Bett.«

Es kam ihm vor, als ob jemand den Scheinwerfer ausgeschaltet hatte und er jetzt im warmen, gedämpften Licht von Graces Haselnussaugen stand. Er setzte sich vorsichtig an den Tisch und verbarg das Gesicht in den Händen.

Und jetzt? Entblößt. Verletzt. Gedemütigt. Er müsste auch verbrannt sein. Und warum war er nicht verbrannt? Weil Grace ihn davor bewahrt hatte? Nein: Weil Birdie Grace gestattet hat, seinen Arsch zu retten. Warum hat sie das? Wozu?

Ahh – Alec entdeckte einen kleinen Schimmer Licht auf seinem inneren Bildschirm. GAME OVER? Glaub ich nicht! Das hier ist ein Doppelspiel mit Doppelinfiltranten und Doppelagenten. Da gehts um Information und Desinformation. Das muss sie gesehen haben.

Wenn nicht, dachte Alec, schlag ichs vor und mach selber die Punkte.

6
Heute hier, morgen weg

Schwarz gewürzte gegrillte Rotbrasse, als Beilage ein bisschen geschmortes Gemüse und Jambalaya, neben der Süßkartoffel natürlich – das Paradies des Vielfraßes. Junior besah sich ekstatisch seinen Teller. Auf der Bühne Eddie LeJeune und die Morse Playboys – das war noch 'ne Glückssträhne. Auf der Tanzfläche 'n paar von den besten Cajun-Tänzern – diese Beinarbeit, eine Übung in kontrollierter Körperverletzung, gehört dazu. Das ist Cajun, wie er sein soll, dachte Junior: *Alive and kickin'.* Und bevor er sich die erste Gabel voll geladen hatte, fiel ihm noch ein: *Alive and cookin'.*

»Besser als bei Mulate's kann man nich essen«, erklärte er dann durch ein sternfunkelndes Geschmacksgewitter durch.

Barry Stears nickte. »'n Tick pikant vielleicht.« Er bohrte unauffällig in die Wölbung unter seinem Brustkorb, um die Gegend da auf den bevorstehenden Feuersturm vorzubereiten.

Junior wechselte zur Arithmetik: Gute Musik für die Ohren plus gutes Essen für 'n Gaumen plus gute Tänzer für die Augen minus Barry für Verhandlungen – ach was! Er würde selbst mit Barry am selben Tisch auf seine Kosten kommen. Vor allem, wo Barry zahlte.

»Wo waren wir gleich?«, fragte Barry.

»Du machst 'n Fernsehding über Jack, und ich soll dir 'n Interview geben. Für Honorar.«

»Richtig.« Barry vermatschte etwas Etouffée und Süßkartoffel. »Was hältst du davon?«

»Soweit korrekt. Sofern sich das hier in New Orleans machen lässt? Ich reise nicht mehr gern, Mann. Die machen nur noch viel zu enge Sitze, und rauchen darf man auch nicht. Und sofern wir über Musik reden – mit Klatsch hab ich nichts am Hut. Und sofern die Gage cool ist. Ich frag Sandrine mal.«

»Mich interessiert vor allem *Hard Candy.*«

»So?«

»Nicht nur das Album. Du warst doch mit in der Karibik, als die die Demos dafür gemacht haben, nicht?«

»Klar, sechs Wochen lang. Wir haben meistens die ganze Nacht gearbeitet und den ganzen Tag verpennt. Bin nicht grad braun gebrannt nach Haus gekommen.«

»Was fällt dir da sonst noch so ein?«

Junior balancierte die voll gepackte Gabel einen Moment lang zwischen Teller und Mund. »War viel Improvisiererei. War ja kein richtiges Studio – wir haben da erst mal 'ne Menge selber gebastelt. Und Leute ohne Ende – Ehefrauen, Freunde, Freundinnen, Kids vom Strand. Die haben wir manchmal mitsingen lassen. Und spielen, so mit Mülltonnendeckeln und Löffeln. Klang spitze, das Zeug. Total neu. Hatte echt Feuer.«

»War da auch ein Filmteam?«

»Yeah, so 'n paar Jungs. Gab 'n Riesenchaos, aber wir habens geschafft.«

Barry zog einen Umschlag aus dem Jackett und legte ihn neben Juniors Teller.

»Was 'n das?«, fragte Junior.

»Fotos. Vielleicht guckst du die mal durch und sagst mir, ob die von damals sind.«

Junior legte nicht sehr eifrig die Gabel aus der Hand und sah sich acht ziemlich matschige Farbfotos an – Jack und Birdie in der Brandung, Jack und Birdie in einer Hängematte, Jack allein auf einer schattigen Veranda beim Tütebauen.

»Ja, hier – das is das Studio«, sagte er dann. »Siehste, wie das war? 'ne echte Bruchbude! Geräuschdämmung is nich. Wo haste 'n die her?«

»Das sind Standfotos aus dem Film.«

»Was für 'n Film? Ach – der. War Teddy etwa wegen dem hier neulich auf Besuch?«

»Könnte schon sein.« Barry schob die Fotos zusammen und steckte sie wieder ein. »Hab lange gedacht, der Film ist vernichtet.«

Junior betrachtete ihn. Barry sah knickerig aus, richtig deplatziert mit seinem Maßanzug und dem Schischi-Schlips zwischen den ganzen Jeans und T-Shirts mit Sprüchen. Jetzt fiel ihm auf, dass Barry nichts trank. O-oh! Alarm. »Hör mal, ich hab Teddy das schon gesagt – ich hab den Film nie gesehn und Birdie hat auch nichts bei mir untergestellt.«

»Nein, nein, Alter«, sagte Barry, »weiß ich doch. Inzwischen sind wir da längst weiter. Ich bin nur hier, um dich zum Mitmachen zu bewegen. Du warst doch im Grunde die Hauptfigur bei den wichtigsten Aufnahmen.«

»Ja, was? War ich wohl.« Junior nahm einen langen Schluck von seinem Bier.

»Wir machen nämlich eine seriöse Sendung, also über die Zeit damals, das Innovative, die Einflüsse. Eine komplette Neubewertung. Wie ist dieser einzigartige Sound eigentlich entstanden, wie wirkte er bis in die Gegenwart …«

»Klingt korrekt für mich«, sagte Junior. »Jedenfalls sofern ich nicht als Lockvogel benutzt werden soll. Hat einfach zu viel Gequatsche gegeben, also, so persönliches.«

»Auf gar keinen Fall«, beeilte sich Barry, »ich weiß ja, dass du immer noch befreundet bist mit Birdie, und ich respektier das. Ich würds gern auch von mir sagen können – Jack war ja immerhin mal mein bester Freund. Ich wär ja nach seinem Tod gern mit ihr in Verbindung geblieben. Wenn das anders gelaufen wär, hätt ich ihr vielleicht helfen können, damit sie – nicht so aus dem Gleis kippt.«

Junior suchte Halt beim Essen. Gutes Essen ist eine Zuflucht in harten Zeiten.

»Ich hoff ja immer noch, ich kann sie breitschlagen zum Mitmachen. Aber ich lass deshalb nicht alles stehen und liegen. Und ich erwarte auch gar nicht, dass du deinen Einfluss geltend machst.«

»Gut so«, sagte Junior, »ich wüsste auch nicht, mit was.« Wenigstens aß Barry seinen Teller leer, wenn er schon nicht trank, dachte er beruhigt.

»Meine Frage wäre – hast du zufällig noch irgendwo Notizen von den Aufnahmen?«

»Zu *Hard Candy?*«

»Zum Beispiel.«

»Hat alle die Plattenfirma gekriegt.«

»Ich meine von dem, was ihr in Antigua gemacht habt. Für das Demotape. Da war auch Material mit drauf, das nicht auf *Hard Candy* kam, nicht?«

»Klar. Davon ist dann was aufs nächste Album gekommen. Aber mit dem hab ich nichts mehr zu tun gehabt.«

»Weiß ich. Den Grund hab ich ja nie verstanden.«

»Hatte viele. Gab Krach, zwischen allen. Und Jack wollte sowieso selber produzieren. Der war ja da schon so, dass er dachte, alle wollen ihn beklauen und ihm das Rückgrat brechen. Ich bin damit nicht klargekommen. Bin dann nach hier gezogen.«

Barry nickte gönnerhaft. »Ja, versteh ich. Aber für die Sendung wärs schon toll, wenn du dich noch erinnern könntest, was da drauf war auf den Antigua-Bändern. Wir würden einfach gern den Prozess der Entscheidungsfindung nachvollziehen, weißt du – also, warum kamen bestimmte Stücke auf *Hard Candy,* warum wurden andere für *Hard Time* aufgespart. Wenn du noch Aufnahmeprotokolle hättest, wär das eine große Hilfe.«

»Hmm«, sagte Junior, »keine Ahnung, Mann. Ich könnt mal mein Archiv durchkucken, was ich noch so hab.«

»Gut. Mehr will ich gar nicht.«

»Is aber ewig her.«

»Wem sagst du das!« Gereiztheit kroch in Barrys Stimme. »Ich hab mit allen Jungs geredet, Teddy, Wills und Goff, um nachzuvollziehen, was ihr damals in Antigua so zusammen getrieben habt. Und weißt du was? Keiner erinnert sich an dieselben Sachen.«

»Wundert mich gar nicht, Mann. Is doch eimerweise bewusstseinserweiterndes Zeug rumgeflogen.«

Barry seufzte. »Mensch, wenn ich dabei gewesen wäre! Ich hätte alles akkurat aufgezeichnet. Für Historiker sind zugedröhnte Mucker ja ein Albtraum. Deswegen wären Notizen ja so ein Glücksfall – überhaupt alles, was schwarz auf weiß ist. Für so was würd ich jeden Preis zahlen.« Er beugte sich jetzt vertraulich zu Junior hinüber. »Ach, noch was – da sind noch andere Filmfirmen auf der Pirsch, und ich möchte nicht, dass irgendwer anderes als Memo Movies das Interview mit dir hat. Wie gesagt, ich zahle großzügig für jede Hilfe deinerseits, aber exklusiv muss sie sein. Ist das klar?«

»Okay«, sagte Junior. Barrys Atem kitzelte ihn am Ohr, ein unangenehmes Gefühl. »Exklusiv is aber nicht billig.«

»Wird berücksichtigt bei deinem Honorar.«

»Das wär nützlich.« Junior stellte frustriert fest, dass auch sein eigener Teller leer war. Aufnahmeprotokolle. Was du gemachst hast. Wann. Wer welches Instrument gespielt hat. Wie du auf den und den Sound gekommen bist, bei welchen Stücken. Reglerhöhen. Spuren von Tonspuren sichern. Alles sehr organisiert. Theoretisch. »Ich hab doch nie damit gerechnet, dass das, wir da treiben, zwei Wochen später noch irgend 'ne Bedeutung hat. Geschweige denn mehr als zwanzig Jahre später. War doch alles so heute-hier-morgen-weg-mäßig.«

»Bloß morgen weg war *das* eben nicht«, sagte Barry. »Nicht mal übermorgen. Das läuft und läuft, das hat mit der Zeit noch gewonnen an Bedeutung und Wert. Sogar das, was damals weggefallen ist, was Jack rausgeschmissen hat – wenn wir das in die Finger kriegten! So was ist heute 'n Vermögen wert.«

»Was wär 'n das – das Weggefallene?«

»Na, deshalb brauchen wir doch die Protokolle! Um überhaupt rauszukriegen, ob es noch Stücke gibt, die weder auf *Hard Time* noch auf *Hard Candy* gekommen sind.«

»Ach so, ja. Also, aus der Lamäng fällt mir auch keins ein. Da musste mal Birdie nach fragen. Die hat 'n Elefantengedächtnis.«

»Aber eine total negative Einstellung. Nun – ihr Verlust ist dein Gewinn, wenn du mich verstehst.«

»Nein.«

»Na, wenn Birdie mitmachen würde, wäre dein Beitrag nicht halb so viel wert.«

»Ach so.«

»Ja, verdammt nochmal. Denk doch mal nach.«

»Ist echt schade, dass du nicht an so richtige Arbeitsbänder drankommst«, sagte Junior, »Jack ist ja oft mit so Guide-Tracks ins Studio gekommen, die hatten die beiden schon selber vorproduziert. Und die waren teilweise echt fetzig. Aber die sind bestimmt bei dem Zeug gewesen, was in Flammen aufgegangen ist. War ja wirklich heute-hier-morgen-weg-mäßig.«

Er guckte hinüber zu den tanzenden Leuten – er sah zu gern zu bei den komplizierten Paarbewegungen, bei denen sich aus einer Figur die nächste ergibt, und bei ihrer rasanten und exakten Beinarbeit. Dann war das Stück zu Ende, alle klatschten, alle kehrten zurück zu ihren Bieren. Weg. Ende. Alle Aktivität, alle Akrobatik verstummt. Nichts, was noch erinnert an die große Kunst dieser Tänzer, abgesehen von deren wunden Füßen natürlich. Live ist Musik, sind Auftritte immer nur einmal und nie wieder. Gott segne die allesamt, dachte Junior. Alles andere ist sowieso bloß wie Schmetterlinge auf 'ne Korkplatte nageln – da haste 'n toten Schmetterling, aber nichts mehr, was sich bewegt.

Teil vier

Goin' Down

'Cos you paid the price to come this far –
Just to wind up where you are …

Du hast hart gezahlt, um hier zu stehen –
Und kannst die Pleite noch immer sehen …

Ry Cooder

1
Blues

Echte Kohle, coole Kohle, Cash auf die Kralle. Nash Zalisky hat einen bestens bemessenen Betrag rübergeschoben. Er hat es noch drauf. Das war so klug bemessen, dass ich lachen musste. Geldscheine in exakt der Menge, die ein hart arbeitender Mensch für den Trip seines Lebens beiseite legen würde – damit kann man komfortabel um den halben Erdball reisen, und irgendwo drei komfortable Wochen verbringen. Komfort ist das Schlüsselwort, nicht Luxus. Allein mit Erster-Klasse-Flügen hätte man alles in zwei Tagen auf den Kopf gehauen.

Mit so einem Betrag kann man weder Hypotheken abzahlen noch Autos kaufen, noch die Ausbildung der Kinder finanzieren. Ausflippen auch nicht, oder nur sehr kurz. Aber er ist auch keine Beleidigung. Er passt perfekt zu einem zu erwartenden Gewinn.

Ich packte eine Tasche und sagte Robin, dass ich ein paar Wochen in die USA fliege. Dann fuhr ich nach Heathrow, und zwar bescheiden mit dem Shuttle. Terminal vier. Das war zwar ein ziemlicher Weg für ein einziges Telefongespräch, aber in diesem Spiel zählt jedes Detail.

Nash ging dran. »Danke, Nash«, sagte ich. »Ich hoffe, ich hab bald gute Nachrichten für dich.«

»Gut, Birdie, gut«, sagte sein Krämerstimmchen. »Wo bist du gerade?«

»Auf dem Weg.« Tatsächlich meldete im selben Moment die Ansage den Abflug der British Airways sowieso nach Boston.

»Ach, Nash«, sagte ich hastig, »was ich noch fragen wollte: Wenn ich länger brauche oder das Geld nicht reicht, könntest du ...?«

DING-DONG. *Verehrte Fluggäste, ein Sicherheitshinweis ...*

»Ich kann dir jederzeit und überallhin einen vernünftigen Betrag überweisen«, sagte Nash, »aber, Birdie ...«

»Meine Karte ist gleich leer, ich melde mich.«

»Birdie ...«

Ich drückte auf die Gabel und zog die Telefonkarte wieder heraus. Dann nahm ich den Shuttle zurück und fuhr nach Maida Vale. Und wenn das hundertmal paranoid sein mag – von jetzt an darf Nash weder meine Handynummer noch meine Telefonfirma wissen. Wiesel wie er schlüpfen noch durch die winzigste Lücke in Sicherheitssystemen. Und Kommunikationsmittel sind Nashs Spezialität.

Vor einigen Jahren waren Telefonnummern leicht zu kaufen, da gabs überhaupt nur einen Anbieter. Ich weiß das – Jack durfte seine Nummer nämlich alle paar Wochen ändern. Heute gibts ein Gewirr aus allen möglichen terrestrischen und Satellitenanschlüssen, was einerseits mehr Kommunikationsmöglichkeiten schafft, aber andererseits Leuten wie Nash auch mehr Schlupflöcher bietet, um irgendwo mitzuhören oder Leitungen anzuzapfen oder an Telefonrechnungen zu kommen. Wie lange brauchen so Freaks eigentlich heute, um Geheimnummern von Stars zu kaufen?

Die Wohnung in Maida Vale hat kein Telefon. Sie ist auch klein und vergammelt, und sie gehört mir gar nicht. Aber sie ist leer, und ich hab den Schlüssel. Über enge dunkle Stiegen kommt man auf einen engen dunklen Flur, und von da geht der vergammelte dunkle Raum ab. Für eine kleine Weile halte ichs notfalls darin aus, aber er zieht einen runter, stutzt einem die Flügel. Das Schlimmste an diesem Ort ist, ich weiß genau, er wäre der Einzige, den ich mir leisten könnte, wenn ich mich darauf einlassen würde, mit meinen Mitteln auszukommen beziehungsweise mir meine Mittel von den Spinnenmännern diktieren zu lassen.

Der Raum steht voller Kartons, die mir auch zum größten Teil nicht gehören. Sie gehören Marielle. Marielle hat für einen Glitter-Glam-Typen, mit dem sie vor Jahren was hatte, die Klamotten genäht. Sie hat ihm die ganze Garderobe und die Wäsche betreut, wenn er auf Tournee war. Ich war ein Mal mit ihm touren und dann nie wieder. Aber sie mochte ich gern. Ich hab ihre Blumen gegossen und ihre Katzen gefüttert, wenn sie mal weg war. Heute, nach all den Zeiten, die uns alle nicht jünger gemacht haben, sind ihre Katzen und ihre Pflanzen tot und Marielle im Altersheim, viel zu früh an Alzheimer erkrankt, so allein und angstgeplagt, wie ein Mensch nur sein kann. Eines Tages wird auch sie sterben, allein und angstgeplagt und ahnungslos, wie sie heißt. Jeder Mensch ist ihr fremd, jeder ihrer Schritte führt ins Unbekannte. Sie ist der Gnade schlecht bezahlter Profis ausgeliefert und hat das Recht auf vier frische Inkontinenzwindeln pro Tag. Aber auch diese Extravaganz wird man ihr bald streichen und sie stattdessen auf dem Nachtstuhl festschnallen. Warum holt der Glitter-Glam-Typ sie da nicht raus? Der fährt Taxi, in Manchester, der kann nicht mal den Unterhalt für sein Kind zahlen. Auch so 'ne Story aus der Rockbranche, die sich irgendwann von selbst erledigt. Aber so lange hab ich ein Versteck und den Schlüssel.

Wenn alle Stricke reißen, wohne ich womöglich wirklich auf Dauer hier und tu kaum noch was anderes als grübeln, wie grausam das Leben zu inkontinenten, kranken alten Frauen ist und dass Scherbenaufsammeln und Von-vorn-Anfangen immer schwerer wird, je älter man ist.

Der bestens bemessene blöde Betrag, mit dem Nash mich bedacht hat, erlaubt mir jedenfalls keinen komfortablen Lebensabend, falls er das Einzige bleibt, was ich da raushole. Der bewahrt mich weder vor Alleinsein und Angst, noch garantiert er lebenslänglich Inkontinenzwindeln. Die fallen mir nämlich als Erstes ein, kaum dass ich durch die enge Tür trete – ein einziger Schritt in diese vergammelte winzige Welt, schon scheiß ich mir in die Hose.

Ich gucke Marielles Kartons an und denke: Das soll alles gewesen sein? Marielle hat, lange bevor irgendjemand wusste, dass irgendwas nicht stimmt, mit dem Einpacken und Auspacken und wieder Einpacken angefangen. Hat ihr ganzes Leben in immer kleinere Kartons gepackt, als wollte sie ein Bündel für den Trip ihres Lebens schnüren – irgendwohin in eine Fremde, in der sie sich sogar selbst ewig fremd bleiben würde. Ihr Leben ist in diesen Kartons, nicht in ihrem Kopf. In meinem Kopf ist mehr von ihrem Leben als in ihrem eigenen. Ich kann Geschichten von ihr erzählen. Sie nicht. Von ihrem Bildschirm ist alles verschwunden. Gelöscht.

Mich packt das Entsetzen, weil mir klar wird, dass Marielle, als ihr Verfall begann, nur ein paar Jahre älter war als ich jetzt.

Ich schiebe Taj Mahals *Natch'l Blues* in den CD-Player und setze den Kopfhörer auf. Ich presse ihn mir fest auf die Ohren, als ob mir die Kraft meiner Arme die Musik tief ins Hirn rammen kann. Ich schließe die Augen, ganz fest, und warte auf den Moment, wo Musik Denken wird und Denken Musik, wo meine Hüften von selbst in Bewegung geraten, wo der Pulsschlag gleichzieht mit dem Rhythmus und dem Herzen einen Kickstart verpasst.

Dafür ist Blues geschaffen. Zum Mutmachen. Wenn alles Scheiße ist, wenn man mit dem Leben nicht klarkommt und mit sich selbst auch nicht, wenn man absäuft – dann zieht Blues einen wieder hoch.

Ohne Musik und Mäuse kann man gleich alles sein lassen.

2
Weichei

George Adler kam dieser Tage morgens so leichtfüßig, wie ein gewichtiger Mensch nur gehen kann, in die Firma und freute sich an den frischen Blumen auf dem Empfangstisch, an den säuberlich notierten Anrufen und der gefüllten und einschaltbereiten Kaffeemaschine. Dabei war Linnet noch gar nicht da. Dann konnte er sich einfach setzen, mit einem dampfenden Becher in der Hand, sich vom Pendelzug erholen, das Arbeitspensum des Tages durchdenken oder sogar Zeitung lesen.

George war ein Morgenmensch. Tina nicht, sie kam immer später als George und erst ab Mittag auf Touren. Linnet dagegen war nachmittags und abends am fittesten. Als Dreierteam brachten sie es zusammen auf einen Achtzehnstundentag. Rechnete er. Er selbst machte früh Feierabend, Tina ein paar Stunden später, und Linnet räumte dann noch alle Schreibtische auf und plante den folgenden Tag, bevor sie das Büro abschloss.

Das war heute Morgen, als George kam, jedoch schon offen. Auch der Kaffee war schon durchgelaufen.

»Hallo?«, rief er auf dem Weg in sein Zimmer, wo er seine Aktentasche auspackte. Dieser Tage brauchte er kaum je Arbeit mit nach Hause zu nehmen, dieser Tage hatte er meistens nur die Morgenzeitung und ein mit Liebe gemachtes Lunchpaket in der Aktentasche.

»Morgen, Linnet«, sagte er, als sie mit Kaffee erschien, »so früh? Ist heute was Besonderes?«

»Ich konnte nicht schlafen.«

Ihr Lächeln war so warm, dass er fast übersehen hätte, wie bleich sie war und wie ihr die Hand zitterte.

Als sie eine halbe Stunde später mit der geöffneten Post wiederkam, fragte er: »Irgendwas Dringendes dabei?«

»Nein«, sagte sie, »Routinesachen. Ein paar Sachen zum Unterschreiben, sonst …«

»Alles in Ordnung mit dir?«, hakte er nach. Sie war flink wie immer, aber er spürte, dass irgendwas los war.

»Ja.« Sie wollte gehen, blieb aber in der Tür stehen. »Doch«, sie zögerte, »aber – ich hab ein Problem. George, darf ich mal die Angestelltenrolle mit der Rolle der Klientin tauschen?«

»Klientin?« Er war überrascht. »Was ist los?«

Sie setzte sich auf den Stuhl für Klienten ihm gegenüber. »Ich fürchte, was Längeres. Da prallen Vergangenheit und Gegenwart aufeinander. Aber aktuell hab ich das Problem, dass ich verfolgt werde. Ich musste schon zu Hause ausziehen. Und mir sind ein paar Sachen gestohlen worden.«

Nachmittags erzählte er Tina davon. »Ich hätts ja fast nicht geglaubt. Ich meine, ich hab ja gewusst, dass sie irgendwie anderes ist. Hab ich ja von Anfang gesagt, nicht? Die ist was Besonderes.«

»Hast du, lang und breit.«

»Keine Häme, bitte. Ich will nur sagen, ich wär im Traum nicht drauf gekommen, dass unsere wunderbare Ms. Walker so 'ne Geschichte an der Backe hat. Sogar ich weiß, wer Jack war.«

»Ach Gottchen«, sagte Tina, »und wer Elvis war und die Beatles, das weißt du auch, wetten? Du alter Raver.«

»Schon gewonnen.«

»Mensch, Alterchen, du klingst aber wirklich 'n bisschen glamourgeschädigt. So promimäßig das ganze Drumrum ist, es geht bloß um unsere Ms. Walker. Nämlich eine Frau in den reiferen Jahren, die ein Problem hat und ein bisschen Rat sucht. Umsonst natürlich.«

»Sie hat natürlich angeboten, zu bezahlen.«

»Was du natürlich abgelehnt hast.«

»Wie du mich wieder anguckst! Ich bin kein Weichei.«

»Aber ein weiches Herz für Linnet hast du. Gibs zu.«

»Bleibt trotzdem die Frage«, gab George leicht empört zurück, »wollen wir ihr helfen? Oder bist du jetzt gegen sie, weil sie so 'ne geile Geschichte hat und 'n paar Leute 'n paar schlimme Sachen über sie verbreitet haben?«

»Geil ist ziemlich milde ausgedrückt«, sagte Tina, »aber entscheidend ist auf 'm Platz, heißt es immer, und hier auf ihrem Platz tut sie uns, zugegeben, verdammt gut.«

»Also?«

»Also bitte ich dich nur um eins: Geh da ganz cool dran. Stutz die ganze Story mal runter, denk mal alle Dramatik und alle Emotionalitäten weg – was bleibt? Eine ganz normale mittelalte Frau, die Angst hat, übern Tisch gezogen zu werden.«

George fand es schwierig, Linnet als ganz normale mittelalte Frau zu sehen. War sie das je gewesen für ihn? Wenn er ehrlich war, nein. Alles, aber nie ganz normal. Er hatte immer das Gefühl, Linnet als Bürohilfe, das war wie Milchflaschen mit einem Rolls-Royce ausfahren.

»Tina begreift glaub ich gar nicht, dass da ein qualitativer und ein quantitativer Unterschied ist«, sagte er abends beim Essen zu Fay.

»Vielleicht ist sie sauer, weil ihr jemand unter falschen Voraussetzungen eingestellt habt«, sagte Fay. »Noch Pie?«

»Ach, was denn für falsche Voraussetzungen?« George hielt ihr den Teller hin. »Sie hat uns doch gesagt, wie sie heißt. Und wenn ich eine Generation zu alt bin und Tina zu jung dafür, dass uns das was sagt, dann sind wir selber schuld.«

»Sie hat euch ihren amtlichen Namen gesagt«, korrigierte Fay, »nicht den, unter dem sie jeder kennt.«

»Wie lange möchte 'ne erwachsene Frau wohl Birdie heißen?«

»Ihr richtiger Vorname ist auch ein Vögelchen.«

»Darum gehts doch nicht«, konterte George gereizt. »Aber 'ne Frau, die ihren toten Geliebten ganz allein gegen profitgierige Gegner zu schützen versucht – das hat was Galantes.«

»Siehst du das nicht 'n Tick romantisch?«

»Romantisch?« George sah verwirrt seine Frau an, aber Fay guckte einfach mit einem amüsierten Blick zurück.

»Vielleicht kann Tina bloß nicht ab, dass das ein Gratisauftrag ist.« George hatte sich schnell wieder gefasst. »Bei Ausgaben ist sie immer so stur. Das Geschäft fängt ja auch gerade erst an, was abzuwerfen.«

»Was braucht Linnet denn?«, wollte Fay wissen.

»Ich weiß noch nicht, ich denke noch nach.«

»Du kannst sie gut leiden, was?«, fragte Fay versonnen.

»Stimmt. Tina auch.«

»Bist du sicher?«

»Natürlich.« George sah zu, wie Fay Folie über die Schüssel mit dem Pie-Rest deckte und sorgfältig die Ecken abdichtete. Konnte Tina Linnet wirklich gut leiden? Warum war es wichtig, das gegenüber Fay zu behaupten? Warum überhaupt all die Fragen? Weil sowohl Tina als auch Fay ihn so merkwürdig ansahen? Der Blick erinnerte ihn an seine Mutter. Plötzlich schoss ihm gegen seinen Willen der Spruch, dass kein Trottel peinlicher ist als ein alter Trottel, durch den Kopf.

»Herrgott noch eins!«, deklamierte er und stampfte verdrossen zum Fernseher, Tennis gucken.

Zehn Minuten später kam Fay mit zwei Bechern Pfefferminztee, setzte sich zu ihm aufs Sofa und fragte exakt das, was er sich selbst dauernd fragte: »Schatz, warum schaltest du so auf Abwehr bei dem Thema? Das passt gar nicht zu dir.«

»Weiß ich auch nicht«, stöhnte er. »Wahrscheinlich weil ihr beide, du und Tina, mir irgendeine emotionale Verstrickung unterstellen wollt.«

»Wär die denn so schlimm? Linnet macht dir immerhin das Leben leichter, wenn nicht gar zum Vergnügen. Dass man das nicht bedroht sehen will, ist doch nur zu verständlich.«

»Ganz recht.« Erleichtert ließ George sich ins Polster sinken. Er hätte es gern dabei belassen. Aber Fay schien auf irgendetwas zu warten.

»Was denn noch?«, fragte er.

»Vielleicht«, sagte sie sanft, »staunen Tina und ich einfach über eine Frau mit ein paar hanebüchenen Referenzen, die dich dermaßen aus dem Gleis bringt.«

»Ich bin nicht aus dem Gleis!«, bellte George. »Tina hat auch schon behauptet, ich wär dem Glamour erlegen.«

»Nein! Wie ganz und gar beleidigend.«

»Ich finde das nicht komisch.« Er stand auf und stapfte in Richtung Bett. Der Pfefferminztee blieb ungetrunken.

III
Sex und Selbstmord

»The lady is a spring chicken«, singt Jack. »No meat on her bones, slim pickings. Sleeping on my dirty floor, she says to me, she says ›no more‹ …«

Ich starre auf Marielles verstaubten Teppich. Ich habs nicht ausgehalten, in ihrem Bett zu schlafen, und mir eine Matratze auf den Boden gelegt.

Jack und ich haben ganz am Anfang auch auf dem dreckigen Fußboden geschlafen, gleich neben der Küche, krabbelndem Müll und tropfenden Hähnen. Wer an die Cornflakes wollte, musste über uns drübersteigen. Ging uns alles am Arsch vorbei. Aber dann wollten wir lieber allein sein und haben eine Wohnung ein paar Straßen weiter gemietet und ein Bett gekauft. Weder Stuhl noch Tisch, nur ein gebrauchtes Riesenbett. War uns wurscht, wer dadrin geboren worden, wer dadrin gestorben war oder wer sich schlaflos dadrin gewälzt hatte. Und bald danach haben wir das Haus in Camden Hill gekauft.

Damals ging Jacks Erfolgskurve nach oben. Zuerst sachte, dann steil. Und wir mit ihr – durch die niederen Besitzstände à la *Rake's Progress,* das heißt: *Rock's Progress,* bis zu dem großen Landhaus mit Schutzmauer und Tor. Wär sie mit derselben Wölbung weiter aufwärts gegangen, hätte uns das als Nächstes in eine Villa in irgendeinem Steuerparadies – Frankreich, Schweiz, Karibik – plus Wohnungen in allen gerade angesagten Städten katapultieren müssen. Ist sie aber nicht. Das Katapult wurde zur Katastrophe, und ich schlafe wieder auf dreckigen Fußböden. Tja-ja – Immobilien und die Musikbranche, ein Jojospiel. In neun von zehn Fällen hängt man am Ende da fest, wo man angefangen hat.

Blackwood Park hieß das Haus, das Jack abgefackelt hat. Die Schutzmauer und das Tor haben zuverlässig verhindert, dass die Feuerwehr schnell drankommt. Wertvolle Zeit ging zusätzlich verloren, weil das Personal in Panik nach dem Zweitschlüssel suchte. Das Haushälterpaar rannte in Pyjamas wie zwei kopflose Hühner durch die Gegend und war mit der Bergung der eigenen Kostbarkeiten beschäftigt. Vor dem Tor war nicht nur die ausgesperrte Feuerwehr, sondern auch eine kleine Gruppe kreischender, johlender Fans, die auf dem Rasen ihr Dauerzeltlager aufgeschlagen hatten und jetzt versuchten, über die Mauer zu steigen. Warum? Um Jack zu retten? Um ein Autogramm zu ergattern?

Ich weiß es nicht. Ich war nicht da. Ich kenne auch nur Fotos wie alle anderen. Und alle anderen bekamen auch Fotos von mir zu sehen, wie ich am Tag danach benommen in die Trümmer glotze. BIRDIE, HAST DUS ENDLICH WARM?, keifte eine Bildunterzeile. Es gibt ja nichts Kuscheligeres und Tröstlicheres als die britische Presse.

Die Haushälterin sagte fälschlich aus, Jack sei betrunken gewesen. Sie erzählte dem Untersuchungsrichter, sie habe Jack um halb elf Abendessen serviert, aber er habe kaum etwas gegessen. Er habe »einen Moralischen« gehabt. Sie habe Sandwiches und Snacks und heißen Kaffee in einer Thermoskanne auf ein Tablett gestellt und ins Wohnzimmer gebracht, sei um halb zwölf ins Bett gegangen und erst wieder wach geworden, wie ihr Mann auch, als der Rauchmelder geschrillt hat, etwa gegen vier Uhr morgens.

Ihr Mann sagte aus, Jack sei nach dem Abendessen in sein Studio im Keller gegangen und habe gearbeitet. Er sei zerstreut gewesen, erzählte er, »nicht ganz bei Trost«.

Der Einsatzleiter der Feuerwehr sagte aus, das Feuer sei im Keller ausgebrochen, beschleunigt durch Feuerzeuggas oder Kerosin. Es habe Träger und Querbalken angegriffen, sodass das Erdgeschoss und ein Stockwerk darüber bereits durchgebrochen gewesen seien, als seine Leute endlich zum Brandort hatten vordringen können. Es habe mehrere Stunden gedauert, bis der Brand vollständig unter Kontrolle, und zwei Tage, bis die Leiche gefunden worden war.

Jacks Arzt sagte aus, er habe Jack drei Wochen vorher Valium verschrieben. Jack habe nach einer anstrengenden US-Tournee offenbar unter Depressionen gelitten, gehöre aber seines Wissens zu den vernünftigen Menschen, denen man rezeptpflichtige Drogen durchaus anvertrauen kann. Das Gelächter auf den Pressebänken unterband der Untersuchungsrichter sofort.

Jacks Psychiater sagte aus, Jack habe eine Phase paranoider Enttäuschungen durchgemacht, er habe ihm gegen den Stress und die Erschöpfung Mandrax verschrieben, Jack aber in den vorangegangenen sechs Monaten regelmäßig zur Behandlung gesehen – zumindest wenn Jack gerade im Land war und den Termin nicht verbaselt hatte.

Meine unmaßgebliche Meinung über Jacks Gemütsverfassung wollte kein Mensch wissen. Von mir wollte man nur eins wissen: Warum hatte ich ihn allein gelassen, anstatt mit ihm gemeinsam in Flammen aufzugehen, wie sich das für ein gutes Frauchen gehört? Da war auch schon sattsam bekannt, dass ich zur selben Zeit bei einer Party auf einer Barkasse auf der Themse gewesen war. Es gab auch Fotos davon. Da tanze ich gerade mit ein paar Bagatelladligen und James Coburn und Björn Borg. Auweia.

Ich sagte aus, dass Jack und ich gemeinsam eingeladen waren und eigentlich auch zusammen hinwollten, aber Jack war in letzter Sekunde ausgestiegen. Ich bin trotzdem hingefahren, weil es unhöflich gewesen wäre, wenn wir einfach beide wegbleiben. Von dem Brand habe ich erst erfahren, als die Barkasse am nächsten Morgen wieder festmachte und wir zum Frühstücken an Land gingen.

Die Meute vor dem Gerichtsgebäude buhte, als ich hineinging und als ich wieder herauskam, und warf mit Mehl und Eiern und Gemüse. Für sie war eindeutig der Falsche gestorben. Ich hatte ja schon den groben Fehler gemacht, mich mit einem Mann zusammenzulegen, den alle Welt liebt, aber mich dann nicht wenigstens gleich mit auf seinen Scheiterhaufen zu legen, das war mehr als ein Fehler.

Ich bin in einem Interview mal gefragt worden, wie das ist, wenn man praktisch von jedermann gehasst wird, und ich habe nichts geantwortet. Was hätte ich sagen sollen? Och – ist einfach 'ne Lebensform? Ist 'ne Facette meiner komplexen Identität, die ich sehr schätze? Hätte ich zurückfragen sollen: Was soll ich machen, damit mich jedermann liebt? Jack aufgeben? Mir das Gesicht zerkratzen? Auf Schokoladensucht umsteigen? Mir zwei Drittel Hirn chirurgisch entfernen lassen? Sterben?

Aber eigentlich ist die Frage doch interessanter, als sie klingt, vor allem im Vereinten Königreich, wo Hirn und Schönheit als Waren gelten, die man gefälligst verborgen hält und für die man sich entschuldigt. Mit Schönheit allein kommt man eventuell durch – man muss sich nur zu der sprichwörtlichen Blondine mit den Supertitten und dem Riesenherzen stylen. Auch mit Hirn kommt man durch – wenn man es mit größeren Mengen Banalblabla und Unterwürfigkeit verdünnt. Wenn man jedoch, aus welchem Grund auch immer, ein öffentliches Leben führt und trotzdem nicht seine natürlichen Eigenschaften kaputtschlägt, dann kriegt man unglaubliche Feindseligkeit ab. Man macht sich – einfach indem man so ist, wie man ist – das normale Publikum mehrheitlich zum Feind.

Die Leute möchten einen bemitleiden oder sich einem überlegen fühlen können, sonst akzeptieren sie einen nicht als ihresgleichen. Und wenn sie einen nicht akzeptieren und man sich noch andere Dinge zu Schulden kommen lässt – zum Beispiel dass man sich mit dem sexiesten Kerl im Land zusammenlegt und beim Luxusleben erwischen lässt –, ist man ein Dieb für sie. Man wird ja schließlich beim Klauen von etwas erwischt, das einem eigentlich nicht gehört, sondern ihnen.

Jack ist also diesen entsetzlichen Feuertod gestorben und hat das arrogante blonde Miststück schutzlos zurückgelassen – halali! Jagdsaison!

Dummerweise kamen Jacks arrogantem blondem Miststück ausgerechnet Leute zu Hilfe, die wussten, wie das ist, weil sie selbst unter auf- und abschwellendem Medieninteresse zu leiden hatten. Leute, die selbst stinkreich oder stinkberühmt waren. Oder stinkbeides. Und so ließ sich das blonde Miststück auch noch beim Profitschlagen aus Jacks Tod erwischen – halali hoch zwei! Zum Abschuss frei!

Ich wüsste gern, ob sie mir verzeihen würden, wenn sie mich jetzt hier sehen könnten: auf der Matratze mit der Nase zwanzig Zentimeter über dem dreckigen Fußboden in einer dunklen, erbärmlichen Wohnung? Nö, wahrscheinlich nicht. Sie würden sagen: Och, die kommt schon wieder hoch. Und womöglich haben sie sogar Recht. Anderssein muss bestraft werden. Wir streben doch alle nach Gleichheit.

Warum warten die nicht einfach ab? Alter und Alzheimer erledigen das Problem gleichermaßen und ziemlich gründlich. Wir enden alle eines Tages ungefähr an derselben Stelle. Und was ist dann mit dem ach so gefährlichen Anderssein?

So viel zu meiner Situation. Und Jacks? Hatte er auch Probleme? Er war schön und begabt und reich und berühmt – nichts mit Problemen. Obendrein wurde er geliebt. Ihn hat niemand gehasst. Er hatte ja den effektivsten Blitzableiter, den man kriegen kann, wenn man Hass von sich ablenken will: mich. Ich war sein Schutz gegen Eifersuchts- und Hasseinschläge. Solange er unter meinen Fittichen blieb, war er in Sicherheit.

Lucky Jack, was für ein Glückspilz – mit all dem Talent und all der bedingungslosen Liebe und Anerkennung. Hätte doch jedermann gern, was? Kann sein. Den Glückspilz Jack hats allerdings kaputtgemacht.

Lucky Jack war nämlich mal Rockrebell gewesen. Und damals war er ein Außenseiter, und seine Frisur, seine Klamotten, sein Benehmen waren Ohrfeigen fürs Establishment. Seine Musik erzählte ein paar harte Wahrheiten über England, seine Enge und Zwänge und seinen freudlosen Spießermoralismus, dieses Land aus altem Ruhm und ewiger Hoffnung mit seinem impotenten Militarismus und seiner Angst vor allem Fremden. Jacks gesamte Existenzbegründung war Opposition dagegen.

Als Lautsprecher seiner Generation hat er sich nicht gesehen. Er sprach für sich selbst, und erst danach hat eine ganze Generation ihn adoptiert.

Aber nachdem das passiert war, stand er plötzlich mit dem Gewicht der Hoffnungen und Ängste von Millionen auf den Schultern als Führungsfigur da. Er durfte nicht mehr nur für sich sprechen, er war der Lautsprecher seiner Generation. Er musste feststellen, dass er nicht mal mehr frei war, seine eigene Scheiße bauen zu dürfen.

Ihn liebten alle, aber Liebe ist viel, viel schwerer zu ignorieren als Hass. Ich war immerhin so frei, dass ich die Leute, die mich hassten, verachten und bekämpfen durfte. Jack durfte nicht mal die winzigste Geringschätzung durchblicken lassen – die Leute liebten ihn ja. Nur, all die Liebe und Anerkennung nahmen ihm langsam, aber sicher die Luft zu atmen.

In jener Nacht, in der er alles abgefackelt hat, hätten wir eigentlich beide auf einer Barkasse die Themse entlangschippern sollen, vorbei an Marlowe und Cliveden und anderen berühmten Sehenswürdigkeiten. Ein paar nette Stunden mit den Sprösslingen und Sprotten der Upperclass und handverlesenen Vertretern aus Sport und Showbiz. Ich konnte in Ruhe hin zu so was. Konnte nehmen, was sie zu bieten haben – abgesondert wie ein Dieb an ihrem Tisch und in vollem Bewusstsein ihrer Verachtung.

Jack nicht. Denn Jack offerierten sie den Platz an ihren Tischen ohne Ironie oder Verachtung – dich lieben wir, Jack! Du bist einer von uns.

Das war er keineswegs. Aber sie liebten ihn, deshalb haben sie ihn adoptiert. Lucky Jack.

Ich ging zu der Party und Jack durch die Hölle.

Er hatte das Gefühl, die Seele gestohlen zu kriegen. Nach all den Dingen – Schmuck, Garderobe, Schallplatten, Ideen, Fotos, Zeit –, die ihm mittlerweile jedermann einfach so klaute, stahlen sie ihm nun auch alles, woran er glaubte, und enteigneten seine Rebellion.

Bis heute, übrigens. Jemand ist in die Film-und-Video-Werkstatt, in der ich heimlich Filmstücke bearbeitet habe, eingebrochen und hat eine Rolle Film geklaut: Bilder und Töne von Jack also. Es gibt immer noch Leute, die alles, was Jack gehört, und sogar Jack selbst für ihr

Eigentum halten. Er ist immer noch so begehrt und geliebt. Er muss sich immer noch, nach so vielen Jahren, verschenken. Glückspilz?

Das Letzte, was er, bevor ich losfuhr, zu mir sagte, war: »Du riechst nach Sex und Selbstmord.«

Ich habe nichts gesagt. Ich fand ihn zum Kotzen.

Über Sex und Selbstmord erzählt man nichts vor einem Untersuchungsrichter. Es sei denn, man möchte unbedingt, dass das wochenlang breitgelatscht und kleingekaut wird. Ich habe Jacks letzte Worte für mich behalten.

Der Untersuchungsrichter wollte sie schon wissen, aber ich hab behauptet, dass Jack »Wiedersehen und amüsier dich schön!« gesagt hat.

Was wohl passiert wäre, wenn ich die Wahrheit erzählt hätte? »Er hat gesagt: ›Du riechst nach Sex und Selbstmord‹, aber das war bei Jack normal. So was ist ihm dauernd eingefallen. Drogenbenebelte Rockstars reden so Zeug.«

Dabei hätte ich es ruhig sagen können. Sex und Selbstmord – zwei schöne S-Wörter, die gut zusammen klingen. Vielleicht hatte er ja gerade eine Zeile im Kopf, das könnte gut ein Refrainende sein. Hätte mich gar nicht gewundert, wenn ich Jack beim Nachhausekommen schlafend, aber mit einem zerknickten Zettel unterm Ellbogen gefunden hätte – und einem halb fertigen Song namens *Sex and Suicide*. Dass er auf mich gewartet hatte, damit ich ihn zu Ende schreibe. Auf jeden Fall weniger als die rauchenden Trümmer seines Landhauses auf dem Hügelchen.

Apropos Landhaus – der Seelendieb und Spinnenmann da hat jetzt genug Zeit gehabt. Heute Abend nach der Arbeit ruf ich ihn an. Aus einer Telefonzelle im West End.

»Nash?«, sage ich. »Könnte sein, dass ich was für dich hab.«

»Tatsächlich, Birdie?«, sagt er. »Dass mich das gar nicht erstaunt! Was hast du denn?«

»Erst mal: Was hast du arrangiert?«

»Ach Birdie, Birdie. Warum traust du mir nur nicht? Hab ich dir denn meine guten Absichten noch immer nicht ausreichend bewiesen?«

»Ausreichend nicht, nein. Höchstens hinreichend.«

»Das ist doch dasselbe«, sagt Nash pedantisch.

»Vertrauen ist teuer.«

»Nein, Birdie – Vertrauen kostet nichts. Du bist teuer.«

Ich lache und warte ab.

»Ich will sehen, was du hast«, sagt er schließlich.

»Ein Muster. Ich könnte mich dazu verstehen, dir ein Muster vorzuführen, sozusagen *pay per view.* Eventuell.«

»Ich habe mich mit deinen Problemen befasst«, sagt er, »und ich würde gern eine Kleinigkeit für dich klären.«

»Wie nett«, sage ich, »was denn für eine Kleinigkeit?«

»Die Steuersache. Ich hatte jemanden beauftragt, mit dem Finanzamt zu reden, und der sagt, sie sind zu einem Deal bereit. Für drei Viertel der geschuldeten Summe lassen sie dich bei null wieder anfangen, allerdings auf einen Schlag bezahlt.«

»Wirklich lieb von dir, Nash, aber ich könnte nicht mal drei Vierzigstel bezahlen.«

»Nein, bestimmt nicht. Deshalb sitzt du ja so in der Klemme. Ach Birdie, wie traurig – wärst du doch nur früher zu mir gekommen. Aber ich kann dir da immer noch raushelfen, kostet mich einen Anruf. Denk drüber nach – dann könntest du auch wieder nach England zurück und müsstest nicht in der Weltgeschichte herumzigeunern und für Gangster arbeiten.«

»Ach, du hältst Sasson für 'n Gangster?«

»Ich dachte an einen gewissen Herrn in Malaysia, der eine Nachtclubkette besitzt. Soweit ich weiß, hast du schon nötig, für den Herrn Mädchen zu buchen.«

»Mir gegenüber hatte er nichts Gangsterhaftes«, sage ich. »Hat immer gut bezahlt und immer gehalten, was er versprochen hatte. Woher weißt du das eigentlich?«

»Ich habe Interesse an dir, Birdie. Ich hätte so gern, dass du das glaubst. Ich möchte dir helfen. Zum Beweis rufe ich in derselben Minute beim Finanzamt an, in der du mir zeigst, was du jetzt gefunden hast. Es soll zwischen uns keine Geheimnisse mehr geben.«

»Das geht mir viel zu schnell, Nash. Das nervt.« Ich bin tatsächlich genervt. Er hat mit einem Finanzamtsarsch über meine Angelegenheiten gequatscht. Er schnüffelt hinter Leuten her, mit denen ich Kontakt habe. Es fühlt sich an, als ob er über mein ganzes Leben krabbelt.

»Ich denke drüber nach«, sage ich dann. »Es stimmt ja, dass Steuerschulden eine unglaubliche Belastung sind. Aber noch ist das Problem meiner künftigen Einnahmen nicht gelöst und …«

»Komm hierher«, unterbricht er mich ungeduldig, »bring dein Muster mit oder wie du das nennst. Zeigs mir, und ich mache den Anruf.«

»Nein«, sage ich. »Warts ab. Ich entscheide, wie und wo.«

Ich fahr doch nicht nochmal ohne jeden Schutz in sein Landhaus. Wenn Nash, bloß weil er einen Anruf in Aussicht stellt, von mir mehr als einen abgeschnittenen Fingernagel kriegt, will ich verflucht sein. Ich hänge ein.

4
Showtime

»Wer zahlt eigentlich das Zimmer hier?«, fragte Tina.

»Linnet«, sagte George. »Hat mir Bargeld mitgegeben.«

»Ist das irre. Die müsste hier sein.« Tina zupfte an den Gardinen des Hotelfensters und sah hinunter auf Dächer und halb verborgene Straßen von London. »Bargeld, Hände am Telefon – das Ganze sieht aus wie 'ne Erpressung oder wie wenn ein entführtes Kind zurückgekauft wird oder so.«

»Ich hab ihr dringend abgeraten, hier zu sein, und du hast eine Stallwache im Büro haben wollen.« George drehte den Fernseher zu einem der Sessel, während Tina den Videorecorder testete.

»Ein Zimmer in 'ner Absteige!«, sagte sie. »Das hätten wir doch auch im Büro machen können.«

»Aber nicht, solange Lin ihren Arbeitsplatz geheim halten will.«

»Das bleibt er sowieso nicht lange, der Typ hat den in null Komma nix raus.«

»Aber eben nicht vor diesem Termin hier.«

»Und wir sind auch entschieden leichter auszuchecken als er.« Tina sah auf die Uhr. »Ist 'n dicker Fisch.«

»Ganz recht. Deswegen hat das Räson, ihm den Ort erst in letzter Minute zu nennen und die Zimmernummer erst, wenn er unten angekommen ist.«

»Ja, das hat Räson – jedenfalls wenn man total paranoid ist, dass der einem den Raum sonst verwanzt oder hinter Telefonanschlüssen herforscht. Verdammte Scheiße, George, ich komm mir ziemlich blöd vor. Alles wegen 'm albernen Video.«

George seufzte. Er wollte weder Linnet noch irgendeine der zu dritt getroffenen Entscheidungen rechtfertigen, aber er kam sich schon wieder vor wie ihr Verteidiger. »Hör zu«, sagte er, »wir waren alle dafür, es so durchzuziehen, also lass es uns auch so hinter uns bringen.«

»Amen«, sagte Tina. In dem Augenblick klingelte das Telefon. Sie ging dran. »Danke. Schicken Sie sie rauf.«

»Sind die das?«

»Besuch. Wie viele, hat er nicht gesagt«, sagte Tina. »Na komm, George, guck nicht so aufgeregt. Showtime!«

Ein paar Minuten später klopfte es an der Tür. Tina ließ einen gedrungenen kleinen Mann in einem verblichenen Regenmantel herein.

»Guten Tag«, grüßte er, »ich bin Mr. Zaliskys Assistent. Erlauben Sie, dass ich mich umsehe? Nur eine Formalie, reine Routine, machen wir immer, wenn er irgendwohin geht.«

»Aber gern.« Tina sah George an.

George beobachtete den gedrungenen Mann. Er schien Übung zu haben und gründlich zu sein. Keine Chance für Wanzen, Bomben oder Banditen.

»Ist ja drollig«, raunte Tina, »sieht aus, als ob beide Seiten die Paranoia pflegen.«

Jedenfalls hat Linnet Recht, stellte George erleichtert fest. Er hatte bis eben ganz hinten im Hirn noch gegrübelt, ob er ihr gegenüber nicht zu gutgläubig gewesen war.

Erfreut sah er auch, dass Tina dem unerwarteten Gast ins Bad folgte. Dort schloss er Fenster und Vorhänge und sperrte danach alles Tageslicht aus dem Zimmer.

»Okay«, sagte er schließlich, »danke.« Dann drückte er auf sein Walkie-Talkie. »Sieht sauber aus«, gab er durch, stellte sich mitten ins Zimmer und verkündete liebenswürdig: »Furchtbar, dieser Sommer. Ich spiele ja gern mal eine Runde Golf, aber ich bin kaum dazu gekommen. Ach, bestellen Sie übrigens gern Kaffee für sich – Mr. Zalisky hat seinen eigenen dabei.«

»Ich glaub, wir brauchen keinen«, sagte Tina.

»Na, macht ja nichts. Für wen arbeiten Sie eigentlich, wenn ich fragen darf?«

»Für unsere Auftraggeber«, sagte George. »In diesem Fall ist das Ms. Walker.«

»Ich meinte, wer sind Sie? Hat Ihre Firma einen Namen?«

»Ach so«, antwortete George. »Ja. Wir sind ein kleines Unternehmen in Süd-London. Der Name sagt Ihnen sicher nichts. Warum fragen Sie? Brauchen Sie einen Job?«

»Man weiß ja nie, heutzutage«, sagte der gedrungene Mann. »Haben Sie eine Geschäftskarte?«

George klopfte seine Taschen ab. »Irgendwo ja. Tina?«

»Wissen Sie was?«, übernahm Tina. »Ich such mal. Ich geb sie Ihnen, bevor Sie gehen.«

»Okay. Ich muss schon sagen, Profis hatte Mr. Zalisky wohl nicht erwartet. Er hat gedacht, er wird ...« Es klopfte.

Tina ließ diesmal ein ganz in Schwarz gekleidetes Männchen herein, das nervös durch dicke, stahlgefasste Brillengläser blinzelte. Wie ein kleiner Junge, den die Mutter zum Nachbarn Zuckerholen schickt und der nicht weiß, wie das ankommt.

»Wo ist Birdie?«, quäkte der kleine Mann.

»George Adler«, konterte George, »und das ist meine Kollegin Ms. Cole. Sie sind Mr. Zalisky?«

Der kleine Mann nickte.

»Ms. Walker bittet um Entschuldigung, sie hat mich und meine Kollegin beauftragt, sie in dieser Angelegenheit zu vertreten.«

»Ach Gott ...«, der kleine Mann hob Hilfe suchend die Hände, »ich weiß gar nicht ... ich hatte erwartet, sie zu treffen. Das ist sehr enttäuschend.«

Tina erklärte ihm sanft: »Ms. Walker hat uns in alle Einzelheiten eingeweiht und uns auch ein Video mitgegeben.«

Sie klang so mütterlich, dass George kurzfristig fürchtete, sie würde dem Männchen als Nächstes das Köpfchen tätscheln. »Wollen Sie nicht Platz nehmen, Mr. Zalisky?«, fragte er. »Dann könnten wir anfangen?«

Nash Zalisky blieb unschlüssig an der Tür stehen, bis der gedrungene Assistent seine Tasche aufgemacht und zwei Kissen sowie ein paar frische weiße Servietten herausgeholt hatte. Das eine Kissen kam auf die Sitzfläche, das andere an die Rückenlehne des Sessels vor dem Fernseher, und die Servietten kamen wie Polsterschoner über die Armlehnen und die Kopfstütze. Erst dann nahm das ängstliche Männchen huldvoll Platz und sein gedrungener Aufpasser Aufstellung hinter dem Sessel – wie ein Soldat in »Rührt euch!«-Stellung.

»Das Band, das Band«, sagte Nash Zalisky armfuchtelnd.

Tina nahm die Fernbedienung und drückte auf Abspielen. Der Fernsehschirm wurde hell, eine Sonne-und-Meer-Szene. Im Hintergrund rollende Brandung, vorn schwarze Kinder beim Fußballspielen am Strand. Irgendwo spielte eine Gitarre. Dann suchte die Kamera den Himmel ab, schwenkte herum und kam erst auf einer Hängematte zwischen zwei Palmen zur Ruhe. In der lagen zwei junge Menschen. Sie sahen aus wie Filmstars.

Die Kamera zoomte sie heran. Der Mann hatte einen Arm um die junge Frau gelegt und malte mit der anderen Kreise in die Luft.

»Kräuselwellen«, sagte er. »Möchte wissen, wie lange die bis nach London brauchen.«

Tina drückte auf Pause. Der hübsche junge Mann blieb zitternd als Standbild da.

»Ist das das Video, das Sie sehen wollten, Mr. Zalisky?«, fragte George.

»Schon möglich«, antwortete der. »Aber woher weiß ich, dass da noch mehr drauf ist?«

»Soll ichs vorlaufen lassen?«, fragte Tina. »Sagen Sie, wo ich anhalten soll.«

Sie ließ Bilder ohne Ton im Schnelllauf über den Fernsehschirm rasen. »Es ist voll, und wir haben nicht Tom und Jerry dazwischengeschummelt.«

Wie Zeichentrickfiguren tollten Leute über den Schirm und scheuchten sich gegenseitig durch die Sonne und sausten von morgens bis abends durch die Gegend.

»Halt!«, brüllte Nash Zalisky plötzlich, und das ungestüme Gewusel blieb stehen in einem nur von Kerzen erleuchteten Raum. Dieses zitternde Standbild zeigte die Großaufnahme einer herzzerreißend jungen Linnet, der das milde Kerzenlicht durch die unerhört blonden Haare strömte.

»Zurück«, herrschte er, »das will ich nochmal sehen.«

»Nein, tut mir Leid«, sagte Tina. »Oder – George?«

George bekam den Blick nur mit Mühe vom Fernseher los. »Wir sind zum gegenwärtigen Zeitpunkt leider nur ermächtigt, Ihnen nachzuweisen, dass das Filmmaterial existiert.«

»Nur ein paar Minuten«, flehte Zalisky fast, »das tut ja wohl niemandem weh.«

»Tut mir Leid«, behauptete Tina noch einmal, »aber wir haben klare Anweisungen. Mehr darf erst gezeigt werden, nachdem Geld transferiert wurde.«

»Das ist der totale Blödsinn«, schimpfte Zalisky, »warum traut sie mir denn nicht?« Er glotzte auf den Fernseher, als wollte er das blonde Kind darauf umstimmen. Dann streckte er, ohne den Blick von dem Bild abzuwenden, eine Hand aus, und sein gedrungener Aufpasser legte ein Handy hinein.

Zalisky drückte energisch auf Knöpfen herum. »Ja, bin ich selber. Rufen Sie Mr. Sowieso an und bestätigen Sie, was wir heute Morgen verabredet haben.« Er klappte das Handy zu und drehte sich zu George. »Ich bin doch hier, um ihr zu helfen. Ist denn Birdies Leben so voller Verrat, dass sie ihre wahren Freunde nicht mehr erkennt?«

George fand das Männchen so unsympathisch, dass ihm keine Antwort einfiel. Stattdessen griff er zu seinem Handy und rief im Büro an. »Hallo – ich wollte nur melden: Mr. Zalisky hat den Anruf getätigt.«

»Danke, George«, hörte er Linnets sanfte Stimme, »ich checke das und ruf dich zurück.«

»Ist sie das?«, fragte Zalisky. »Ich will mir ihr reden.«

»Tut mir Leid, schon aufgelegt.« George drückte den Aus-Knopf.

»Jetzt müssen wir warten«, erläuterte Tina. »Ms. Walker möchte sicher sein, dass das, was Sie arrangiert haben, zu ihrer Zufriedenheit ist.«

»Das ist doch lächerlich. Sie sehen doch hoffentlich auch, wie unnötig das ist.«

»Ganz bestimmt«, sagte Tina.

»Na also, dann …«

Gleich macht der uns ein Gegenangebot, dachte George einen Moment lang. Zaliskys Augen flatterten irgendwie optimistisch zwischen ihm und Tina hin und her. Aber schließlich zuckte er doch resigniert die Schultern. Dann kramte der gedrungene Assistent wieder in der Tasche, beförderte eine Thermoskanne ans Licht und schenkte eine Portion schwarzen Kaffee aus. Zalisky nahm sie und wandte sich wieder zum Fernseher, um in dem Gesicht zu stöbern.

Auch George fand es außergewöhnlich – diese Augen, der Blick im Schatten der langen Wimpern nach unten gerichtet, die Lippen, die leicht offen standen, als wollten sie gleich etwas sagen, die schimmernde Haut und all das eingerahmt von langen leuchtenden Locken. Sie schien Licht geradezu zu verströmen. Sie hätte eine Filmkarriere machen können, dachte er. Warum hat sie das eigentlich nicht?

Elektronische Interferenzen jagten gezackte Linien über das unbewegte Gesicht. Aber gegen die Kraft des Bildes der vollkommenen taufrischen Jugend kamen die kleinen Querblitze nicht an. George war gebannt von so viel Jugend, von diesem schieren Mangel an Alter, er hatte das Gefühl, er müsse ein Kind beschützen – irgendein Kind, sein eigenes Kind, vor allem Schlimmen, das das Leben antun kann.

Aber was immer es diesem Wesen hatte antun können, war längst passiert. George wusste es ja, und er spürte fast einen Kloß deshalb im Hals, alt und erfahren, wie er war. Und plötzlich fiel ihm ein, dass ihn womöglich die gleiche unlogische Emotion trieb wie Linnet – auch die wollte doch das bildschöne junge Wesen aus diesem Film, diesen Jack, vor noch mehr Unheil beschützen, oder?

Der Rückruf kam, Tina ließ das Band zurücklaufen, und George sah sich noch einmal das Kind Linnet an, wie es durch zehn Minuten Filmausschnitte geisterte und fast nichts sagte. Sie war eindeutig Jacks Schmuckstück, Jacks Medaille, die Belohnung für einfach Jack-Sein. Von der Linnet, die er kannte, war so wenig zu erkennen, dass George am liebsten den Film angehalten und ihr eine Gardinenpredigt gehalten hätte. Als wäre sie seine Tochter.

»Mach doch mal den Mund auf«, hätte er ihr gern gesagt, »du bist doch viel mehr wert als das hier. Sei du selbst. Und wenn denen das nicht passt – Pech gehabt. Ist doch deren Problem, nicht deins.«

Es gab nur einen einzigen Augenblick, in dem für ihn die wirkliche Linnet durch die hohle schöne Maske brach. Das war eine kurze Szene am Ende des Films, da spielte sie Keyboard und Jack sang. Da waren diese erstaunlichen Augen scharf gestellt und beredt und so konzentriert wie heute, viele Jahre später, jeden Tag in der Firma. Aber es blieb die einzige Szene, und sie überraschte ihn auch, weil er nicht gewusst hatte, dass sie Klavier spielen konnte. Angesichts dieses Films war es doch überhaupt verwunderlich, dass sie irgendetwas Nützliches konnte.

Am Ende, vor dem schwarzen Fernsehschirm, sagte Nash Zalisky: »Was für ein Verlust, so eine Schande.« George brauchte ein bisschen, um zu begreifen, dass Zalisky an Jack dachte. Es ging um Jack in diesem Film, nicht um Linnet – es ging dauernd um Jack, Jack, Jack. Sein kleiner innerer Dialog mit Linnet, dem Kind, hatte keinerlei Bedeutung.

Tina ließ die Kassette zurücklaufen, aber im Recorder. »Unser nächster Zug ist die Frage: Möchten Sie dieses Video kaufen? Allerdings ohne irgendwelche Rechte bezüglich Ausstrahlung, Veröffentlichung oder Vervielfältigung. Nur für Ihren privaten Gebrauch.«

»Das ist nur ein Muster – von was eigentlich?«

»Von einem etwa neunzigminütigen Film«, antwortete Tina, »und ungeschnittenem Material, das beim Schnitt übrig geblieben ist.«

»Wissen Sie mit Sicherheit, dass Film und Restmaterial existieren?«

»Ja«, sagte George hastig und mied Tinas Blick. Sie hatten es beide nicht gesehen.

»Habe ich Ihr Wort?«

»Ja.«

»Tja, dann«, sagte Zalisky, »haben wir ein Problem. Natürlich will ich die Kassette. Ich möchte sie mir in Ruhe ansehen, und ich muss sie auch dem Konsortium der Geldgeber zeigen. Aber dieses Konsortium findet den Preis, über den wir vor dem Termin hier gesprochen haben, zu hoch. Ich habe bereits viel bezahlt, um das hier überhaupt sehen zu dürfen.«

»Der Preis«, erklärte Tina, »ist nicht verhandelbar. Weder Mr. Adler noch ich sind bevollmächtigt zu Verhandlungen. Wir führen lediglich Ms. Walkers Anweisungen aus.«

»Dem Konsortium«, fuhr Zalisky fort, als hätte Tina nicht geredet, »schwebt ein Tausch vor.« Er sah George an. »Eine schwierige Sache.« Er faltete die Hände zwischen den Knien. »Ich bin, wie Sie wissen, bemüht, Birdie ein Freund zu sein. Ich versuche, sie zu schützen – für ihre Zukunft zu sorgen. Meine Geldgeber haben da andere Vorstellungen, und ich muss selbst auch Anweisungen folgen. Sie verstehen sicher, dass ich hier Geld und Interessen zu vertreten habe, die nicht meine sind. Hier geht es leider um ein Geschäft.«

»Trotzdem haben wir nichts zu verhandeln«, beharrte Tina.

»Das Konsortium schlägt einen Tausch vor – die Kassette inklusive Vervielfältigungs- und Senderechte, die sich Birdie vorbehalten wollte, für eine andere Kassette.« Zalisky streckte wieder eine Hand aus, der gedrungene Assistent hinter dem Sessel reichte ihm eine Videokassette. »Ich fürchte, wenn Birdie von diesem Video erfährt, wird sie ihre Strategie überdenken. Es war, wie gesagt, nicht meine Idee, ich bin auch zutiefst bestürzt darüber. Aber Sie sollten sie ansehen, damit Sie Birdie begreiflich machen können, dass das Konsortium an einem Geschäft interessiert ist.«

»Augenblick«, Tina sah George an, »das sollten wir erst besprechen.«

»Was ist da drauf?«, fragte George.

»Ich hab es mir nicht angesehen.« Zalisky leckte sich gelangweilt die trockenen Lippen. »Mir wurde allerdings versichert, dass es etwas Unerfreuliches ist. Und Birdie würde das nicht gern verbreitet sehen.«

»Ich ruf sie an.« George griff wieder zum Handy. Einen Augenblick später hörte er Linnet: »Hallo, und – wie gehts?«

»Gibt 'n Haken«, erklärte George möglichst neutral. »Mr. Zalisky möchte die Kassette inklusive aller Rechte im Tausch gegen etwas, das du nicht gern verbreitet sähest – auch eine Videokassette.«

Kurzes Schweigen am anderen Ende, dann: »Habt ihr sie angeguckt?«

»Noch nicht. Aber er möchte sie uns zeigen.«

Wieder Schweigen. George sah Tina Hilfe suchend an, aber die beobachtete Zalisky mit zusammengekniffenen Augen.

Endlich ein Stimmchen: »George, glaubst du, er blufft?«

George fingen plötzlich die Knie an zu zittern. »Red mal mit Tina, die weiß so was besser.«

Er gab Tina das Handy, setzte sich auf die Bettkante und starrte den leeren Fernsehschirm an.

»Ich halts für klug, das rauszukriegen«, hörte er Tina sagen. »Okay. Ich ruf dich wieder an.«

Jetzt drehte sie sich zu Zalisky. »So, dann wollen wir uns mal angucken, worüber wir verhandeln sollen.«

Sie zog Linnets Kassette aus dem Recorder und schob die von Zalisky hinein.

Zalisky ließ sich die Fernbedienung reichen. »Ich denke, ich mache das wie Sie, mit dem Schnelldurchlauf. Ich kann mir kaum vorstellen, dass jemand das Folgende in voller Länge sehen möchte.«

Das Folgende schoss durch Georges Gehirn wie ein Hochgeschwindigkeitszug. Es war ein Schwarzweißfilmchen, von einer festen Kamera aufgenommen. Ein Bett in einem Hotelzimmer in der Bildmitte. Ein Mann und ein Mädchen kommen tänzelnd und torkelnd herein, schütten Drinks in sich, werfen Kleider auf Stühle, reißen sich farblose Sachen vom Leib, so schnell, wie ein Sturm Blätter von Bäumen weht. Kurzes Gerammel, gleich danach und fast ohne Pause eine andere Paarungsposition.

Zalisky hielt den Film an einer Stelle an, an der beide Gesichter von vorn zu sehen sind. Der Mann ist mindestens dreimal so alt wie das Mädchen. Schwer, kahlköpfig. Er packt ihre schmalen Hüften, sodass sie auf den Knien hocken bleiben muss und sich nicht bewegen kann. Ihr Gesicht ist ausdruckslos. Aber es hat dieselbe makellose junge Schönheit wie auf der anderen Kassette, die George gesehen hatte.

Zalisky fing an: »Ich nehme zu meinem Bedauern an, dass wir wohl alle sehen konnten: Es handelt sich um Birdie. Eine Schande. Das nimmt ihr ja nun jeden Spielraum.«

George ging zum Fenster und zog die Vorhänge wieder auf. Der Himmel draußen war genauso grau wie das Bild im Fernseher. Er hörte, dass Tina sich hinter ihm räusperte.

»Um das mal klarzustellen«, sagte sie, »was passiert Ihrer Vorstellung nach mit diesem Video?«

»Gar nichts«, sagte Zalisky, »wenns nach mir ginge – ich würde es verbrennen, mit allen noch existierenden Kopien. Leider liegt das aber nicht in meiner Macht, und der Besitzer dieses Videos hat auch bereits ein interessantes Angebot seitens einer Multimedia-Gruppe. Das würde er natürlich ausschlagen und das Band vernichten, wenn wir mit Birdie hinsichtlich des Antigua-Films und des Tonmaterials, an dem sie Rechte geltend macht, zu einer vernünftigen Einigung kämen.«

»Ah ja«, sagte Tina. »Sie möchten also, dass wir Ms. Walker das als Angebot unterbreiten, ja? Sie tritt das gesamte Material und sämtliche Rechte an die ab und kriegt dafür die Zusage, ein paar Minuten Pornofilmchen nicht zu verbreiten? Soll das der Deal sein?«

»Es handelt sich nicht einfach um Pornografie«, entgegnete Zalisky. »Wenn Sie mich zum Weiteransehen zwingen, bekommen wir, so wurde mir gesagt, noch den Konsum von Kokain zu sehen. Und am Ende soll der kommerzielle Charakter der Sache da eindeutig klar werden.«

»Das möchte ich aber auch hoffen!«, konterte Tina. »Mit so'm Schwein treibts doch kein Mensch aus Spaß.«

George drehte sich gerade rechtzeitig wieder ins Zimmer, um Zaliskys verblüfftes Blinzeln mitzukriegen. »Ruf Ms. Walker doch nochmal an, Tina«, sagte er. »Frag sie, wie wir verfahren sollen.« Dank Tinas Wutausbruch fühlte er sich ruhiger. Er fand seine eigene emotionale Reaktion nicht mehr völlig blödsinnig.

Während Tina telefonierte, fing Zalisky wieder an zu reden. »Mir tut das alles weh. Doch, das tut es. Bitte, bitte, versichern Sie Birdie, dass ich alles mir Mögliche zu ihrem Schutz tue. Wenn sie doch nur mit mir reden würde! Sie würde doch merken, dass ich der einzige ihr noch verbliebene Freund bin. Machen Sie ihr bitte unmissverständlich klar: Wir sind in Sachen Bild- und Tonmaterial von Jack die einzige Adresse hier – wenn die vertragliche Situation sich erst mal herumgesprochen hat, fasst das keine andere Firma mehr an. Und Birdies Ansprüche bezüglich Copyright und Eigentumsrechten würde angesichts dieses Stücks – ähm – Pornografie wohl kaum noch jemand ernst nehmen. Ich würde sie so gern abschirmen gegen die unvermeidliche Enttäuschung und Ablehnung.«

George erwog kurzfristig, den kleinen Umstandskrämer am Schlafittchen zu packen und so lange aus dem Fenster im neunten Stock zu hängen, bis er mit dem Geplapper aufhörte. Aber dann faltete er doch lieber die Hände auf dem Rücken und verlegte sich aufs Kippeln zwischen Vorderfuß und Absatz. Der gedrungene Aufpasser stand immer noch direkt neben Zaliskys Ellbogen und glotzte offensichtlich gebannt auf das schmuddelig graue Bild, das weiter auf dem Fernseher zuckte.

Tina hatte zu Ende telefoniert. Sie ging vorbei an den drei Männern und schaltete den Fernseher aus. »Gut, Mr. Zalisky, Sie haben unserer Auftraggeberin Stoff zum Nachdenken gegeben. Vielen Dank, dass Sie da waren – wir melden uns.«

»Ist das alles?«, fragte Zalisky. »Will Birdie nicht mal die Bänder tauschen? Sie hätten mich mit ihr sprechen lassen sollen.«

»Unsere Auftraggeberin ist sehr enttäuscht über Ihr Gegenangebot.« Tina leierte die Sätze herunter wie auswendig gelernt. »Sie hat mich gebeten, Ihnen auszurichten, dass sie Zeit zum Nachdenken benötigt.«

»Sie hat achtundvierzig Stunden!«, blaffte das Männchen. »Auch mir reißt irgendwann der Geduldsfaden. Sie muss endlich lernen, dass man die Hand der Freundschaft nimmt und nicht beißt.« Er stand auf und schoss aus dem Hotelzimmer wie eine Wespe. Sein Aufpasser durfte Kissen und Servietten wieder einsammeln. Zuletzt riss er die Kassette aus dem Recorder, stopfte sie auch in seine Tasche und hastete hinter Zalisky her auf den Flur.

»Ja, Ihnen auch Tschüss und *hasta la vista!*«, teilte Tina der Tür mit, die gerade ins Schloss knallte. »Lieber Gott, George – was für 'n Reinfall! Ich muss mich entschuldigen. Paranoia scheint mir mehr als angebracht hier.«

George ließ sich seufzend aufs Bett fallen. »Was hat Linnet denn wirklich gesagt?«

»Sie war ziemlich sauer. Aber was solls – sie hat doch ihre gesamten Steuerschulden los. Ist doch nicht schlecht dafür, dass der aufgeblasene Knirps bloß mal zehn Minuten Video gucken darf.«

»Wir haben die Kassette noch, nicht?«

Tina klopfte auf ihre Umhängetasche. »Ist hier drin. Der kleine erpresserische Haufen Elend kriegt von mir nicht mal 'n Arschtritt, geschweige denn das, was er will!«

George gestattete sich endlich ein Lächeln. Der Nachmittag war zwar irgendwie in die Hose gegangen, aber Tina war wenigstens jetzt im Boot. »Ich hatte schon befürchtet, dass du demnächst einen deiner gutmütigen Ausrutscher kriegst.«

»Hast du dir die Visage angeguckt?«, gab Tina angewidert zurück. »Ich dachte, der schlabbert gleich den Fernseher ab. Weißt du, was wirklich pornografisch ist, George? Der Gesichtsausdruck von pornoglotzenden Männern. Deiner nicht – du hast geguckt, als ob du 'ne Tragödie mit ansehen musst. War ja vielleicht auch so. Ach, scheiß drauf. Komm, wir packen den Recorder ein und hauen hier ab.«

»Bin mal gespannt, was sie jetzt macht.« George sah Tina zu, wie sie an Steckern und Kabeln herumnestelte.

»Mr. Zalisky ist ein gieriges kleines Arschloch«, kam es von hinter dem Fernseher zurück, »der meldet sich. Der will doch was, was Linnet hat. Der lässt das nicht so stehen.«

5
Serenity

Eins der Klischees über Rock 'n' Roll geht so: Wenn man auf der Bühne was total verpatzt, muss man einfach so tun, als wärs Absicht, und weitermachen. Den Trick verrate ich allen meinen Babybands. Ich sag ihnen auch, sie sollen keine Angst vor Klischees haben, es gibt sie zu Recht: Sie funktionieren.

Nun ist Weitermachen nicht immer ganz einfach, schon gar nicht, wenns *con brio* sein soll. Brio kriegt man nicht im Supermarkt. Beim Dealer allerdings schon, auch wenns da anders heißt – Amphetaminsulfat zum Beispiel oder Kokain. Noch so 'n Rock-'n'-Roll-Klischee. Aber da rate ich meinen Babybands zur Vorsicht. Ganz ausreden kann ausgerechnet ich ihnen das natürlich schlecht. Es wär auch Energieverschwendung. Bands sind auf Drogen oder nicht. Bands aasen mit Drogen rum oder nicht. Kommt ganz auf die Beschaffungsmöglichkeiten, Persönlichkeiten und Gruppenzwänge an. Jedenfalls nicht auf vernünftige Ratschläge von einer Frau, die ihrer aller Mutter sein könnte.

So ein kleiner weißer Bonbon kann einem Zeit und Raum verschaffen und den Kopf aufräumen. Er bringt das Brio zurück, das man im Laufe eines fürchterlichen Tages eingebüßt hat. Als vernünftige Frau ist man klug genug, so was zu dosieren. Als vernünftige Frau kennt man nämlich den Unterschied zwischen Brio und Bauchlandung nach Dachsprüngen. Abgesehen davon: Diese bestimmte Frau hat nur wenig von so was im Besitz. Im Erste-Hilfe-Kasten, für Notfälle.

Eigentlich hatte ich gedacht, ich könnte endlich zurück zu Robin, zurück nach Hause in Wärme und Licht und Gesellschaft. Aber wenn einem ein Nash dermaßen die Pläne durchkreuzt, hält man als vernünftige Frau seinen Schlupfwinkel doch lieber geheim und seine Familie aus der Schusslinie.

Ich bin eine vernünftige Frau. Also bin ich doch wieder in diesem elenden dunklen Loch, das Marielle als Zuhause bezeichnete. In Gesellschaft meines Erste-Hilfe-Kastens.

Wie Kokain ist auch laute dreckige Musik ein gutes Gegengift gegen einen verpatzten Tag. Die schießt einem auch durch die Adern und rast einem von der Hüfte in die Fingerspitzen und treibt einem Frust und Depri aus dem Leib.

Ich blättere die Musikzeitungen durch, suche in *Time Out,* aber ich finde nichts von der Sorte Musik, die ich brauche. Also geh ich mir InnerVersions anhören, die spielen im Fleece and Firkin.

Ich komme zu spät, kurz vorm Ende des ersten Sets. Mit der Band stimmt was nicht – die spielen alle mit hängenden Köpfen, wie abgeschottet, ohne Kommunikation. Haben schon wieder Knatsch, die blöden Babybastarde! Diese Band hat keine Ahnung, wie man negative Energie nutzen kann. Große Bands können so was. Große Bands nölen nicht rum und ihr Publikum nicht an. Große Bands explodieren wegen ihrer eigenen inneren Spannung, die implodieren nicht bloß wegen irgendeines jämmerlichen Furzes. Große Bands können einen Abend mal so schlecht drauf sein, wie sie wollen – ihre Fans runterreißen oder ihnen 'n Depri verpassen oder sie leer nach Hause gehen lassen tun sie nicht.

InnerVersions kotzt mich an. Ich gehe, angeekelt. Aber auf dem Weg nach draußen fällt mir etwas ein, eine uralte Idee. Trotzdem muss ich lachen. Ich laufe die Straße lang und finde einen Deli, der Tag und Nacht offen und alles hat, was ich brauche: Ein Päckchen Trug und ein halbes Pfund Tüdelü – Zutaten für einen echten Ludersud.

Ich gehe zurück ins Fleece and Firkin und setze mich so, dass die Band mich sehen muss. Sie sind mit dem beschäftigt, was sie am besten können – sich gleichzeitig ineinander verknäueln und aus dem Weg gehen, wie eine zerrüttete Familie im Urlaub. Sie haben mich gesehen. Sie finden deutlich, ich müsste zu ihnen kommen. Aber was soll ich da? Sie aufbauen? Meine Energie verbrauchen, um ihre Batterien aufzuladen, während sie mich runterziehen? Nein, danke. Ich sitze lieber in meiner dunklen Nische und verschwende meine noch vorhandene Magie zu meinem eigenen Nutzen.

Ein paar Minuten später ist Sapper bei mir. Ich wusste, er würde kommen. Er fängt an, sich über Flambo und Dram zu beschweren. Ich lächle ihn warm, liebevoll und amüsiert an. Ein richtig liebes Lächeln, das ihn total verwirrt, weil es überhaupt nicht passt als Reaktion auf sein Gemecker. Und ich schlitze lächelnd weiter mit meinem silbernen Taschenmesserchen Sultaninen auf – und zwar verborgen, unter dem Tisch.

»Was machst 'n da?« Sapper reckt den Hals.

»Schscht«, sage ich. »Cool bleiben.«

»Ach so, klar«, sagt er, als wüsste er genau Bescheid. Und sieht zu, wie ich ein Bröckchen von einem graubraunen formlosen kleinen Klumpen abschneide. Und das dann vorsichtig in den Schlitz der Sultanine schiebe. Und mir die Sultanine verstohlen in den Mund schiebe. Und langsam kaue und dazu am braunen Rum nippe. Und wie aus meinem herrlichen ein himmlisches Lächeln wird.

»Was 'n das?«, fragt er.

»Schscht«, sage ich nochmal. »Serenity. Kennste nicht?« Gute Frage für einen gleichzeitig arroganten und ignoranten Jüngling.

»Hat man das nicht in 'n Sechzigern genommen?«

Ich antworte vage: »Ist aus der Mode, seit die Schwerchemie eingestiegen ist.«

»Und was macht das?«

»Weißt du, was *serenity* heißt?«, frage ich zurück. »Heitere Gelassenheit. So was macht das. Nichts Besonderes. Ist 'n Naturstoff. Man fühlt sich einfach besser.«

»Na, dann schieb mal was rüber. Kann ich brauchen.«

»Bist du sicher?«

»Der Scheiß-Flambo! Geht mir echt auf 'n Keks ...«

Er meckert weiter und sieht mit Habichtaugen zu, wie ich dieselbe Nummer mit dem graubraunen Teigklümpchen und der Sultanine nochmal durchziehe.

»Musst ganz langsam kauen«, erläutere ich ihm. »Behalts im Mund, solange du kannst, am besten unter der Zunge. Die Süße kriegst du mit'm Schluck Rum weg.«

Es ist wirklich irre, was Leute alles in den Mund stecken, bloß weil ihnen jemand erzählt, davon fühlt man sich besser. Sapper hat nichts als mein Wort und schluckt seine Medizin brav wie ein Schaf. Ich hab schließlich Erfahrung – und außerdem ein Silbermesserchen, ich kann auch geschickt mit Sultaninen und einem Fitzelchen von irgendeiner Substanz hantieren. Was dabei rauskommt, sieht genau aus wie die Wunderdrogen der Sechzigerjahre und wird Sapper gleich gut tun.

»Hau ab jetzt.« Ich scheuche ihn weg wie ein Kind, nachdem ich es mit etwas Süßem besänftigt habe. »Und komm erst wieder, wenn du bessere Laune hast.« Ich setze ihn in Umlauf wie ein Reklameschild auf zwei Beinen.

Keine fünf Minuten später kommen erst Corky, dann Karen, Dram und Flambo auch vorbei, ganz zufällig. Und wollen auch mal *mama's little helper* probieren. Und nicht nur sie, auch all ihre Freunde und Freundesfreunde. Die Nachricht ist rum. Alle wollen jetzt mal.

Alle außer der Band müssen löhnen. Kein Mensch mag Sachen, dies umsonst gibt. Außerdem ist Magie nun mal nicht billig.

Ich mache ein Supergeschäft. Meine Laune ist bestens. Das ist doch mal was ganz Neues! Ich meine – 'ne mittelalte Tante und dealen, ist doch unerhört. Das gibts doch nicht. Und die olle Zitrone hat echt noch Saft, aber wie!

Der wirkliche Witz kam aber noch. Beim zweiten Set ging InnerVersions total relaxt auf die Bühne. Alle strahlten wie Honigkuchenpferde und spielten sich die Seele aus dem Leib. Sie juchzten und schluchzten und trafen unverkennbar – nämlich an der Reaktion des Publikums – voll den Nerv. Yeah! Ich lass die notfalls auch noch *All You Need Is Love* singen, wenn die nicht aufpassen.

Drogen »machen«, was man erwartet. Jemand erzählt einem, wie man sich gleich fühlt, alle anderen erzählen einem, wie sie sich gerade fühlen, also erwartet man das mit Spannung und Vorfreude auch für sich. Die hoffnungsvolle Erwartungshaltung bewirkt, dass man sich so fühlt, wie man soll. In diesem Fall eben heiter-gelassen.

Unser gutes altes Marihuana mit der »Love & Peace«-Wirkung führte in den Zwanziger- und Dreißigerjahren angeblich noch zu *reefer madness.* Weiß der Himmel, warum. Vielleicht haben die Raucher sich damals einfach irre aufgeführt, weil sie dachten, das muss so sein. Marihuana-Reefers wurden als verrücktes Aufputschmittel gehandelt, also wurde man gefälligst verrückt und aufgeputscht. Heute dagegen gilt Sweet Mary Jane als Beruhigungsmittel zum Runterkommen. Dieselbe Substanz, die gegenteilige Wirkung. Es kommt eben alles aufs Marketing an. Also, wer einen schönen milden Abend erleben möchte, investiere in ein Paket Sultaninen, stopfe sie mit Klümpchen von Shiitake-Pilzen und nenne das Produkt Serenity. Der Name bringts – warum ist Ecstasy wohl abgegangen wie 'ne Rakete?

Ich hätte Jack gern so von den Drogen weggetrickst. Aber er kannte mich zu gut dafür. Vielleicht funktioniert der Trick auch nur bei Freizeit-Usern, weil die zum größten Teil unerfahren und höchst beeinflussbar sind. Gewohnheits-User sind weder das eine noch das andere.

Aber ich möchte heute Abend nicht an Niederlagen denken, deshalb verdränge ich den Gedanken an Jack und konzentriere mich auf die Band. Sie sind bei einem Stück namens *Half Empty,* und dabei passiert etwas Schönes. Normalerweise hockt Karen hinter ihrem Keyboard und singt die Begleitstimme fast unbemerkt. Heute Abend dagegen, unter Serenity-Einfluss, verschmelzen ihre und Sappers Stimmen mit fast mythischer Präzision. Und das Überraschendste: Sapper hört auf Karen. Dreht sich zu ihr, geht sogar hin zum Keyboard. Sie singen zusammen und atmen zusammen, und ihre Stimmen harmonieren total.

Dann taucht Ozzy Ireland auf. Er kommt an meinen Tisch. Er hat Regentropfen auf dem Baseball-Cap und einen Verschwörerblick. »Bei Dog Records ist Betriebsversammlung«, berichtet er. »Was ist 'n los? Hast du unterschrieben? Die reden jetzt offen von irgendeiner Jack-Retrosache mit zehn neuen Stücken. In der Chefetage oben ist Riesengewese.«

»Hör mal zu.« Ich zeige auf Karen und Sapper. »Klingt gut, was? Falls InnerVersions auseinander kracht, baust du einfach 'ne neue Band um die beiden rum.«

Ozzy ist ganz Ohr. Ich mache mich davon. Das Letzte, worüber ich jetzt reden möchte, sind Dog Records und die Siegesgewissheit, die Nash und Sasson und ihre Spießgesellen gerade austoben.

6
Eine absurde Idee

»Und das«, sagte Barry Stears, »ist Alec Parry, der uns so fabelhafte Dienste geleistet hat. Alec – Mr. Zalisky.«

Alec ging einen Schritt vor, um Mr. Zalisky die Hand zu geben, aber Mr. Stears trat dazwischen. Offenbar wünschte Mr. Zalisky keinen Körperkontakt.

»Alec war für uns Auge und Ohr«, brummte Mr. Freel.

Irgendwie waren die beiden heute zugeknöpft, fand Alec. Als ob alle im Raum den Atem anhielten. Auch er bekam die Spannung ab. Es war, als ob das ganze große Haus nur flüsterte – schsch, eine andächtige Schweigepause bitte, zu Ehren der Idee des Reichtums.

Alec war aufgewachsen mit Illustrierten und Fernsehsendern, die einem den Lifestyle der Reichen und Berühmten vorführen, und müsste eigentlich, wie er fand, abgefuckter reagieren. Aber was ihn hier jetzt umhaute, war die schlichte Tatsache, dass ein Mann allein so viel Platz haben kann. Statussymbole und Konsumgebaren fehlten völlig – keine Prestigeantiquitäten, keine Wurlitzers, keine Designerschnäppchen. Hier ging es um wirkliche Werte – Platz und anderer Leute Zeit. Mr. Zalisky sah nach nichts aus und schien auch nichts zu tun zu haben, aber er befahl zwei bedeutenden, viel beschäftigten Herren, bei ihm zu erscheinen, und die folgten auf dem Fuß. Wie kriegt so 'n schrumpeliger Scheißknirps das hin, überlegte Alec. Er hatte ja nicht als Einziger eine Stunde lang warten müssen in der Vorhalle mit den vielen Nischen, auch Mr. Stears und Mr. Freel hatten sich die Beine in den Bauch stehen dürfen und erstaunlicherweise beide nicht geklagt.

Alec wurde natürlich als Letzter hereinbeordert und würde vermutlich als Erster wieder gehen müssen, aber jetzt stand er mal zwischen all den Ränkeschmieden im selben Raum. Birdie nannte sie »die Troika«.

Alec setzte sich in den einzigen Sessel, der noch frei war, und damit war das Quadrat um ein Glastischchen herum geschlossen. Das war nicht mal ein richtiger Sitzungssaal – es war einfach ein riesiger kahler Raum mit knietiefen Teppichen und schweren Brokatvorhängen, in denen gedämpftes Licht schimmerte.

Mr. Freel ergriff das Wort. »Also – Alec, mein Junge, Mr. Zalisky hat ein paar Fragen an dich.« Die allerdings auch er selbst stellte, mit ein paar Ergänzungen von Mr. Stears. Dieser »Sir« musste offenbar nicht mal seine eigenen Stimmbänder abnutzen.

»Vielleicht erzählst du einfach mal der Reihe nach, wie du an die kleine Filmdose gekommen bist«, bat Mr. Freel.

»Ja, Sie wissen ja«, fing Alec an, »ich hatte ja alle Anrufe überprüft, die bei Mrs. Emerson zu Hause ankamen und abgingen, und da ist mir aufgefallen, dass da sehr häufig die Firma Sheeney Tele-Cine vorkam. Hatte ich ja berichtet.«

»Das war, bevor Birdie ins Ausland gereist ist?«

»Jawohl, Mr. Freel. Ich bin dann da hin. Es handelt sich um einen kleinen Saftladen in Brook Green. Die sind auf Umkopieren spezialisiert, Film auf Video. Machen ihren Umsatz wohl vor allem mit Leuten, die alte Schmalfilme haben und die im Fernsehen angucken wollen. Titel und Inserts machen die auch, so Sachen. Jedenfalls, Mr. Stears suchte ja nach einem Film, da haben bei mir natürlich die Alarmglocken geklingelt mit dieser Kopierfirma.«

»Kann Birdie erfahren haben, dass du die rausgekriegt hast?«, wollte Mr. Freel weiter wissen.

»Ich wüsste nicht wie, Sir. Ich bin ihr ja nicht gefolgt, ich hab auch mit niemandem geredet, der ihr das weitersagen könnte. Ich hab nur mal kurz das Haus angeguckt und es Mr. Stears gemeldet.«

»Zu diesen Fotos, die du uns gebracht hast – und die du für aus einem Film rauskopierte Standfotos hältst: Hat irgendjemand gemerkt, dass die weg sind?«

»Jedenfalls hat niemand was gesagt. Die waren ganz unten in Mrs. Emersons Schrank in einem Schuhkarton. Die, äh – ich weiß nicht,

Sir, aber die sammelt alles Mögliche. Die hat lauter so Zeug, und das scheint sie bloß aufzuheben, weils – na ja, irgendwas mit Jack zu tun hat. Trödelkram. Mir ist das hier bloß aufgefallen, weil ANTIGUA auf dem Umschlag stand.«

»Birdies Schwester«, erläuterte Mr. Stears für Mr. Zalisky, »scheint mal für Jack entflammt gewesen zu sein. Die hat einen Schrein aus ihrem Schlafzimmer gemacht.«

»Ich bin sicher, wenn die wüsste, da fehlt was, wär die stinksauer«, sagte Alec, »aber bisher ist sie das nicht.«

»Schon gut«, sagte Mr. Freel, »wir wollen ja nur sichergehen, dass du keinen Verdacht erregt hast.«

»Glaub ich nicht, Sir.« Alec gab sich Mühe, nicht mit den Augen zu zwinkern. »Aber der, äh, Einbruch, der war ja, als Birdie schon weg war. Also, da weiß ich jetzt nicht, wie sie dadrauf reagiert hat.«

»Richtig – sie hat ja plötzlich abends ihre Sachen gepackt und war am nächsten Morgen weg, nicht?«

»Ja, aber wieso, weiß ich auch nicht. Ich weiß nur, da kam ein Päckchen, mit Boten. Darauf schien sie gewartet zu haben. Könnte Geld gewesen sein, aber das weiß ich nicht.«

Mr. Freel und Mr. Stears warfen dem »Sir« kurze Blicke zu, aber der schwieg weiter.

»Wo ist sie eigentlich hin?«, fragte Mr. Freel.

»Das weiß ich nicht. Und Grace und Mrs. Emerson auch nicht. Das macht sie wohl immer so, sie haut einfach ab, ohne zu sagen, wohin. Die Familie lacht nur noch drüber. Ich hab natürlich mal in ihren Reisepass geguckt. Da sind Stempel aus aller Welt drin. Aber falls sie ins Ausland gedüst ist, ist sie jetzt wieder hier – sie hat Mrs. Emerson nämlich gestern Abend aus einer Telefonzelle in Maidenhead angerufen.«

Die Troika nickte. Die wissen das schon, dachte Alec frustriert.

Die wissen überhaupt 'ne Menge, erzählte er Birdie an diesem Abend. »Am meisten hat die interessiert, wo du so hingehst. Wo bist 'n eigentlich im Augenblick?«

»In Devon.« Birdies raues Lachen kitzelte Alec in den Ohren. »Aber sags niemandem.« Unser kleines Geheimnis.

»Die haben ewig hin- und herspekuliert, ob du weißt, dass ich die Kopierfirma rausgekriegt habe. Ging auch lange darum, ob so 'ne Firma an Ton und Bild rummanipulieren könnte. Wusste ich nun wirklich nicht. Davon versteht Mr. Stears sowieso mehr als sonst wer.«

»Und zu welchem Schluss sind sie gekommen?«, fragte Birdie.

»Also, Mr. Stears hat gesagt, das weiß er erst, wenn er auch das Video gesehen hat. Der Film, den er hat, ist eindeutig vom Negativoriginal gezogen, sagt er, aber natürlich kann man Soundtracks vertauschen, wenn man das Original hat. Das kann er aber erst beurteilen, sagt er, wenn er Film und Video vergleichen kann. Mr. Freel hat getippt, dass das Video manipuliert war, weil sie das ja sehen sollten. Aber er sagt, das spielt letzten Endes keine Rolle.« Alec hielt kurz inne. »Mir schwirrt total der Kopf, Birdie – hast du das Video manipuliert?«

»Es gab zwei Fassungen, mit verschiedenen Tönen. Die eine haben sie mit deiner Hilfe geklaut. Die andere hab ich Nash sehen lassen. Mach dir deshalb keinen Kopf, Alec. Ich halte sie nur auf Trab. Was hat eigentlich Nash gesagt?«

»Gar nichts. Der hat bloß dabeigesessen, rumgezappelt und alles nervös gemacht.«

Birdie lachte wieder.

»Also, die haben lang und breit bequatscht, was du in der Kopierfirma wohl gemacht hast und vor allem, wie viel Zeit du dafür gehabt hast.« Es gab noch etwas, aber Alec wusste nicht genau, wie er Birdie das beibringen sollte. Sie sollte nicht sauer werden, auch wenn sie in Devon war. Aber warnen wollte er sie trotzdem.

Es war völlig unerwartet gekommen. Mr. Freel hatte gesagt: »Ist denn das so wichtig, ob das Video bearbeitet ist oder nicht? Jedenfalls ist das Jacks Stimme dadrauf. Darüber sind wir uns doch wohl einig, oder? Also haben wir den Beweis: Es gibt mindestens ein brandneues Stück von Jack – und das ist unglaublich gut.«

Dann hatte Mr. Stears geredet. »Ich weiß, dir reichen ein paar nagelneue Songs. Aber ich hab was viel Spannenderes im Kopf – ich bin ja immer wieder mit Junior Moline alles durchgegangen. Er hat seine Aufzeichnungen durchgeguckt, die geben zwar nicht viel her, aber er hat nirgends auch nur den kleinsten Hinweis auf ein Stück gefunden, das *Sliding Widows* heißt. Er hat den Titel nie gehört. Teddy auch nicht.«

»Aber das heißt doch nichts«, hatte Mr. Freel gekontert. »Wir wissen doch, Jack hat ein neues Album geplant, in den Monaten vor seinem Tod. Das hat auch David Palmers im *Rolling Stone* erwähnt. Jack hat geschrieben, bis zum Tod.«

»Das erklärt aber nicht die Tonqualität – vor allem, wenn Jack das zu Hause selbst aufgenommen haben soll«, hatte Mr. Stears dagegengehalten. »Und die kann sich Junior auch nicht erklären. Der hat zuerst gedacht, das wär 'ne Digitalaufnahme. Er war ganz sicher. Dann ist ihm eingefallen, dass das nicht sein kann – damals gabs noch keine Digitalaufnahmen. Aber dass die Qualität viel zu gut für eine Analogaufnahme ist, hat er immer wieder gesagt. Okay, damals gabs Digitechnik noch nicht, Sasson – heute gibts die aber.«

»Barry, du spinnst. Das ist die absolut falsche Spur. Am Ende bist du bei ›Elvis lebt gesund und munter auf dem Mars oder so'm Quatsch. Hauptsache ist, wir haben den Beweis, dass es bisher unveröffentlichte Aufnahmen gibt. Und übrigens, Junior hatte nach *Hard Candy* mit keiner Jack-Produktion mehr zu tun. *Hard Time* hat Jack selbst produziert, mit anderen Tonleuten. Vielleicht hat Birdie die Tonspur hier einfach bearbeiten lassen – *digitally remastered*, macht man heute doch dauernd.«

Sie schienen völlig vergessen zu haben, dass Alec auch da war, und einen alten Streit weiterzuführen. Mr. Zalisky hatte es allerdings bemerkt, als Einziger. Er hatte endlich auch was gesagt, mit drohendem Unterton: »Kann es sein, dass hier weder die Zeit noch der Ort für derlei Debatten ist?«

Alec hatte den Anblick der beiden Herren, die auf diese lahme, wackelige Unterbrechung hin den Mund gehalten hatten wie Schulbuben, die beim Brüllen in der Kirche erwischt worden sind, zu komisch gefunden. Das ist wahre Macht, hatte er gedacht: Wenn man nicht mal laut werden oder auch nur halb selbstsicher klingen muss und gestandene Männer in Habt-Acht-Stellung gehen.

Er erzählte Birdie zögernd, was Mr. Stears gesagt hatte. Einen Moment lang schwieg sie, dann sagte sie: »Alec, das ist ja absurd!« Fünf schlichte Wörter aus sehr weiter Ferne, aber Alec hörte in Birdies Stimme eine Art lebenslanger Traurigkeit. Sie plauderten noch eine Weile weiter. Als er auflegte, fühlte er sich kummerschwer. Er sah zu Grace, die im anderen Teil des Zimmers eingerollt in einem Sessel saß und tat, als ob sie *Der Gott der kleinen Dinge* las. In Wirklichkeit hatte sie Alecs Gesprächsteile genau verfolgt.

»Was hat sie gesagt?«, fragte sie.

»Nur: ›Das ist ja absurd!‹« Alec versuchte, Birdies Stimme nachzumachen.

»Ist es auch«, sagte Grace böse. »Und richtig fies und gemein. Lin hat völlig recht – was man denen auch gibt, die wollen immer mehr.«

»Genau.« Alec versteckte seine Fröhlichkeit sogar vor sich selbst. Er hätte gern das Stück Film noch gehabt, das Mr. Stears so spannend fand. Er hätte gern mit eigenen Ohren die Tonqualität darauf mit den CDs von *Hard Candy* und *Hard Time* verglichen, die digital bearbeitet waren. Man muss doch eine Digitalaufnahme von einer analogen, die remastert ist, unterscheiden können. Wenn irgendjemand sicher sagen könnte: Der Soundtrack von dem Film da ist original digital aufgenommen – dann wäre er, Alec, ein Stück näher am großen Kuchen. Und wenn Mr. Stears Recht hatte? Wenn das Birdies Geheimnis war? Wenn Jack tatsächlich noch lebte, würde sie doch erst recht alles tun, um ihn zu schützen.

»Das ist so total bekloppt und daneben«, sagte Grace, als hätte sie seine Gedanken gelesen. »Wenn Mr. Stears andeuten will, dass Jack vielleicht noch lebt, hat er voll einen an der Waffel. So was müsste ich ja wohl wissen. Und Mama auch. Hoffentlich behält er den Scheiß für sich! Arme Auntie Lin.«

»Jetzt werd du nicht auch noch traurig!« Alec ging zu Grace und setzte sich auf ihre Sessellehne. »Komm, ist gut. Mr. Stears ist ein Volltrottel.«

Grace schmiegte sich an ihn. Sie war jetzt gleichzeitig härter und weicher als vor dem Abend des großen Knalls, fand er. Er wusste nie genau, was kam.

»Wenns nicht so grausam für Mama und Auntie wär«, sagte sie, »sollte der das ruhig ausposaunen. Dann würd er nämlich so viele Eier abkriegen, dass er sich nicht mehr öffentlich blicken lassen könnte.«

»Der soll langsam an Schikanen krepieren, die nie mehr aufhören«, verkündete Alec.

»Und dann machen wir dich zum MD von Memo Movies.« Für Grace war Barry Stears seit dem Knall zum Sündenbock avanciert, der Alec korrumpiert hatte. Barry Stears war ihr gegenüber die beste Entschuldigung für alles, was Alec falsch machte. Und das soll auch lange so bleiben, fand Alec. Er war dankbar, dass Grace die Entschuldigung genauso brauchte wie er. Sie kann mich gut leiden, beschloss er zum hundertsten Mal.

»Was treibt dein Tantchen eigentlich in Devon?«, fragte er und streichelte ihr die Haare.

»Angeln.« Grace hatte ihm die Wange auf den Schenkel gelegt. »Sie hat 'n alten Freund da. Mama sagt, 'n Lover.«

»Angeln? Lin bis an die Schenkel im kalten Wasser – kann ich mir gar nicht vorstellen.«

»Ist aber so. Soll das Faszinierendste auf der Welt sein, sagt sie. Macht einen heile.«

»Und der Lover – macht der auch heile?« Alec wickelte eine Locke um einen Finger und hielt die Luft an.

»Über den redet sie nie. Weißt ja, was man über alte Flammen sagt, nicht? Die gehen nie ganz aus, die glimmen nur 'n bisschen kühler. Aber man muss bloß 'n bisschen blasen, dann gehen sie wieder an. Soll ich dir mal zeigen, wie man das macht?«

»Uh-uuh, ja!«, sagte Alec. »Zeig mal.«

Devon, dachte er, bevor er auf den Fußboden rollte.

7
Gott sei Dank gibts Lippenstift

Jeder Song braucht ein Ende. Wenn einem im Studio nichts Brauchbares einfällt, rettet einem Ausblenden den Arsch – man macht eine Wiederholung und schleicht sich raus. Live auf der Bühne dagegen muss man wissen, wie man aus einem Song rauskommt, und das muss man energisch durchziehen. Man muss dem Publikum Grund zum Klatschen bieten. Kann natürlich nach hinten losgehen: Womöglich bietet man dem Publikum die ideale Vorlage, einen mit Buhrufen zu traktieren oder per Bierdose und anderen Wurfgeschossen von der Bühne zu scheuchen. Kann durchaus sein, dass man nach einem Gig in der Garderobe hängt und schwört, nie wieder Musik zu machen. Wenn ihr so 'n Risiko nicht mögt, sage ich meinen Babybands immer, sucht euch 'n Job in einer chemischen Reinigung. Der ist entschieden gesünder.

Im richtigen Leben ist es auch manchmal wie bei Live-Auftritten. Es gibt kein gnädiges Ausblenden, wenn einem die Puste ausgeht. Entweder man macht weiter mit dem Weitermachen oder man legt einen dramatischen Abgang hin. Soviel man auch plant, man weiß kaum, wie bestimmte Lebensphasen ausgehen. Kriegt man »Zugabe!«-Rufe oder sitzt man schlotternd in der Garderobe? Kommt ganz drauf an, ob man das Publikum rumkriegt, nach der eigenen Pfeife zu tanzen. Schafft man es, einer feindseligen Meute zu gefallen, oder schafft man das nicht?

Ich wusste, als ich in die jetzige Phase meines Lebens eintrat, genau, dass ich es mit einer äußerst feindseligen Meute zu tun haben würde. Inzwischen komme ich anscheinend von keiner Bühne mehr ohne bierverklebte Haare. Tina Cole war auf der Mailbox: »Linnet, tut mir Leid, dass ich so spät noch anrufe. Ich weiß auch nicht, wo Mr. Zalisky meine Privatnummer her hat, aber er hat mich gerade angerufen. Er wollte nur daran erinnern, dass du noch vierundzwanzig Stunden Bedenkzeit hast. Er sagt, du sollst mit dem vollständigen Material, also Bild und Ton, zu ihm nach Hause kommen. Du darfst Leute mitbringen, musst aber persönlich erscheinen. Ich hab ihm gesagt, ich kann mir nicht vorstellen, dass du das akzeptierst, aber er hat gar nicht zugehört. Er hat bloß noch erklärt, wenn du die Sachen nicht lieferst, kriegst du jede Menge Ärger. Das wars.«

Ich hab mich auf der Matratze ausgestreckt und überlegt, was die clevere Tina Cole an meiner Stelle täte. Geraten hat sie mir nichts. Ihrer Meinung nach hat Nash auch bloß »Friss, Birdie, oder stirb!« sagen wollen. In Wirklichkeit hat er ein Signal gesetzt: »Birdie Walker, ich hab deine Nummer – du sitzt fest.«

Interessant ist, dass Nash Tinas Privatnummer nimmt, um seine Allmacht zu demonstrieren, nicht die von George. Ich wette, er hat sie alle beide. Ich wette, er hat sich auch genau das überlegt und Tina für den objektiveren Übertragungsweg für seine Botschaft gehalten.

Karen hat mir mal gestanden, dass sie manchmal einen Traum hat, da steht sie vor vollem Haus auf der Bühne und spielt etwas, das sie gar nicht kennt, auf einem Keyboard, das sich allmählich in eine Tischdecke verwandelt. Und immer, wenn sie die Finger bewegt, fallen wieder ein paar Tasten weg, bald braucht sie nur noch mit einem Finger zu spielen. Ob sie für mich mitträumt?

Ich setze den Kopfhörer auf und höre einem der großen Rock-'n'-Roll-Träumer zu, bis ich genug Trost gefunden habe, um an Schlafen zu denken. Es ist fünf Uhr morgens, der Tag dämmert allmählich herauf. Ich bin die meiste Zeit im Leben mit der Lerche ins Bett gegangen, nicht mit der Nachtigall oder wie das heißt. Ach, egal – ich will jetzt schlafen.

Aber kaum hab ich den Kopfhörer abgesetzt, hämmert es unten an der Haustür. Ach, hämmer dich weg, denke ich, ist keiner zu Hause. Marielle nicht und ich sowieso nicht.

Als das Hämmern trotzdem weitergeht, kommt mein lebenslanges Training durch. Ich schieße hoch und spüle den Inhalt meines Erste-Hilfe-Kastens im Klo runter. Ich bürste mir die Haare, pudere mir die Nase und ziehe ein paar geile Stöckel an. Marielles Elendsquartier ist eine Falle – wenn hier jemand reinkommt, geht weder Zurückschlagen noch Abhauen. Ich bin sowieso nicht so der Schlägertyp. Wenn hier also jemand reinkommt und ich tatsächlich, wie Nash mir signalisiert hat, festsitze, dann will ich den Eindringling wenigstens mit gutem Aussehen begrüßen.

Ich werds denen nicht leicht machen. Ich werd ihnen jedenfalls nicht aufmachen. Und ich werd auch jede Waffe nutzen, die ich habe. Leider nützen meine Waffen wenig bei roher Gewalt. Lächeln, Witz, Charme und geile Stöckel – so was funktioniert nur bei Leuten, die dafür empfänglich sind.

Das Hämmern wird immer lauter und endet in einem splitternden Kracher. Dann schwere Schritte auf den engen Stiegen. Vor meiner Tür bleiben sie stehen. Gebrüll: »Polizei. Aufmachen.«

Polizei? Glaub ich nicht. Versuchts mit was anderem.

Es *ist* Polizei. »Wir haben einen Durchsuchungsbeschluss für die Räumlichkeiten hier.«

»Wegen was denn?«

»Verstoß gegen BTM.«

»Sagen Sie, das soll ein Witz sein, nicht?«, versuche ich. »Was denn für Betäubungsmittel?«

»Wir müssen Sie bitten mitzukommen.«

Ich bin total verdattert. Sage Nein. Aber wie heißt es in dem Song? *When the Lord says »Get ready«, you gotta go.* Also bin ich mitgegangen.

Und jetzt kommts: Ich habe kaum meinen Fuß auf die frühmorgendliche Straße gesetzt, an jeder Seite einen Uniformierten, da hauen mir zwei Blitzlichtsalven voll ins Gesicht. Damit hab ich nicht gerechnet. Ich hab nicht mal mehr Zeit, meinen Kopf rumzureißen. Ich hab, wie Nash signalisiert hatte, wirklich festgesessen. Und wenn Polizei und Presse am selben Strang ziehen, gibts weder Auswege noch Verstecke.

Die Story kam noch am selben Tag groß raus, in der Frühausgabe der Abendzeitung. Mein Foto auf der Titelseite. Flankiert von zwei schmucken Cops starre ich bockig direkt in die Kamera. Gott sei Dank gibts Lippenstift! Wirklich wahr. Denn natürlich hat der Bildredakteur sadistischerweise als Insert ein altes Foto von Jack und mir beim Tanzen dazugesetzt. Das ist über fünfundzwanzig Jahre alt. So sehen wir damals aus – schlank, geschmeidig, mit leuchtenden, wehenden Mähnen, voller jugendlichem Leichtsinn und unbeschwert. Und so sieht die heute aus – das alte Super-Luder, im Regenmantel und abgeführt, soll Drogen an Schulkinder vertickt haben in einem Nachtclub – die Frau, die ganz England am allerliebsten hasst.

Ja klar, sie haben ihre Archive durchforstet und meine Geschichte nochmal hochgekocht. Haben verzerrte Versionen der übelsten Storys zum x-ten Mal verdreht und gedruckt. Mein Gerangel um die Kontrolle über Jacks Vermögen sei ja früher schon gescheitert und ich, nachdem das mit dem Aussehen auch nichts mehr war, auf dem Strich und beim Dealen gelandet, um über die Runden zu kommen.

Eigentlich nicht überraschend. Wenn die Medien eine Frau wirklich treffen wollen, hängen sie ihr immer ihre verblichene Schönheit oder sexuellen Notstand an. Oder irgendwas Unsittliches mit Kindern. Nein, so was darf mich nicht schockieren oder sauer machen – das war einfach nur ein neuer Aufguss von dem, was ich seit jungen Jahren gewohnt bin.

Komisch war allerdings, dass ich die Fotos und den Artikel eingekuschelt auf Tina Coles Gästebett mit einem Glas von ihrem besten Scotch zur Beruhigung betrachtete. Nicht in Haft. Es gab keine Anzeige, denn auch die Polizei konnte partout nichts finden, was eine Anzeige rechtfertigen würde. Und bloß weil ich mit einem Rudel Kinder eine Tüte Sultaninen verkonsumiert hatte, konnten sie mich nicht einsperren.

Am Ende hatten sie eingeräumt, einer Fehlinformation aufgesessen zu sein. Nicht dass sie sich entschuldigt hätten. Auch die Presse hatten sie angeblich nicht dazugeholt. Ich hab so getan, als ob ich ihnen das nicht abnahm, aber ich glaube, es stimmt. Die ganze Nummer trägt die Handschrift von jemand anderem. Unverkennbar.

Die Polizei entschuldigt sich nicht. Die entlässt einen einfach quasi unbefleckt wieder in eine Welt, die kein Interesse mehr an einem hat. Interesse hat die Welt nämlich nur für Flecken. Sauber ist langweilig. Sauber kommt man auf kein Titelbild.

»So schlecht ist das Foto gar nicht«, findet Tina. »Wie 'n Verbrecher siehst du jedenfalls nicht aus.«

Was weiß Tina schon von guten und schlechten Fotos? Kein Fotograf hat je bei ihr unten an Treppen oder unter Rosten rumgelungert und versucht, ihr unter den Rock zu gucken. Sie musste nie durch Hintereingänge oder über Feuerleitern oder durch Klofenster, wenn sie mal privat irgendwo hinwollte. Ich kann mir auch kaum vorstellen, dass sie unter einer Decke auf dem Boden eines Autos liegt, bloß weil sie bei irgendeiner Party einen Schluck zu viel erwischt hat und nicht will, dass das am nächsten Tag groß in allen Zeitungen steht.

Tina versucht immer noch, mit der Erkenntnis klarzukommen, dass ihre aufgeräumte und zuverlässige Ms. Walker eine Frau mit einem fragwürdigen Ruf und Vergangenheit ist. Tina ist ganz geradeheraus. Im Sinn von: Man kriegt, was man sieht. Dass sie bei mir unglaublich viel mehr gekriegt als gesehen hat, das ist ihr noch unheimlich. Sie wollte doch bloß Leistung und Know-how. Mensch, Tina, sei doch dankbar – genau das hast du doch gekriegt von mir. Und mach nicht mir zum Vorwurf, dass du nur gesehen hast, was du sehen wolltest.

»Ich versteh nicht, wieso die Polizei auf die Idee kommt, dass du mit Drogen handelst«, sagt sie.

»Hat ihnen jemand gesteckt. Jemand muss mich gesehen haben mit InnerVersions. Aber um Drogen gehts sowieso nicht, Tina. Die wollten mal nachgucken, wo ich mich aufhalte. Meine Verhandlungsposition schwächen. Die machen einfach mit mir, was man mit bösen Weibern so macht.«

Schon schräg, nicht, Tina Cole? Dass deine stille Ms. Walker mit den dezenten Manieren sich in Clubs unter Rockmusiker und Teenager mischt. Ist doch einer Frau in ihrem Alter nicht würdig. Gut, klar – früher, als wir jung waren, sind wir ja alle ein bisschen rumgeflippt. Aber die meisten sind doch dann erwachsen geworden und haben die Stratocaster auf dem Dachboden verstaut. Die meisten haben geheiratet, Kinder gezeugt und aufgezogen, Hypotheken abbezahlt. Die meisten Frauen in den mittleren Jahren bleiben lieber zu Haus und gucken *Love Story*, als nach Mitternacht durch Clubs zu ziehen. Nicht, Tina? Aber was, wenn auch ältere Frauen bloß tun, was sich für ihre Altersgruppe angeblich gehört, und nicht, was sie eigentlich viel lieber tun würden?

Was ist das Schlimme, Tina Cole: eine des Drogenhandels verdächtigte Frau? Oder eine des Drogenhandels verdächtigte ältere Frau? Eine allein durch Clubs ziehende Frau oder eine ältere Frau, die das macht? Das ist ein feiner, aber entscheidender Unterschied. Wenn du das beantwortet haben möchtest, lies die Zeitungen – die sagen dir haarklein, was du halten sollst von deiner ach so anständigen Ms. Walker.

Meine zwei Welten sind auf eine Weise kollidiert, die ich nicht gewollt habe.

Tina fragt stattdessen: »Diese neuen Songs, das Material, also was Mr. Zalisky da immer will – was ist 'n damit?«

Ich sage nur seufzend, das sei alles in Sicherheit. Aber sie hat ja die Zeitung längst gelesen, auch den Absatz, wo es heißt: »Niemand kann aus seiner Haut heraus. Birdie jedenfalls scheint sogar nach all ihrer jahrelangen Unbehaustheit noch ihr Nest mit fremden Federn schmücken zu wollen, den Federn einer Rocklegende. Der Sprecher einer bekannten Plattenfirma erklärte dazu heute: ›Sie kam vor ein paar Wochen zu uns mit Bändern zweifelhafter Herkunft, die sie als Jacks letztes Werk bezeichnete. Falls das stimmt, wären sie selbstverständlich von unschätzbarem Wert für alle, die Platten kaufen. Aber bisher hat noch niemand überprüfen können, wie gut die Sachen sind und ob sie überhaupt existieren, insofern können wir uns dazu nicht äußern.‹ Im Hinblick auf den Todestag von Jack, der sich demnächst zum fünfundzwanzigsten Mal jährt, darf es allerdings niemanden wundern, wenn noch weitere solcher ›Funde‹ ans Licht kommen. Mit den Werken von toten Rockstars ist immer noch ein Vermögen zu machen.« Dem Artikel folgt eine Aufstellung aller großen Toten von Elvis bis Kurt Cobain sowie ihres posthumen Werts in Form einer Hitliste mit eins bis fünf symbolischen Geldbeutelchen.

Der Artikel schlägt gleich mehrere Fliegen mit einer Klappe, und ein Vögelchen wie ich ist noch der kleinste Treffer. Ich brauche mir nicht den Kopf zu zerbrechen, wer der Zeitung die Information zugespielt hat. Und warum.

»Warum suggeriert der, die Bänder seien Fake?«, fragt Tina.

»Weil er suggerieren will, ich sei Fake. Er will mit Pauken und Trompeten eine Kontroverse lostreten: Ist das echter Jack oder cleverer Schmu? So rum oder so rum, es ist tolle Werbung für die Plattenfirma und beschissene Publicity für mich.«

Tina nickt. »Das ist ja hinterfotzig.«

»›Sie kam zu uns‹«, zitiere ich, »klingt richtig anrüchig, nicht? Schön ausgedrückt: ›mit Bändern zweifelhafter Herkunft‹. Klingt, als hätte ich im Parkhaus Raubpressungen verhökert. Da kommt kein Mensch auf die Idee, wer wem in Wirklichkeit auf die Bude gerückt ist, was?« Ich seufze wieder.

»Hör mal«, sagt Tina verlegen, »leg dich doch noch ’n bisschen hin. Wir überlegen uns später, was wir machen.«

»Du sollst da nichts machen«, sage ich, »ist alles viel zu undurchsichtig. Und ich kenn ja auch eure Honorare, ich arbeite bei euch – weißt du noch? Das heißt, das hab ich. Bevor ich als Drogendealerin mit Foto in die Zeitung gekommen bin. Macht sich nicht gut in euern Kreisen, nicht?«

»Ach, scheiß doch drauf!«, sagt sie. Aber überlegt hat sie das auch schon. Sie wär blöd, wenn nicht, und blöd ist sie nicht. Sie schleicht aus dem Zimmer und zieht leise die Tür hinter sich zu, als wär ich ein Invalide – ein arbeitsloser Invalide.

Ich sitze auf ihrem Gästebett und massiere mir mit Handcreme die Füße. Die geilen Stöckel haben mir zwar schlanke lange Beine auf dem Foto verpasst und die Blicke des Detective Inspector auf sich gezogen, aber mich haben sie zum Krüppel gemacht. So was ist einfach nicht gedacht für vierzehn Stunden Non-Stop-Gebrauch. So Trittchen mit hohen Absätzen sollen andere Leute lang hinschlagen lassen, aber man muss sie ausziehen, bevor man so geschwollene Füße hat, dass man einen Dosenöffner braucht.

Irgendjemand hat mich also verpetzt. Ich denke verschiedene Kommunikationskanäle durch – wer steht mit wem in Verbindung? Meine Babyband fällt mir ein. Meine Gedanken kreisen um Flambo: Er ist ja nicht nur ein sauschlechter Schlagzeuger, er ist auch stinksauer auf mich, weil ich InnerVersions völlig umgekrempelt habe, inklusive Sound, weshalb er nur noch eine Randfigur ist. Und Flambo war high dank Serenity. Für ihn ist Serenity eine Droge, also deale ich. Wenn Flambo mich loswerden will, müsste er mich einfach an Sasson verpetzen, oder?

Meine Gedanken kreiseln im Halbschlaf weiter. Würde ich Flambo so schnell als Petze verdächtigen, wenn er kein sauschlechter Schlagzeuger wäre? Ich neige auch nach all den Jahren noch zu der Annahme, gute Musiker seien auch bessere Menschen als schlechte Musiker. Dabei hat man mir tausendmal auf tausend Arten bewiesen, dass gute Kunst nicht unbedingt von guten Menschen kommt. Trotzdem … trotzdem. Kann sein, dass ich mein Leben lang anfällig bleibe. Wäre Flambo ein schweineguter Schlagzeuger, ich hätte ihn nicht automatisch als Petze in Verdacht.

Im Übrigen ist mir völlig wurscht, wer mich verpetzt hat. Ich bin selbst schuld, und zwar allein. Ich hab schließlich das oberste Gebot der Taschenspieler missachtet: Zeig deine Kabinettstückchen nie, nie, nie in deiner Stammkneipe.

Andererseits ist das wahrscheinlich auch ziemlich wurscht – die Troika hätte auch ohne Serenity einen Weg gefunden, mir einen reinzuwürgen.

Teil fünf

Ain't Goin' Down

She's sweet – does she mean it?
She's mean – I think she means it.

Sie 's lieb – aber meint sies auch?
Sie 's gemein – und das meint sie auch so.

Jack

1
Patchwork

Neben Robins Bett in einer Schublade lag ein seidenes rosa Duftsäckchen. Die rosa Seide war durchwirkt mit Gold- und Silberfäden. Sie stammte von einem kaschmirischen Schal, den Jack einst Lin geschenkt und den Lin einst bei einem ihrer Blitzbesuche bei Robin vergessen hatte. Robin hatte ihn sich unter den Nagel gerissen und zu ihrem Lieblingsschal erklärt. Sie hatte ihn ständig umgehabt. Leider sind Kleinkinder, die mit Schere und Farben experimentieren, die Pest für Lieblingssachen. Und so war der Schal eines Tages verwundet in den Ruhestand versetzt worden. Aber weil Robin zu den Frauen gehört, die schöne Lieblingsstücke nicht wegwerfen, tauchten Teilchen davon hier und da wieder auf – in einem mehrschichtigen Hippierock für Grace zum Beispiel oder eben in Gestalt des Säckchens, das Robin für Duftkräuter genäht hatte.

Inzwischen enthielt es zusätzlich einen deformierten hässlichen Metallklumpen – noch so ein, unbeabsichtigtes, Geschenk von Lin. Lin war damals, nach dem furchtbaren Tag, im Morgengrauen zu Robin nach Hause gekommen, das Gesicht wie leer gefegt von Schock und Kummer, mit rußstinkenden Kleidern und geballten Fäusten. Robin – die selbst total leer war und selbst Trost brauchte und kein tröstendes Wort anbieten konnte – hatte ihrer gerade eben Witwe gewordenen Schwester nur die Tür aufgemacht und sie in die Arme genommen. Und Lin hatte die eine verkrampfte Faust geöffnet und ihr das hässliche Teil gezeigt.

»Der ägyptische Ring«, hatte sie gestammelt, »den hat er aufgehabt. O Robin, sonst war nichts mehr da. Heb du ihn für mich auf. Ich hab ihn seit Stunden in der Hand. Das ist bescheuert, ich weiß, er ist ja schon durchs Feuer gegangen, ich wollt ihn trotzdem warm halten. Aber ich kann nicht. Der war doch so schön, und jetzt sieht er so scheußlich aus. Er ist alles, was mir geblieben ist.«

Robin hatte ihn aufgehoben. Und mit ihm den Geruch von Ruß und Asche und tödlichem Rauch, den brandigen, teerigen Geruch, der in dem ehemals leuchtenden und jetzt verformten Klumpen ägyptisches Gold eingeschlossen blieb. Hin und wieder hatte sie frische Duftkräuter dazugelegt, weil sie immer noch manchmal mit tränenden Augen nachts aufwachte und ganz sicher war, den Rauch zu riechen. Lin hatte ihn nie zurückgewollt.

Robin wusste, dass sie ihn nicht vergessen hatte – wie könnte man so etwas vergessen? Aber das Ende von Jack war der Anfang von Lins Art zu leben geworden: entwurzelt, getrieben, ohne eigenen Ort zum Wohnen, ohne einen Platz, an dem man sich niederlässt und seine Schätze abstellt. Schon eine Woche später war Lin aus Robins Haus geflüchtet, von an der Tür lungernden Leuten und dauerndem Telefongeklingel und durch den Briefschlitz geschobenen Umschlägen verscheucht.

Fünfundzwanzig Jahre ist das her, dachte Robin, aber es fühlt sich an wie gestern. Gerade mal wieder besonders. Sie spähte durch einen Gardinenspalt und sah mindestens ein halbes Dutzend Autos, die hier nicht hergehörten. Ans Telefon mochte sie schon länger nicht mehr gehen. Schließlich hatte Grace den Stecker gezogen.

»Die sind doch irre!«, sagte Grace. »Auntie Lin und Drogen verticken! Warum sagen die so was?«

Robin zuckte nur hilflos die Schultern. »Schlimme Sachen haben sie immer über sie gesagt. Ich weiß auch nicht, wieso.«

»Gibt bestimmt ganze Kapitel über so was, in feministischen Psychologielehrbüchern«, überlegt Grace. »Von wegen berühmte Frauen gehören bestraft oder so. Und wenns die nicht, gibt, muss man sie mal schreiben. Mach ich vielleicht, falls ich bei Psychologie bleibe.«

»Willst du etwa nicht?«, fragte Robin besorgt. »Wegen Alec? Will der, dass du deinen Job aufgibst?«

»Red keinen Quatsch, Mama! Wahrscheinlich lebt man als Frau überall, wo einen der Wind hintreibt, und London ist ja vielleicht doch lustiger zum Leben. Vielleicht hab ich auch einfach bloß die Nase voll von so ernsten Themen. 'n Job beim Film oder beim Fernsehen …«

»Ich dachte, du mochtest Psychologie.«

»Mocht ich auch. Mag ich noch. Aber zurzeit soll ich nur lauter hoffnungslosen Fällen helfen. Wie 'ne Art Hilfssozialarbeiter. Kann doch keiner von einem verlangen, dass man in einem Beruf bleibt, aus dem man rausgewachsen ist.«

»Bist du das wirklich?« Robin klang ziemlich spitz. »Ich finde ja, ein bisschen Verständnis für menschliches Verhalten täte dir ganz gut.«

»Es geht um Alec, nicht? Du hast ihn von Anfang an nicht leiden können, nicht?«

»Hab ich nie gesagt. Ich finde allerdings, er hätte ruhig ehrlicher zu uns sein dürfen.«

»Das ist er ja jetzt. Aber wenn dir das nicht reicht – wir können auch gehen.«

Warum mussten eigentlich immer alle Leute gehen oder damit drohen? Schien für alle Leute die schärfste Waffe zu sein. Und sie wirkte. Allein die Vorstellung, jemand von ihren Lieben könnte aus ihrem Leben verschwinden, machte Robin ängstlich und willfährig. Aber auch endlose Probleme. Bloß aus Angst, ihre durchgedrehte Mutter könnte in ein Heim abgeschoben werden, wo Robin sie nicht mehr im Auge hatte, hatte sie Aktionen anzetteln lassen, die ihren Mann so erbost hatten, dass er gesagt hatte: Deine Mutter oder ich, entscheide dich. Sie konnte sich aber nicht entscheiden. Ihr Mann war gegangen.

Robin wollte immer alle behalten. Sie wusste ja genau, wie es sich lebt mit einem Loch, das an der Stelle im Herzen klafft, wo mal jemand gewesen war, und sie wollte das nie wieder erleben müssen. Und wenn das hieß, lebenslänglich – ja, was eigentlich? Nachzugeben? Das Wort »Erpressung« tauchte mit einem lauten Ruck in ihrem Kopf auf.

Abwesend langte sie nach einer weißen venezianischen Larve auf der Kommode mit den Schubladen. Sie hielt sie vor ihr Gesicht und deklamierte mit hohler Stimme: »So geh nur, Kind. Wenn du gelernt, was ich dich lehren kann, so geh denn hin. Ein starkes Weib braucht keine Mutter mehr. Mein Werk hienieden ist getan. So geh und …«, sie stockte, weil ihr nichts Theatralisches mehr einfiel, »– möge die Macht mit dir sein.«

Grace lachte verlegen. »Mama, du hast 'n Knall.«

Robin band sich die Larve fest und riss die Gardine auf. Sofort schoss ein Mann mit Kamera hinter der Hecke hoch und knipste.

»Komm da weg, die halten dich noch für Auntie Lin.«

»Jawoll!«, sagte Robin, trat aber vom Fenster zurück. Die Larve behielt sie auf. Grace sollte die Schweißperlen über ihrer Lippe und die Angst in ihren Augen nicht sehen. Robin hätte nicht mal im Witz Grace wegschicken können, ohne teuer dafür zu bezahlen.

»Wir kriegen hier noch 'n Knastkoller«, sagte Grace. »Wann kommt 'n Alec mit dem Brot wieder? Und wo ist Auntie Lin?«

»Weiß ich auch nicht. Sie kann ja nicht anrufen, sie weiß doch, dass ich nicht drangehe. Und bei den ganzen Idioten vor der Tür wird sie kaum kommen.«

»Vielleicht ist sie wieder in Devon.«

»Ja, vielleicht.«

Vor fünfundzwanzig Jahren hatte sie Inseln und Villen und Yachten zum Flüchten gehabt, dachte Robin. Wo waren die heute eigentlich? Dass einer von all den reichen, durch Alter achtbar gewordenen Stars nach Ritterart in glänzender Rüstung herbeieilte, um Lin zu bergen und an einen sicheren Ort zu zaubern, war ziemlich undenkbar. Nach der letzten miesen und schmierigen Schmutzkampagne, von der offenbar auch niemand etwas zurücknehmen wollte. Danach sah Lin auch einfach nicht mehr aus, als Prinzesschen in Bedrängnis ging sie nicht mehr durch. Und die selbst gealterten Prinzen und Ritter hatten inzwischen Kinder, die auch schon erwachsen waren, und Supermodel-Bräute durchzufüttern. Dieses letzte Schmierenstück hatte Lin zur bösen alten Hexe erklärt. Und zur Rettung böser alter Hexen galoppiert kein Prinz auf seinem weißen Ross herbei. Böse alte Hexen verbrennen im eigenen Ofen – zum Gerettetwerden taugen nur junge Schönheiten. Das wissen sogar alte Prinzen. Gerade die. Böse Alte sollen sich gefälligst selber retten, wenn sie können. Oder eben verbrennen.

Der Geruch von Ruß und Rauch vermischt mit Duftkräutern trieb Robin aus ihrem Schlafzimmer und zurück nach oben auf den Boden, an die Arbeit an einem Kleid aus tausend kleinen Seidenflicken. Irgendwo musste noch ein Viereck von dem uralten rosa Seidenschal sein. Sie stöberte alle Kisten durch.

Aber nehm ich es auch, wenn ich es finde, überlegte sie. Nein. Oder nur, wenn das Kleid hier ein Kleid für Lin wird. Lins Schal war Lins Vergangenheit, den hatte niemand anderes verdient. Und wenn irgendeine private Kundin noch so viel bezahlen würde – ein Überbleibsel aus Lins Geschichte könnte Robin nie in einem Kleid für jemand anderes verarbeiten.

Scheiß drauf, dachte Robin. Scheiß auf die reiche Kundin. Dieses seidene Patchwork hier wird ein Gewand für Lin. Ich kleide sie in ihre eigene wunderschöne Jugend, in ihre Märchenvergangenheit.

Sie hielt kurz inne und malte sich aus, dass Lin in einer wahren leuchtenden Farborgie ins Zimmer gerauscht kam. Sie nickte ihr zu, und Lin lächelte zurück. Ja.

Die durchs Zimmer rauschende Lin verwandelte sich in den wirbelnden, in einem kunterbunten Mantel vor tausenden kreischender Fans herumstolzierenden Jack. Robin hatte den Mantel genäht, Jack hatte ihn auf der letzten Tournee getragen. Er saß fantastisch, er schwang und glänzte im Scheinwerferlicht, er war bis in die hintersten Reihen der Theater und Stadien zu sehen und ließ Jacks helle Haut atmen, trotz der Hitze und der Hektik des Auftritts. Er war Robins Meisterwerk. Und er war wie Jack selbst in Flammen aufgegangen, vor fünfundzwanzig Jahren. Einfach weg.

Die Zeit verknotete sich in sich selbst. Bis zum Mittagessen nähte und heftete und schnitt Robin zu. Nach und nach nahm das Ganze in ihrem Kopf Form an, eine Form, die einer Königin würdig ist, ein Gewand, das mit Stolz getragen werden will. Es muss einen hoch gestellten Kragen haben, dachte sie. In dem Kleid, Lin, kannst du den Kopf gar nicht hängen lassen, keine Chance.

Als sie in die Küche kam, schmierten Grace und Alec sich Toast. Auf dem Herd köchelte die Hühnersuppe von gestern.

»Setz dich, Mama«, sagte Grace, »Alec will dir was sagen.«

2
Negative Energie

»Nein«, sage ich. »Nein, nein, nein.« O doch, ich hab auch Macht – die Macht der Verweigerung. Ich kann zwar nicht garantieren, dass irgendwas so läuft, wie ich das will, aber ich kann verhindern, dass es überhaupt läuft.

»Deine achtundvierzig Stunden«, erinnert mich Tina.

»Meine sind das nicht. Achtundvierzig Stunden hat Nash willkürlich und einseitig gesetzt.«

»Hast du dir noch nicht genug Prügel eingefangen?«, fragt sie vernünftig.

»Doch«, antworte ich ebenso vernünftig.

Wir sitzen bei ihr im Wohnzimmer. Zu dritt. Die Vorhänge sind zu. Draußen lauert eine Hand voll Reporter. Irgendjemand, von dem wir nur halbwegs ahnen, wer es ist, hat rausgekriegt, dass ich bei Tina wohne, und die Adresse verpfiffen. Trotz ihrer vernünftigen Stimme ist sie stinksauer. Während George besorgt ist. Er sitzt im weichen Sessel und klimpert sich nervös auf der Hemdbrust herum.

»Aber wenn du reden würdest mit Nash«, schlägt Tina vor, »dann pfeift er seine Hunde vielleicht zurück.«

»Das kann er versuchen«, sage ich, »aber von Hunden versteht er, glaub ich, nicht genug. Die sind schwerer zurückzupfeifen als loszujagen. Kannst du mir wirklich glauben.«

»Wärs nicht 'n Versuch wert?«

»Aus deiner Perspektive ja, aus meiner nicht. Aber ich kann dein Problem lösen, indem ich mir 'ne andere Bleibe suche – mach ich auch. Ist wirklich kein guter Dank dafür, dass du mich bei der Polizei rausgeholt hast.«

»Zieh zu mir«, sagt George.

Ich lächle ihn an, er ist so lieb. »Dank dir, aber das verlagert bloß den Schauplatz.«

»Kann mir auch nicht vorstellen, dass Fay vor Freude juchzen würde«, sagte Tina.

»Ich auch nicht«, stimme ich zu. »Ich machs auch nicht.«

»Und? Was machen wir stattdessen?«, bohrt sie weiter. »Ich sehe im Grunde nur zwei Möglichkeiten – die eine heißt mit Nash Zalisky reden, die andere mit der Presse reden.«

»Die dritte heißt das Land verlassen«, sage ich. »Mach ich eigentlich immer bei so was.«

»Dann verlierst du aber alles«, findet George. »Plus, du riskierst, dass dies Pornoding ins Internet kommt oder was Mr. Z sonst damit vorhat.« Er rutscht unruhig auf dem Sessel herum. »Der verdammte Anwalt soll endlich seinen Arsch hierherbewegen!«

Dieser verdammte Anwalt ist einer, dem George und Tina trauen. Was ihren Mangel an Erfahrung beweist. Er ist nämlich kein Spezialist fürs Musikgeschäft – was sowohl für wie gegen ihn spricht. Red mal mit'm Anwalt. Red mit Nash. Red mit der Presse. Das sind alles vernünftige Vorschläge für jemanden, der Anwälte und Nash und die Presse nicht so kennt, wie ich sie kenne.

Ich bin müde. Ich hab gestern Abend in der Hoffnung, das hilft mir einzuschlafen, zu viel Scotch getrunken. Jetzt klemmen mir Erschöpfung und Kater wie Zwillings-Incubi zwischen den Ohren und bohren mir im Hirn herum und halten mir Bilder aus anderen Zeiten vor, in denen alles schief ging. Kramen alle Erinnerungen an Verlust und Diebstahl, an Ohnmacht und Demütigung wieder vor. Reden mit meinem Mund und sagen zu jedem Vorschlag: »Nein!« Haben meine gesamte Chuzpe eingesackt und in tiefen dunklen Taschen vergraben.

»Ich mach mal Kaffee«, sage ich. Sollen Tina und George sich doch gegenseitig ihre naiven Einfälle erzählen. Ich geh in die Küche und gebe die stille, tüchtige Ms. Walker. Gut, da steckt sie gerade in der Klemme und reißt auch alle anderen mit rein, aber sie ist so wertvoll, sie kocht auch immer echten Bohnenkaffee. Ihre Maske ist perfekt: Sie ist nützlich, ordentlich und organisiert. Sie verbraucht ihre Energien im Dienst an anderen. Und sie kostet kaum was.

Hinter Ms. Walkers adretter Maske schneidet Birdie eine Fratze.

Das Telefon klingelt. Einen Augenblick später steht George in der Küche. »Mr. Z – Tina redet mit ihm.«

Ich lasse ihn das Tablett tragen und folge ihm.

Tina legt die Hand auf die Sprechmuschel. Sie flüstert: »Mr. Zalisky zitiert dich nach Badlands. Schickt 'n Wagen.«

Die adrette Ms. Walker schenkt schweigend Kaffee ein.

»Linnet?«, sagt Tina. »Du musst da ja nicht allein hin. Ich komme mit.«

»Ich auch«, sagt George, »und der verdammte Anwalt auch, wenn der hier endlich aufkreuzt.«

»Mr. Zalisky sagt, in Badlands bist du vor den Medien ganz sicher.«

Ms. Walker reicht George eine Tasse Kaffee: schwarz, kein Zucker. Sie weiß, was er mag. Sie stellt noch eine Tasse neben Tina auf den Tisch: weiß, ein Stück Zucker. Sie denkt an Mr. Zalisky und seine Befehle. Was der gern hätte, weiß sie auch.

»Linnet?«

»Sag Nash: Danke, aber – nein, danke. Sag ihm, dass Ms. Walker morgen eine Presseerklärung abgeben wird – ein Statement von der Sorte, bei dem eine halbe Stunde später sämtliche Medien bei ihm vor der Tür stehen und ihre Zelte aufschlagen und Hubschrauber mit Kameras über seinem Haus kreisen. Erzähl ihm ganz genau, was Hubschrauber für 'n Krach machen. Wenn er Lügen über mich in die Welt setzen kann, kann ich das auch. Und mir fällt entschieden mehr ein. Sag ihm auch, dass ich früher mit Scheiße fertig geworden bin und dass ich das heute auch noch tue. Er kann *mir* gar nichts, er treibt so nur meinen Preis hoch.«

»Doch«, sagt George, »er kann dir was.«

Ich lächle ihn liebenswürdig an. »Und bezüglich seiner achtundvierzig Stunden Ultimatum – hier ist meins: Sag Nash, wenn er nicht in achtundvierzig Stunden mit einem brauchbaren Angebot rüberkommt, dann mache ich genau da im Hyde Park, wo Jack sein letztes Freikonzert gegeben hat, noch eine Pressekonferenz, und da erzähle ich die ganze Story und dann verbrenne ich den ganzen Kram, Ton und Bild komplett. Wenn ich nicht mal für Jack ein anständiges Geschäft machen darf, dann geht eben alles in Rauch auf. Die Symbolik ist ja wohl deutlich.«

»Um Gottes willen, Linnet!«, sagt Tina. »Machst du nie.«

»Warts ab. Was hab ich denn noch zu verlieren? Geld etwa? Wenn Nash durchkommt, bin ich komplett ausgeweidet. Meinen guten Ruf vielleicht? So was hatt ich nie. Sag Nash, entweder Kohle oder Scheiterhaufen. Er hat die Wahl.«

Tina guckt mich an wie ein Kind, das trotzig mit den Füßen aufstampft. Eine erwachsene Frau würde vernünftig verhandeln, nicht? Ich gehe ins Gästeschlafzimmer, bevor sie es mir ausreden kann. Das ist meine Botschaft, Tina Cole. Gib sie weiter.

Zehn Minuten später kommen alle beide nach. Meine Tasche ist fertig gepackt. »Das geht immer folgendermaßen«, erkläre ich, »ein PKW vorn vorm Haus zum Täuschen, hinten ein Lieferwagen, Obst und Gemüse oder so – wenn der weg ist, ruf ich mir 'n Taxi. Ich melde mich später im Büro.«

»Bleib hier«, sagt Tina. »Lass uns drüber reden.«

»Na schön, aber große Alternativen gibts nicht. Ich weiß, dass ihr mich für destruktiv und unvernünftig haltet, aber die ganze Situation ist unvernünftig. Vernünftige Erwachsene mit vernünftigen erwachsenen Ambitionen werden nichts im Rock 'n' Roll.«

»Und deshalb hältst du dir 'ne Knarre an die Schläfe und sagst: Wenn ihr mir nicht gebt, was ich will, drück ich ab, oder was?«

»Kommt ungefähr hin«, sage ich und muss lachen. »Was hat 'n Nash gesagt?«

»Dass du eigenmächtig bist und dir ins eigene Fleisch schneidest. Dann hat er aufgehängt.« Tina überlegt kurz. »Eigenmächtig – das Wort hab ich mit fünf Jahren zum letzten Mal gehört. Der hält dich ernsthaft für 'n Volltrottel, was?«

»Tja, er hält mich für 'ne geldgeile Hysterikerin. Ist vielleicht dasselbe.«

»Hast du eigentlich irgendwas von dem, was du gesagt hast, gemeint?«, wollte George wissen.

»O ja.«

»Dann fang mal an mit deiner Presseerklärung. Ich würd zu gern zugucken, wie Mr. Z sich an seiner eigenen Medizin verschluckt.«

»Sehr wohl, Mr. Adler – sobald ich etwas geklärt habe. Steht ganz oben auf meiner Liste.«

»Wo willst du denn hin?«, fragt Tina. »Du, mir gehen die Fritzen da draußen wirklich auf 'n Keks, aber ich finde, du bleibst trotzdem lieber hier. George verzeiht mir nie, wenn ich dich gehen lasse.«

Das Telefon klingelt. Tina nimmt wieder ab. George sieht mich an. »Sie hat Recht – würd ich nie. Sie will dich übrigens nicht raushaben. Ich weiß, dass du lieber gehen willst, aber das ist nicht nötig.« Erleichterung blitzt in seinen Augen. Den Blick kenne ich. Ich hab irgendwas getan, das ihm gefällt. Aber was?

»Tina ist ein Gerechtigkeitsfreak. Bei Ungerechtigkeit wird sie immer stinksauer. Auf dich ist sie nicht sauer.«

Ach so – darum gehts. Die tüchtige Ms. Walker hat mit den Füßchen aufgestampft, und so was törnt Leute eigentlich ab. Aber der liebe George findet das süß. Denn so kann er in Ruhe mich beim Händchen nehmen und beschützen und mir die Welt erklären. Er darf sich wie ein Elternteil mir gegenüber aufführen. Er darf die Maske aufsetzen, die ihm am besten steht – die Maske des Guten Vaters. Ja, als Guter Vater fühlt der liebe Mr. Adler sich am wohlsten.

»Erzähl mal von diesen Bändern«, sagt er, »sind die wirklich so viel wert?«

»Ja. Und nein. Sind einfach mit einem kleinen Vierspurgerät aufgenommene Songs. Waren eigentlich bloß als Rohentwürfe gedacht und haben plötzlich dank Tod und Alter unglaublichen Wert. So was Romantisches gehört da auch zu. Da wirds richtig ungerecht. Warum kriegt der eine Rocksänger so 'ne romantische Dimension und so 'n

Wert und gerät der andere in Vergessenheit? Warum kriegen ein paar wenige Ruhm und Erfolg eimerweise drauf und andere gar nicht? Das ist doch nicht gerecht, weder für die Verwöhnten noch für die Vergessenen. Wert rührt nicht unbedingt von Qualität her. Jacks Bänder sind nur deshalb so extrem wertvoll, weil so viele Leute sie unbedingt haben wollen.«

»Ist das der einzige Grund?«

»Sind gute Songs, klar«, sage ich. »Aber deshalb gibts nicht so ein Gewese, nicht?«

»Nein. Das Gewese kommt von der Prominenz. Aber ich wollte eigentlich wissen, wie viel Wert sie für dich haben.«

»Kann ich nicht beantworten. Wenn dein Haus brennt und alle Leute, die du liebst, sind in Sicherheit – was würdest du noch retten?«

»Jaja, die Frage ...«, sagt George. »Aber du hast gesagt, du willst sie vernichten.«

»Ja.«

»Moment mal – das bringt mich auf was. In alten Zeiten haben Eltern manchmal ihre Kinder lieber umgebracht als Sklaven werden lassen. Ich finde das nicht richtig, aber man kanns verstehen.«

Wenn man einen Mann selber Antworten auf seine Fragen suchen lässt, kommt er auf Antworten, die er begreift. Er begreift einen dann zwar immer noch nicht, aber im Allgemeinen sind Antworten ein zufrieden stellender Ersatz für Begreifen.

Zum Glück erscheint Tina wieder, bevor der liebe Kerl auf noch absurdere Antworten kommt. »Junge, Junge, Junge«, sagt sie, »dein lausig schlechter Ruf arbeitet zur Abwechslung für dich. Mr. Zalisky hält dich offenbar für fähig zu Akten von Vandalismus und Selbstzerstörung, die meine wildesten Fantasien übersteigen. Das ist vielleicht 'ne Art, Geschäfte zu machen!«

»Er hats ihr geglaubt?«, fragt George

»Tja, vielleicht denkt er auch bloß, er kann sich nicht leisten, es ihr nicht zuzutrauen. Linnet, was hast du dem Mann nur getan? Der hat ja 'n irres Ding mit dir zu laufen.«

»Ich war mal mit ihm im Kino, ist ewig her«, sage ich. »Aber um mich gehts gar nicht. Er hat mit Jack 'n Ding zu laufen. Das ist eben diese romantische Dimension. Jack hatte Wagenladungen davon.«

»Nee«, sagte Tina. »Der hat was mit dir zu laufen. Ist der irgendwie pervers oder so?«

»Pervers?«, fragt George der Gute Vater.

»Na ja, ich würd mich am liebsten in die Reinigung bringen, wenn ich mit ihm geredet hab. Warum eigentlich?«

Ich schüttle nur lächelnd den Kopf.

»Und wie ist der überhaupt so reich und mächtig geworden? So 'n hässlicher kleiner Warzenknopf.«

»Der schmeißt die ganze Evolutionstheorie übern Haufen, nicht?«, sage ich.

»Also, wenn zwei Frauen über einen Mann reden, krieg ichs mit der Angst«, mahnte George. »Könntet ihr mal bei der Sache bleiben? Was hat der kleine Warzenknopf geschluckt?«

Tina guckt auf ihren Notizblock. »Er schlägt – Linnets Einverständnis vorausgesetzt – vor, dass unser Anwalt sich mit seinem Anwalt zusammensetzt und alles beredet.«

»Anwälte«, stöhne ich. »Davon hat der Bataillone. Das müssen wir erst mal besprechen.«

3
Pressestimme

Q MAGAZINE

BIRDIE WALKER: Die Urmutter aller Rock-Chicks – ein Biest wie eh und je

»Jack hat gemacht, was Jack gemacht hat. Shit happens.«
Sie hat tausend Hits gemacht, jetzt geht sie auf die Superspinne los. Wer setzt auf wen?

Text: Ty Casparo; Fotos: Roy O'Brien

Einer dieser sanften Spätsommertage. Der wildwüchsige Garten hinterm Chelsea Arts Club schwebt einen Augenblick zwischen Sonnenschein und Regenschauer. Mit einem Weinglas in der Hand thront Ms. Walker auf der Terrasse – ein seltener Anblick für alt gewordene Hipster. Birdie mal nicht zugeknöpft.

Damals, in den bösen alten Tagen, lernte der aufstrebende Musikschreiber die Regel Nummer eins: »Birdie walks, but she doesn't talk.« Rumgekommen ist sie reichlich, und heute redet sie auch. Anders als in der Zeit, als Rock-Chicks noch böse Biester und gefährliche Bekanntschaft waren. Wie ist Birdie heute drauf? Noch immer böse? Nicht dass mans merkt. Gefährlich? Na, abgesehen von diesen Stilettos Marke Ibiza-Trash … Biestig? »Aber hallo!«, braust sie auf.

Das bezieht sich nicht etwa auf die Sache mit den mutmaßlichen Drogen, die sie neulich an Jugendliche verkauft haben soll und wegen der sie kurzfristig verhaftet wurde. »Wenns nicht so blöd wäre, könnte man drüber lachen«, fegt sie die Frage vom Tisch. »Was kann ich dafür, wenn da jemand den Unterschied zwischen Sultaninen und harten Drogen nicht kennt?« Ihr selbst würde man das kaum unterstellen. »Ach, alles Geschichte!« Sie wirft kurz die einstmals berühmte Goldmähne zurück. »Ich entschuldige mich nicht für Vergangenes.«

Aber die damaligen Exzesse – haben sie nicht auch ihren legendären Liebhaber Jack auf die Liste der Drogentoten gebracht? »Jack hat gemacht, was er gemacht hat, und er hat nie halbe Sachen gemacht. Aber Ruhm und Drogen und Paranoia können einen destruktiven Cocktail geben. Shit happens.« *Dass Scheiße nun mal passiert, scheint das Vögelchen noch heute nicht loszulassen. Deshalb ist sie so biestig.* »Jack war überzeugt, dass er von den Plattenfirmen übern Tisch gezogen wird, und – wer hätte das gedacht – die plündern ihn bis heute aus. Sogar mehr denn je. Da steht ja demnächst ein rundes Datum an, also wird das alte Zeug mal wieder neu kompiliert und rausgehauen – inklusive Multimedia-T-Shirts und Kulturblabla, unter der Gesamtregie von Superspider.«

Die Superspinne in Birdies Sprache scheint Nash Zalisky zu sein, der exzentrische, zurückgezogen lebende Mogul, der hinter etlichen Pipelineprojekten in Sachen Jack steckt. »Der hat ihn immer schon ins Netz kriegen wollen«, *schaudert es das Vögelchen.* »Wenn Jack nicht vorher gestorben wär, hätte Superspider ihn total leer gelutscht. Der war ja total besessen von Jack, das weiß kaum einer. Ist er noch. Er hat sogar Keller und Mülleimer nach Sachen durchwühlt, die irgendwie mit Jack zu tun haben, Fotos genauso wie abgeschnittene Fingernägel – wirklich alles. Und dann kommt er zu mir und fragt: ›Was hast du noch so?‹ Und ich denke nur: Boah, nee – ich steh nicht auf Nekrophilie! Und wieso soll ich dem was von Jack schenken? Neue Stücke, neue Verträge – oder kein Geschäft.«

Moment mal – neue Stücke? Könnte die Urmutter aller Rockwitwen so grabschändermäßige Geheimsachen gemeint haben? O ja, sie könnte. Denn wundersamerweise und pünktlich zum Jack-Fest, das alle Welt vorfreudig erwartet, ist ein Stapel Demotapes und ein bisschen Film aufgetaucht, das einmalig sein soll und nach dem lange gesucht worden war. Das heißt, über abgeschnittene Nägel reden wir nicht mehr, nein? »Nein. Die Leute bei Dog Records würden den Fund gern bagatellisieren, aber das ist bloß die Logik der Ausbeuterei: Sie wollen es haben, ohne viel dafür zu bezahlen.«

Wenn man Birdie glaubt, hat Jack fast von Anfang an zwar lifestylemäßig als Megastar gelebt, aber praktisch nichts in der Tasche gehabt – dank aller möglicher Vertragstricks. »Das alte Rockbiz-Klischee«, schäumt sie, »die einen sacken die Profite ein und sind für Verluste nicht zuständig. Die kriegen den Kuchen. Und die anderen, die die Musik machen, dürfen Krümel fressen. Jack hat überhaupt nichts gehört, weder sein Haus noch sein Auto. Und was das Schlimmste ist – nicht mal seine Musik.«

Sondern – wem? »Sie gehört mir.« Die blauen Strahleaugen blitzen kampflustig. »Das wollen so Plattenfirmen zwar nie wahrhaben, aber ich kanns beweisen.«

Ein ganz schöner Anspruch. Aber ist er berechtigt? Q *erfuhr von jemandem, der seinerzeit intensiv mit Jack gearbeitet und die Beziehung des Glamourpärchens aus der Nähe miterlebt hat: »Jack hat 'n Stück angefangen, sie hats zu Ende geschrieben. Oder sie kam mit 'ner Zeile an, und er hat 'ne Melodie dadraus gemacht. Mit den beiden im Studio – das war wie Tischtennisgucken. Die haben sich ja beinah gegenseitig im Kopf gesessen. Aber Jack war natürlich der Star, der hat die ganzen Credits gekriegt. So war das damals eben.«*

Nicht alle haben die Beziehung so gesehen. »Die hat doch auf seine Kosten gelebt«, sagt jemand aus dem näheren Umfeld von Jacks ehemaliger Band. »Der war für die 'ne goldene Gans, die war doch scharf auf Foie gras!«

Die Frau, die tausend Hits gemacht hat, streitet das gar nicht ab. »Klar hab ich das Luxusleben genossen«, gibt sie sofort zu, »wer täte das nicht?«

Vielleicht könnte sie es eines Tages wieder genießen – falls sich das ganze Vertragsgewirr der letzten fünfundzwanzig Jahre entzerren lässt. Ohne neue Verträge, beharrt sie, gibt es allerdings keine neuen Stücke. »Und die sind toll, aber ich würde eher die komplett verbrennen, als Jack noch einmal in die Sklaverei zu schicken.«

Die tragischen Folgen von Feuer sind einer Birdie nicht unbekannt, wie jedermann bekannt sein dürfte, der sich erinnern möchte. Da drängt sich der Schluss auf, dass sie meint, was sie sagt. Oder? »Das ist keine leere Drohung, o nein!«, zirpt sie zum Schluss. »Ich bin nicht bis hierher gekommen, damit jemand leichtes Spiel hat, der meiner Meinung nach auf den Müllhaufen der Evolution gehört.«

Auweia! Schön aufgepasst, Superspinne – Birdie Walker hat ihre Krallen schon vor langer Zeit gewetzt – damals, als die Rock-Chicks noch wussten, wie man richtig bös und biestig ist. Sie hat das Handbuch der gefährlichen Bekanntschaften selbst geschrieben – damals, als so was noch zählte. Und heute geht sie offenbar genau danach vor.

4
Lauter graue Männchen

Meine Schwester hat mir ein Kleid genäht. Und was für eins! So was gibts nicht nochmal auf der Welt. Es ist einmalig, und wenn ich es anhabe, bin ich auch einmalig. Da steht kein Designername dran, es hat auch nichts gekostet außer Zeit, ihre Zeit – das heißt, der Preis ist die Summe ihres Lebens und ihrer Erfahrung, ihrer Hände und ihrer Augen.

Früher hielt ich das für selbstverständlich. »Ach, Robin näht dir was«, hab ich immer gesagt, wenn Jack ein bestimmtes Bühnenkostüm haben wollte. Nähen kann doch jeder, der genug Geduld hat und nichts Besseres zu tun. Robin hat viel Geduld, und sie hat nichts Besseres zu tun, als anderer Leute Wünsche zu erfüllen. Ich wusste, sie näht ihm irgendwas Wunderbares, denn sie hat ihn immer angebetet. Angebetet und angeödet. Ihre Hingabe hatte immer was Unterwürfiges. Zuckerbrot ohne – Schärfe.

Das Kleid hier ist allerdings scharf. Und witzig. Der Kragen zum Beispiel – der ragt erst mal hoch und macht unter den Ohren einen zierlichen Knick. Mit diesem Kragen muss ich den Kopf hoch tragen und überall Spieglein, Spieglein an der Wand vermuten und hineinsehen. Genau das richtige Kleid für mich jetzt. Für heute. Nicht bloß ein paar Federn für eine spatzenhirnige kleine Rock-Chick.

Tina klopft an und kommt rein. Als sie sieht, was ich anhabe, sagen ihre Augen: »Boah!« Ihr Mund sagt: »Bist du so weit? Ich wollte gerade ein Taxi rufen, aber jemand hat uns einen Wagen geschickt.«

»Ruf trotzdem eins«, antworte ich durchs Spieglein, Spieglein, »und schick den Wagen weg.«

»Das ist aber 'n Rolls-Royce«, sagt sie sehnsüchtig.

»Nashs Autos sind verwanzt. Aber lass den Rolls vor der Tür stehen, wenn du Eindruck machen willst.«

»Ich schick ihn weg.« Die puritanische Tina – Eindruck wird allenfalls aus ernsten Gründen geschunden. »Aber wir müssen uns ranhalten, sonst kommen wir zu spät.«

»Genau«, sage ich, »tun wir. Bleib locker. Mach dir 'n Tee und reg dich ab.«

Ich muss schließlich an meinen Ruf denken. Bin ich vielleicht die Sorte Frau, die artig und pünktlich auf die Minute da ist und geduldig wartet, bis die Bonzen auch so weit sind? Keineswegs. Dazu würde auch dieses Kleid gar nicht passen. Was Robin da genäht hat, ist nämlich ein Gewand, auf das zu warten sich lohnt. Nash hat seinen Wagen nicht, wie Tina glaubt, geschickt, um seinen Respekt zu zeigen, sondern weil er wissen will, wo ich gerade bin und wann ich da sein werde. Der Wagen ist ein Symbol für Kontrolle. Lutsch dir am Däumchen, Nash! Ich werde da sein, wenn ich so weit bin.

Tina ist das unangenehm. In ihrer Welt ist man pünktlich und verlässlich. Etwas zu tun, was man zugesagt hat, und zwar sofort, nachdem mans zugesagt hat, gilt da als Nachweis des eigenen Wertes. In meiner Welt weist man seinen Wert durch Siege bei Prestigespielchen nach. Verlierer sind Leute, die bestellt und nicht abgeholt werden. Wenn man sich auf so was einlässt, beweist man der Gegenseite lediglich, dass man sehr leicht zu kontrollieren ist. Würde ich pünktlich bei Nash erscheinen, wäre das für ihn das Signal, er hat mich kleingekriegt, die ganze öffentliche Bloßstellung macht mir Angst und macht mich fertig, meine Drohgebärden haben keinen Stachel. Ich will ihm aber signalisieren, dass die Zeit für mich arbeitet. Ich hab Jack im Sack, genau wie immer, und wenn er Jack will, muss er mit mir verhandeln. Ich bin die Regenbogenfrau, Nash Zalisky – und wenn du mich verarscht, kommst du nie an den Schatz am Ende des Regenbogens. Was so ein edler Fummel doch ausmacht!

Ich bleibe im Taxi sitzen, bis George bezahlt hat, dann erst steige ich aus und gleite in einer einzigen fließenden Bewegung in die Eingangshalle von Dog Records. Ich habe meine Mappe im Taxi liegen lassen. Tina muss sie holen und damit hinter mir herrennen. Unsere beiden Anwälte sind schon da.

Meine Entourage besteht also aus vier Leuten. Das sind nicht so viele, wie ich gern hätte und früher auch hatte, aber es sind glatt vier mehr als lange, lange Zeit. Zwei Anwälte, ein Leibwächter, eine persönliche Assistentin zum Taschetragen – so wirkt das. Tina will mir die Tasche geben, aber ich merke das scheinbar nicht. Die dumme Nuss – was hat die denn im Kopf? Eine Regenbogenfrau trägt doch ihre Tasche nicht selbst.

Wir nehmen den Fahrstuhl bis in die oberste Etage, wo Sasson schon zur Begrüßung wartet. Gut – das kann man schon mal nehmen.

Und dann kommt was Komisches: Sasson drückt meine Hand und küsst mich auf die Wange. »Mein Gott, Birdie – du siehst umwerfend aus«, sagt er.

Er bedeutet meiner Viererbande, schon mal vorzugehen in den Sitzungssaal, und hält mich zurück. Wir werden also gleich zusammen hereinkommen – was allen, die schon da sind, suggeriert, wir seien verbündet oder befreundet. Sasson beherrscht also die Bild- und Körpersprache solcher Treffen.

»Birdie«, sagt er, »was auch passiert, bitte glaub mir, dass ich für die Schmutzkampagne nicht verantwortlich bin. So was mache ich nicht.«

»Wie – was auch passiert? Was passiert denn noch, Sasson? Hat der Zwerg noch 'n paar gezinkte Karten im Ärmel?«

»Nicht dass ich wüsste. Deine Juristen haben wohl gut gearbeitet, besser, als mir persönlich lieb ist.«

»Du meinst, der Vertrag ist richtig korrekt?«

»Ich meine, Birdie, man sollte nicht wegen jedes kleinen Prozents Geschrei machen. Man kann auch zu stur sein.«

»Ja, schade, bloß weil ich damals, als Jack noch lebte, nicht stur genug war.«

»Ach ja.« Einen Sekundenbruchteil lang sieht er wieder aus wie der junge Sasson.

Wie viel Erinnerung er sich wohl selbst gestattet? Ob er in seinem

Gedächtnis irgendwo eine kleine Nische hat, in der er spürt, dass er Jack damals in die Pfanne gehauen hat? Oder hat er die verbarrikadiert und lässt nur die Fiktion zu: dass ich einen Keil zwischen ihn und Jack getrieben habe?

»Birdie, bevor wir reingehen – gibts noch irgendwas, das ich wissen sollte?«

»Zum Beispiel?«

»Keine Ahnung. Irgendwas, das du bisher zurückhältst, ein Ass, das den Preis doch wieder höher treibt? Ich hab 'ne Menge Aktien in der Sache. Und mir wärs lieb, wenn die Finanzen jetzt wirklich geklärt wären und wir zusammenarbeiten.«

Meine Antwort fällt aus. Gerade kommt Nash mitsamt Bodyguard aus dem Fahrstuhl gepoltert. Jetzt bin ich extra so zu spät gekommen, aber er kommt noch später. Ich muss lachen. Sehe Sasson an, und der kann nicht anders und lacht mit.

»Was? Was?«, fragt Nash. Hinter den Brillengläsern blitzt der Argwohn.

Sasson hat sich zuerst wieder im Griff. »Nash, gut, dass du da bist. Gehen wir dann rein?«

»Ich weiß nicht«, sagt Nash vorsichtig, »ich habe etwas Schreckliches geträumt. Ich wäre beinah gar nicht gekommen. Ich konnte kaum aufstehen. Birdie, hast du schon mal etwas so Schlimmes geträumt, dass dir der ganze Tag wie verflucht vorkam? Erinner mich dran, dass ich dir meinen Traum gelegentlich erzähle. Was für ein bildschönes Kleid, Birdie. Hab ich dir das gekauft?«

»Unmöglich«, sage ich und lache immer noch ein bisschen. »Bloß für Geld ist das Kleid nicht zu kaufen.«

»Ach«, Nash wendet sich an Sasson, »wir haben ihr wohl doch zu viel bezahlt.«

»Abwarten«, sagt Sasson. »Ich bin jedenfalls gespannt auf die neuen Stücke.«

»Warum stehen wir dann hier draußen?«, fragt Nash fast flehentlich. Sasson führt uns in den Saal.

Ich gleite auf einen Stuhl zwischen George und dem alerteren unserer beiden Anwälte. Nash thront inmitten seiner Bataillone. Sasson als Hausherr sitzt samt einer Kompanie Vorstandsherren und Berater am Kopfende. Nur einer ist nicht da – Barry Stears. Und das ist komisch, der Vertrag in Sachen Film ist nämlich seiner.

Alle drehen sich zu mir und glotzen zu, wie ich Platz nehme. Ich bin die Show, das Girl im gesprenkelten Trikot. Hereinspaziert, hereinspaziert – hier ist die skandalrote Dame. Seht her, wie sie auf dem Seil balanciert – oder wo immer, egal, Hauptsache es ist ein Spektakel.

Ich beuge mich zum alerten Anwalt und flüstere: »Wo ist Barry Stears?«

»Man hat mir gesagt, er musste ganz plötzlich in die Staaten. Da drüben, das ist sein Bevollmächtigter.« Mit einem winzigen Fingerzeig deutet er auf ein weiteres spinnenartiges graues Männchen. Der alerte Anwalt spielt das Spielchen auch nicht zum ersten Mal: Er kennt die Bedeutung von Zwischendurchgesprächen *sotto voce* zwischen Anwalt und Klient genau. Inhaltlich sind die wertlos. Er wispert mir zum Beispiel manchmal, an einer strategisch wichtigen Stelle, irgendwas Blödsinniges ins Ohr: »Bisschen warm hier, nicht? Wär schön, wenn die die Klimaanlage mal anwerfen würden.« Und ich vertiefe mich demonstrativ in seine unlesbaren Notizen und nicke verständig. Die eigentliche Inszenierung – so was zeigt man immer, auch wenn man gerade gar keine hat. Im Übrigen lehne ich mich lässig zurück, sitze entspannt und mit übereinander geschlagenen Beinen da und strahle und glänze in meinem Regenbogengewand.

Die wesentlichen Tagesordnungspunkte? Erstens: das neue Album, das bei Dog Records erscheinen soll; also die Zusatzabmachungen bezüglich meines Anteils an den Arrangements und Aufnahmen, des Copyrights und der Veröffentlichungsrechte, der Video- und anderer Vervielfältigungsrechte. Zweitens: der Film, den Memo Movies macht; hierfür stellt Ms. Walker Bild- und Tonmaterial zur Verfügung, ihre diesbezüglichen Rechte, Interviewhonorare usw. sind so und so geregelt. Drittens: die autorisierte Biografie in Printform; hier gibt es Zusatzabmachungen bezüglich Ms. Walkers Einverständnis, sich dazu interviewen zu lassen sowie bislang unveröffentlichtes Fotomaterial zur Verfügung zu stellen.

Über dem ganzen Zusatzabgemache allerdings hängt Nashs eigener Deal mit Dog Records und Memo Movies. Der sichert ihm sämtliche Rechte an der Fernseh- und Rundfunkauswertung sowie an der Verbreitung über CD-ROM und E-Commerce-Wege. Kurz, Nash will die Weltrechte an der Erstveröffentlichung von allem – denn er ist der Spinnenmann Nummer eins, er kann sich das leisten.

Die meisten Punkte haben all die grauen Männchen, meine eigenen eingeschlossen, in den letzten Tagen durchgepeitscht. Aus meiner Sicht sind die Angebote jetzt angemessen und die Zahlungsmodalitäten zufrieden stellend. Obendrein haben meine Anwälte für mich ein Konto eröffnet, und zwar mitsamt einem Sonderkonto bei einer Bank auf – tja, ausgerechnet: den Cayman Islands.

Damit und mit dem Gedanken im Hinterkopf, dass alle drei Parteien einzeln Verträge mit mir schließen mussten und mich niemand mit einem allumfassenden Gesamtpaket über den Tisch ziehen wird, kann ich mich in Ruhe zurücklehnen.

Ich erlaube mir ein kleines Triumphgefühl. Ich habe uns alle bis hierher gebracht, ohne dass die Gegenseite bisher auch nur einen genauen Blick auf das hat werfen dürfen, was sie da kauft. Die altmodische Verführungsstrategie ist doch die empfehlenswertere: Stell deine Waren nicht aus, davon werden sie billiger; verbirg und deute an; erzeug Appetit und lass immer mal wieder rein zufällig ein Stückchen Fleisch durchblitzen. Ja-woll! Für diesen Deal greife ich quasi zurück auf lange Röcke und Petticoats.

Ich merke, dass Nash mich über den Tisch hinweg anglotzt.

Ich schlage züchtig die Augen nieder und denke – hah! Ob er wohl endlich kapiert, dass ein Vergewaltigungsversuch den Brautpreis nur noch höher treibt? Hoffentlich nein. Der soll ruhig denken, er habe mich an den Verhandlungstisch gezwungen. Der soll weiter glauben, meine Gegendrohung sei zuerst bloß ein Wutanfall gewesen und mit ein bisschen schlappem Gemecker im *Q Magazine* erledigt. Der denkt doch wirklich, die Mauer sei jetzt rissig – ich hab mein Schweigen einmal gebrochen, also bin ich künftig leichte Beute für alle Interviewer, an die er mich gern verfüttern würde. Ja, ich hab alles im Kopf – sämtliche Storys und Jacks Essenz –, soll er doch ruhig glauben, er habe endlich den Schlüssel dazu und ich schütte ihm meinen kostbaren Schatz in den Schoß. Ach, Nash, da kommen wir noch zu.

Aber irgendwann ist der Moment da, in dem sogar die Regenbogenfrau ihre Karten aufdecken und zeigen muss. Bis hierher sind alle zufrieden, auch ich. Aber jetzt wollen sie das Gesicht der Braut auch sehen.

Ich bitte Tina, mir die Audio- und die Videokassetten zu geben. Sie tut es mit säuerlicher Miene. Sie hat bestimmt die ganze mühsame, langwierige Sitzung lang, in der sie geschwiegen hat, gegrübelt, was sie hier eigentlich soll. Für George den Guten Vater ist das keine Frage: Er weiß, er ist zu meinem Schutz hier. Tina ist da skeptischer, wahrscheinlich hat sie inzwischen beschlossen, sie ist nur aus dem einzigen Grund hier, dass alle sie für die persönliche Assistentin halten, die der Frau, die früher bei ihr den Laden geschmissen hat, die Aktenmappe hinterherträgt. Ein ziemlicher Absturz, Tina. Aber das ist Showbiz.

»Was möchtest du zuerst?«, frage ich Sasson. »Musik oder Bilder?«

»Musik«, sagt Sasson. »Hast du was dagegen, wenn ich meinen Top-Tonmann dazuhole? Ich weiß, das ist zwar nicht das Mastertape, aber ich hätt ihn gern möglichst früh dabei.«

»Aber natürlich.« Ich schenke ihm ein Lächeln. Er macht mir richtig Freude – setzt eine dramaturgische Pause zu meinen Gunsten. In der stehe ich auf und gehe mit den beiden Kassetten in der Hand zur Stereoanlage. Sogar die beiden Simulacra eines authentischen Geschäfts sind noch zu wertvoll, als dass ich sie aus der Hand geben würde.

Ich betrachte die Anlage, die riesigen Boxen, die Regler, die aussehen wie das Steuerpult in *Star Trek.* Spiele an Knöpfen, um zu begreifen, wie sie funktioniert. Und habe mich dabei nach und nach gelöst von meiner eigenen Mannschaft und den anderen Spinnenmännchen in den grauen Anzügen. Ab jetzt bin ich Musik und sie sind Geschäft. Steht Musik gegen Geld. Romanzen gegen Finanzen.

Der Regenbogen aus Seide streichelt mir die Schenkel entlang, als ich dann zum Fenster gehe. Ich kehre dem Verhandlungstisch den Rücken zu. Ich sehe nach draußen über die Dächer von Soho und in die Wolken oben drüber. Sie sind voller Gesichter, Pilze. Ein Himmel zum Träumen voller Bilder, die sich ständig verwandeln. Morphing. Keine zwei Menschen sehen dieselben Figuren auf einem Wolkensegel. Keine zwei Träumer träumen denselben Traum. Wolkenkunst, Traumkunst. Künstlerwolken, Künstlerträume. Solche Gedanken zu denken, kann ich mir in Gesellschaft von Spinnenmännern nicht leisten.

Ich wende mich dem Raum wieder zu. Alle Augen sind auf mich gerichtet. Nash hievt sich aus dem Stuhl und will zu mir ans Fenster kommen. O nein, so haben wir nicht gewettet. Ich warte, bis klar ist, was er vorhat, dann gleite ich um die andere Tischhälfte herum und durch die Tür. Ich verlasse den Konferenzsaal mit den Kassetten, aber ohne Erklärung. Hinter mir bricht die Hölle los. Ein paar graue Männchen versuchen doch tatsächlich, nach meinem Kleid zu schnappen.

Ich schwirre den Flur entlang und frage in einem Großraumbüro gleich am ersten Tisch nach der Damentoilette. Beachte das Rudel, das hinterhergejagt kommt, gar nicht. Husche in die Damentoilette und schließe ab.

Nein, das gibts doch nicht! Bin ich ein wild gewordener Elefant? Psychopathisch? Die scheinen alle nicht die geringste Ahnung zu haben, was ich als Nächstes mache. Bin ich tatsächlich so unberechenbar, dass sie mich nicht mal Nash ausweichen und aufs Klo gehen lassen können, ohne mich für einen Knastausbrecher zu halten?

Ich sehe ins Spieglein, Spieglein und muss lächeln. Noch immer hat die unberechenbare, exotische Regenbogenfrau die Goldbarren in der Hand, die Produktionsmittel, den Reichtum der Nation grauer Männchen. Zumindest im Augenblick. Kein Wunder, dass die sich ins Hemd scheißen.

Als ich zurückkomme, hat die graue Nation ihre äußere Contenance wiederhergestellt und nur noch einen Pfadfinder vor dem Fahrstuhl postiert, damit ich mich »nicht verlaufe«. Am selben Tisch wie sie kann ich trotzdem nicht mehr sitzen. Ich brauche räumliche Distanz, vor allem, wenn ich mir Jacks Stimme anhören soll. Also schiebe ich die Kassette in den Recorder und stelle mich wieder ans Fenster, mit dem Rücken zu den anderen.

Jacks von vielen, vielen Zigaretten rauchige Stimme. *Gimme time, gimme one last chance ...* Die Anfangszeile von *Adversarial Attitude.* Unter der Stimme voller, solider Sound der Rhythmusgitarre und Zwischenstückchen mit Honky-Tonk-Klavier. Es ist das immer gleiche Lied vom Mann, dem Unrecht getan wird, seinem hartherzigen Rivalen und seiner gestohlenen Frau. Es ist brutal und beleidigend: *She says he's steady, kind and sweet – I know the whoring, boring man who beats his meat ...* Jack beschimpft den armen Homer auf seine unnachahmliche Art als Wichser. Seine Stimme ist wutverzerrt und kräftig wie ein Horn, das durch jede noch so laute Rockband dringt und alles dominiert. Wenn man diese Stimme nur einmal und nie wieder hört – man vergisst sie nicht.

Ich sehe in die Wolken. Ich weiß noch genau, wie mir der Hinterkopf gekribbelt hat, als ich Jack das erste Mal gehört habe. Ich weiß noch, mein erster Gedanke war: Die Stimme ist mit keiner anderen verwechselbar, nie und nimmer. Und wie er gestottert hat manchmal: *My b-b-baby ...* Entweder um auf Zeit zu spielen, weil er einen Atemzug zu früh war, oder weil er zu schnell gesungen hatte. Es war unerträglich sexy. Und sogar hier jetzt, allein am Fenster mit dem Blick in die Wolken und den Erinnerungen, kriege ich wieder dieses Gefühl im Bauch wie vor vielen, vielen Jahren.

Die Kassette läuft vor sich hin. Ich habe extra ein paar Fehlstarts draufgelassen. Jack sagt mal: »Scheiße, Baby, was spielen wir eigentlich?« Und ich antworte: »G, A-moll-Septime und wieder G. Halbes Tempo. Ja?« – »Ach ja, klar.« Dann fängt Jack nochmal an mit *Hopeless Case.*

Ein anderes Mal sagt er: »Was heißt 'n das hier, Birdie-Bird? Ich kann deine Schrift nicht lesen. Wie, du auch nicht? Ist doch dein Scheißsong! Ich bin ja hier bloß der Arsch mit der Stimme.«

Oder: »Drei, verdammt nochmal! Und diesmal keine Begleitstimme, Püppi! Bloß jeweils auf dem letzten Wort und der letzten Refrainzeile.« Das quittiere ich mit: »Na, schönen Dank auch, Maestro!« Mit einem sarkastischen Unterton à la »sag ich doch die ganze Zeit«.

Aber alles in allem bin ich nett zur grauen Nation – von den drei unbedeutenden Unterbrechern abgesehen, biete ich ihnen immerhin zehn Tracks lupenreiner Jack. Ich reite auch nicht groß rum auf meinem ewigen Anliegen, nämlich dass sie ja nicht annehmen sollen, dass Jack seine Stücke allein geschrieben oder überhaupt ohne Hilfe gearbeitet hat. Oder dass das kleine Birdie-Häschen nur zum Joint-Bauen und Kalte-Zehen-Wärmen da war.

Die Kassette läuft durch, bis nur noch Rauschen zu hören ist. Kein Mensch rührt sich. Kein Mensch sagt etwas. Ich will ihre Gesichter gar nicht sehen, aber ich gehe vom Fenster zur Anlage, weil ich die Kassette herausnehmen will. Sofort fangen alle an zu reden.

Ich hab das alles selber angezettelt, ich kann niemandem einen Vorwurf machen. Ich fühle mich wie Scheiße und schäme mich. Ist auch von Jack, das Bild. Aus *Coal Dirty Soul. Feel like shit and ashamed, rode the roller till I went stone blind …*

Weggehen geht jetzt auch nicht. Das hätt ich vor Jahren machen sollen. Hab ich aber nicht. Also muss ich jetzt hier wie ein Marktschreier stehen, Hab und Gut in Händen, und verhökern, was nie zu bezahlen ist.

Vielleicht kann man die Kluft zwischen Kunst und Geld tatsächlich nicht überbrücken. Vielleicht kann man für einen selbst Kostbares nie verkaufen, ohne sich wie Scheiße zu fühlen.

Ach leck mich am Arsch!, denke ich. Das hatten wir doch schon. Wenn du dich fühlst wie 'ne Nutte, müssen die richtig löhnen. Wir verkaufen doch alle, was wir zu verkaufen haben – Geschicklichkeit, Kraft, Zeit, Sex. Man muss den, ders kauft, nicht gleich toll finden, aber essen muss jeder. Auch Jack war nicht die reine Seele. Rein war nur seine Stimme.

Sasson kommt ans Fenster, wo ich gerade über die Sauberkeit von Wolken nachdenke, und legt mir einen Arm um die Schulter. »Mensch, Birdie, meine Liebe – du hattest ja wirklich was zum Verkaufen, was? Richtig echte Sachen. Und tolle Qualität für eine Kassette. Die Mastertapes hast du aber auch noch, oder?«

»Natürlich.«

»Ich will auch gar nicht fragen, woher du die hast.«

»Hätte auch keinen Zweck.«

»Aber falls da noch mehr ...«

»Du kriegst den Hals nie voll, nicht, Sasson?« Ich schüttele seinen Arm ab und drehe mich zu ihm. »Was willst du denn noch?«

»Nichts«, sagt er eilig. »Wirklich nichts, Birdie. Es ist nur – ich hatte keine Ahnung von den Songs hier. Das ist ja nichts Übergebliebenes oder Füllmasse. Die sind ja alle original frisch und lebendig.«

»Im Gegensatz zu dem armen Arsch mit der Stimme ... Du brauchst die mir nicht anzupreisen, Sasson. Ich verkauf sie dir gerade.«

»Jetzt bin ich auch bereit zu unterschreiben«, sagt er. »Du kannst das ruhig wissen, Birdie, vor ein paar Tagen fand ich noch, dass deine Agenten zu hoch pokern. Jetzt sehe ich das anders.«

Von der gegenüberliegenden Tischseite ruft Nash dazwischen: »Gibts dazu auch Titellisten?«

»Ja«, sage ich, »ich geb sie Sasson, zusammen mit den Mastertapes.«

»Ich würde die doch lieber jetzt sehen«, giftet er.

»Nix possibel – außerdem hab ich musikmäßig mit Dog Records zu tun.«

»Was glaubst du wohl, wem Dog Records gehört?«

»Nash, ich glaube, dass dir die ganze Welt gehört. Aber die Listen kriegt ihr trotzdem erst zusammen mit den Mastertapes.«

Mein alerter Anwalt erinnert Nash unaufgefordert an die Vereinbarung – erst kommt der Vorschuss, dann die Verträge und erst drittens das Material. Aber Nash überkräht ihn. »Wann sind die denn eigentlich geschrieben, Birdie? Vor *Hard Time* und nach *Hard Candy*?«

»Davor, dabei und danach«, erkläre ich wolkig.

»Und da gibts keine korrekten Produktionsnotizen?«

»Es gab gar keinen Producer, Nash. Nur uns beide, und wir haben nichts notiert. Wir haben auch kein Tagebuch geführt. Und bevor du fragen musst: Nein, handgeschriebene datierte Zettel mit Texten gibts auch nicht. Die Titelliste hab ich selbst geschrieben, als ich die Kassette von den Mastertapes gezogen habe.«

»Und wann war das?«

»Nachdem ich die Mastertapes gefunden hatte. Was soll das, Nash? Hast du Angst, ich verheimliche dir was?«

Er starrt mich an wie ein sorgenzerfressener Gnom, der gleich in Tränen ausbricht. »Ich weiß nicht, Birdie. Mir erzählst du ja nichts.«

Sasson geht dazwischen. »Sollen wir nicht mal weitermachen? Wir haben noch einen Film zum Angucken.«

Rollläden werden heruntergelassen, das Licht wird gedimmt und mir ist der Trost der Wolken verwehrt. Aber den brauche ich bei visuellen Dingen auch nicht so dringend. Fotos von Jack und Birdie in jungen Jahren haben nicht einen Bruchteil der emotionalen Kraft von Jacks Stimme. Gegen Bilder von mir selbst bin ich abgehärtet, und Bilder sind sowieso viel weniger mächtig als Musik. Ich würde sofort meine Augen geben, um meine Ohren zu retten. Da sind schöne Menschen an schönen Orten zu sehen – und? Ansichtskarten. Das lässt man durchlaufen, da kann man Jack beim Gehen und Stehen zugucken. Wie aufregend.

Die graue Nation klebt am Konferenztisch und glotzt, wie Jack den Kopf dreht und hinaus aufs Meer schaut. Ja sicher ist das ein bildschönes Profil! Mit der Sonne im Gesicht und dem Wind in den Haaren. Der gute alte Jack – schön und jung in Ewigkeit amen. Einer der bestvermarktbaren Männer der ganzen Welt. Hat alles gehabt in dem Alter, in dem man alles will. Ein genialer Sänger? Na schön, gähn. Ein wunderschönes Junggenie mit einer irren Stimme und sexy-schiefem Lächeln? Juhuuh – so wird da 'n Schuh draus! Stimmt doch total: *Video Killed The Radio Star.* Dank Video kann eine ganze neue Generation nur noch mit den Augen zuhören.

Das Team von Memo Movies liegt fast flach auf dem Tisch und hat Argusaugen, und ich frage mich wieder, warum Barry fehlt. Das hat er doch unbedingt sehen wollen. Sasson am Kopfende schreibt mit. Nash kennt den Film teilweise und beobachtet mich.

Ich setze mich wieder zwischen George und den alerten Anwalt. »Hältst dus aus?«, fragt George flüsternd.

»Geht so. Wenns bloß bald vorbei ist.«

»Keine Sorge«, flüstert der alerte Anwalt, »läuft alles perfekt. Wir haben die Räume dichtgemacht.«

Nashs Echsenaugen blinzeln träge über den Tisch, und meine Hand schließt sich automatisch fester um die Tonkassette. Bestimmt hat er die Kopie beim Vorspielen mitkopiert, hat er ganz bestimmt – obwohl meine Anwälte Kopien ausgeschlossen haben. Aber eine Kopie von einer Kopie nützt ihm nicht viel, die vergrößert nur seine Privatsammlung aus gestohlenem Eigentum.

Dann werden die Lichter wieder heller und Erfrischungen hereingefahren – Tee, Kaffee, Gebäck, Knabbersachen. Unten auf dem Servierwagen sehe ich ein paar Flaschen ziemlich guten Champagner in Eiskübeln. Essen bis zum Abwinken und Freichampagner – wenn Sie hier bitte unterschreiben wollen!

Die Herren von Memo Movies löchern mich mit Fragen über das Format und die Lagerung und den Zustand des Filmmaterials. Mein alerter Anwalt und sein unerfahrener, treuherziger Kollege flanken

Antworten. Einer von Nashs Bevollmächtigten fragt nach Fotos und bekommt ein paar rübergeschoben. Ob es davon auch Negative gibt? Gibts. Mein alerter Anwalt hält sie hoch. Dann holt er die Videokassette aus dem Recorder und bringt sie und die Fotos zurück zu unserer Tischhälfte. Noch sitze ich auf dem kleinen Schatz. Noch habe ich nichts abgetreten.

Derweil schwirren und sirren die Anwälte umeinander und gleichen Zusatzabmachungen und Einfügungen und Streichungen ab und schütteln alle Krümel aus den Verträgen. Gleich sind wir so weit.

»Ich schlage vor, zuerst die Musik«, sagt Sasson.

Alles drängt zurück auf die Plätze. Sasson hält die Zügel und zieht sie an.

Ich flüstere mit meinem alerten Anwalt. Er hebt die Hand: »Meine Klientin würde gern mit der Vereinbarung mit Mr. Zalisky anfangen.«

»Birdie, also wirklich!« Sasson klingt gereizt. »Musik steht doch wohl an erster Stelle.«

Ich schüttele den Kopf. Mein Anwalt stellt sich alert und verbindlich auf die Hinterbeine. Birdie ist wieder kapriziös. Die lässt nicht locker.

Nash blättert die Seiten seiner Fassung um, als hätte er im Leben noch keinen Vertrag angeguckt. Er sieht aus wie ein verwitterter Knirps, der Geschenkpapier durchwühlt, weil er Angst hat, ihm könnte ein Geburtstagsgeschenk durch die Lappen gegangen sein.

»Nash?«, drängt Sasson. »Bereit zum Anpfiff?«

Nash gibt seine Vertragskopie einem seiner Anwälte. Während der sie ordnet, guckt er Sasson und mich an. Dann zeigt sein Anwalt ihm die Stelle für die Unterschrift und reicht ihm einen Stift.

Er setzt ihn an und hält ihn in der Luft. Er wartet, bis ich das auch tue. Dann legt er den Stift weg und lehnt sich zurück. »Ich weiß nicht. Ich bin immer noch nicht sicher.«

Sassons Gereiztheit geht jetzt gegen Nash. »Bei was bist du immer noch nicht sicher, Nash? Wir haben die Stücke gehört. Es ist alles so, wie Birdie gesagt hat. Können wir jetzt bitte zu Potte kommen?«

»Ja, na ja«, wabert Nash zögerlich, »die Stücke. Sind großartig, sicher. Aber frage mich immer noch, ob wir nicht Verträge mit der falschen Partei schließen.«

»Himmel nochmal, was ...«, platzt mein alerter Anwalt heraus. »Wir haben Ms. Walkers Anspruch tagelang geklärt.«

»Nash«, warnt Sasson, »du hast mir dein Wort gegeben.«

»Ja, das mag wohl sein.« Nash fummelt unschlüssig mit dem Stift herum und lässt ihn wieder sinken. »Ich kann mich trotzdem nicht durchringen. Tut mir Leid, Sasson, aber wenn Barry doch Recht hat? Wir würden uns doch alle entsetzlich fühlen, wenn wir uns von Birdie zu einem Vertrag erpressen lassen hätten, den wir mit Jack selbst hätten machen können.«

Eine dicke Nebelwand des Schweigens senkt sich über den Tisch. Alle starren sich an, stirnrunzelnd, starren mich an.

Sasson sagt: »Das ist doch absurd. Birdie – mir tut das sehr Leid, das war so nicht gedacht. Barry denkt, Jack lebt noch, und ist in die Staaten geflogen, um ihn zu finden.«

Mir fällt nichts ein, was ich sagen könnte. Ich sehe im Saal herum. Der wird immer enger. Die Wände kommen auf mich zugekrochen. Die grauen Gesichter der Nation aus lauter Männchen schwanken mir entgegen wie riesige Pilze.

Das dünne Mündchen in Nashs Gesicht bewegt sich, seine Stimme klingt wie ein Eulenruf. »Ich hätte dir das ersparen können, Birdie. Du hättest zu mir kommen sollen. Ich begreife wirklich nicht, was sich Barry in den Kopf gesetzt hat. Und gewiss sind weder Sasson noch ich damit einverstanden, aber so ist es nun leider mal. Barry ist ganz sicher. Was hätten wir machen sollen?«

»Du hättest es ihm in aller Deutlichkeit ausreden können«, antwortete Sasson angewidert. »Du musstest ihm nicht auch noch dein Flugzeug leihen. Und du musstest das ganze Thema schon gar nicht jetzt aufmachen.«

»Ach Sasson«, kommt wieder die Käuzchenstimme, »und wenn wir noch so scharf drauf sind: Es wäre Beteiligung an einem Betrug.«

Nur die grandiose Nähkunst meiner Schwester hält meinen Kopf aufrecht.

»Doch, doch, Birdie«, sagt Nash und glotzt mich aus seinen brillenvergrößerten Froschlaichaugen an, »glaub mir, ich würde furchtbar gern unterschreiben. Du weißt ja, ich will von Herzen dein Bestes. Aber Barry, nun ja, der war doch immer schon so ein Fan von Jack, und er glaubt fest, dass er noch lebt, auf so einer kleinen Insel vor Florida. Ich hoffe, du nimmst mir das nicht übel, aber wir müssen mit dem Unterschreiben warten, bis Barry zurückkommt.«

Meine beiden Anwälte sind aufgesprungen und schimpfen.

Nash hört nicht hin. »Hättest du mir doch nur vertraut, Birdie. Misstrauen gebiert immer neues Misstrauen, das siehst du ja. Und jetzt guck dir das an – Barry ist total außer Kontrolle, weißt du, der glaubt so fest, dass er weiß, wo Jack lebt, dass er deine Schwester Robin mitgenommen hat, damit sie ihn identifiziert.«

»Halt sie fest«, dröhnt Georges Stimme in meinem Ohr, »sie kippt gleich um, glaub ich.«

5
Es kommt alles ans Licht

Es war Nacht. Robin lauschte auf das Röhren der Motoren. Es verstopfte ihr den Kopf und trieb die Wattegedanken wild durcheinander. Alles war zu laut: Düsenflugzeuge und Autos und Gepäckwagen und menschliche Stimmen und alles zerkaut und zermanscht in der Klimaanlage.

Reisen war nicht Robins Ding. Sie hatte Flugangst, war abonniert auf Übelkeit und eine Märtyrerin von Jetlags und wurde das Gefühl nicht los, dass sie drei Viertel ihres Hirns und diverse andere wichtige Utensilien zu Hause vergessen hatte. Mittlerweise gehörten auch geschwollene Füße auf ihre Beschwerdeliste. Geschwollene Füße und Frust.

Ein Flug in einer Privatmaschine sollte einem eigentlich die Widrigkeiten der Holzklassenfliegerei ersparen. Es gab sogar eine richtige Toilette mit duftender Seife und Tonic fürs Gesicht – wieso fühlte ihre Haut sich trotzdem so verklebt und aufgedunsen an? Wieso hatte sie geschwollene dicke Finger? Es gab frisch zubereitetes Essen an Bord, dekoriert mit einer eleganten Blumenvase – wieso kollerten ihr trotzdem dieselben Blähungen im Bauch herum wie bei normalen Flügen, wo man nicht mal weiß, ob das Fisch oder Gammelgeflügel ist, was man da isst? Auch das Problem knackender Ohren und rissiger Ellbogen sollten millionenschwere Moguln eigentlich verbannt haben aus ihren Privatfliegern.

Komischerweise empfand Robin die Unannehmlichkeiten als angenehm. Sie bohrten kleine Stacheln in ihr Hirn und verdrängten das furchtbare grenzenlose Schwindelgefühl. Wenn sie die Augen aufmachte und nach vorn sah, war sie ganz sicher, dass es nur abwärts gehen konnte, und wenn die Maschine hundertmal flog.

Wenn sie sich nicht auf Verdauungsstörungen hätte konzentrieren können, wäre sie sich vorgekommen wie ein Dieb und ein

Judas – sie stahl doch ihrer Schwester Leben. Fliegen, Reisen überhaupt war doch Lins Ding. »Ich muss weg«-Sagen und ohne Erklärung Davonhüpfen war Lins Part. Robins Part war Zurückbleiben. Lin telefonierte aus Paris, aus Los Angeles, aus Bangkok. Robin nahm zu Hause den Hörer ab. Merkwürdige Männer schickten Wagen, um Lin zu merkwürdigsten Orten zu holen. Robin stellte Teller mit Essen in den Kühlschrank, schön abgedeckt, damit Lin was zu essen hatte.

Robin trug den Ring ihres Ex-Mannes noch Jahre, nachdem der eine neue Familie hatte und nach Neuseeland ausgewandert war. Robin hatte auch Jacks ägyptischen Ring seit fünfundzwanzig Jahren in dem Duftsäckchen neben ihrem Bett. Robin war keineswegs die Sorte Frau, die alles stehen und liegen lässt, die ihre Tochter mit einem fremden Kerl und ihre Schwester mit einer schweren Situation allein lässt, die kurz mal ans andere Ende der Welt jettet, bloß weil ein Fettklops, dem sie nicht über den Weg traut, das sagt.

Barry Stears, der Taschendieb der Rockgeschichte, der mit jedem Star aufs Bild musste, der eifersüchtig auf jeden Nachbarteller schielte, der Hehler von jedermanns Image – Barry hatte Robin eine so lachhaft unglaubliche, so unglaublich lachhafte Theorie vorgesetzt, dass die letzten fünfundzwanzig Jahre ihres Lebens eine Farce wären, wenn die stimmte.

»Du bist doch krank!«, hatte sie gesagt. »Jämmerlich.«

»Nein, hör doch mal zu«, hatte er gefleht.

»Raus hier!«

Und jetzt saß sie doch im Flugzeug und konnte weder schlafen noch klar denken. Einfach weil sie dieser grausamen Story die Luft rauslassen wollte. Der Lächerlichkeit preisgeben und Lin wenigstens diesen Ärger ersparen. Ja, wirklich.

Ja? Wirklich? Wars nicht genauso gut möglich, dass sie wie eine armselige Trödeltante eines Mittsommerabends den Hügel zu Glastonbury Tor hinaufkraxelte, um vielleicht einen Blick von König Artus' Geist zu erhaschen? Denn siehe, König Artus lebt. Er wacht über England. Und eines Tages kommt er zurück an die Spitze seines Volkes und lauter so 'n Quatsch. Wie UFOs. Atlantis. Wiederauferstehung. Armseliger Quatsch.

Aber irgendein mieser kleiner Triumphalismus hatte Robin ein Zettelchen an Grace diktiert: »Fliege in die USA. Paar Tage höchstens. Pass auf dich auf.« In der von Lin geborgten Pose, fast mit Lins Schrift. Muss weg. Bis bald. Alles Liebe.

Alec war wütend und ließ eine Milchflasche auf den Küchenboden knallen. Berstendes Glas und Milch auf Schuhen und Hose – über so was durfte er fluchen: Scheißescheißescheißescheißescheiße!

»Wischs einfach auf.« Auch Graces Nerven lagen blank, wenn auch aus anderen Gründen.

Aus welchen, war für Alec nicht ersichtlich. Gut, musste sie eben mal wieder ihr eigenes Frühstück haben. Ging ihm doch am Arsch vorbei. Sie war doch nicht diejenige, die aus dem eigenen Spiel gekickt worden war. Das war doch er. Zurück auf Los – nach der ganzen Ackerei und den ganzen Ideen, mit denen er eigentlich direkt bis zur Schlossallee hätte vorrücken müssen. Also zum Flughafen. In die USA. Die ganzen Argumente, dank derer Mr. Stears es sowohl in dieses Haus als auch in ein langes Gespräch mit Mrs. Emerson geschafft hatte, waren doch nicht Grace eingefallen. Die hatte ihn bloß ab und zu scharf angeguckt und gefragt: »Auf wessen Seite bist du eigentlich?«

»Auf eurer, auf deiner!«, hatte er immer beteuert. »Hundertfünfundzwanzigprozentig. Merkst du das denn nicht? Ich mach das für euch. Das ist doch wie 'n Geschwür, das muss man rausschneiden.«

»Falls es stimmt«, hatte Grace gesagt. »Tuts aber nicht.«

»Dann muss man Barry ausknipsen, bevor das Kreise zieht. So oder so, wir müssen uns da reinhängen. Verstehst du? Der darf nicht weiter rumlaufen wie so 'n Verräter. Wir müssen rauskriegen, was der vorhat.«

Auf beiden Seiten gleichzeitig zu spielen, war nichts für Amateure, musste er feststellen. Ein winziger Fehler, und die fallen alle beide über einen her. Schwer wie 'ne Tonne Trümmer. Auf allen vieren, in Milchlachen patschend, erwog Alec ernsthaft, einzupacken und sich abzusetzen nach Hause.

Devon war dieser winzige Fehler gewesen, überlegte er. Dieser beschissene alte Lover in Devon.

»In Devon?« Mr. Stears hatte sich hochgereckt. »Ganz sicher? Wieso erzählst du mir das jetzt erst?«

»Ich wusste ja nicht, wie Sie das finden«, hatte Alec gesagt. »Ich habs auch selber gerade erst erfahren.«

»Ein alter Lover von ihr? Ist sie da oft? Wie lange so?« Mr. Stears hatte sehr aufgeregt gewirkt. »Gut gemacht, Alec. Sieh mal zu, was du noch rauskriegst.«

Aber einen Tag später hatte er sich anders angehört. »Absurd. Wie kommst du bloß auf die Idee, dass das Ziel Devon ist? Hast du immer noch keine Ahnung, wie Birdie tickt? Wenn die Südwest sagt, gehts wahrscheinlich nach Nordosten.«

Darauf bist du doch nicht von selbst gekommen, hatte Alec wütend gedacht. Gesagt hatte er: »Sie fährt aber nach Devon, Mr. Stears. Grace ist ganz sicher.«

»Klar fährt sie da hin«, hatte Mr. Stears übellaunig abgewunken. »Da hat Homer Webb seine Farm.«

»Wer ist 'n Homer Webb?«

»Einer von Birdies alten Lovern«, hatte Mr. Stears übertrieben langmütig erläutert, »allerdings der falsche.«

Das hätte dir gestern schon einfallen können, hatte Alec gehadert.

»Gibt ja zwar 'ne ziemliche Auswahl«, hatte Mr. Stears weitergegiftet, »aber was Besseres als Homer Webb musst du mir schon anschleppen.«

Die ganze Jagd nach Jack hab doch ich angeschleppt, dachte Alec. Und er war auch auf noch was Besseres gekommen. Etwas, das ihm eigentlich gleich hätte ins Auge springen müssen, als er zu Grace gezogen war. Er hatte es jeden Morgen gesehen. Es gehörte zu den Dingen, die so anderes waren als bei ihm zu Hause in seiner mickrigen Familie. Mrs. Emerson kochte erstens richtigen Bohnenkaffee und drückte zweitens – hier kommt der Clou! – richtige frische Apfelsinen aus. Originalimport aus – Florida, USA.

»Freut mich, dass dir das schmeckt«, hatte sie sein Kompliment kommentiert. Alec achtete darauf, ihr immer Komplimente zu machen. »Sind die saftigsten Orangen der Welt. Lin schick sie mir kistenweise.«

Es war ein unauffälliges Häppchen Information. Es war ihm wochenlang nicht aufgefallen, weil er auf alte Filme und Soundtracks und Kopierfirmen fixiert war. Erst als er anfing, nach Spuren von Jack selbst zu fahnden, hatte es geklingelt.

Florida-Orangen. Kistenweise. Von Birdie an ihre Schwester in England. Was wollte Birdie in Florida? Disney World besuchen bestimmt nicht. Er hätte sie gern gefragt, aber das ging gerade nicht. Sie hatte ihn einfach links liegen lassen, hatte sich festnehmen lassen, hatte ihm das Gefühl verpasst, auf die Verliererseite geraten zu sein.

Eines Morgens nach dem Frühstück hatte sich Alec jedoch die Apfelsinenkiste genauer angeguckt. Einfach so. Und er hatte entdeckt, dass die Adresse auf dem Lieferschein eine unbedeutende kleine Insel im Golf von Florida war. Die Idee, dass es ein geheimes Inselversteck gab, hatte er eigentlich eher aufgebracht, um Mr. Stears nachlassendes Interesse wieder anzukurbeln. Die Idee war echt super. Eigentlich müsste er jetzt an Bord von Mr. Zaliskys Privatjet sitzen, nicht Mrs. Emerson. So ein Schachzug verdiente mehr als eine milchbekleckerte Hose.

Der Wagen war riesig, die Chauffeurin winzig. Dabei saß Alicia extra auf einem Kissen. Trotzdem war Robin besorgt, dass sie nicht übers Armaturenbrett gucken konnte. Robin war über etliches besorgt – über die Hitze und das grelle Licht, darüber, dass sie keine Sonnenbrille mit und Alicia immer nur eine Hand am Steuer hatte. Sie hatte keine Lust, in Gesellschaft einer Zwergin und eines Schlaffsacks auf dem Tamiami Trail zu sterben. Kleine Menschen sollten nicht für Riesenkutschen, Schlaffsäcke im Jetlag sollten nicht für Konversation zuständig sein.

Nach einem Halt, zum Kaffeetrinken und Doughnutessen, hatte Robin sich nach vorn gesetzt, weg von Barry. Jetzt redete Alicia ohne Punkt und Komma, sodass Robin kaum hinterherkam. Soweit sie begriff, war Alicia die Frau von dem Detektiv. Der selber war auf der Insel und schaffte sowieso, also sehr hart. Und dann hatte doch neulich nacht um drei jemand angerufen, nicht, und seitdem schaffte Guido da ja nur noch. Alicia hatte ihn jetzt tagelang gar nicht gesehen. Vermutlich war er auf der Insel. Und jetzt hatte aber diese große Agentur in Tallahassee doch angerufen für Guido. Oder war das diese große Anwaltskanzlei, die für Disney in Orlando arbeitet? Na jedenfalls, wo ja Guido doch nun auf der Insel war, musste sie ja wohl 'n Mietwagen besorgen und Leute abholen, die mit einer Privatmaschine in Tampa landen sollten. Aber hey! War doch cool! Sie fuhr ja gern, auf die Insel gings, na, was solls, da packt sie eben noch 'n paar frische Hemden für Guido in den Kofferraum und ab gehts. Saubere Sache, was? England ist ja auch sauber. Da ist Alicia auch mal gewesen, als der Mann von ihrer älteren Schwester – also, der war mal bei der Air Force, der war in Essex stationiert.

Robin musste grinsen. Barry hatte fest damit gerechnet, dass Nash eine Limousine mit Chauffeur organisiert, durfte sich aber mit der winzigen Frau nicht anlegen, auch wenn die unbedingt an seinem Tisch Schokoladendoughnuts verschlingen musste und quasselte wie ein Wasserfall. Also hatte er sich auf den Rücksitz verkrümelt und bemühte sich um würdevolles Schweigen.

»Dieses grelle Licht macht mich fertig«, sagte Robin. »Ich hab die Sonnenbrille vergessen.«

»Kein Problem«, sagte Alicia, »gibt 'n Wal-Mart, nächste Plaza. Kann man toll shoppen.«

Was Robin auch tat. Sie kaufte ein T-Shirt für Grace mit dem Aufdruck OH SHIT, SHARKS! und eins für Jimmy, auf dem stand in Fraktur AND NOW I'M GOING STRAIGHT TO HELL. Und danach Sonnenhut und Sonnenbrille für sich selbst. Mitbringsel für die Kinder zu kaufen, gab ihr ein Gefühl von Normalität.

»Was ist 'n mit dir los, Robin!«, ranzte Barry von hinten. »Wir machen hier keine Ferien.«

»Du musst unbedingt nach Haus kommen«, sagte Grace am Telefon zu Jimmy. »Hier dreht alles durch. Auntie Lin sitzt total in der Scheiße, und Mama ist komplett ausgeflippt. Die ist einfach abgehauen, ohne was zu erklären. Irgend 'n saublödes Arschloch hat ihr eingeredet, Jack ist vielleicht noch ...«

»Deswegen ruf ich ja an«, überkrähte Jimmy diverse atmosphärische Störgeräusche, »da war 'n Foto in so'm italienischen Klatschblatt, wie Auntie Lin verhaftet wird. Ich habs nicht geglaubt, Schwesterherz – was hat die alte Szenemaus denn jetzt wieder an 'ner Hacke?«

»Ach, so 'n paar Drecksäcke aus'm Rockbiz haben ihr einen eingeschenkt. Und hier kann sie nicht her, wegen der ganzen Paparazzi vorm Haus. Das ist hier wie früher, Jimmy. Macht einen fertig, macht einen echt fertig.«

»Ach Gottchen, Grace – was erzählst 'n du? Du weißt doch gar nicht, wies früher war, du warst 'n Baby.«

»Hast du 'ne Ahnung«, sagte Grace patzig. Natürlich hatte Jimmy Recht, auch wenn sie Alec was anderes erzählt hatte. Sie konnte sich an Jack eigentlich überhaupt nicht erinnern. Aber das gab sie ungern zu. Jack war schließlich ihr einziger Draht zum Glamour, so was kappt man doch nicht kampflos.

»Hat Mama jedenfalls so erzählt«, fuhr sie fort. »Die hat auch gesagt, Geschichte wiederholt sich doch. Und jetzt ist sie ausgeklinkt und in die Staaten gedüst und sucht Jack.«

»Was bitte?«

»Ich sags ja. Der Fettsack, bei dem Alec arbeitet, ist hier aufgekreuzt und hat ihr die Ohren vollgesülzt, dass Jack noch lebt und Auntie Lin ihn auf irgend 'ner Insel versteckt hat, und Mama ist voll drauf reingefallen. Aber so was von voll. Die ist einfach losgedüst, als Alec und ich im Kino waren, Jimmy – bitte, du musst kommen!«

»Sieht ganz so aus«, sagte Jimmy. »Ihr scheint ja wohl alle 'n Sprung in der Schüssel zu haben. Weiß Lin von der Sache? Oder sitzt die noch?«

»Nein, die ist abgetaucht. Und ich kann nicht mit ihr reden, weil die Leitungen alle verwanzt sind.«

»Nee, Grace«, flehte Jimmy, »sag bitte, das is 'n Witz!«

»Ist alles verwanzt«, sagte Grace energisch. »Hat Alec ja selber gemacht.«

»Dann sag dem, der soll das wieder wegmachen! Ist das der Typ, den Mama in mein Zimmer gelassen hat?«

»So ungefähr.« Grace kam sich blöd vor. Sie war deprimiert – sie hätte die Wanzen nicht erwähnen sollen. Nicht am Telefon. Alles bröckelte auseinander.

»Wo is 'n der? Ich will mit ihm reden.«

»Der ist gerade weg.« Wo eigentlich? Ganz miese Laune hatte er gehabt. Deshalb war Grace ja so froh über Jimmys Anruf gewesen. Sie hatte dringend jemand zum Reden gebraucht. Sie war verunsichert wie eigentlich nie.

»Das stinkt«, verfügte Jimmy. »Geh in die nächste Telefonzelle und versuch, Auntie Lin zu erreichen. Die ist 'n zähes altes Biest – die weiß, was zu tun ist.«

»Die dreht doch durch.«

»Die ist nicht mal ansatzweise so zerbrechlich und romantisch, wie du denkst. Die hat Scheiße aller Art überlebt.«

»Aber die wollen doch aus Jack 'ne Art Elvis machen. Das ist doch grauenhaft und grotesk.«

»Wahrscheinlich glauben die, damit verkaufen sie noch mehr Platten. Ich finds bloß schlimm, dass die Mama da reinziehen. Die dreht nämlich wirklich durch.«

»Kommst du nach Hause?«

»Ja, verflucht. Du baust ja bloß noch mehr Mist. Tja, eigentlich wollt ich Mama anrufen und fragen, ob sie mir Kohle schicken kann. Ich bin fast pleite, die plündern einen aus auf italienischen Campingplätzen.«

Gott sei Dank, es kommt jemand, dachte Grace. Nur Jimmy zwar, aber wenigstens war die Isolation dann vorbei. Sie war noch nie länger als ein, zwei Stunden allein in diesem Haus gewesen, fiel ihr auf. Hier war ihr Zuhause, und immer war ihre Mutter da gewesen. Immer. Sie verließ das Haus nur selten, sie arbeitete oben im Dach und ging nur raus, um einzukaufen oder das, was sie genäht hatte, abzuliefern. Dieses Haus war die Domäne ihrer Mutter, und sie war immer in Rufweite. Alle anderen kamen und gingen – Mama war konstant.

Grace wär im Traum nicht darauf gekommen, dass ihre Mutter überhaupt einen Koffer hatte. Jetzt war sie plötzlich weg, und merkwürdigerweise verlor Alec dadurch anscheinend jeden Charme. Er war ihr plötzlich fremd. Ganz hübsch, ja, aber doch ein bisschen selbstbezogen und irgendwie wackelig. Irgendwie, als ob sie ihm nur trauen konnte, wenn Mama oder Lin auch da waren, aber mit ihm allein, also, irgendwie war ihr das unheimlich – so, was sollte das Ganze eigentlich?

Unglaublich, diese Gegend, fand Robin. Man fuhr immer geradeaus, eine ewig lange Straße entlang, hinter lauter ganz langsam schleichenden Chevys und Buicks. Auf beiden Seiten Golf- und Wohnanlagen. Die hießen *The Beach Place* oder *The Verandah* oder *Buttonwood Harbor,* und die Häuser standen in Reih und Glied, weiß und blank wie falsche Zähne. Und hinter denen und den Kunstrasenflächen und den Sprinklern lag gleißend und glitzernd das Meer.

Dann ging es rechts rein in die Bowsprit Lane, an einer Kette adretter Bungalows entlang, deren Metallbriefkästen das Sonnenlicht bündelten und wie Laserstrahlen zurückwarfen. Es war eine Sackgasse. Hinter einer kleinen Wendebucht lag nur noch ein Sandweg, der bald im dichten dunklen Gestrüpp verschwand.

Kaum dreihundert Meter von der Hauptstraße und knapp hundertfünfzig von der Doppelreihe aus Ferienbungalows entfernt stand Robin vor einem Gewirr aus Wild Oak und Tropenbäumen und -ranken, die sie nicht kannte und durch die sie gleich gehen sollte.

Durch dieses ineinander verhakte, unbändige Grün drang kein Sonnenstrahl. Es war dunkel hier drin. Robin setzte die Sonnenbrille ab und starrte in die Finsternis. Der Umriss einer Veranda mit einem Vorhang war kaum zu erkennen. Das Holz war genauso grau wie die Bäume drum herum, dichte exotische Blätter drückten gegen die Fliegengittertür, das Ganze sah fast aus wie eine zugewucherte, verlassene Voliere.

»Das kanns nicht sein!« Robin platzte so laut raus, dass sie selbst vor Schreck einen Satz machte. »So was hätte Lin nie gekauft. Nicht in der Gegend. Das passt alles nicht. Zu Lin jedenfalls gar nicht.«

Sie ging die paar Schritte zurück zu Barry und Guido. »Das sieht überhaupt nicht nach Lin aus. Da ist was falsch.«

»Ja, Ma'm«, sagte Guido.

Barry sagte nichts. Er war jetzt gar nicht mehr sicher.

Guido hatte eine Idee: »Sollen wir uns nicht in den Wagen setzen? Ich hol uns 'n paar Dosen aus der Kühltasche. Ich hab Bier, Cola Light und Sprite.«

»Sprite«, bestellte Barry.

»Bier bitte«, sagte Robin. Sie konnte einen Schluck Alkohol gebrauchen. Die schlingernden, verdrehten Ranken und Bäume, die völlig unerwartete Dunkelheit – das alles ging ihr an die Nieren. Das sah aus wie Überreste von einem urzeitlichen Wald, den die Landschaftsarchitekten und Siedlungsplaner übergangen hatten. Den der Fortschritt übergangen hatte.

Guido war keine fünf Zentimeter größer als seine Frau. Auf seine

Arme allerdings, die aus den frisch gestärkten kurzen Ärmeln ragten, wäre Popeye neidisch gewesen. Guido und Alicia tranken kalorienarme Cola, und Guido sagte nach einer Pause: »Tja, also mir ist das ja genauso komisch vorgekommen. Aber ich habs zweimal überprüft, beim Katasteramt und bei der Post.«

»Er checkt nämlich alles doppelt, Robin«, erläuterte Alicia, »da ist er bekannt für.«

»Ich habs doch nicht böse gemeint«, sagte Robin. »Es ist nur ... na ja, ich kenn doch meine Schwester.«

»Ja, klar«, sagte Alicia.

Guido räusperte sich höflich. »Das Grundstück wurde vor siebenundzwanzig Jahren erworben und ist eingetragen auf die Eagle Holding Company, im Alleinbesitz von Ms. Linnet Walker.«

»Wer zahlt eigentlich die Grundstückssteuer?« Barry klang wieder etwas sicherer.

»Die Eagle Holding.«

»Nein, nein«, protestierte Robin. Lin und Grundstückssteuern bezahlen? Das gabs nicht. Steuern zahlte Lin überhaupt nicht. Sie hatte auch nirgends einen Wohnsitz. Sie hatte nie auch nur einen Kleiderhaken gehabt, außer in Robins Haus.

»Haben Sie mal mit den Nachbarn geredet?«

Nachbarn? Robin sah sich um. Irgendwo auf dieser abgestrapsten Spielzeuginsel für Möchtegernschickis gabs sicher Nachbarn, sogar enge. Aber doch nicht hier auf diesem Fleckchen Albtraumdschungel, der aussah wie die übrig gebliebene Location von einem Dokumentarfilm über verrückte Aussteiger, die in den Sümpfen hausen. Die Dunkelheit, die Stille – das deutete auf totale Abgeschnittenheit.

»Na ja, da gibts 'n Problem«, fing Guido an. »Der Teil der Insel hier ist kein Wohngebiet. Klar haben hier auch Leute Grundstücke, aber mehr so für Ferien – die kommen bloß in der Saison zum Tennisspielen oder Golfen oder Segeln. Das ganze Jahr über wohnt hier kaum wer, außer den Leuten, die hier arbeiten natürlich, aber die kommen auch meistens jeden Tag vom Festland rüber.«

»Normale Leute wollen hier nicht wohnen und Kinder aufziehen«, ergänzte Alicia. »Keine normalen Leute – keine Nachbarn.«

»Ich hab mich aber mal mit der Quäker-Dame von der Post unterhalten«, erzählte Guido weiter, »und mit einem Mann, der arbeitet schon ewig in der Apotheke in der Avenue Mall. Und die sagen beide, hier wohnt irgendwo 'n Typ, der ist in Vietnam verwundet worden, der kommt aber nie runter von seinem Grundstück, der zeigt sein Gesicht nicht. Der kriegt keine Lieferungen, der hat kein Auto. Da soll allerdings mal 'ne schwarze Frau gewesen sein, die ist 'n paarmal die Woche da vorbeigegangen, aber die hat auch seit Jahren keiner mehr gesehen.«

»Hörst du das, Robin?«, fragte Barry vollmundig. »Zeigt sein Gesicht nicht. Ist angeblich in Vietnam verwundet worden – vielleicht sinds aber auch schwere Verbrennungen. Das passt zusammen.«

»Aber mehr kann ich nicht machen«, sagte Guido. »Ich kann mich hier nicht hinstellen und das Haus observieren. So was mag das Sheriff's Department nämlich gar nicht. Probieren Sies mal, hocken Sie sich mal 'ne Weile hier hin – die kommen garantiert gleich angerutscht und gucken mal nach, was Sie für einer sind. Hier rufen die Leute schon die Bullen, wenn bloß 'n Fahrrad inner Halteverbotszone steht.«

»Ist hier so 'ne Gegend«, bestätigte Alicia. »Exklusiv.«

»Wie ich das sehe«, fuhr Guido fort, »können Sie nur eins machen: zu Fuß hingehen und den Typ direkt ansprechen.«

»Ach Gott«, sagte Barry.

Leute direkt ansprechen war nicht Barrys Stärke, dachte Robin. Sie hatte ihn selbst vierundzwanzig Stunden lang sich in Andeutungen ergehen und verdruckst nach Informationen graben sehen.

»Das einzige Problem sind die Hunde. Der Typ hat da so 'n paar ganz fiese Köter, hab die vorgestern Abend gesehen. Pitbulls oder so Zeug. Haben wohl gerade Waschbären gejagt.«

»Pitbulls?«, fragte Barry.

»Was wollen Sie 'n nun machen?«, fragte Guido gnadenlos zurück. »Warten, bis es dunkel ist, kann ich nämlich nicht empfehlen. Wenn die Hunde Sie dann nicht erwischen, tuns die Viecher. Der Typ sprüht ja nicht – der hat da Moskitos, die sind tellergroß.«

Der geilt sich ja richtig auf, fand Robin. Als wären wir Greenhorns im Wilden Westen. Sie sah zu Barry. Der spielte unschlüssig mit der Sprite-Dose, rollte sich das eisgekühlte Blech über die grellrosa Wangen oder die Wurstpranken.

»Na, Barry?«, sagte sie. »War doch deine Idee – was willst du denn jetzt machen?«

Barry scheuerte sich fast den Hintern auf dem Rücksitz wund. »Robin, du, ähm, ich meine – Jack war doch dein Schwager, sozusagen.«

»Ja. Und *dein* bester Freund, wie du mir vierundzwanzig Stunden lang erzählen wolltest.«

»Aber wenn der jetzt vernarbt ist, Robin? Irre?«

»Vernarbt oder irre, Jack bleibt Jack.« Robin drückte die Wagentür auf. Die Hitze wogte herein. »Los komm. Wir müssen das rauskriegen, so oder so.«

Der strahlende Engel auf dem Bild an ihrer Schlafzimmerwand, der ihr immer guten Morgen sagte, winkte sie zu sich, und folgsam schritt Robin hinein in den schlingernden, düsteren Dschungel.

Wenn ich an all die Geschichten denke, wo Leute einen Blick in was riskiert haben, das sie eigentlich nicht sehen durften – Orpheus in die Unterwelt, Pandora in ihre Büchse, die törichte Braut in Blaubarts letztes Zimmer –, muss ich feststellen, dass Eigeninitiative nicht gut belohnt wird. Auf die Wissbegierigen warten Verlust und Tod. Guck da nicht hin, heißt es. Sei nicht zu schlau. Frag nicht zu viel. Der Tod lauert allen auf, die zu neugierig sind. Aber der Mensch ignoriert nun mal solche Warnungen und geht auch dahin, wo er nicht willkommen ist. So werden neue Welten bevölkert. Mit dem Baum, unter dem er geboren wurde, gibt sich der nackte Affe nicht zufrieden. Und kaum kann er sprechen, sagt er: »Mehr, mehr!« Der gierige kleine Kerl.

Gut. Der Globus wimmelt von gierigen kleinen Kerlen. Weiß ich, ich bin ja stolz, auch dazu zu zählen. Mein Mehr-Mehr-Gen ist hoch entwickelt, insofern verstehe ich Nash, Sasson und Barry vollkommen.

Und eigentlich könnte es auch ganz einfach sein: Die wollen was, das ich habe, und ich will was, das die haben. Ist doch eine gute Basis für eine Beziehung. Aber in der Beziehung zwischen Kunst und Kommerz ist alles nicht so einfach. Zum Beispiel, weil Kunst heutzutage an einem Künstler überhaupt nur noch zweitrangig ist. Manchmal habe ich das Gefühl, kein Mensch will mehr Kunst, die wollen bloß noch marketingfähige Künstler. Und die kriegen sie ja auch fast nur noch – lauter kleine Jungs und Mädels, die so gierig auf Berühmtsein sind, dass sie ihre hübschen jungen Gesichter fast als Produkt-Logo verkaufen, und die Produkte sind so banal, dass kein Mensch mehr hinhört.

Da wirds dann die Härte, wenn man Songs verkaufen will, die gierigen Kerle aber nur den Sänger wollen.

Weshalb ich – während Nash mich anglotzte aus seinen Saurieraugen, die durch die dicken Plastikgläser so groß wirkten, und noch bevor er seinen Gierschlund auftun und seine Bombe ausspucken konnte – auf meine Kopie des Vertrages »Schiebs dir in den Arsch, Nash!« gekritzelt habe. War das kindisch? Würdelos? Ja. Befriedigend? Und wie!

»Ich hab Jack immer gewollt«, hatte Nash mir gesagt. Von Musik war da nicht die Rede gewesen. Nun – Jack verkaufe ich nicht. Den verleih und vermiet ich auch nicht, der ist überhaupt nicht abzugeben. Ich hab zehn gute Songs, und das ist alles, was ich je verkaufen wollte. Und die anderen Sachen? Die kann man als Werbekampagne sehen. Als Schnäppchen waren die nicht gedacht.

Aber der Antigua-Film? Ach, das sind bloß ein paar hübsche Bilder im Paket – für eine Musikindustrie, die freudig mehr Produktionsgelder für Videoclips als für die Musik dazu verpulvert. Eine schöne Bildstrecke, die meine Schulden beim Finanzamt bezahlt, mich an einen Verhandlungstisch und mir ein gefülltes Konto gebracht hat.

Das Geld will Nash natürlich wiederhaben. Kriegt er aber nicht. Muss er abschreiben. So wie ich sämtliche verflossenen Tantiemen abschreiben musste und Jack das Tanzliedchen, das sich allein in Brasilien platinmäßig verkauft hat.

Und selbstverständlich behauptet er, er sei von mir übers Ohr gehauen worden. Aber ganz sicher wird er das nie wissen. Genauso wenig wie Sasson oder die ganzen Rechts- und Finanzberater, die auch an dem Tisch saßen. Schließlich hat Nash persönlich den Deal platzen lassen. Er wollte ja plötzlich mit mir keinen Vertrag mehr schließen. Das haben alle am Tisch gehört. Er wollte das ja lieber mit Jack selber. Ich war doch das Unschuldslamm im Regenbogengewand, das prompt in Ohnmacht fiel von dem Schock.

Nash hat einen Haufen Geld für nichts ausgegeben. Aber verglichen mit dem, was die Branche Jack und mir schuldet und was wir ja auch nie wiederkriegen, ist das ein niedriger Preis. Er hat einfach dafür bezahlt, dass er ein gieriges kleines Arschloch ist und einen Blick in etwas geworfen hat, das er nicht angucken sollte. Beziehungsweise – er ist ja Nash! – seine Schergen zum Gucken vorgeschickt hat. Bezahlt dafür, dass er gegafft hat, wo er hätte hören sollen, dass er gelauscht hat, wo seine Ohren nichts zu suchen hatten, dass er Bilder gestohlen hat, die ich ihm nicht zeigen wollte, und dass er Kinder verdirbt, Kinder wie Alec, denen das Mehr-Mehr-Mehr schon in die Wiege gelegt wurde. Vor allem aber hat er dafür bezahlt, dass er unschuldige verträumte Menschen wie meine Schwester mit falschen Hoffnungen füttert.

Sie hat diese Schwäche – sie liebt einen Mann, der sie nie zur Kenntnis genommen hat. Und diese Schwäche hat Nash ausgebeutet. »Du kannst ihn haben, aber dafür musst du ihn verraten.« Und dafür hast du bezahlt, Nash. Ich bedaure nur, dass du nicht *mehr* bezahlen musstest.

An dem ganzen gruseligen, beängstigenden Geschehen das Einzige, das Robin auch später lebhaft in Erinnerung behalten sollte, waren Zähne: strahlend weiße von knurrenden Hunden und quittegelbe von einem Kettenraucher, der durch die Moskitogaze zischte: »Verpiss dich!«

Die Hunde schlugen tobend ihre Krallen in die Fliegengittertür und rüttelten daran. Die muskulösen schlanken Leiber drohten durchzubrechen, aber Robin lief weder weg noch wich sie auch nur zurück. Sie hielt die Stellung. Durch das Gebell hindurch brüllte sie: »Jemand zu Hause?«

Dann erschien das Gesicht hinter dem Fenster, an dem nur Moskitogaze hing. Ein Gesicht aus einem Albtraum, mit Bart und graugesprenkelten Haaren und ledriger Haut, die in Falten von den mageren Wangen herabhing. Ein Auge war weg. Das Lid über der leeren Augenhöhle sah aus wie ein welkes Blütenblatt.

»Jack?«, fragte Robin zaghaft. »Bist du das?« Sie versuchte vergeblich, die Farbe des anderen Auges zu erkennen. Sie beschwor es geradezu, fast betend, es solle bitte, bitte blau sein. Aber das vorhandene Auge war so zusammengekniffen und so verzerrt von Groll und Hass, dass sie keine Spur irgendeiner Farbe in dem feindseligen Schlitz erkennen konnte.

»Jack?«, fragte sie noch einmal, was die Hunde noch mehr zur Raserei trieb. Aber aus dem einzelnen Augenschlitz floss nur kalte Verachtung in ihr bebendes Herz, und dann teilten sich die wüsten Haare um den Mund, zerklüftete gelbe Zähne waren zu sehen und die Lippen formten die Wörter: »Verpiss dich.« Zu hören waren sie nicht, weil die Hunde knurrten und bellten. Danach verschwand das Gesicht und zu sehen war auch nur noch ein leeres schwarzes Fensterviereck.

Zehn Minuten lang blieb Robin wartend vor der Veranda stehen. Die Tränen liefen ihr die Wangen hinunter. Sie wartete darauf, dass der fremde Mann wieder herauskam und ihr sagte, dass er nicht Jack war und auch nie Jack werden würde, egal, wie lange sie wartete. Jack war weg. Aber der fremde Mann mit dem entstellten Gesicht kam nicht mal mehr ans Fenster. Er ließ sie einfach vor der Tür stehen und von seinen Hunden ankeifen und anröhren.

Schließlich wischte sie sich die Tränen mit dem Saum des schicken Sommerkleids ab und ging langsam zurück zum Wagen.

Barrys Bäckchen wabbelten erwartungsfroh. »Na? Und?«

»Er wars nicht.« Robin brannte der Hals von den heruntergeschluckten Tränen.

»Wars nicht? Wars nicht? Und warum heulst du dann?«

»Er hätts sein können«, sagte Robin erschüttert. »Hätte. Er wars aber nicht.«

»Bist du sicher?«

»Völlig sicher.«

»Hast du das Gesicht gesehen? Wieso bist du so sicher? Ich trau euch Walker-Schwester beiden nicht.«

»Geh hin und gucks dir selbst an.« Robin kroch erschöpft in den Wagen. Alicia hielt ihr mitfühlend und schweigend ein paar Papiertaschentücher hin, und Robin vergrub ihr Gesicht darin. Sie hatte nicht mehr genug Kraft, um die nächste Welle Kummer aufzuhalten, die ihr durch den Körper bebte. Den nicht mehr straffen Körper einer mittelalten Frau.

Die Wagentür stand offen. Alle konnten das hysterische Gebell der Hunde hören. Barry stieg aus. Ging ein paar Schritte auf das unheimliche, dunkle Haus zu, drehte dann aber um und stieg wieder ein.

»Wenn du völlig sicher bist«, sagte er nur.

Robin hätte ertragen müssen, dass ihr strahlender Engel ein hässliches Monster geworden war, wenn sie nicht völlig sicher gewesen wäre. Dass er hässlich war, das hätte sie ja noch hingenommen – schließlich bewahrte sie immer noch den hässlichen schwarzen Klumpen auf, der mal Jacks Goldring gewesen war. Aber dass der Mann, der ihrer verdrehten Mutter ein Haus gekauft hatte, wo er nicht mal selber eins hatte, sie so verächtlich und hasserfüllt ansehen würde, das konnte sie nicht hinnehmen. Dass der bildschöne Jüngling mit der Stimme, die ihr Herz schneller schlagen ließ, ihr jetzt seine Hunde auf den Hals hetzte und zusah, wie sie weinend vor seiner Tür stand, das konnte sie nicht glauben. Ein hässliches Gesicht, einen hässlichen Körper – das hätte Robin hingenommen. Aber nicht, dass Jack eine hässliche Seele haben sollte.

Deshalb war das Gesicht am Fenster nicht Jacks Gesicht. Robins strahlender Engel war etwas Zauberisches, und das war in alle Ewigkeit so. Möglich, dass Robin sein Gesicht nicht wiedererkennen würde – aber in seiner Seele würde sie sich nie täuschen.

Coda

You left your mark on me,
it's permanent, a tattoo.

Du bist jetzt bei mir eingebrannt,
dauerhaft, wie ein Tattoo.

Lucinda Williams

1

Das Hebbingdon Free Festival auf dem grauen, vernieselten Hang im nördlichen Oxfordshire hatte die erste Hälfte des ersten Tages Krach und Krawall hinter sich. Auf dem nassen Rasen lagen Gummimatten und Plastiktüten, auf Picknickdecken wogte ein Meer voll gedröhnter Teenies und wurde allmählich von den Boxentürmen auf drei verschiedenen Bühnen in ein Art Hirn- und Muskelstarre gerockt.

Unter dem Regendach hinten auf Bühne zwei standen die Mitglieder von InnerVersions – Dram, Sapper, Corky, Karen und die neue Schlagzeugerin Patsi Noble. Es war ihr allererstes Festival, das erste Mal Openair, und sie waren alle irrsinnig nervös.

»So viele Leute«, fand Sapper. »Sind bestimmte tausende.«

Es waren tausende. Der ganze Hang war tapeziert mit Teenies, die aber durchaus nicht alle auf InnerVersions warteten. Sie hingen einfach rum und warteten ab, was noch so kam.

»Der Sound ist Scheiße«, murrte Karen. Auch das stimmte. Er war matschig und quatschig. Das einzig Gute dran war, er war laut. Aber auch wieder nicht laut genug, um das, was auf den beiden anderen

Bühnen abging, zu übertönen. Die bibbernde Band konnte das da hinten genau hören. Und ab und zu fegte der Wind über die offenen Mikros und verursachte Donnergrollen.

Sie hatten InnerVersions zwischen die Rolling Clones und einen typischen Club-Act namens Doreen Doreen gequetscht. Die Bühnencrew hatte gerade mal eine Viertelstunde Zeit zum Aufbauen. Zeit für einen richtigen Soundcheck gabs nicht.

Vor so großem Publikum hatten sie noch nie gespielt, und dass das auch noch ohne Soundcheck laufen sollte, trieb Karen alle ihre Träume in Sachen Unfähig- und Unfertigkeit ins Bewusstsein. X-tausende von Leuten, schlappe vierzig Minuten Zeit, um die mitzureißen, und keinen Scheißsoundcheck.

Obendrein waren die Clones auch noch scheißgut. Als sie *Brown Sugar* brachten, hüpften und sangen die ersten Reihen schon mit.

»Wenn die auf so was stehen, finden die uns Scheiße«, prophezeite Dram düster. »Und kein Mensch kennt uns hier. Die wollen hier Trallalla zum Mitsingen, Scheiße, und unsere Songs kennt keine Sau.«

»Ab heute doch«, sagte Ozzy Ireland. Er hatte sich allmählich an die Marotte von InnerVersions gewöhnt, sich gegenseitig ständig runterzuziehen. »Habt doch *ein* Mal einfach Spaß. Auf die Bühne und einfach rausgehauen.«

»Du hast gut reden«, maulte Corky mit einem hinterhältigen Blick auf Patsi. »Du musst dich ja nicht gleich beim ersten Mal mit'm neuen Schlagzeuger raustrauen.« Das Wort »raustrauen« sagte er extra heftig. Er konnte noch immer nicht fassen, dass sie Flambo einfach durch eine Frau ersetzt hatten, und die hatte nicht bloß Muskeln, die konnte auch noch zählen.

»Halt mal die Klappe und hör zu.« Ozzy blätterte im *Mojo Magazine* herum und las laut: »›*Diesen Monat im Studio:* Birdie, selbsternannte Witwe des ungleich berühmteren Jack, betreut Produktion und Remastering der zehn verschollenen Songs, auf die alle Welt sehnsüchtig wartet. Produziert wird im Hyde Voodoo Studio in New

Orleans, Jacks Ex-Producer Junior Moline wohnt um die Ecke. ‚Der Sound wird rau, livemäßig', sagt Moline, ‚so nah wie möglich am Spirit von *Hard Candy* und *Hard Time,* mit so wenig wie möglich Overdubbing. Arbeitstitel ist im Augenblick noch *Hard On,* aber da will das Label sicher auch noch 'n Wörtchen mitreden.' Das Label ist nicht, wie allseits erwartet und auch bereits angekündigt, Jacks alte Firma Dog Records. Den Zuschlag für das neue Album, für das allgemein mit Gold nach der ersten Verkaufswoche gerechnet wird, bekam Atlantic Records. Bei Dog ist man nicht sehr gesprächig, was den geplatzten Deal und den Verlust angeht. ‚Wir bringen unsere eigene Kassette heraus, pünktlich zum Weihnachtsgeschäft, *Jack In The Box',* war alles, was der Firmensprecher mitteilte. Uns hat aber ein gewisses Vögelchen gezwitschert, dass der Deal geplatzt ist, als Nash Zalisky, der Topboss der Firmengruppe, den Verstand verlor und anfing, an Erscheinungen zu glauben – Jack soll an so nahe liegenden Orten wie Acapulco, Miami oder Bali gesehen worden sein. ‚Klar sehen wir alle unser Leben lang Gespenster von toten Rockstars', hat das Vögelchen gezwitschert und ihre vertraute sexy Birdie-Lache gelacht. ‚Aber dass ein Multimedia-Mogul sogar Verträge mit denen abschließen will, damit hat keiner gerechnet.' Und so hat Dog Records wohl diesen Weihnachten keinen *hard on,* steht dem Label sozusagen gar nichts – außer die Blamage auf die Stirn geschrieben.‹«

»Dann wissen wir ja jetzt, wieso sie sich nicht mehr blicken lassen hat«, sagte Corky und bohrte Sapper seinen Ellbogen in die Rippen. »Ging nicht gegen uns, Alter – die hat sich bloß 'n Nest gebaut.«

2

Es ist vollbracht. Ich halte die schlanke Plastikschachtel in Händen. Auf dem Cover ein Foto vom windzerzausten, sonnenüberfluteten Jack. Das Gesicht sieht aus wie das von einem Geist, der aus der stürmischen See steigt. Oder in die Wellen zurücktaucht? Geht er oder kommt er? Wer weiß. Bleibt der individuellen Interpretation überlassen. Wie alles in der Rockmusik.

Ich halte die Stimme in Händen, die mir noch heute die Lenden vor Verlangen schmerzen lässt. Ich habe ihr nichts getan. Sie klingt glockenrein. Sie ist warm und kalt. Ist wütend, traurig, hart und sexy. Ist witzig und hinterfotzig. Sie entführt einen an Orte, wo man nie war. Sie spürt die verborgenen Begierden, die Nischen in Seele und Erinnerung auf, von denen man nicht mal geahnt hatte. *It makes you get down and boogie.* Diese Stimme. Ja?

Wenn ich so eine Stimme hätte – ach was, hatt ich nie. Sie ist eine Gabe, aber sie war nicht mir gegeben, sie war Jack gegeben. Jack hat sie besessen, und Jack hat sie genutzt. Gott segne und bewahre ihn. Den bildschönen Jack.

Eine Stimme war mir nicht gegeben, wohl aber ein bisschen Musikalität und Sprache. Hätte ich die Jack vielleicht nicht meinerseits geben sollen? Ihm haben die Leute gern zugehört. Mir nicht. Meine Stimme hätte, selbst wenn ich eine gehabt hätte, kein Mensch hören wollen. Meine jungen Jahre waren zwar permanentes Auftreten vor Millionenpublikum. In einer Rolle, die Mutter Natur und meine eigene jugendliche Blödheit mir eingebrockt hatten. Aber das war weder eine Gesangs- noch eine Sprechrolle – was man getrost als Tragödie ansehen darf, jedenfalls für eine Frau, die findet, dass sie was zu sagen hat.

Aber lassen wir das. Das ist jetzt alles vorbei, und ich hatte wenigstens manchmal Jacks Stimme, die für mich gesprochen hat. Dieser Stimme hätte ich nie, nie, nie irgendwas getan. Nein. Das hat er selbst besorgt. Er hat sich die Kehle mit brühheißem, luftabschneidendem Rauch ausgebrannt und für immer verloren. Gott verfluche ihn dafür. Die Stimme hätte Jahrzehnte überdauert, wenn er drauf aufgepasst hätte. Hat er aber nicht. Und deshalb hat er jetzt nur noch den Ruhm – den hohlen, ewig widerhallenden Ruhm.

Und das ist noch so eine Rock-'n'-Roll-Story. Die erzählt von der zerstörerischen Kraft des Ruhms. Von todbringendem Ruhm und todbringender Sehnsucht. Eines Abends geht ein berühmter Rockstar, der nicht auf sich aufpasst, in seinem Landhaus herum. Er steht unter dem Einfluss von roten und grünen und blauen kleinen Helfern. Als berühmter Rockstar hat man seine Upper und seine Downer, in allen Farben des Regenbogens. Er hat sie alle. Und weil er sie alle hat, nimmt er sie. Das macht man doch so als Rockstar. Dieser Rockstar also spielt einen Rockstar, der total drauf ist und einsam in seinem alten Haus rumhängt. So berühmt er ist, in manchem ist er ziemlich normal.

Draußen vor seinem Gartentor ist ein Hippiezeltlager, ein Sammelsurium von zugedröhnten Kids, die abgedrehte Fans spielen. Warten einfach rum, tagelang, nächtelang, um ein Mal einen Blick auf den berühmten Rockstar zu erhaschen. Drängeln sich jedes Mal, wenn er rauskommt, um seinen Wagen und kreischen: »He Jack! Wir lieben dich, Mann.«

Und dann tritt mitten hinein in dieses Tableau ein Stückchen Wirklichkeit – der tatsächlich abgedrehte Fan, der sich entweder für den Eigentümer an Jack und seinen sämtlichen Werken hält oder glaubt, er sei Jack und seine sämtlichen Werke. Er sieht das Hippielager. Sieht das Tor. Sieht die Mauer. Sieht keine Schranken. Dass Jack da drin ist und er hier draußen, ist bloß ein kleiner Irrtum vom lieben Gott. Und er ist verrückt genug, sich einzubilden, dass er einen Irrtum vom lieben Gott korrigieren kann. Er kann doch über Mauern klettern. Kann über Rasen gehen. Kann geradewegs eindringen in ein einsames Haus auf dem Hügel. Und wenn Jack ihn dann sieht, erkennt er ihn als Bruder, als Zwilling, als anderes Ich. Denn das ist Jack für seinen irren Fan – sein anderes Ich. Jack muss ihn erkennen. Das geht gar nicht anders.

Natürlich tut Jack das nicht. Jack erkennt etwas anderes – eine Figur aus einem Albtraumtrip, die mit einer Kerosinlampe in der Hand die Kellertreppe heruntergekrochen kommt, eine Figur wie Gevatter Tod mit langem Umhang und leeren Augenhöhlen. Jack klinkt aus. Das irre andere Ich klinkt aus. Engel und Tod im wüsten Handgemenge. Höllenfeuer kriecht um des Engels Fußgelenke. Das Haus auf dem Hügel brennt ab wie Zunder.

Dabei hätte Jack den Typen nur runterquatschen müssen. Er hätte einfach den Alarmknopf drücken und auf Hilfe warten müssen. Ja, richtig. Aber da waren noch die Gelbs und Rots und Grüns und Blaus. Und was hatte das irre andere Ich wohl eingepfiffen zur Unterstützung auf seinem abgedrehten Weg?

Wir werden es nie erfahren. Er hatte nicht mal die Chance, Jack seinen Namen zu sagen.

Ich weiß auch gar nicht, was davon überhaupt stimmt. Die Hälfte hab ich mir zusammengereimt, und bei der anderen Hälfte ist Jacks Erinnerung nicht die zuverlässigste. Für ihn war das Ganze ein Albtraum.

Sicher weiß ich nur, dass die verkohlten Knochenteile nicht Jacks waren. Und der hässliche Goldklumpen, über den ich so bittere Tränen vergossen hatte, war nicht Jacks ehemaliger ägyptischer Ring.

Ich hatte ihn eine Woche später wiedergesehen und hätte ihn fast nicht erkannt. Er hatte nachts an Robins Hintertür gestanden. Seine rechte Gesichtshälfte und die rechte Hand waren Klumpen von Brandwunden, die langsam zuheilten. Seine wunderschönen Haare hatte ihm das Feuer komplett vom Kopf getilgt. Er konnte nur geradeso krächzen. Er wusste weder, wie er zu Robins Haus gefunden hatte, noch, wo er solange gewesen war. Und er hielt sich für einen Mörder.

Wahrscheinlich hätte die ganze Sache, juristisch gesprochen, nicht mal für Totschlag gereicht, für Mord schon gar nicht. Aber das irre andere Ich hatte nicht nur in Jacks Körper, sondern auch in seinem Kopf unauslöschliche Spuren hinterlassen.

»Du musst mich verstecken«, hatte er gekrächzt. »Hilf mir. Versteck mich.«

So wahr mir Gott helfe und so weiter – genau das hab ich natürlich gemacht. Ich hab auch gedacht, ich kann ihn wieder heil machen. Hab ich das wirklich gedacht? Hab ich überhaupt gedacht? Doch, ich weiß, dass ich gedacht hab, ich könnte ihm helfen, seine Stimme wiederzufinden. Und ich hab gedacht, wenn erst mal die Wunden vernarbt und die Haare wieder gewachsen sind, wird auch sein Kopf wieder heil. So viel zum Optimismus der Jugend.

Jugend und Optimismus sind inzwischen beide verblichen. Gott ja, lebt wohl, ihr beiden. Schade, dass ihr schon gehen musstet, ihr wart plötzlich weg – wie ihr eben das so macht.

Aber scheiß drauf – was hätt ich denn machen sollen? Jack, den kahlköpfigen, verkohlten, krächzenden Jack, den Geiern der Klatschpresse, die um das Haus meiner Schwester kreisten, zum Fraß vorwerfen? Seid ihr noch ganz dicht?

Nein. Ich hatte ein Schlupfloch. Eine kleine Hütte auf einem wild zugewucherten Inselchen im Golf von Florida. Die hatte ich von dem Geld aus einer obszönen Transaktion in Los Angeles gekauft. Kann man sich angucken, auf einer gewissen Pornowebsite – Birdie die Hure, die an einem massigen, plumpen Schwein unaussprechliche Dienste tut und dafür deutlich sichtbar zwanzigtausend Dollar entgegennimmt. Wird Ihnen mit freundlicher Unterstützung von Nash Zalisky präsentiert, zu jeder Tag- und Nachtstunde.

Unaussprechliche Dienste? Meine Fresse! Das war einfach ein Fick, und der hat mir ein Haus eingebracht. Mein eigenes. Nicht das der Bank, nicht das der Plattenfirma, nicht Jacks Haus. Sondern meins. Meine kleine Zedernhütte am Strand. Mit einem kaputten alten Steg davor, zum Anlegen für ein kaputtes altes Motorboot. Und nach hinten raus Mangroven – und Mangroven hieß damals noch dichter voller Wald.

Damals kam man auch nur mit dem Boot hin. Durch die Bucht. Und die Bucht wimmelte nur so von Pompanos, und die Mangrovenwälder wimmelten nur so von verschiedensten Reihersorten und flüchtenden Seehechten. Damals konnte man morgens Ibisse den Strand entlangstolzieren und Seeadler über den Baumkronen kreisen sehen. Es war ein sicheres Versteck.

Heute kann man von Glück sagen, wenn man überhaupt mal einen Ibis zu Gesicht kriegt. Das ganze Inselchen ist durch Betonbrücken mit drei anderen und mit dem Festland verbunden, und die spülen wie ein Höllenaquädukt Ferientouristen her. Der kleine Fleck Sand ächzt unter dem Gewicht von all den Golf- und Wohnanlagen. Nein, das ist nicht mal mehr eine Insel. Ich würde meine paar Hektar heute sofort verkaufen. Ich hatte auch schon verlockende Angebote. Ich persönlich könnte, ohne mit der Wimper zu zucken, alles hier verkaufen und Jack auf eine andere Insel schaffen. Aber Jack würde nicht mitmachen. Mekong Marty, sein einziger Freund, wäre dann heimatlos.

Mekong Marty ist stumm und der einzige Mensch auf der Insel, der noch hässlicher, noch verrückter und noch schlimmer dran ist als Jack. Verglichen mit Marty, ist Jack lecker wie ein Pfirsich. Vielleicht mag er ihn deshalb so. Sie haben ihre Häuser zusammen gebaut. Jacks liegt direkt am Wasser, Martys zwischen dem von Jack und der Straße. Marty und seine Hunde sind Jacks Schutz vor Eindringlingen. Und Marty würde hier nicht wegziehen. Der erschießt eher sich und die Hunde – drei Kugeln für drei Schädel, die sie sofort nehmen würden –, als dass er sich hier rausreißen lässt.

Aber solange ich nicht verkaufen kann, kann ich nichts anderes kaufen. Das verwilderte Fleckchen ist ja das Einzige, was ich je mein Eigen nennen konnte. Also hab ich weiter mit ansehen müssen, wie sie Straßen pflastern und Brücken bauen. Immer mehr Häuser haben sie hochgezogen, und immer tiefer ist das Grundwasser gesunken. Irgendwann war der letzte Ibis weg.

Jetzt ist plötzlich alles anders. Die flache Plastikschachtel mit dem Leuchtfoto von Jack vorne drauf hat alles verändert. Ich kann Jack woandershin bringen und Mekong Marty lassen, wo er sein möchte.

Ich kann Jack richtige Pflege angedeihen lassen und mir – ein funktionierendes neues Boot.

Und von all dem soll ich Robin nie erzählt haben? Ja, wem denn sonst? Sie hätte doch für Jack gesorgt. Sie hätte unsere Mutter ins Heim geschickt wegen Jack. Oder mitgebracht, zusammen mit ihren zwei kleinen Kindern. Sie hätte sich total isoliert und in aller Heimlichkeit gelebt, mitsamt ihrer Familie, bloß um für Jack sorgen zu dürfen. Ein Hoch auf die selbstlose Heroine – die Frau, die sich aus Liebe an den Bettelstab bringen und sterben würde.

Sie liebt ihn wirklich. Das hat sie immer. Ihre Liebe war größer und treuer, als ich je hinkriegen würde. Sie ist so, sie liebt so. Die arme betrogene Gans liebt sogar mich.

Und genau deshalb hab ich ihr nie was erzählt. Ich könnte jetzt schwindeln, ich habe den Mund gehalten, weil ich sie und ihre Kinder schützen wollte vor den Folgen ihrer unendlichen Liebe. Aber das glaubt mir sowieso kein Mensch. Also kann ich ruhig zugeben, dass ich Jack vor dieser unendlichen Liebe schützen wollte.

Obsessive Liebe hat ihn nämlich beinah mal umgebracht. Er hat einfach mehr Liebe abgekriegt, als er aushalten konnte – kein Mensch darf so ein Übermaß an Liebe erleiden. Und Robins unendliche Liebe hätte Jack zerfressen, wie Zucker Zähne zerfrisst. Bis ins Mark. Die Sorte Liebe kriegt er von mir nicht. Hat er nie und wird er nie. Es geht ihm ohne besser.

Pünktlich zu Weihnachten bin ich zurück. Er kommt an den Steg und flüstert: »He, Schatz – was hast 'n da? 'n Geschenk für mich?«

»Deine blöde Stimme ist wieder da«, sage ich dann. »Nimm sie oder lass es sein.«

Er nimmt sie. Vielleicht lacht er, vielleicht weint er auch. Das weiß man nie bei Jack. Aber eins steht fest – zerfressen wird er nicht. Und noch was steht fest – verhungern auch nicht. Jetzt nicht mehr. Und ich auch nicht.

Ich kann Jack richtige Pflege angedeihen lassen und mir – ein funktionierendes neues Boot.

Und von all dem soll ich Robin nie erzählt haben? Ja, wem denn sonst? Sie hätte doch für Jack gesorgt. Sie hätte unsere Mutter ins Heim geschickt wegen Jack. Oder mitgebracht, zusammen mit ihren zwei kleinen Kindern. Sie hätte sich total isoliert und in aller Heimlichkeit gelebt, mitsamt ihrer Familie, bloß um für Jack sorgen zu dürfen. Ein Hoch auf die selbstlose Heroine – die Frau, die sich aus Liebe an den Bettelstab bringen und sterben würde.

Sie liebt ihn wirklich. Das hat sie immer. Ihre Liebe war größer und treuer, als ich je hinkriegen würde. Sie ist so, sie liebt so. Die arme betrogene Gans liebt sogar mich.

Und genau deshalb hab ich ihr nie was erzählt. Ich könnte jetzt schwindeln, ich habe den Mund gehalten, weil ich sie und ihre Kinder schützen wollte vor den Folgen ihrer unendlichen Liebe. Aber das glaubt mir sowieso kein Mensch. Also kann ich ruhig zugeben, dass ich Jack vor dieser unendlichen Liebe schützen wollte.

Obsessive Liebe hat ihn nämlich beinah mal umgebracht. Er hat einfach mehr Liebe abgekriegt, als er aushalten konnte – kein Mensch darf so ein Übermaß an Liebe erleiden. Und Robins unendliche Liebe hätte Jack zerfressen, wie Zucker Zähne zerfrisst. Bis ins Mark. Die Sorte Liebe kriegt er von mir nicht. Hat er nie und wird er nie. Es geht ihm ohne besser.

Pünktlich zu Weihnachten bin ich zurück. Er kommt an den Steg und flüstert: »He, Schatz – was hast 'n da? 'n Geschenk für mich?«

»Deine blöde Stimme ist wieder da«, sage ich dann. »Nimm sie oder lass es sein.«

Er nimmt sie. Vielleicht lacht er, vielleicht weint er auch. Das weiß man nie bei Jack. Aber eins steht fest – zerfressen wird er nicht. Und noch was steht fest – verhungern auch nicht. Jetzt nicht mehr. Und ich auch nicht.

Liza Cody

Liza Cody, geboren 1944, wuchs in London auf. Sie studierte Kunst an der London Art School und der Royal Academy und arbeitete als Fotografin, Malerin, Grafikerin und Möbelschreinerin, bevor sie zum Schreiben kam. Heute lebt sie in Somerset.

1980 erschien *Dupe*, ihr erster Roman mit der Privatdetektivin Anna Lee, der mit dem »John Creasey Memorial Prize« für das beste Krimidebut ausgezeichnet wurde. In den Neunzigerjahren begann sie eine neue Serie mit Eva Wylie als Hauptfigur: Liza Cody ist ein bekennender Fan des Frauencatchens und hat ihre Heldin nach dem britischen Star Klondike Kate modelliert. Der erste Roman der Serie, *Bucket Nut*, wurde mit dem »Silver Dagger Award« ausgezeichnet.

Gimme more handelt von der Rockmusikbranche. Liza Cody verkehrte in den frühen Siebzigerjahren in der Musikszene in London und war Roadie bei »der wahrscheinlich schlechtesten Bands von London«, wie sie selber sagt. Schon immer wollte sie ein Buch über Musik schreiben, »aber zu beschreiben, wie aufregend Musik ist, ohne dabei idiotisch zu klingen, ist sehr schwierig«.

Bibliografie

Die Anna-Lee-Serie: *Dupe* (1981; dt. *Video-Piraten,* 1986; Neuausgabe unter dem Titel *Ein Spiel für Narren,* 1997); *Bad Company* (1982; dt. *Schlechte Gesellschaft,* 1987); *Stalker* (1984; dt. *Jäger-Latein,* 1987); *Head Case* (1985; dt. *Kopf kaputt,* 1987; Neuausgabe unter dem Titel *Kopfzerbrechen,* 1994); *Under Contract* (1986; dt. *Ungesetzlich geschützt,* 1989); *Backhand* (1991; dt. *Doppelte Deckung,* 1991).

Die Eva-Wylie-Serie: *Bucket Nut* (1992; dt. *Schweres Geschütz,* 1993; Neuausgabe unter dem Titel *Was sie nicht umbringt … Eva Wylies erster Fall,*

2000); *Monkey Wrench* (1994; dt. *Schwesternkrieg,* 1995; Neuausgabe unter dem Titel *Eva sieht rot. Eva Wylies zweiter Fall,* 2001); *Musclebound* (1997; dt. *Blüten für Mama,* 1998; Neuausgabe unter dem Titel *Eva langt zu. Eva Wylies dritter Fall,* 2002).

Weitere Romane: *Rift* (1988); *Gimme More* (2000; dt. *Gimme more,* 2003).

Filmografie

Die Anna-Lee-Serie wurde 1993 mit Imogen Stubbs als Anna Lee von London Weekend Television verfilmt.

Liza Cody
»Am Rock 'n' Roll hängt mein Herz«

An dem Rock 'n' Roll, der den Blues als Fundament hat, hängt mein Herz, seit ich als Kind – allein und elend – ins Internat kam. Wie bei vielen meiner Generation fing auch bei mir alles an mit *Radio Luxemburg,* abends im Bett, das Transistorradio fest am Ohr. Fats Domino sang *Ain't That A Shame* – für mich und über mich. Es war immer eine ganz persönliche Angelegenheit.

Jeder Mensch, der weiß, wie kalt und trostlos und ärmlich England damals war, versteht sofort, dass eine lebenslange Romanze aus derart kleinen Anfängen entstehen kann. Jeder Mensch, der weiß, wie opahaft und langweilig und armselig der Musikbetrieb damals war, versteht sofort, warum die Stromstöße von Chuck Berry oder Little Richard eine ganze Generation galvanisiert haben. Ich finde es nicht überraschend, dass die zweite Welle – die Beatles, die Stones – dann englisch war.

Später, als ich schon auf der Kunstakademie war, gab es Zeiten, da konnte man einfach abends in irgendeinen kleinen Club in Nord-London gehen und Blueslegenden wie T-Bone Walker und Bill Broonzy hören oder neben Mick Jagger und John Lennon stehen und zum selben Beat grooven. Lernen. In jenen Zeiten haben alle noch gelernt. Freundschaften gründeten sich auf Musikgeschmack. Es war tatsächlich eine so wichtige Angelegenheit.

Ein paar meiner Freunde von der Art School haben dann eine Band aufgemacht. Es war wahrscheinlich die schlechteste von ganz London. Ich war nicht drin. Rockmusik war Männersache. Aber ich war wild entschlossen, der Top-Super-Roadie zu werden. Das war eigentlich auch Männersache, aber die Männer wollten doch lieber alle Leadgitarristen sein oder singen. Außerdem hatte ich als Einzige einen ordentlichen Führerschein. Also fuhr ich den Bus durch London und alle möglichen Provinznester. Ich schleppte Verstärker und Lautsprecher auf Bühnen und wieder herunter. Ich gab mir Mühe, den Bassisten nicht unter Strom zu setzen, und versuchte, den Leadgitarristen davon abzuhalten, sich im Klo einen Schuss zu setzen. Zu meinem

Job gehörte auch, dafür zu sorgen, dass die Bandmitglieder ihre Termine in diversen Entzugskliniken und bei diversen Haut- und Geschlechtsärzten einhielten. Und wenn sie mal ganz spendabel waren, durfte ich an Texten mitschreiben. Na ja, so kleine Stellen, die man sowieso nicht hört, weil alle viel zu laut spielen.

Wir spielten hauptsächlich auf Uni-Feten und in Studentenkneipen. Und zwar immer nur einmal. Es war keine von den Bands, die man ein zweites Mal holt.

Gut, das war nicht der glamouröseste Job, den ich je hatte, aber – hey, dachte ich damals, es war Rock 'n' Roll. Und wir waren jung und dumm und optimistisch ohne Ende. Der Musikbetrieb, den ich heute kenne, strotzt einerseits auch vor Jugendlichkeit und Dummheit und Optimismus, aber andererseits vor Ausbeuterei und Gier. Die Band ist natürlich auseinander gebrochen. Sie hatte keine Überlebenschance gegen Flops, Bitterkeit, schlechtes Management und einen inkompetenten Roadie. Aber die Musik liebe ich immer noch.

Ich bin nicht sehr musikalisch, im aktiven Sinn, und ich trete von Natur aus auch nicht gern auf. Im Gegenteil. Aber heute singe ich in zwei A-cappella-Chören. Schlecht natürlich. Aber das Wunderbare am Singen in verschiedenen Stimmen ist, das man etwas zusammen tut, dass das immer irgendwie waghalsig ist und dass das Ganze tatsächlich viel, viel mehr ist als seine Einzelteile. Es ist etwas völlig anderes als Schreiben, diese einsame, introvertierte Tätigkeit, bei der kein Mensch am liebsten mittanzen oder -singen würde. Es ist das beste Gegengift gegen zu viel Innenschau, das ich kenne.

Die Helden meiner Vergangenheit sind auch heute noch meine Helden. Wenn ich müde bin, gestresst oder einfach *blue,* kann Taj Mahal mich immer noch zum Tanzen bringen. Bei Nina Simone singe ich immer noch mit. Und ich hacke immer noch auf meinem kleinen Keyboard rum und versuche, die Akkorde von einem Bill-Withers-Stück rauszufummeln. Es ist ein ururalter Zauber, und er hat die Macht bewahrt, aus *blue* Gold zu machen.

Die Übersetzerin

Pieke Biermann, Jahrgang 1950, lebt und arbeitet in Berlin als freie Schriftstellerin und Übersetzerin. Sie übersetzt seit gut zwanzig Jahren – zuerst mehr aus dem Italienischen, später mehr aus verschiedenen Englischs.

Danksagung

Ich möchte mich sehr herzlich bedanken für all die Unterstützung, die ich beim Übersetzen bekommen habe.

Allen voran bei Liza Cody – für die wunderbare, intensive und begeisterte Zusammenarbeit; es waren richtig schöne Tage und Telefonate!

Möglich gemacht haben die »Klausur« Gary McKeone und der »Arts Council of England«, dessen Director of Literature er ist; und die Senatsverwaltung für Wissenschaft, Forschung und Kultur in Berlin in Person von Brigitte Drippe und Wolfgang Meyer.

Und last, but not least danke ich Matthias Penzel, dem Fachmann für alle meine pop-musikalischen Fragen, Zweifel und Ideen.

Pieke Biermann

Nachweis